应急通信新技术与系统应用

张雪丽　王　睿　董晓鲁　汤立波　党梅梅
黄　颖　林美玉　孙　姬　曲振华　编著

机械工业出版社

本书描述了应急通信的定义及其与相关概念的关系，总结了国内外应急通信的系统建设、技术和标准现状，介绍了卫星通信系统、短波系统、应急通信车等现有应急通信系统，并在逐一分析各类不同紧急情况对应急通信需求的基础上，详细介绍了应急通信所涉及的公网支持应急通信、卫星通信、无线传感器网络及自组织网络、宽带无线接入、数字集群通信、定位、号码携带、P2P SIP、公共预警等关键技术，结合国内外重大应急通信应用案例，对构建新型应急通信系统提出了一些建议和思路。

　　本书向广大读者普及应急通信知识，介绍了应急通信系统关键技术，尤其是新技术的原理及使用，适于从事应急通信研究的科技人员阅读，可供各级政府应急指挥部门选择应急通信系统、运营商部署应急通信网络，以及设备制造商开发应急通信系统提供参考，也可作为高等院校相关专业的本科生或研究生教材。

图书在版编目（CIP）数据

应急通信新技术与系统应用/张雪丽等编著. —北京：机械工业出版社，2010.1

ISBN 978-7-111-29298-2

Ⅰ. 应… Ⅱ. 张… Ⅲ. 应急通信系统 Ⅳ. TN914

中国版本图书馆 CIP 数据核字（2009）第 231668 号

机械工业出版社（北京市百万庄大街 22 号 邮政编码 100037）
策划编辑：朱 林 责任编辑：朱 林 版式设计：张世琴
封面设计：陈 沛 责任校对：申春香 责任印制：洪汉军
三河市国英印务有限公司印刷
2010 年 2 月第 1 版第 1 次印刷
184mm×260mm·16.75 印张·410 千字
0001—3000 册
标准书号：ISBN 978-7-111-29298-2
定价：39.00 元

前　言

应急通信是处理各类突发事件所必备的通信手段，汶川地震、卡特里娜飓风、"9·11"恐怖袭击、伦敦爆炸等国内外重大自然灾害及社会事件的发生，尤其显现出通信系统在抢险救援、应急指挥过程中的重要性，应急通信重新获得整个社会的高度重视。

本书的特点是对应急通信相关的技术和管理体系做了全面系统的描述，共包括 7 章。第 1 章首先介绍了应急通信的定义与范围，澄清应急通信与应急、应急联动等概念之间的关系。第 2 章总结了国内外应急通信的系统建设、技术及标准现状，第 3 章对卫星通信、短波通信以及应急通信车等现有应急通信系统做了介绍。通过前 3 章的学习，读者对应急通信可以有个全面宏观的了解。由于应急通信是为应对紧急情况而产生的，第 4 章梳理了各类个人和公共紧急情况，并逐一分析各类紧急情况下应急通信的目标和需求。应急通信的需求需要由多种技术手段来实现，第 5 章详细介绍了应急通信可使用的关键技术，包括公众电信网支持应急通信、卫星通信、无线传感器网络及自组织网络、宽带无线接入、数字集群通信、定位、号码携带、P2P SIP、公共预警等。第 5 章是本书的重点，所描述的技术都是目前的重点、热点技术，有助于读者了解应急通信的新技术、新方向。为了更好地理解应急通信系统以及关键技术如何应用，第 6 章结合美国 "9·11" 恐怖袭击、卡特里娜飓风、伦敦爆炸事件、汶川地震和 2008 年雨雪冰冻灾害等重大自然灾害和公共突发事件，总结和分析了通信网络所面临的困难和挑战、通信保障措施以及经验和教训。第 7 章首先从不同需求、网络、技术、媒体等多个角度对应急通信加以总结，之后从满足不同公众到政府的报警、政府到政府的应急处置、政府到公众的安抚/预警、公众到公众的慰问交流 4 个环节需求的角度，总结构建新型应急通信系统所需要的网络和技术，最后从天空地 3 个空间层面和事前事中事后 3 个时间维度分别分析所涉及的关键技术，便于读者从不同维度了解各类关键技术在新型应急通信系统中的位置和作用。

第 1 章、第 4 章和第 7 章由张雪丽撰写，第 2 章和第 6 章由汤立波撰写，第 3 章由王睿撰写，第 5 章由黄颖、汤立波、孙姬、张雪丽、党梅梅、董晓鲁、林美玉、曲振华共同完成。

作者在编写时尽可能采用深入浅出的语言对于各种复杂的技术和原理进行阐述，为了便于读者阅读，在每章的开头设立了本章要点和本章导读，对于需要说明的内容，书中设立了资料专栏。另外，在书后列出了详细的专业名词英文缩略语，便于读者查看。

本书作者有机会参与了应急通信相关标准的制定和技术讨论，而应急通信技术手段和实现方案总是在不断发展和改进，我们仍将继续研究应急通信技术，积极参与讨论。

由于应急通信所涉及的体系庞杂，且在不断发展演进之中，书中难免有差错和不当之处，欢迎广大读者提出宝贵意见。

作　者
2009 年 10 月

目　　录

第1章 应急通信的定义与范围

本章要点:

- 应急通信的定义
- 应急通信与应急联动等概念之间的关系

本章导读:

应急通信并不是一种新技术,而是一种特殊的通信业务,其核心是针对各类紧急情况,综合利用各类通信手段,为政府和公众提供通信服务。

应急通信是应急体系的重要组成部分。应急联动通常指城市应急联动,是国家或地方政府为了有效地组织救援、实施救灾而采取的一套运作机制,其核心是联动,应急联动过程中所涉及的通信过程和手段则是一种场景下的应急通信。

1.1 应急通信的定义

应急通信,顾名思义,就是应"急"情况下的通信。"急"就是紧急情况,紧急情况可分个人紧急情况和公众紧急情况。个人紧急情况是指个人在生命受到威胁或财产遭受损失时,通过拨打110、119等紧急特服号码报送求助信息以获得救助的情况。公众紧急情况是指自然灾害、事故灾难等突发公共事件以及节假日、演唱会等突发话务高峰的情况。

应急通信是指在发生个人紧急情况或发生自然灾害等公众紧急情况时,用户告警、政府实施救助与安抚、开展应急指挥、保障救援等所发生的通信过程以及所使用的通信手段和方法。

注:各类紧急情况的详细描述见4.2节"不同紧急情况对应急通信的需求"。

应急通信实际上并不是一种全新的技术,而是各种通信技术、通信手段在紧急情况下的综合运用,其核心就是紧急情况下的通信。

应急通信不仅是单纯的技术问题,还涉及管理方面。应急通信由于其不确定性,对通信网络和设备提出了一些特殊要求,这些网络和设备从技术方面提供了通信技术手段的保障。但在管理方面,还需要建立完善的应急通信管理体系,针对不同场景建立快速响应机制,协调调度最合适的通信资源,提供最及时有效的通信保障。

应急通信是整个国家应急保障体系的重要组成部分。随着国民经济的飞速发展、人民生活水平的日渐提高和科学技术的不断进步,城市人口密度与流动性不断加大,各类公共突发事件和个人紧急情况所造成的影响面越来越大。经济越发达,突发公共事件所造成的经济损失越大,社会影响越严重。应对重大突发事件的能力是城市现代化程度的一个重要标志,直接关系到人民的生命安全和国家的安危。近年来,我国非常重视应急体系建设工作,逐步加强法制建设、加大投资力度。通信作为应对突发事件的基本手段和必要条件,发挥着越来越重要的作用。应急通信为各类紧急情况提供及时有效的通信保障，成为应急体系的重要组成部分。现代信息社会中，人们对通信的依赖性大大增加，并且突发事件的传播速度非常之快，对网络所产生的冲击很大，对国家和社会安全的影响也很大。

如何完善应急通信管理措施、建设应急通信队伍、制定应急通信标准、开发应急通信产品，充分利用信息技术和通信技术的最新成果，及时高效地应对各类紧急事件、提高应急响应能力，建立并完善先进的应急通信综合体系，对构建和谐社会具有重大的现实意义。

本书首先总结了国内外应急通信系统建设、技术和标准现状，并介绍了卫星通信系统、短波系统、应急通信车等现有的应急通信系统，方便读者对应急通信有一个宏观的全面的了解。由于应急通信是为应对紧急情况而产生的，本书则针对个人和公共等不同紧急情况，逐一分析各类紧急情况下对应急通信的需求。应急通信的需求需要由多种技术手段来实现，因此本书分析并介绍了应急通信所涉及的关键技术，重点并分析哪些新技术可以用于应急通信，满足应急通信的需求，包括卫星通信、集群通信、号码携带、定位、无线传感器网络及自组织网络、公共预警等。为了更好地理解应急通信系统以及关键技术如何应用，本书还将介绍应用案例，最终对构建新型应急通信系统提出一些建议和思路。

1.2 应急通信与相关概念之间的关系

除了应急通信之外，我们还常常会听到应急、应急联动等词汇。它们之间有一定的关联。

"应急"是一个非常宽泛的概念，可以说无处不在，如我们在公共场合可以看到应急通道和应急标识、街心公园的应急避难场所等，都属于应急的范畴。应急是一个综合体系，是为了应对突发公共安全事件，政府所采取的各类综合措施和手段，包括政策法规、制度预案、应急队伍、应急场所、应急标识、通信、交通、医疗等，涉及事前的应急预警、事中的应急指挥、事后的应急响应等。

在应急的过程中所使用的通信过程和手段，则是应急通信，可以说应急通信是应急体系的重要组成部分。

"应急联动"实际上是指城市应急联动，通常是指个人遇到紧急情况拨打110、119、122等免费特服号码报警后，公安、消防等各部门联合行动、统一指挥、综合各种应急救援力量，实现多警种、多部门、多层次、跨地域的联动响应，从而高效、有序地开展紧急求援或抢险救灾行动，尽可能减少损失。

应急联动的核心和重点是"联动"，即从制度上实现多警种联动、综合指挥，从平台上实现匪警、火警等三台合一的接报、联动及指挥。应急联动平台无论是是接受公众报警，还是在联动机构之间传递信息，都必须依靠通信系统的支持。应急联动过程中所使用的通信过程和手段，则属于应急通信的范畴。

3者之间的关系如图1-1所示。

综上所述，应急通信是应急体系的重要组成部分，为整个应急过程提供通信保障。应急联动通常指城市应急联动，是国家或地方政府为了有效地组织救援、实施抢险救灾而采取的一套运作机制，其核心是联动。应急联动过程中所涉及的通信过程和手段则是一种场景下的应急通信。

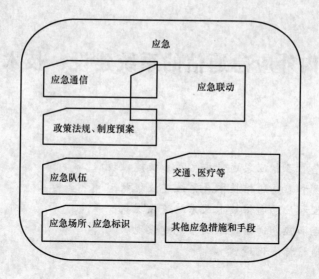

图 1-1 应急通信与应急、应急联动的关系

第2章 国内外应急通信的系统建设、技术及标准现状

本章要点：

- 北美地区应急管理和应急通信技术及系统建设现状
- 欧洲应急管理和应急通信技术及系统建设现状
- 日本应急管理和应急通信技术及系统建设现状
- 我国应急管理和应急通信技术及系统建设现状
- 国内外应急通信标准化现状

本章导读：

本章对北美、欧洲、日本以及我国应急管理相关的法律基础、组织机构和配套政策等工作成果进行了梳理，对国内外应急通信标准化情况进行了总结，并重点介绍了北美、欧洲、日本和我国应急通信技术和系统建设情况，涵盖了卫星通信系统、公用电信网应急通信、集群应急通信系统、应急通信专网、军用通信设施等常用应急通信技术和系统，帮助读者全面、客观地了解发达国家和我国在应急管理和应急通信系统建设方面的实际情况。

2.1 北美地区应急通信现状

2.1.1 北美地区应急管理体系的发展现状

美国和加拿大是北美地区最具有代表性的发达国家，其应急管理和应急通信技术及系统建设情况代表着北美地区的最高水平，下面以美国和加拿大为例对北美地区应急管理现状进行介绍。

1. 美国应急管理发展历程

美国幅员辽阔，自然环境和地理特征复杂，历史上曾多次遭受地震、洪水、飓风、大火、龙卷风等自然灾害的侵袭。同时，经过了两次世界大战的战时安全应急保障、冷战对峙以及"9·11"恐怖主义袭击等重大事件，美国应急管理体系不断调整战略方向，并逐步走向完善。

早在1934年，罗斯福总统执政期间，美国政府针对洪水灾害频发现象，就出台了《洪水控制法》，并以此为契机大力修建防洪基础设施，推动当时已陷入危机的美国经济走出困境。

第二次世界大战期间，为了确保战时生产的安全，罗斯福总统成立了"应急管理办公室"，负责战时生产的安全保卫工作。第二次世界大战结束后，美国与前苏联进入冷战对峙，美国于1947年通过了《国家安全法》，并依据该法律成立了"国家安全委员会"，委员会对美国国家内政、军事和外交政策负有职责。

　　1950 年，美国政府通过了《联邦民防法案》，在冷战背景下，美国几乎所有的城镇都建立了民防机构，这一时期美国应急管理的重心还是以应对战争为主要目标。同年，美国出台了《联邦灾害救援法》，标志着美国政府开始以法律形式对自然灾害发生时的救援工作进行规范管理。该法案授予总统在灾害发生时签署灾害救援计划的权力，并进一步明确了联邦政府在灾害救援和减灾方面的责任。随后，《联邦灾害救援法》经过多次修订并逐渐完善，目前实施的是 1974 年版本，该版本进一步明确了在灾害和公共突发事件时联邦政府对州政府、地方政府和民众的救援责任，同时也明确了州政府和地方政府对民众的援助责任。

　　进入 20 世纪 60 年代，美国连续发生多起自然灾害，例如，在 1960 年蒙大拿发生里氏 7.3 级的地震，佛罗里达西海岸"唐娜（Donna）"飓风；1961 年得克萨斯"卡拉（Carla）"飓风，1964 年阿拉斯加地震，1965 年"伊丽莎白"飓风等。在这些自然灾害面前，美国政府和人民发现，当时建立在战争假想基础上的应急管理体系在自然灾害面前显得无能为力，难以适应自然灾害应急管理的特点，影响到灾害应急处理的效果和效率。频发的自然灾害促使美国政府将应急管理的重心逐渐向自然灾害应对方面转移。肯尼迪政府于 1961 年宣布成立专门应对自然灾害的"应急规划办公室"。该办公室的成立标志着美国政府将自然灾害应急管理功能从国防体系中分离出来，为美国自然灾害组织管理体系的形成奠定了基础。

　　1967 年，美国总统法律实施与司法管理委员会建议在全国范围内设立一个统一的电话号码作为紧急事件报警号码，911 被选定并于 1968 年 2 月在亚拉巴马州的哈利维尔设立了美国第一个 911 报警台。在随后的几十年间，911 迅速发展成为覆盖全美的紧急救助服务系统，并成为美国政府维护社会稳定和公共安全的最重要手段和基础设施之一。

　　1976 年，美国国会通过《全国紧急状态法》。该法对全国紧急状态的宣布程序、紧急状态期限、终止方式等做了规定，并规定在符合法律规定的情况下，总统有权宣布全国进入紧急状态，并且可以在紧急状态期间行使特别权力颁布一些法规，这些法规将在紧急状态终止后失效。此外，各州也陆续制定了州紧急状态法，州长有权根据法律和紧急情况发展事态宣布该州进入紧急状态。

　　20 世纪 70 年代中期以前，美国的应急管理组织基本是以分灾种、分部门的分散灾害管理模式，但是由于紧急事件和灾害发生在各个领域，灾害发生时通常会涉及多个联邦政府机构和部门。同时，州政府和地方政府以及相关应急管理机构还有很多平行的计划和政策，这些部门和机构之间缺乏协调，权责分工不明确，很多职能重复，在灾害面前经常是各行其是，甚至互相扯皮，造成政府应急反应和协调速度迟缓、效率低下，极大地影响到美国政府在公众中的形象。1976 年，吉米·卡特总统宣誓就职后，做出了一系列的努力，以明确各应急机构的责任，加强对应急处置过程的行政控制。1979 年，卡特总统颁布了 12127 号行政命令，合并诸多分散的紧急事态管理机构，组成统一的联邦应急事务管理总署（Federal Emergency Management Agency，FEMA），其署长直接对总统负责，这是美国应急管理发展史上一件具有里程碑意义的大事。联邦应急事务管理总署由一系列的联邦部门合并组成，包括国家消防管理局、联邦保险局、联邦广播系统、防务民事准备局、联邦灾害援助局、联邦准备局等部门。不仅如此，它还被赋予了许多新的应急准备与处置职能，如监督地震风险减除计划、协调大坝安全、协助社区制定严重气象灾害的准备计划、协调自然与核灾害预警系统、协调旨在减轻恐怖袭击后果的准备行动与规划等。FEMA 成立后，历经重重考验，并在克林顿政府时期得到了充分的发展。

在 20 世纪 80 年代，美国成立了由联邦政府部门和相关机构组成的一个联盟组织——国家通信系统（National Communication System，NCS），NCS 主旨是为了保证国家通信设施能力，通过委员会、立法以及附属组织进行管理，组织成员包括国防部、美国联邦应急事务管理总署等 33 个部、委、局机构。NCS 积极推动国家安全和紧急待命计划的通信机制建设，强调 NCS 对于保障应急通信的职责。NCS 通过硬件布设、冗余度、移动性、互连性、互操作性、可存储性和安全性等手段，保证对联邦政府相关机构具有重大影响的通信基础设施抗毁性，并制定了 4 项服务计划，即政府应急电信服务计划、商用网络抗毁性计划、商用卫星通信互连计划和通信优先服务计划。

美国通过制定与应急通信相关的政策法律条例和行政命令来保证在紧急情况下应急通信的重要地位和作用，比如《美国国家安全与紧急待命实施规定》中，明确了电信业在非战争紧急状态和自然灾害期间必须具有为国家和地方政府官员以及总统指定的其他人员提供应急电信服务的能力，并明确了国家安全顾问、科技政策办公室、管理预算办公室、国家通信系统、联邦通信委员会等机构在紧急情况下对电信业的监督和管理职责。在《联邦通信法》第 706 条及其补充条款中，规定了紧急情况下总统对电信的特权。另外，还颁布了一系列其他法律法规，如 1984 年 4 月 3 日颁布了《12472 号行政命令：国家安全和应急准备指定的电信功能》，1998 年 5 月克林顿政府颁布了关键基础设施保障法令《第 63 号总统令，简称 PDD-63》，2000 年 1 月颁布《信息系统保障国家计划 v1.0》，规定了紧急情况下通信和信息服务应承担的职责。

在"9·11"事件后，美国应急管理体制再次受到冲击，"9·11"事件成为美国应急管理的又一个转折点，美国政府应急管理重心转向防范恐怖主义袭击方面。2001 年 10 月，美国通过了《反恐怖主义法》；2002 年 11 月，布什签署《国土安全法》，2003 年，美国政府将 22 个联邦政府部门合并，成立国土安全部，FEMA 也并入其中。此时，FEMA 的角色发生了微妙变化，有人认为，由于并入国土安全部，FEMA 在预算、开支、战略方向等方面都发生了变化，其地位和作用受到削减和弱化。

布什总统执政期间，于 2002 年 9 月 18 日和 20 日，先后颁布《保障网络空间的国家战略》（草案）和《美国国家安全战略》，2003 年 2 月，颁布《网络空间保障国家战略》和《关键基础设施与关键资产物理保障国家战略》，这些法令再次强调了通信和信息服务的重要战略地位。

2004 年 3 月，美国国土安全部颁布了《国家突发事件管理系统》（National Incident Management System，NIMS）。按照美国国土安全部部长汤姆·里奇的说法，该文件"提供了一个全国统一的模板，使联邦、州、地方和部族政府以及私人企业和非政府组织一起工作，对国内发生的无论何种原因、规模或复杂性的突发事件，包括灾难性的恐怖主义活动，实施快速高效的准备、预防、应对和恢复工作"。从《国家突发事件管理系统》内容可以看到，经过历次突发事件处理的经验和教训，应急通信的重要作用被管理者和民众所认识，突发事件中"通信与信息管理系统"被提到了一个非常重要的地位。有学者将应急通信比喻为整个突发事件管理系统的神经网络，是指挥系统运转和各部分功能协调运作的关键条件、没有它就没有指挥、没有协调，也就难以形成对突发事件的有效管理。2004 年 11 月，根据《国家突发事件管理系统》，美国国土安全部颁布新的《国家反应计划》，以便将联邦政府各方面协调机构、职能机构和资源整合成统一的、多学科的、针对国内一切突发事件的灾害管理体系。

2008 年 1 月，美国国土安全部颁布了作为美国应对突发事件行动指南的《国家应急反应框架》（以下简称《框架》）。《框架》对美国应急反应体系的运作制定了指导原则；明确了包括美国各级政府、私营部门和非政府组织等机构在应急反应体系中的角色和职责，并对紧急情况下的电力、通信、运输、医疗等保障工作给予了充分的重视，力求在应急反应中实现分工合作，提高反应水平；《框架》实现了应急反应行动的程序化和标准化，将应急反应划分为准备、反应和重建 3 个阶段。同时，《框架》明确了分级设立应急反应组织机构的制度，《框架》以美国《国家突发事件管理系统》为基础，分层设立了联邦、州和地方政府的应急反应组织机构和运作机制。在地方政府层面，设立处理突发事件的现场指挥机构和地方应急通信指挥运行中心。在州政府层面，设立州紧急事件运行指挥中心，并任命州协调官，负责州内以及与联邦政府和地方政府的应急反应机构进行沟通协调。在联邦政府层面的机构主要包括 3 个层次：一是在总部层面包括总统、国土安全委员会、国家安全委员会、国土安全部、国内准备小组、反恐安全小组、国家运行中心和其他支持性联邦运行中心；二是在总部层面之下设立 10 个地区支持机构，即联邦紧急事务管理局地区分局；三是在事件现场层面，由联邦紧急事务管理局部署事件现场支持机构并设立临时现场管理机构。另外，《框架》确定了包括恐怖袭击和自然灾害在内的美国最可能面临的 15 种险情，并要求根据应急反应的五大原则，针对每一种险情制定联邦计划预案，预案包括战略指南和计划、国家层面跨机构概念计划和联邦各部局运作计划 3 个层面。

2. 加拿大应急管理发展现状

北美地区另外一个发达国家加拿大也对应急管理非常重视，1985 年，加拿大议会通过了《应急法令》，对自然灾害引发的紧急情况及应对作了规定。

2007 年 8 月，加拿大政府通过了《应急管理法令》，该法令结合现代应急管理基本步骤，对应急管理中相关部门和政府官员的权责进一步给予明确。

2008 年 1 月 9 日，加拿大公共安全和应急准备部颁布《国家减灾战略》，该战略将设立国家减灾计划，围绕领导和协调、公众宣传、教育和推广、知识及研究等 4 个方面加强管理和规划。

另外，加拿大还颁布了《联邦政府紧急事件法案》、《联邦政府紧急救援手册》等一系列减灾管理相关法规，形成了较为完备的应急管理法律支撑体系。

在应急管理部门和机构方面，加拿大早在 1948 年就成立了联邦民防组织。1988 年成立了应急准备局，使应急管理成为一个独立的公共服务部门，并于 2003 年将其升级为加拿大公共安全和应急准备部（PSEPC），该部是加拿大自然灾害主管部门。目前，加拿大已经形成联邦、省和市镇 3 级应急管理体系，并实行分级管理机制。在联邦层面，由公共安全和应急准备部、国防部（其下设置了紧急事务办公室）、关键基础设施保护和紧急事件准备办公室等部门和机构负责联邦层面的应急管理及协调；而在省和市镇层面，由于在加拿大很多资源都由地方政府管理，省和市镇的应急管理机构在本辖区紧急事件管理中占据主导作用，在地方政府和机构无法应对的紧急事件中，可申请联邦政府给予帮助，特别是国际事件或战争事件等需要由联邦政府出面。

加拿大政府在应急管理中非常重视公众的应急教育，通过培训、演练等方式培养公众的应急安全意识和知识，并在每年 5 月份定期举办"紧急事件准备宣传周"。

为确保各方部门和机构在应急管理的行动中能做到协调一致，形成合力，加拿大政府出台了《加拿大应急管理框架》（以下简称《框架》）作为指导加拿大全国应急管理的行动纲领。《框架》旨在加强联邦、省和市镇政府之间的合作，确保不同级别政府之间能开展更为协同和互补的应急行动。《框架》明确规定，加拿大各级政府都具有应急管理和保障公共安全的责任，应充分尊重和保障各级政府在应急管理方面的责任和权力。《框架》中进一步规定了应急管理的原则，并指出应急管理由预防和缓解、应急准备、应急响应和灾后恢复4个部分组成，4个部门相互依赖和并存。

2.1.2　北美地区应急通信技术及系统建设现状

在突发公共事件或紧急情况下，政府与政府之间、政府与公众之间、个人用户之间以及应急现场的指挥、调度、协调都离不开应急通信保障能力，突发事件处理和应急管理经验表明，应急通信技术及系统已成为突发事件及紧急情况处置的核心支撑力量，其完善程度直接影响到应急响应的效果和效率。

北美地区的应急通信技术和系统主要包括卫星通信系统、基于公用电信网的应急通信系统、集群应急通信系统以及军事通信系统。

1. 卫星通信系统

卫星由于其不受地理环境限制、覆盖范围广、无线连接等优势，成为紧急情况下通信保障的重要手段。以美国和加拿大为代表的北美地区卫星通信技术非常发达，仅美国截止到2006年年底就发射了1815颗卫星，其中很大一批目前还在服役，这为北美地区紧急情况下的通信保障提供了强大的技术支持。在紧急情况下，通信卫星、广播卫星、导航卫星和遥感成像卫星等都能够发挥重要的应急通信作用。例如通信卫星可以在紧急情况下为广大用户提供语音、数据、视频等多媒体服务；广播卫星可帮助政府开展预警信息颁布、灾情信息发布、安抚受灾群众等工作；导航卫星可帮助地面救援队伍和受灾用户进行准确定位，提高救援效率；遥感成像卫星可对受灾地区实时监控，获取受灾地区的图像，了解灾情。比较知名的卫星系统有铱星通信系统、全球定位系统（GPS）、全球星通信系统、快鸟遥感成像卫星、加拿大阿尼克卫星通信系统等。

（1）铱星通信系统

Motorola公司在1987年提出铱星通信系统的构想并于1992年成立铱星公司，于1998年11月开始商业运营。它是最早提出并被人们所了解的低轨道卫星系统。该系统实现了全球覆盖，并应用了卫星上数据处理和交换、多点波束天线、星际链路等先进技术，利用关口站实现了卫星通信网和地面蜂窝移动网之间的互通，从而为用户提供了全球化通信能力。由于铱星系统市场定位不够准确，用户拓展缓慢，2000年3月铱星公司宣布破产，2001年新的铱星公司成立。新铱星公司调整其市场定位，将目标瞄准地面蜂窝移动难以覆盖的野外或偏远地区工作人群，以及政府、军队、能源、林矿等重要工业领域。同时，新铱星公司不断扩大铱星通信系统的业务能力，将数据业务、短消息业务纳入到铱星通信系统的业务范围，并降低了资费水平和终端售价，这些措施取得了良好的效果，铱星通信系统得以起死回生。

目前，由于铱星通信系统全球覆盖和信息保密等特点，该系统得到政府快速反应部门、抢险救灾、指挥调度、军队、海事、航空、政府机构，以及能源、科考、林业、矿业等野外工作用户的青睐，在应急现场、偏远地区以及登山、南极科考活动中都获得了应用。

（2）GPS

美国全球定位系统（Global Positioning System，GPS）是 20 世纪 70 年代美苏军备竞赛的产物，自 1978 年第一颗 GPS 卫星发射以来，经过 20 多年的发展已经成为目前全球应用最广的卫星定位系统。GPS 主要包括空间、地面控制和用户设备 3 个组成部分，具有高精度、全天候、全球覆盖、定位迅速、操作简便等特点，应用用途主要包括人员导航、车辆导航、应急指挥调度、应急救援导航、地理信息系统、城市规划、建筑测量、工程测量、变形监测、地壳运动监测等地面应用，船舶导航、航线测定、船只实时调度与定位、海洋救援、水文测量、海洋勘探平台定位、海平面升降监测等海洋应用，以及飞机导航、低轨卫星定轨、低空飞行器导航和定位、航空遥感姿态控制、导弹制导、航空救援和载人航天器防护探测等空中应用。

GPS 在全球范围内得到了大规模应用，GPS 相关的技术和应用已经形成了规模庞大的产业群体，GPS 融入了国防、灾难预防与管理、应急救援、日常生活等各个领域。随着人们对高科技产品需求的不断增加，GPS 的应用前景将更加广阔，其带动的产业规模也将继续扩大。

（3）全球星通信系统

全球星（Globalstar）通信系统是由美国劳拉（Loral）公司和高通（Qualcomm）公司倡导发起的低轨道卫星移动通信系统，1999 年开始商业运营。全球星通信系统在经营过程中也是历经坎坷，经历了建设、破产、重建、恢复过程，2004 年全球星公司被 Thermo 投资公司收购后，公司开始调整战略定位，通过提供新产品、发展新业务、完善系统服务能力和质量、降低资费、发展合作伙伴等一系列措施，业务得到迅速改观和发展。

目前，由于全球星通信系统灵活的终端形式、与公用电信网的互通以及较低的使用费用，在政府专网、军事、紧急救援、灾害应急、石油、煤气、矿业、林业、交通运输和偏远地区得到了很好的应用。经过公司重建和业务定位的全面调整，全球星通信系统已经成功在全球范围内发展了大量合作伙伴，分布在欧洲、亚洲、美洲等数十个国家和地区。

（4）快鸟遥感成像卫星

快鸟遥感成像卫星是美国数字地球公司（原地球观测公司，2001 年变更公司名称）于 2001 年 10 月发射的遥感成像卫星，快鸟遥感成像卫星重约 953kg，最初设计运行轨道高度为 600km，后来为提高卫星图像分辨率，将卫星轨道降至 450km。快鸟遥感成像卫星成功地用于全球商用成像领域，在地图测绘、测量、城市规划、区域观测、灾害区域成像、应急指挥信息获取、环境保护等方面得到广泛应用。

（5）加拿大阿尼克卫星系统

20 世纪 60 年代末，加拿大政府和一些私营电信公司联合成立了加拿大电信卫星（Telesat）公司，开始研制“阿尼克”卫星通信系统，第一代“阿尼克”通信卫星共 4 颗，于 1972 年 11 月至 1978 年由美国国家航空航天局发射，使加拿大成为世界上第一个实现国内卫星通信的国家。2004 年 7 月，阿尼克 F2 通信卫星由欧洲航天局阿丽亚娜 5 号火箭发射成功，这颗由美国波音卫星系统公司制造的卫星重达 6t，是迄今为止人类制造并发射的最重的通信卫星。2005 年 5 月，阿尼克 F2 卫星系统在加拿大和美国开通宽带业务，并为北美地区传输电视图像、提供数字通信服务以及向偏远地区提供电视教学和电视医疗服务。阿尼克卫星具有宽带大容量互联网数据传输和电视图像传输设计，使其具备了强大的多功能通信能力，在紧急情况下，阿尼克卫星可为抢险救援、指挥调度提供通信保障，同时可以通过互联网、广播电视等方式为灾区提供医疗、信息发布等多种通信能力。

（6）其他卫星通信系统

在北美地区，除上述介绍的几种卫星通信系统外，还有大量的卫星系统建成或计划建设，这些系统在灾害或突发事件情况下都可能为通信保障工作贡献力量。表2-1列举了北美地区部分重要卫星通信系统。

表2-1　北美地区部分重要卫星通信系统

名称	公司	数量	高度	系 统 简 介
XM3/4 及 Sirius FM1/2/3 系列卫星	美国 Sirius XM 公司	5	GEO	2008 年 7 月 29 日，Sirius 卫星广播公司和 XM 卫星广播控股公司合并成立了美国 Sirius XM 广播公司，新公司卫星系统具有为订户提供 300 多个数字广播频道的能力，节目包括音乐、体育、新闻、谈话、戏剧、儿童、娱乐、交通、气象和数据频道等，另外，公司很重视车辆、家庭用户卫星广播业务，并将其作为重点业务来开发
Odyssey	美国 TRW 公司	12	MEO	Odyssey 卫星星座可作为现有陆地蜂窝移动通信系统的补充和扩展，该系统的手持机采用双模工作方式，可同时在 Odyssey 系统和蜂窝系统中使用，系统可以提供包括语音、传真、数据、寻呼、报文、定位等业务
Celestri	美国 Motorola 公司	9 + 63	GEO + LEO	Celestri 卫星星座由 9 颗 GEO 和 63 颗 LEO 卫星组成，其中 63 颗 LEO 卫星分布在 7 个轨道平面上，每个轨道平面 9 颗卫星，可向全世界任何地方提供区域性广播、多频道电视广播和高速数据传输、交互业务和多媒体应用
Astrolink	美国洛克希德马丁公司	9	GEO	Astrolink 卫星星座支持星上处理和星上交换技术，每颗卫星都可作为通信网络的节点，支持高速率多媒体通信，数据传输速率范围为 16kbit/s ~ 9.0Mbit/s，Antrolink 卫星适用于较大的移动平台
CyberStar	美国劳拉空间系统公司	3	GEO	CyberStar 卫星系统提供多信道广播、软件发布、远程教育，特别是高速互联网接入等业务，CyberStar 系统将和 Alcatel 公司的 Skybridge 系统携手合作，在全球范围内提供广泛的语音、图像和数据通信服务
Spaceway	美国休斯公司	20 + 16	GEO + MEO	Spaceway 系统是静止轨道卫星和非静止轨道卫星的混合星座，Spaceway 系统和地面异步传输模式（ATM）、综合业务数字网（ISDN）、帧中继及 X.25 标准兼容，支持高速数据、互联网接入及宽带多媒体信息服务
Teledesic	美国 Teledesic 公司	288	LEO	Teledesic 卫星星座由 288 颗卫星组成，处于 12 个平面，每个面 24 颗卫星，Teledesic 采用全星上处理和全星上交换，系统设计成一个"空中互联网"，它提供高质量的语音、数据和多媒体信息服务，由于财务问题和市场预期变化，Teledesic 计划一再推迟、缩减
Ellipso	美国 Ellipso 公司	17	HEO + MEO	Ellipso 是混合轨道星座系统，实现全球覆盖，在该系统中，有 10 颗卫星部署在两条椭圆轨道上，其轨道近地点为 632km，远地点为 7604km，另有 7 颗卫星部署在一条 8050km 高的赤道轨道上，可以为全球用户提供低成本、高质量的语音和数据业务
Orbcomm	美国轨道公司	28 + 8（备份）	LEO	Orbcomm（轨道通信）系统是只能实现数据（非语音）全球通信的小卫星星座系统，该星座具有投资小、周期短、兼备通信和定位能力强、卫星重量轻、星座运行自动化水平高等优点，其中 28 颗卫星在 5 个轨道平面上，第 1 和第 5 轨道平面为 2 颗卫星，第 2 至第 4 轨道平面各布置 8 颗卫星，另有 8 颗备份卫星

2. 基于公用电信网的应急通信

公用电信网是目前用户最多、影响最大也是广大公众最容易获得的通信方式，因此在突发事件或灾害处置中，基于公用电信网的应急通信能力保障尤为重要。在公用电信网没有遭到破坏的情况下，它是政府与政府、政府与公众以及公众与公众之间实现应急通信的最有效手段。因此，北美各国都非常重视基于公用电信网的应急通信系统的建设，例如美国覆盖用户最广的应急通信系统就是 911 电话报警系统，同时为保证紧急情况下特殊用户的通信能力，美国政府还推出了美国政府应急电信服务（Government Emergency Telecommunications Service，GETS）、无线优先服务（Wireless Priority Service，WPS）业务等计划。

（1）911 电话报警系统

911 电话报警系统是覆盖全美的紧急救助服务系统，它整合了警察、消防、医疗救助、交通事故处理和自然灾害抢险等多方面职能，并通过 911 电话报警系统实现多部门的联合行动，在需要的情况下，该系统可以同时协调警察、消防和医疗等部门，提高紧急救援的效率。1999 年，美国国会通过《无线通信与公共安全法案》，正式承认 911 电话报警系统的指挥中枢地位。911 电话报警系统的运行方式灵活多样，一般大型城市采用"统一接警，分类处警"方式，而中小型城市采用"统一接处警"方式，目前，美国有 2.2 万多个 911 电话报警系统中心。以芝加哥 911 指挥中心为例，该中心是美国最先进的 911 电话报警系统之一，建于 1995 年，指挥中心集中了芝加哥市消防、公共卫生、警察和政府综合行政管理等 4 个系统的专职工作人员，负责为应急指挥调度提供综合通信网络，通过指挥中心实现报警快速应答、缩短调度时间，并实现现场信息共享等。

当前，911 电话报警系统服务覆盖了 98% 左右的美国国土，每年有超过 2 亿次的 911 呼叫，并形成了一套较为完善的工作运行机制，随着通信技术的发展，911 电话报警系统的技术能力也在不断完善，美国很多地区的 911 电话报警系统通过与"地理信息系统"、"无线定位"等技术结合，可提供呼叫者的姓名与位置信息，在处置各类突发事件、救助民众、打击犯罪等方面发挥着重要作用。

另外，加拿大作为北美地区的另外一个主要发达国家，也建立了覆盖全国的 911 电话报警中心，由警察机构负责管理，各地方紧急事件管理中心都与 911 电话报警中心相通。同时，加拿大政府为保证紧急管理队伍的稳定和高素质，建立了公务员编制的专业应急救援队伍，救援人员涉及消防、通信、建筑物倒塌救援、狭窄空间救援、高空救援及生化救援等多个专业。

除 911 电话报警中心外，美国于 2008 年 4 月由联邦通信委员会（FCC）批准了"手机短信应急预警系统"计划，计划在全国建设通过手机短信进行预警的系统。这项计划规定预警短信分为 3 种内容：一种是总统发布的全国警报，涉及恐怖袭击或重大自然灾害事件；第二种是针对可能发生的威胁，包括诸如飓风和龙卷风等自然灾害或校园枪击事件；第三种是有关绑架儿童的紧急事件，该预警系统预计在 2010 年前实施。

（2）美国政府应急电信业务计划

美国政府应急电信服务（GETS）是由白宫直接指挥的应急电话服务，是在现有公用电信技术基础上的加强技术和管理机制。GETS 可提供清晰语音、安全语音、传真和低速数据等服务，可在发生突发事件、灾害应急处理或爆发战争时，确保授权用户使用普通电话终端（如固定电话、传真机、手机等）实现紧急通信。GETS 只针对授权用户提供服务，通过个人识别码进行接入认证，利用公用电信网和部分政府网络实现可选路由、优先级服务和其他增强服务等功能，满足政府部门、应急响应部门和其他授权用户的通信需要，为国家安全和紧急待命计划（NS/EP）提供紧急接入与优先处理能力。

图 2-1 展示了用户使用 GETS 的业务流程。图中的 IXC 表示转接运营商，在美国主要由 AT&T 公司、MCI 公司和 Sprint 公司承担 GETS 的 IXC。

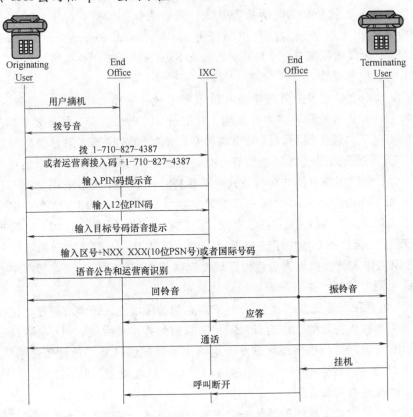

图 2-1 GETS 业务流程

如图 2-1 所示，用户首先摘机，听到拨号音后，拨打"1-710-627-4387"。对于没有预先指定 IXC 的用户，在"1-710-627-4387"后还要加拨 CAC（Carrier Access Code，运营商接入码）选择提供服务的 IXC。呼叫被接续到 IXC，IXC 需要对用户进行鉴权，要求用户输入 12 位个人识别码，验证合格后，指示用户输入目的地号码。用户输入目的地号码后，呼叫被转接到目的端局，目的端局为主叫用户播放呼叫等待音，指示被叫振铃，被叫应答后，主被叫建立媒体会话，被叫挂机，会话结束。

当用户发起一个 710 形式的呼叫，在起始端局或本地汇接局就把这个呼叫标注为 GETS-HPC（High Priority of Completion），一旦呼叫被标成 HPC，在网络拥塞时将提供比其他非GETS 呼叫得到更高的处理优先级：在路由串（Route Chain）中，设置 HPC 中继群；脱离网管控制；设置默认选路规则等。

为保证 GETS 增强功能的实现，美国国家标准学会（ANSI）出台了系列标准。

1）1993 年 6 月制定了 ANSI T1.631《No.7（SS7）——网络效力完成的高概率》，标准，对初始地址信息（IAM）携带 HPC 标记作了明确规定。IAM 中，主叫用户类别（CPC）为

8bit，从 00011001 开始到 11111111 全部保留备用。GETS 呼叫则使用了了主叫用户类别保留号 11100010 作为 HPC 标记，以区别一般呼叫的主叫类别，从而提高了呼叫优先级。

2）1996 年 3 月制定了 ANSI T1.111-1996《No.7（SS7）——消息传送部分（MTP）》，标准，对 MTP 消息信号业务信息八位位组（SIO）中子业务字段的 2 个备用比特（A 和 B）作了定义，表示信令消息具有优先级：一般电话呼叫定义为"00"，GETS 定义为"01"，而"10"、"11"则保留为通用的网管及业务控制所用。

GETS 的服务范围覆盖全美 50 个州以及哥伦比亚地区，能够利用当地主要运营商网络和部分政府及私人的网络设备实现服务。GETS 主要服务于国家安全领导、国家安全形势和公民预警、维持法律秩序和公共健康安全、维持国家经济形势和公共福利、灾难恢复管理等。随着 GETS 计划的不断完善，GETS 在美国应急工作中发挥着越来越重要的作用，在"9·11"事件中，共处理了 1.8 万个 GETS 呼叫，在卡特里娜飓风期间共完成 4 万个 GETS 呼叫。

（3）美国无线优先服务计划

美国"9·11"事件发生后，通信网络话务量激增，全国范围内无线业务量增长 50% ~ 100%。在华盛顿，一个无线运营商的业务量猛增 400%，在纽约的一个交换中心，业务量增长 1000%，无线网络拥塞情况严重。在总结分析"9·11"事件通信保障经验后，2001 年 10 月，美国国家安全委员会提出了与固定网 GETS 相对应的无线优先服务（WPS）计划，在无线网络拥塞时，为 NS/EP 人员提供优先服务。WPS 与 GETS 一起，在紧急情况下，可以大幅度地提高"端到端"的呼叫完成率。

WPS 分"初期操作能力"（Initial Operating Capability，IOC）和"最终操作能力"（Final Operating Capability，FOC）两个阶段，在项目完成阶段，设计的呼叫完成率为 95%。

1）初期操作能力阶段。初期操作能力的 WPS 类似于 PSTN 里的优先拨号（Priority Access for Dialing，PAD），为预先签约的用户提供优先接入。与 PAD 最主要的区别在于，WPS 使用 5 个优先级别来区分用户类型，并且需要使用激活码（＊272）来激活优先接入功能。一旦用户接入网络，网络中就不再有识别优先呼叫的措施。

2）最终操作能力阶段。该阶段提供端到端的优先权处理，提供高接通率，包括发起方和接收方，即提供完整的接入优先权、网络处理优先权、出口优先权处理机制。

在此阶段为了提供更有效的无线有线接入，WPS 在无线接入侧，应用了两种技术：接入类别技术和增强的多优先级和抢占（eMLPP）技术。

接入类别：每个移动台都属于一个接入类别，写入用户标识模块（Subscriber Identity Module，SIM）卡中。普通用户 SIM 卡中的接入类别是 0 ~ 9 的随机数，这个数字用于网络管理，无线网络管理可以禁止一个或多个接入类别用户接入网络，对于 WPS 用户 SIM 卡中的接入类别是 12、13 或 14，具体的赋值取决于用户的优先级。

eMLPP：当用户拨打 ＊272 时，移动交换中心（Mobile Switching Centre，MSC）会认证该用户是否为 WPS 用户，并根据 MSC 或拜访位置寄存器（Visiting Location Register，VLR）存储的用户信息为用户指定优先级（1 ~ 5）。在呼叫的建立过程中，如果基站和移动台之间没有可用信道，基站会根据优先级将呼叫进行排队。

表 2-2 列出了每个接入类别（12 ~ 14）可被赋予的排队优先级。

表 2-2　排队优先级与接入类别的对应关系

排队优先级	接入类别		
1	12	13	14
2	12	13	14
3	12	13	
4	12	13	
5	12		

另外，除 GETS 和 WPS 外，美国还通过电信优先服务（Telecommunications Service Priority，TSP）、商用网络抗毁性计划和商用卫星通信互连计划等措施，实现在紧急情况下公用电信网的恢复、临时替补等计划，并对重要用户（如政府、救援机构、重要人员）的优先服务，包括对传输线路的优先配置与恢复、无线优先接入等措施。目前，电信行业正在研究基于 IP 网的优先服务。

3. 集群应急通信系统

集群通信系统作为专用网络，其网络覆盖范围要小于卫星通信网和公用电信网，但集群通信系统具有组网灵活、响应速度快、群组通话方便等特点和优势，非常适用于紧急情况下的应急指挥调度、抢险救灾等工作。

在北美地区，应用最广泛的集群通信标准是集成数字增强型网络（integrated Digital Enhanced Network，iDEN），它是美国 Motorola 公司的产品。iDEN 在初期由于成本过高影响到用户发展和网络建设，Motorola 公司通过降低交换机价格、不断升级软件版本增强其业务提供能力以及准确的市场定位和业务特种差异化，iDEN 系统在美国得以迅速发展，其中美国 Nextel 公司在数字集群应用上最具代表性，Nextel 公司通过即按即说（PTT）、数字蜂窝、文本消息和数据等业务组合获得了大量用户，其所运营的 iDEN 是目前最大、发展最完善的 iDEN。2003 年第 3 季度，Nextel 公司实现了 iDEN 全美覆盖，获得了企业用户、政府、警察、指挥调度、应急救援等部门和机构的青睐。目前，iDEN 在全球范围内得到了广泛应用，覆盖的区域遍及亚洲的日本、韩国、菲律宾、新加坡、以色列和关岛地区以及南北美洲的美国、加拿大、墨西哥、哥伦比亚、巴西、阿根廷和秘鲁等国家，全球 iDEN 用户已近 3000 万。

在北美地区，除 iDEN 系统外，还有美国 APCO25 和加拿大数字综合移动无线电系统（DIMRS）等数字集群标准，这些标准在特定领域都具有一定的市场。

4. 军事通信系统

从目前世界各国军事通信系统建设情况看，美国的军事通信系统配置最完整、技术最先进，涵盖了空间、陆地、海上多个空间维度，使用了高、中、低不同的频率范围，形成了能够满足陆、海、空不同兵种通信需要的先进专用通信系统。这些军事通信系统在紧急情况或战备情况下，可以支撑军队作出快速应急反应，并为相关政府部门提供应急通信支持。

为满足军方日常管理和协调调动需要，美军建立了"国防通信系统"，系统由"自动电话网"、"自动数字网"、"自动保密电话网"组成，主要用于保障美国总统同国防部长、参谋长联席会议、情报机关、战略部队的通信联络，保障国防部长与各联合司令部和特种司令部的通信联络。此外，还为固定基地、陆、海、空军机动部队提供中枢通信网络。

为了加强水下潜艇，特别是核潜艇的指挥控制能力，美国海军从 20 世纪 60 年代中期开始，建设 TACAMO（音译：塔卡木）机载甚低频对潜通信系统。该系统经过不断改进，逐渐发展成为美国军方对潜指挥调度的核心抗毁通信系统。该系统具有机动灵活、不易受到打击的特点，可以在战争发生时作为应急通信手段以确保军队指挥部门与潜艇部队的通信和联络，从而保证战略潜艇部队的战斗力和威慑力。

另外，在卫星通信方面，美国军方建设了覆盖广、能力强大的卫星通信系统，如 MU-OS、UFO、MILSTAR、AEHF、DSCS、GBS、AWS 等，表 2-3 为其中几种典型军事卫星的基本情况介绍：

表 2-3　几种典型军事卫星的基本情况介绍

名称	系 统 简 介
特高频后续星通信系统(UFO)	特高频后续星(UFO)通信系统由 10 颗卫星组成，其中 9 颗工作星、1 颗备份星；运行于地球同步静止轨道；UFO 用于战略、战术通信，为舰舰、舰岸和舰与飞机之间提供语音、数据链路，是美军现役的最重要窄带通信系统之一
军事星(MILSTAR)	军事星(MILSTAR)通信系统是 20 世纪 80 年代初开始建设的对地静止军用卫星通信系统，该系统为静止轨道 4 星全球军用通信系统，安装了抗核辐射设备，主要为美国的陆、海、空三军，特种部队，战略导弹部队等军事部门服务；军事星卫星通信终端包括供陆军使用的车载式通信终端 SMART-T、供特种部队或紧急情况下使用的抗干扰背负式终端、机载和舰载终端等
美国国防卫星通信系统(DSCS)	美国国防卫星通信系统(DSCS)于 1962 年开始筹建，共发展了 3 代，分别为 DSCS-Ⅰ、DSCS-Ⅱ、DSCS-Ⅲ；该系统主要用于传送指挥信息、情报数据、高优先级的战略预警信息和特种信息等，目前使用的是 DSCS-Ⅲ；DSCSⅢ由 14 颗卫星组成，其中 12 颗工作星、2 颗备份星，能保证除两极外的全球所有地区 24h 不间断通信
全球广播系统(GBS)卫星系统	全球广播业务(GBS)是美国军方借鉴商用直播卫星的成功经验而提出的高速宽带卫星传输系统，帮助作战人员直接获取战场动态多媒体信息；该系统使用 Ka 和 Ku 频率波段，最高数据传输速率为 96Mbit/s；该系统通过与地面军事通信系统相连，可向分布在全球的美军用户提供高速多媒体广播信息

2.2　欧洲应急通信现状

2.2.1　欧洲应急管理体系的发展现状

欧洲非常重视应急管理体系建设，具有较为完备的法律、法规、制度，如英国的《民防法》、《国内突发事件应急计划》和《社会应急法》，法国的《地震救援法》、《人民团体组织法》和《自然灾害处置预案》，德国的《交通保障法》、《民事保护新战略》，芬兰的《救援法》，瑞士的《联邦民防法》等。

同时，在应急救援管理机构方面，欧洲各国基本形成了较完善的中央、地方两级应急管理体系，大部分欧洲国家由内政部负责应急管理和处置，个别国家如瑞士由外交部负责应急管理。经过多年的发展，欧洲主要国家均建立了国家级紧急救援指挥中心，并有部分国家在地方或地区设置区域性的紧急救援指挥中心，由于欧洲国家对突发事件情况处置的教育和培训非常重视，目前各国已经逐渐形成了完整的应急救援培训和教育制度。应该说，欧洲已经建立了完善的紧急救援管理机制、强大的应急反应和处置能力，整体应急管理水平处于世界前列。下面，以英、法、德 3 国为例进行介绍。

1. 英国应急管理的发展现状

英国的应急管理发展历史较早，1948 年，英国政府就颁布了《民防法》，该法案对英国政府应对处于冷战局势的严峻国际形势、稳定社会、保护国家和人民生命财产安全起到了积极作用。近年来,由于国际恐怖主义威胁加剧,英国政府于 2001 年出台了《国内突发事件应急计划》,要求在日常工作中加强风险管理、制定应急预案,并进行培训和演练,加强相关部门之间的合作、协调和沟通,强化事件发生后的处置能力。2004 年英国政府出台了《社会应急法》,对重大事件进一步做了定义,对宣布进入紧急状态的条件进行了明确,按照事件严重程度划分等级,明确相关部门、机构和个人的职责。2005 年和 2006 年,英国政府分别出台了《国内紧急状态法案执行规章草案》和《反恐法案》。通过一系列法律、法规的逐步完善,帮助英国各级政府及相关部门明确在紧急情况下的职责,为英国突发事件处置奠定了坚实的法律基础。

英国突发事件管理主要分为中央和地方两个层面,一般情况下的突发公共事件由地方政府进行处理,而在应对恐怖袭击和全国性的重大突发事件时由中央政府负责。在中央层面,英国首相是应急管理的最高行政领导,并成立了相应的管理部门,如内阁紧急应变小组(Cabinet Office Briefing Rooms, COBR, 又称"眼镜蛇")作为政府危机处理最高机构,对重大危机或严重紧急事态负责;国民紧急事务委员会(Civil Contingencies Commitment, CCC),其成员主要为各部大臣和重要官员,负责向 COBR 提供咨询意见,监督中央政府部门在紧急情况下的工作情况;国民紧急事务秘书处(CIVil Contingencies Secretariat, CCS)负责日常应急管理工作和在紧急情况下协调跨部门、跨机构的应急行动。在地方政府层面,在各行政区域设立"紧急事件规划官",负责制定各类应急计划或预案,对突发事件进行处置或恢复。"紧急事件规划官"在大多数地域性突发事件的事前预防、事中处置、事后恢复等工作中负有主要职责,并在地方政府难以应对的情况下,申请中央政府援助。同时,英国政府经过多年的不懈努力,建立了较为完善的警察、消防、环保、海上及海岸警卫、通信及电力保障等突发事件应急专业队伍,强化公民应急培训和教育,建立了完整的紧急救援教育或培训基地,并充分重视发挥志愿者队伍的作用,建立了多种专业的志愿者组织。

2. 法国应急管理的发展现状

法国政府针对灾害或公共突发事件曾先后颁布过《地震救援法》、《人民团体组织法》、《自然灾害处置预案》等法律①法规,并制定了大量应急管理政策和制度,确保应急响应工作的有效开展。

法国在应急管理上也是划分为中央和地方两个层次,当发生一般性灾害时,应急管理工作由地方负责指挥调度和处置,当发生大型特殊灾害时,由国家内政部直接指挥。国家内政部的民防与民事安全局是紧急救援的专业职能部门,负责全国灾害救援工作,保护法国公民平时和战时的人身和财产安全。同时,法国将全国划分为 9 个专业防护区,分别建有灾害救援指挥中心,另设 3 个职业特勤救援支队和两个现役救援总队。9 个灾害救援指挥中心各分管一个区域的防务工作,负责本区域内的灾害收集、汇报,向受灾地区提供救援信息服务,向民众进行防灾救灾宣传,发出紧急警报,一旦发生大型特殊灾害事故,由民防与民事安全局直接指挥,负责全国和国际性的救援任务。

3. 德国应急管理的发展现状

1949 年 5 月 24 日,德国政府颁布《德意志联邦共和国基本法》,该法是德意志联邦共和国的宪法,经历过多次修改,最近一次修改在 2006 年 9 月 1 日。"基本法"对联邦总统、议会、中央政府、州政府等主要机构部门的职责做了明确规定,规定了总统、议会和相关部门在紧急防御情况下的职责和权利，为德国政府应急管理提供了最基本的法律保证。近年来，由于恐怖主义盛行，德国政府于 2002 年 12 月通过了《民事保护新战略》，进一步明确了在紧急情况下联邦政府和州政府的职责，并提出了联邦政府和州政府在紧急情况下的组织协调要求。

德国政府历来重视组织机构和机制的完善，希望通过机制保证紧急情况下合理的应急响应。2004 年 5 月，联邦政府在内政部下设立联邦民众保护与灾害救助局（BBK），BBK 下设危机管理和灾难救援中心、危机准备和国际事务规划中心、重大基础设施保护中心、灾难医疗预防中心、培训中心等多个部门。该局负责处理全国性的重大灾害和突发事件处置，是德国民事安全和重大灾害救援的指挥中枢。同时，德国还成立了"共同报告和形势中心"，负责优化跨州和跨组织的信息和资源管理，从而加强联邦各部门之间、联邦与各州之间以及德国与各国际组织间在灾害预防领域的协调和合作。为保障应急通信能力，德国建立了"紧急预防信息系统"，该系统基于互联网平台，集中向人们提供各种危急情况下如何采取防护措施的信息。另外，这个信息系统还有一个专供内部使用的信息平台，在危险局面出现时，内部平台可以帮助决策者有效开展危机管理，帮助指挥人员快速准确地作出判断和决策。

2.2.2　欧洲应急通信技术及系统建设现状

欧洲整体经济水平非常发达，科技、工业、商业、金融等在世界经济中占据着重要地位。在其强有力的经济实力支持下，欧洲应急通信系统的发展水平也非常先进，在卫星通信系统、基于公用电信网的应急通信机制和设施、集群应急通信系统以及军事通信设施建设方面都取得了很好的成绩。

1. 卫星通信系统

欧洲卫星通信技术的发展和系统建设虽然与美国相比还有一定差距，但也处于国际领先地位，欧洲各国独立或合作建设了很多高性能的卫星通信系统，这些系统在紧急情况下可以提供如预警/灾情卫星广播、指挥调度通信、抢险救援导航定位、获取灾情遥感卫星图像等能力，其中如 Hot Bird、伽利略、SkyBridge、SPOT 遥感成像等卫星系统为广大用户所熟知。

（1）Hot Bird 直播通信卫星系列

欧洲通信卫星公司的 Hot Bird 直播通信卫星系列可以为欧洲地区提供卫星电视直播和宽带通信业务。Hot Bird 直播通信卫星的在轨位置随着业务发展需要不断调整，将进一步扩大卫星容量，为目前欧洲、中东及北美地区约 1 亿多的电视家庭传输近 1000 多个电视频道和 600 多个广播频道。借助 Hot Bird 直播通信卫星系列强大的电视广播能力，在紧急情况下，Hot Bird 卫星系列可以实现对灾害预警信息、灾情信息和政府公告等消息的广播颁布，帮助政府或救援机构实现在紧急情况下对广大公众的宣传、安抚、指导、告知等大范围信息颁布能力。

（2）伽利略全球导航卫星系统

欧洲近年来一直致力于发展欧洲导航卫星系统，并于 1999 年 6 月由欧盟部长委员会公布了伽利略（Galileo）全球导航卫星系统项目。在伽利略全球导航卫星系统计划实施过程中，由于国际压力以及资金和权利分配等问题，该计划时间节点作出过多次调整，预计该系统将于 2013 年全部建设完成。伽利略全球导航卫星系统建设完成后，将为用户提供高精度的导航、定位信息，在抢险救灾、指挥调度、海洋救援、公路、铁路、海事、民航等专业领域都将有广阔的应用前景。

（3）SkyBridge 通信卫星星座

SkyBridge 是法国阿尔卡特公司发起的低轨道卫星移动通信系统，美国的 Loral 公司，日本东芝公司、三菱公司、夏普公司及加拿大和法国的其他几家公司也参与其中。SkyBridge 系统在宽带接入方面具有优势，可在全球除两极外的大部分地区实现高速互联网接入、电视会议等业务。这些音频、视频和数据通信能力将有效地支持用户在紧急情况下的应急通信能力，为灾害或突发事件的指挥、调度、救援提供帮助。

（4）SPOT 遥感成像卫星系统

法国是欧盟国家中太空系统投入最多的国家，除卫星通信系统外，还建设了多个侦查、对地观测卫星系统，如"太阳神"光学侦察卫星系统、"蜂群（ESSAIM）"空中卫星监听网、"格拉维斯"（Graves）太空监视系统等。这些系统中最著名的应属法国空间研究中心（CNES）研制的"斯波特（SPOT）军民两用地球卫星观测系统"，"SPOT"是法文 Systeme Probatoire d' Observation dela Tarre 的缩写，意即地球观测系统。SPOT 卫星系列可获取覆盖区域的高精度立体或平面图像以及部分气候相关信息，可以在紧急情况下实现灾害或突发事件地区的灾情信息获取，为指挥救援等工作提供高质量的图像信息，帮助指挥人员和救援人员直观地了解现场情况。目前，SPOT 卫星已经在农业、国防、环境保护、应急管理、林业、地质勘探、测绘、城市规划、灾害监测等方面得到了广泛的应用。

除上面介绍的 Hot Bird 直播通信卫星系列、伽利略全球导航卫星系统、SkyBridge 通信卫星星座和 SPOT 遥感成像卫星系统外，欧洲还建立了多个卫星通信系统，如 SES 全球公司的 ASTRA 卫星系列、欧洲宇航局的 MAGSS-14 卫星星座等。同时，由于卫星通信市场的全球化趋势，欧洲也参与了大量国际组织或其他国家发起的卫星通信系统建设，如欧洲 Aero-spatiale、Alcatel、Ericsson 等公司参加了全球星（系统建设；Ericsson 公司参加了我国轨道 ICO）项目；TelespaZio 和西门子公司参加了铱星项目；Arianespace 公司参加了 ElLipso 项目等。另外，欧洲一些新的卫星通信系统也已列入发射日程，如欧洲通信卫星（Eutelsat）公司和 SES Astra 公司合作的 Eutelsat W2A 卫星预计于 2009 年发射，该卫星携带 Ku 频段、C 频段转发器以及 S 频段载荷，可为欧洲、非洲、中东及印度洋群岛用户提供电视、广播、宽带等通信服务；国际移动卫星公司的 Europasat 卫星预计 2011 年发射，该卫星携带 S 频段载荷，可为欧洲用户提供移动广播及双路通信服务；欧洲通信卫星公司的 Eutelsat W2M 卫星预计 2009 年发射，卫星携带 Ku 频段转发器，可为欧洲、中东及北非地区用户提供电视、广播、数据网及互联网等服务。这些卫星系统都可成为欧洲各国在灾害或突发事件下开展通信保障的有力支持。

2. 基于公用电信网的应急通信

欧洲国家很早就开始建设基于公用电信网的应急通信系统，早在 1937 年，英国开始使用 999 作为紧急情况报警号码，用户呼叫 999 号码后，电信接线员可以通过操作台上的声光提示识别报警类别，进而可以及时接听紧急呼叫，并将其转接给警察部门、消防或急救中心等应急机构。可以说，英国 999 报警系统是世界上最早利用公用电信网实现紧急情况下应急报警系统之一。随后，很多国家都开始进行应急报警系统的建设，例如，比利时以 101 和 110 分别作为医疗救助、警察部门的报警电话；瑞典以 117 和 118 分别作为警察、消防部门的报警电话；法国以 "15"、"17"、"18" 分别作为紧急医疗救助、警察和消防部门的报警号码。德国、意大利等欧洲发达国家也都建立了基于公用电信网的城市应急通信系统，为公众提供特定的报警号码，以方便市民的报警和求助，应急中心接到报警信息后根据实际情况调动警察、消防、医疗等部门进行快速反应处理。

近年来，为满足公众不断提高的社会服务需求，基于公用电信网的应急报警系统不断整合并完善功能，逐步向应急联动系统方向发展。欧洲目前正逐步建立并完善适用于全欧洲范围的"112"应急联动系统。从 20 世纪 90 年代中期开始，"112"应急联动系统陆续在一些欧盟成员国投入使用，帮助公众实现报警或请求各种紧急救护，目前欧盟成员国基本都已建成"112"应急联动系统。为加快"112"应急联动系统的应用，20 世纪 90 年代以后，欧盟陆续颁布了十余项法律、法规，如"91—396 号决定"、"97—66 号指令"、"98—10 号指令"等，通过法律的强制约束力要求各成员国按期推动"112"应急联动系统的应用。同时，欧盟对"112"应急联动系统采用开放、多技术融合的技术实现方案，以方便欧盟成员国原有应急通信系统的有效接入，并利用各种先进技术如固定/移动通信、GPS、专业移动收音机等为公众提供可靠、安全的服务，部分成员国甚至建立了专为聋哑人报警的公共平台，"112"应急联动系统逐渐得到欧洲公众的认可。

在突发事件发生时，公用电信网除了为公众提供报警通信外，欧洲主要城市在利用公用电信网实现应急通信方面也制定了相应的机制和策略，以英国伦敦为例，在"7·7"恐怖主义事件中，伦敦政府启动了"访问过载控制（ACCOLC）"机制，该机制是英国政府为应对突发公共事件情况而制定的临时性通信管制措施。该措施将对特定区域的公众用户通信进行限制或关闭，以确保关键部门通信畅通，由于该机制启动后会影响公众用户在该区域的正常通信，因此只有在不得已的情况下才会启动，在"7.7"恐怖主义事件后，这个机制受到了广大公众和媒体的严重质疑。另外，伦敦市也在尝试推广一些新的应急通信服务，如在特定情况下，重要用户（如政府、军队、金融等部门）发生通信中断，运营商可以通过调用用户附近的交换局备用端口和备用线路，在规定时间内帮助特定用户快速恢复通信，从而保证重要部门和用户在突发事件等情况下的通信畅通。

3. 集群应急通信系统

TETRA（Trans European Trunked Radio，全欧集群无线电）是欧洲最具代表性并且应用最广泛的数字集群标准，由欧洲电信标准协会（ETSI）于 1995 年正式公布。TETRA 系统最初是针对欧洲公共安全的需求而设计开发的，非常适用于特殊部门（如政府、军队、警察、消防、应急救援、突发事件管理等机构）的现场指挥调度活动。目前，TETRA 系统被欧洲国家广泛采用，同时在美国、俄罗斯、中国、日本、澳大利亚、新西兰和新加坡等众多国家得到应用。目前，TETRA 市场的行业分布主要包括公共安全、交通、PAMR、公用事业、政府、军事、石油、工业用户等。其中，公共安全和交通占市场份额的一半以上，是 TETRA 的主要应用市场。欧洲有很多国际化公司陆续推出了 TETRA 产品，例如法国 EADS 公司的 TETRA 系统、意大利 SELEX 公司的 Elettra 系统、德国 A/S 公司的 Accessnet 系统、德国 Siemens 公司的 Accessnet 系统、荷兰 Rohil 公司的 TETRA—Node 系统、西班牙 Tettronic 公司的 Nebula 系统等。在全球其他国家和地区，还有着更大规模的 TETRA 产业群，TETRA 系统已经形成了规模庞大的产业链和产业群体。

4. 军用卫星通信系统

在欧洲，除民用的卫星通信系统外，也建设了一系列军用卫星通信系统，这些系统服务于军队的日常通信和紧急协调，同时也是政府相关机构紧急情况下通信保障的重要补充手段。英国天网（Skynet）卫星系列、法国锡拉库斯（SYRACUSE）卫星系列都是其中具有代表性的卫星系统。

英国"天网"卫星系统从 20 世纪 60 年代开始建设，目前已经发展了 5 代。第 5 代天网卫星系统采用 Eurostar E3000 平台制造，具有极强的定位、抗干扰和抗窃听能力，可极大提高英国陆海空三军指挥系统的通信容量和速度，为英国军队、政府、防务组织提供高可靠性的数据通信、视频会议以及其他通信服务。

法国"锡拉库斯"通信卫星系统已顺利发展了 3 代，前两代为军民两用系统，第 3 代为军事专用卫星通信系统，具有频带宽大、抗干扰、抗核辐射、技术先进等特点，可为法国政府、军队以及北大西洋公约组织（NATO）成员国之间提供安全高效的语音、数据、视频、宽带互联网等通信服务，能够有效增强各部门之间的组织、沟通和协同作战能力。据法国国防部宣称，第 3 代锡拉库斯通信卫星系统可满足法国和欧盟相关部门未来 10 年的需求。

2.3　日本应急通信现状

2.3.1　日本应急管理体系的发展现状

日本是个岛国，地处欧亚板块、菲律宾海板块、太平洋板块的交界处，历史上多次发生台风、地震、海啸、泥石流、火山喷发、暴雨等自然灾害。日本政府和公众具有强烈的应急安全意识，通过法律、组织机构、基础设施、公众教育等方面的有效工作，日本已经建立起完善的应急管理体系。

在法律建设方面，日本早在 1947 年就出台了《灾害救助法》，随后又于 1961 年颁布了被誉为"防灾宪法"的《灾害对策基本法》，1963 年制定了《防灾基本计划》，1978 年颁布了《大规模地震对策特别措施法》，1992 年制定了《南关东地区直下型地震对策大纲》，2003 通过了《关于完善防灾信息体系的基本方针》；另外，日本政府还颁布了应急防灾有关的《河川法》、《海岸法》、《消防法》、《水防法》、《关于应对重大灾害的特别财政援助的法律》、《公共土木设施灾害重建工程费国库负担法》、《消防组织法》等数十部法律、法规，目前日本的防灾应急法律、法规体系已经非常完善。

日本中央防灾会议是应急防灾工作的最高决策机关，会长由内阁总理大臣担任，应急组织机构分为中央、都道府县、市町村 3 级，在一般突发事件或灾害情况下，由该辖区的市町村或都道府县"灾害对策本部"负责应急管理的组织实施工作，并将灾情上报都道府县或中央应急管理机构；在重大突发事件和灾害情况下，内阁设置的"非常灾害对策本部"直接负责应急指挥调度。

为加强紧急突发事件或灾害情况下的指挥调度以及公众信息沟通能力，日本政府于 1996 年 5 月正式设立内阁信息中心，负责搜集与传达灾害相关的信息和数据，并把防灾通信网络的建设作为一项重要任务。目前，日本政府已建立了"中央防灾无线网"、"消防防灾无线网"、"防灾行政无线网"等应急通信网络，同时针对不同专业或部门的需求，建设了多个专用通信网络，如水防通信网、警用通信网、防卫通信网、海上保安通信网以及气象通信网等。

经过几十年的不懈努力，日本目前已经具备了完善的法律制度和组织管理机构，建设了功能齐全的应急通信体系，形成了先进的教育培训机制，同时有一大批科研机构从事应急技术及对策方面的研究，日本应急管理水平居于世界前列。

2.3.2　日本应急通信技术及系统建设现状

由于日本历史上台风、地震、火山爆发等自然灾害频发，日本对应急通信技术发展和系统建设非常重视。在不断总结经验教训的基础上，日本已经建立了非常完善的地面应急通信专网，并投入了大量人力和物力，开发基于公用电信网的应急通信能力。同时，近年来日本不断突破第二次世界大战后对其航天工业领域的限制，正在不断加强卫星通信网络的建设，整体来说，日本在应急通信技术发展和系统建设方面处于世界前沿。

1. 卫星通信系统

（1）MBSAT 系统

移动广播卫星（MBSAT）系统是由日本的移动广播（Mobile broadcasting，MBCO）公司和韩国的 TU Media 公司于 2004 年合作发射的，MBSAT 波束覆盖日本和韩国，可直接向地面接收机传送高质量的语音、数据和图像等多媒体信息，为用户提供 60 多套音频和 10 套视频节目。由于 MBSAT 系统的广播电视直播能力、丰富的便携终端形式以及相对低廉的资费标准，MBSAT 系统受到广大用户的青睐。在紧急情况下，该系统可以向位于家中、汽车、火车、海上的用户以及个人手持终端用户及时地颁布预警信息，并在灾害发生后颁布灾情和政府的指导/安抚消息。

（2）KIZUNA 宽带多媒体通信卫星系统

2008 年 2 月 23 日，日本"KIZUNA"宽带多媒体通信卫星系统被 HⅡA 火箭送入太空，该系统由日本宇航局和国家信息及通信技术研究所共同开发，三菱重工公司制造。KIZUNA系统由宽带多媒体通信卫星平台、地面控制设施和各用户接收设备 3 部分组成。"KIZUNA"卫星系统所提供的高速数据传输能力可以应用于远程医疗、远程教学、紧急救援、灾害中的应急通信等领域。

2. 基于公用电信网的应急通信

在突发性事件或灾害情况下，公众通信需求将大幅增加，话务量往往会超过电信网络的设计容量，很容易造成通信网络拥塞。另外，很多自然灾害或突发事件会造成部分公用电信网设施（如基站、光缆、机房等）损坏，同样也会造成通信网络瘫痪或不可用。因此，为保证在紧急情况下能够最大程度利用公用电信网设施实现应急通信，日本采取了一系列措施，并投入大量人力物力，加强开展对基于公用电信网设施的应急通信能力的研究。在这方面，日本积累了丰富的经验，并在不断探索新的通信保障机制中取得了一些成果。

日本研究人员认为，在突发事件或灾害发生时，保障政府、救援机构和指挥调度系统的通信畅通是第一要务，在此前提下，如果公用电信网拥塞或部分受损，可通过限制普通用户通话时长或关闭通话的方式，为重要用户节省出足够的带宽和容量，保证重要用户在应急响应和处置中的通信需求。对普通用户，日本政府建议普通用户在紧急情况下使用手机短信通信或缩短通话时间，并鼓励公众用户利用互联网传递信息，通过这种机制，减少突发事件或灾难发生情况下的通信网络拥塞情况，也最大程度上保证了公众用户传递基本消息的需求。另外，日本研究机构还推出了一种多路接入系统，该系统可在突发事件或灾害情况下，帮助各运营商共享通信基站资源，进而实现在紧急情况下跨运营商通信资源的统一协调和调度，最大程度地利用现有网络资源，保证更多用户的通信需求。

除上述公用电信网应急通信保障基本措施外，日本政府还努力推行新技术、新方法的应用，从而加强突发事件应急通信能力的建设，部分措施介绍如下：

1）手机定位和手机邮件的应用。自 2008 年 4 月以来，日本应急管理部门要求在日本出售的所有手机必须内置 GPS 功能，以确保在灾难发生时的准确定位。另外，日本还充分利用手机邮件功能在紧急情况下的应用，并开发了紧急情况下的用户邮件收集分析系统，当灾难或突发事件发生时，通过该系统获取用户手机邮件信息并进行信息处理，帮助指挥、救援人员实行信息获取功能。

2）移动式无线应急基站的应用。在灾难发生时，受灾区域的通信设施容易受损、网络容易拥塞，影响到救援机构和公众用户的有效通信。为解决此问题，日本开发了一种移动式无线应急基站，该基站可通过摩托车运载并充电，在应急现场可代替受损基站工作，避免通信中断，也可以通过该基站扩充网络容量，减少网络拥塞情况的发生。另外，日本还建立了基于直升机平台的应急通信系统，由于直升机飞行速度快、航行距离远，且不受地形、地貌环境的限制，可以随时到达地面或海洋的任何航距范围内的任何地方，因此，通过直升机搭载通信设备，如基站设施，可以实现更广泛区域、更复杂环境下的应急通信保障工作。

3）广播通信方式在应急通信中的应用。广播通信方式具有覆盖范围广、不占用公用电信网络资源的特点，是紧急突发事件中获取预警信息、灾区信息以及相关指导安抚信息的有效手段。日本政府积极推广个人便携式收音机和手机内嵌式收音机，并增强其功能使这些收音机具有自动激活功能，在突发事件发生时，紧急广播信号能够自动触发收音机或手机的内嵌式收音机设备并开始播报紧急广播消息。

4）留言电话功能在应急通信中的应用。电信运营商可以通过开设"灾害专用留言电话"功能，帮助其他用户获得受灾用户的信息。例如，受灾用户通过拨打 171 号码并留言说明自己的情况，当亲人、朋友希望知道该用户情况时，可以通过拨打 171 号码并输入该受灾用户的电话号码，"灾害专用留言电话"平台将自动播放受灾用户的留言。

5）无线射频技术的应用。无线射频技术在日本应急防灾工作中得到了较好的应用，例如在避难场所设置无线射频识别标签，紧急情况下民众可以通过便携装置有效识别安全的避难场所位置。日本通过大力推行在手机中内置无线射频识别标签的方式，确保在灾后救援中能够实现快速搜救和身份识别。

6）互联网在应急通信中的应用。日本根据互联网覆盖广、带宽大、消息传递快捷的特点，积极推动互联网在灾害警报颁布方面的应用。如针对地震、海啸等灾害，日本利用互联网技术实现灾害信息的快速广播。同时，日本积极推动家庭网络与灾害报警系统关联机制，在地震等灾害发生时，广播告警信息可直接关闭用户家庭网络中部分危险源，如天然气、电器等设施，避免火灾等并发灾害的发生。

3. 专用应急通信网络和系统

日本在应急通信专用网络建设方面，积累了丰富的经验并取得了丰硕的成果，目前，已建立了"中央防灾无线网"、"消防防灾无线网"、"防灾行政无线网"等应急通信网络，已形成完整的应急防灾通信体系。

1）"中央防灾无线网"由固定通信线路、卫星通信线路、移动通信线路 3 部分组成，灾害发生后，如果公用电信网发生损坏或拥塞，可通过中央防灾无线网保障政府各应急部门和相关机构实现应急指挥、协调和调度。

2）"消防防灾无线网"是连接全国消防机构和都道府县的无线网络，包括地面系统和卫星系统两部分，利用该网络可向全国都道府县通报灾情，同时也利用该网收集与传达灾害信息。

3）"防灾行政无线网"分为都道府县和市町村两级，用于保障都道府县和市町村与防灾部门之间的通信。目前市町村级的防灾行政无线网已延伸到街区一级，通过这一系统，日本政府可以把灾情信息及时传递给家庭、学校、医院等机构，成为灾害发生时重要的通信渠道和手段。

4）"防灾相互通信网"是为解决大规模自然灾害应急现场通信问题而建立的，该系统帮助警察署、海上保安厅、国土交通厅、消防厅等各防灾应急机构实现相互通信，实现信息共享，提高救援和指挥的工作效率。目前，这一系统已被引至日本的各个地方公共团体、电力公司、铁路公司等。

5）另外，日本针对不同专业或部门的需求，建设了多个专用通信网络如水防通信网、警用通信网、防卫通信网、海上保安通信网以及气象专用通信网等。

日本近年来逐渐突破第二次世界大战后日本军事发展相关协议，开始推动军事侦察卫星的发展，自 2003 年至 2007 年，日本先后发射 4 颗军事侦察卫星，其中两颗为 1m 分辨率的光学成像侦察卫星，另两颗为 1～3m 分辨率的合成孔径雷达成像侦察卫星，具有全天时、全天候、全球范围的侦察能力，这些卫星以全球范围的侦查和监视为主要目的，但在紧急突发事件情况下也可为应急指挥部门提供灾害现场的高空图像信息。

2.4　我国应急通信现状

2.4.1　我国应急管理体系的发展现状

我国人口多、国土面积大，自然灾害和突发事件形式多样，为有效开展应急管理和救援，我国颁布了一系列法律、法规，应急管理的法律体系正逐步走向完善。

1991 年 7 月 2 日，我国颁布了《中华人民共和国防汛条例》，并于 2005 年 9 月做了修订，对防汛抗洪活动的组织、准备、实施、善后和奖惩做了明确规定。1997 年 12 月，我国颁布了《中华人民共和国防震减灾法》，对地震的监测预报、震中救援、震后重建的责任做出规定。1998 年 1 月，我国开始执行《中华人民共和国防洪法》，明确了洪水灾害的预警、识别、应急和灾后恢复等各个阶段基本的运作流程和各部门职责。1999 年 10 月 31 日颁布了《中华人民共和国气象法》，对气象探测、预报、服务和气象灾害防御、气候资源利用、气象科学技术研究等活动做了规定。2001 年 8 月 31 日颁布了《中华人民共和国防沙治沙法》，对我国土地沙化的预防、沙化土地的治理和开发利用活动做了规定。2002 年 8 月 29 日颁布了《中华人民共和国水法》，对我国领土范围内开发、利用、节约、保护、管理水资源提出了法律规定。

2006 年 1 月 8 日，国务院颁布了《国家突发公共事件总体应急预案》，规定了突发公共事件分级分类和预案框架体系，明确了国务院应对特别重大突发公共事件的组织体系、工作机制等内容。另外，还颁布了《国家通信保障应急预案》、《国家自然灾害救助应急预案》、《国家防汛抗旱应急预案》、《国家地震应急预案》、《国家突发地质灾害应急预案》等一系列突发公共事件专项应急预案。2007 年 8 月 30 日颁布了《中华人民共和国突发事件应对法》，对突发事件的预防与应急准备、监测与预警、应急处置与救援、事后恢复与重建等应对活动做了法律规定。

目前，我国应急管理组织机构主要分为中央和地方两个层次，中央层面包括领导机构和办事机构，领导机构主要指国务院，国务院总理为应急管理工作最高行政领导；办事机构为设置在国务院办公厅的应急管理办公室，履行值守应急、信息汇总和综合协调职责。地方应急管理机构主要指地方各级人民政府，负责本行政区域内各类突发公共事件的应对工作，截至 2006 年年底，全国所有省份都成立了应急管理领导机构。

从我国应急管理实践经验看，在自然灾害或突发事件处置中，有效的通信保障是应急响应和救援工作成败的关键。我国早在 20 世纪 70 到 80 年代就开始加强战备应急通信工作，在 90 年代得到了大力发展并建立了 12 个机动通信局，1998 年电信行业政企分开后，由于应急通信设施建设和维护应由政府还是企业承担的问题一直没有得到很好的解决，我国对应急通信的投入逐渐减少，应急通信发展步伐减缓。2002 年 5 月，原中国电信集团南北分拆为新的电信集团和网通集团，应急通信队伍中的 5 个机动通信局划归中国网通，7 个划归中国电信，但分拆并没有改变应急通信发展所必需的资金问题，导致近年来应急通信发展比较缓慢。2008 年电信重组后，我国电信运营企业形成中国电信、中国移动和中国联通三足鼎立局面，由于近年来突发事件和自然灾害频发，尤其是冰雪灾害和汶川地震后，国家认识到目前的应急通信队伍和设施还有所不足。目前正在由中国移动筹建新的机动通信局，新的机动通信局建成后，我国 3 家电信运营企业都将具有专业化的应急通信队伍。

2.4.2 我国应急通信技术及系统建设现状

我国应急通信系统建设工作自 20 世纪 90 年代以来得到了较快发展，并在卫星通信系统、基于公用电信网的应急通信设施、集群通信系统和部分专用通信系统等方面取得了一定进展。但总体来说，由于我国应急通信系统建设起步较晚，目前现有的应急通信设施还需进一步完善，应急通信系统的能力还有一定不足。例如，目前我国虽然建设了部分具有自主产权的实用卫星通信系统，但这些系统还主要以广播通信类卫星为主，直接提供语音/视频通信的卫星系统还较少，在应对重大灾害或突发事件情况下，国外卫星通信设备还占据主流。另外，虽然我国各部门、各级政府纷纷建立了应急通信保障队伍和设施，但这些系统的功能还相对单一，科技含量也不是很高，其规模和能力还有待进一步加强。

1. 卫星通信系统

我国自 1970 年 4 月成功发射第一颗卫星以来，先后发射了数十颗卫星，这些卫星中一部分为应用实验卫星，另一部分为不同专业领域的专用卫星，其中广播电视直播卫星和北斗定位卫星系统是目前我国规模较大且在应急通信领域具有实际应用的卫星系统，另外，一些国际化的卫星系统如海事卫星等也在我国应急通信领域有着较好的应用。

（1）ChinaSat 卫星系列

ChinaSat 卫星系列主要包括中卫 1 号 （ChinaStar-1）、中星 6B （ChinaSat-6B）和中星 9 号 （ChinaSat-9）3 颗卫星，该系列卫星主要实现广播、电视类服务，由中国卫星通信集团公司管理运营。

"中卫 1 号"卫星可覆盖我国本土和南亚、西亚、东亚、中亚及东南亚地区，可为国内及周边国家提供通信、广播、电视及专用网卫星通信业务。中星 6B 通信卫星覆盖亚洲、太平洋及大洋洲，可传送 300 套电视节目。目前，中星 6B 承担着中央电视台，各省、市、自治区电视台、教育电视台及收费频道等 136 套电视节目和 40 套语音的广播。中星 9 号通信卫星于 2008 年 6 月 9 日在西昌卫星发射升空，覆盖全国 98% 以上地区，接收天线体积小，得到广泛应用，特别是在"村村通"工程中为广大偏远山区和无电视信号地区提供了丰富多彩的电视、广播节目。

ChinaSat 卫星系列在紧急情况下可以帮助政府和救援机构颁布灾害或突发事件的预警消息、灾情信息、安抚公告等。另外，ChinaSat 卫星系列也能提供一定程度的专网通信能力，如我国由电信运营企业负责管理的 12 个机动通信局基本都配备了卫星应急通信车，该系统使用的就是 ChinaSat 系列卫星，工作在 Ka 频段，可传输 1 路 SCPC 或 MCPC 数字视频信号，1 路数字视频信号；同时收发 2 路 IBS/IDR 数字载波；利用 DCME 设备系统可最多传输 480 路数字语音信号。

（2）鑫诺卫星系列

鑫诺（SINOSAT）卫星系列中目前在轨的包括鑫诺一号和鑫诺三号两颗卫星。该系列卫星由中国航天工业总公司、原国防科工委、中国人民银行和上海市人民政府合资组成的鑫诺卫星通信有限公司运营管理，主要提供广播、电视类节目的转播。

鑫诺卫星系列承担了以中央电视台为主的大量卫星电视转播任务，这些电视台覆盖面广，受众多，在紧急情况下通过鑫诺卫星可以很方便地将灾害或突发事件相关信息以及政府需要颁布的消息传达到广大公众，对灾害的应对和处理具有重大的意义。例如，在我国 2008 年汶川地震中，中国卫通通过鑫诺卫星紧急开通 4 个临时电视传输通道，为电视、广播颁布灾区信息提供了平台，鑫诺卫星在抗震救灾中发挥了重要的作用。

（3）亚太卫星系列

亚太（APSTAR）卫星系列主要包括亚太 1 号、亚太 IA、亚太 IIR、亚太 V 号及亚太 VI 号卫星 5 颗卫星，卫星系列覆盖亚洲、大洋洲、太平洋以及夏威夷地区。该系列卫星由中国卫通和中国航天科技联合控股的亚太卫星控股有限公司运营。

亚太卫星系列在紧急情况下除了可以为用户提供广播、电视信息颁布能力外，随着亚太 V 号和亚太 VI 号卫星业务的不断丰富，还可以在紧急情况下为 VSAT 专网、互联网骨干网、宽带接入以及移动基站链路等通信设施的应急需求提供空中接口服务，为灾害或突发事件现场的通信保障能力提供帮助。

（4）北斗卫星导航系统

北斗卫星定位系统是由我国建立的区域导航定位系统，该系统可向我国领土及周边地区用户提供定位、通信（短消息）和授时服务，已在测绘、电信、水利、交通运输、渔业、勘探、地震、森林防火和国家安全等诸多领域发挥重要作用。

北斗卫星在应急场景下可以为指挥调度、救援抢险等活动提供导航定位功能，提高应急工作效率，同时，北斗卫星的短消息业务也可以实现紧急情况下的信息沟通，例如，在汶川地震中，部队和救援机构装备了大量北斗卫星终端设备，很多地区灾后第一次与外界通信就是通过北斗卫星短消息业务实现的。在交通设施破坏严重的情况下，北斗卫星导航定位功能也为救援队伍顺利抵达救灾现场提供了重要帮助。

（5）海事卫星通信系统

国际海事卫星通信系统（Inmarsat）后更名为"国际移动卫星通信系统"，是由国际移动卫星公司管理的全球第一个商用卫星移动通信系统。国际移动卫星公司现已发展为世界上惟一能为海、陆、空各行业用户提供全球化、全天候、全方位公用通信和遇险安全通信服务的机构。我国是 Inmarsat1979 年成立时的创始成员国之一，我国北京海事卫星地面站自 1991 年正式运转至今已经能够提供几乎所有 Inmarsat 业务。另外，北京国际海事卫星地面站也是全球海上遇险与安全系统的重要组成部分，能够接收一定距离内的海上遇险船只求救信号，是全球海上联合救援网络的重要节点。

海事卫星是集全球海上常规通信、遇险与安全通信、特殊与战备通信于一体的实用性高科技产物。到目前为止，海事卫星系统和设备在我国已经广泛地应用于政府、国防、公安、救援机构、传媒、远洋运输、民航、水利、渔业、石油勘探、应急响应、户外作业等诸多领域。例如，在汶川地震中，大量海事卫星电话被紧急调集到灾区，为灾区抢险救灾和恢复重建发挥了重要作用，尤其是在灾区公用电信网没有恢复的时期，海事卫星是当时灾区与外界沟通的最重要手段之一。

（6）VSAT 卫星通信网

VSAT 是 20 世纪 80 年代中期在最先美国兴起、很快发展到全球范围的卫星应用技术。VSAT 系统在我国得到了较广泛的使用，1993 年 8 月国务院颁发 55 号文件，明确规定把国内 VSAT 卫星通信业务向社会放开经营，并对此项业务实行经营许可证制度，截至 2005 年底，我国从事国内 VSAT 卫星通信业务的经营企业有 39 家。在国家针对 VSAT 的开放政策推动下，VSAT 业务迅速发展，尤其是在 20 世纪 90 年代无线寻呼大发展期间 VSAT 作出了重要贡献。另外，VSAT 网络对保障突发事件或自然灾害情况下的应急通信也具有重要作用，例如，目前中国电信、中国联通的 12 个机动通信局都配备了 VSAT 通信设备，VSAT 设备通过"中卫 2 号"卫星转发器与全国范围的 VSAT 大网连接，实现 VSAT 网内通信能力。同时，VSAT 网络通过固定站接入公用电信网，可以实现 VSAT 网用户与公用电信网用户的互通。

由于 VSAT 本身具有的特点，VSAT 系统在偏远地区、应急救援、野外作业、企业应用等方面还是具有不可替代的优势。同时，由于公众用户对信息服务水平需求越来越高，VSAT 在电视、广播、远程教育、远程医疗、抢险救灾、应急响应、农村电话、卫星上网、视频通信等业务方面还大有可为。

2. 基于公用电信网的应急通信

我国基于公用电信网的应急通信包括机动通信局、应急联动平台建设、公网支持应急通信研究等几个方面。

工业和信息化部于 20 世纪 90 年代建立了 12 个机动通信局，分别由前中国电信和中国网通进行管理，这些机动通信局通过配备与公用电信网互通的通信设备或针对特定场景的专用网络，可以方便地利用公用电信网资源优势开展应急通信服务，实现专业设备和公用电信网的优势互补，保证紧急情况下的指挥、调度和救援通信需求。这些机动通信局目前拥有包括 Ku 频段卫星通信车、C 频段车载卫星通信车、100W 单边带通信车、一点多址微波通信车、用户无线环路设备、海事卫星 A 型站、B 型站、M 型站、24 路特高频通信车、1000 线程控交换车、900M 移动电信通信车、自适应电台等通信手段。另外，中国移动也在筹建机动通信局，建设完成后，我国三大电信运营商将全部具备专业化的应急通信保障队伍。

除针对突发公共事件或自然灾害的应急通信系统建设外，我国从 1986 年就开始建设公安 110 通信系统，为广大公众在日常工作和生活中遇到的突发事件提供报警平台，其后 122、119、120 等系统相继建成，一些城市的市政等部门也设立了热线电话服务系统，如 12345 信访热线、95598 电力呼叫中心系统、12348 法律援助热线、12319 城市建设热线、12369 环保热线等系统。但由于五花八门的报警号码和应急平台过于繁杂，重复建设现象严重，影响到报警平台的功能和服务质量，不利于政府或救援机构开展联合行动，影响到应急事件的指挥调度和救援效率。建立基于统一特服号的城市应急联动指挥系统被国家和各级政府提上了议事日程，特别是在 2003 年 SARS 事件后，城市应急联动系统的建设步伐进一步加快，如南宁、深圳、广州、上海等地陆续建设了统一的应急联动系统，整合 110、119、120、122 等指挥调度系统，实现跨部门、跨警区、跨警种的统一指挥协调，并通过应急联动平台实现突发事件情况下的资源共享。

另外，我国电信主管部门针对公用电信网覆盖广、用户多、业务形式丰富等特点，陆续出台了一系列政策措施，如核心设备备份、多节点、多路由、异地备份等容灾备份要求，并积极地开展利用公用电信网实现应急通信的研究工作，如重要用户优先通信保证机制、应急公益短消息等。经过 2008 年冰雪、地震等自然灾害和奥运会等重大公共事件的经验教训，基于公用电信网的应急通信保障工作得到政府的高度重视和大力推动。

3. 集群应急通信系统

我国集群通信系统有 GoTa、GT800、TETRA、iDEN 4 种制式。由于 TETRA 和 iDEN 技术标准开发较早，技术较为完善，我国基于这两种制式建成了大量数字集群通信系统。截至 2008 年 2 月底，全国已建有 45 个 TETRA 网、900 个基站，具体如北京市数字集群无线政务网、上海 TETRA 数字集群政务网、上海市公安局 TETRA 网等；另外，iDEN 进入我国的时间比 TETRA 早，其用户发展也较顺利并建立了一批 iDEN 系统，如上海中卫国脉 iDEN 网、福建集群通信公司 iDEN 网、深圳市交通局 iDEN 网、浙江宁波港 Harmony 网以及天津港的 Harmony 网等。

GoTa、GT800 是我国自主研发的数字集群通信系统，分别由中兴和华为公司开发。经过试验推广，取得了较好的发展，如 2005 年 7 月，GoTa 系统被纳入山东潍坊市政府应急联动项目；2005 年 10 月，南京第 10 届全国运动会采用了 GoTa 集群网络；2006 年 7 月，GoTa 应用于青岛奥帆国际帆船比赛；2006 年 11 月，武汉应急联动无线指挥调度系统采用 GoTa 技术；中国卫通和中国铁通于 2004 年分别在南京和重庆进行了 GT800 组网试验，目前在重庆拥有超过 40 个 GT800 基站，覆盖重庆主城区 95% 以上的面积，用户包括公安、交警、消防、港务局等不同部门；中国卫通建立了基于 GT800 技术的南京数字集群试验网；辽宁沈阳、吉林长春、广东佛山和广州等地也建立了基于 GT800 的集群网络，满足政府、救援机构和其他专业部门的指挥调度通信需求。另外，GoTa、GT800 在发展国际用户方面也取得了一定进展，如 2005 年 5 月挪威运营商 NMAB 的 GoTa 商用网络正式开通；2006 年美国 Sprint 运营商开通 GoTa 实验局；2007 年 1 月马来西亚运营商 Electcoms 开通 GoTa 网络；2006 年 11 月，GoTa 中标加纳政府国家安全网络项目；利比亚和安哥拉开通 GT800 商用局；在泰国、也门、乌克兰、保加利亚等国家建设了一些 GT800 的商用或试商用网络。

　　作为专业化的指挥、调度通信设施，数字集群通信系统具有体积小、组网灵活、使用方便、成本低廉等特点，可实现调度、群呼、优先呼、虚拟专用网、漫游等功能，在紧急情况下为政府、应急指挥中心、救援人员的通信保障提供最强有力的支持。我国公安、消防、城市应急联动、交通、港务等部门大量配备了集群通信系统，在大多数灾害和突发事件中都少不了集群通信系统的身影。

4. 其他应急通信系统

　　目前，我国还有很多专业部门如水利、电力、交通、矿业、林业等部门也分别建立了各自的专用通信网络，这些专用通信网大多数是以专业部门或地方机构自建、自用方式为主，且这些分散的专用系统的功能相对单一、网络规模通常不大，在较大灾害或重大突发事件情况下对外提供应急通信服务的能力还有一定不足。但总体来说，这些专用通信网为相关部门或地方机构的日常工作指挥调度、协调以及小范围的应急响应和处置提供了最基础的保障手段并发挥着重要作用。

2.5　应急通信标准化现状

2.5.1　国际应急通信标准化情况

　　随着应急通信技术的发展，大多数国际性的组织都已开展了这方面的技术标准研究，其中 ITU-T/R、ETSI、IETF 等是比较有影响的标准化组织。

　　(1) ITU-T/R

　　电信标准化部门（ITU-T）是 ITU 下属机构，主要负责 ITU 有关电信标准方面的工作。ITU-T 从 2001 年开始应急通信的研究，主要研究利用公共系统和电信设施提供预警和减灾能力，并研究国际紧急呼叫以及应急通信所需要的能力增强技术等内容，涉及紧急通信业务（Emergency Telecommunications Service，ETS）和减灾通信业务（Telecommunication for Disaster Relief，TDR）。ITU 下的很多研究组和课题参与了对 ETS/TDR 的研究，例如，SG2 负责研究 ETS/TDR 业务和操作要求的定义以及国际互联；SG4 负责研究 ETS/TDR 网管方面的问题；SG11 负责提出为支持 ETS/TDR 能力在信令方面有哪些要求；SG12 研究 ETS/TDR 能力服务质量和性能方面的要求；SG13 负责 ETS/TDR 的网络体系结构和网间互通的问题；SG15 负责提出传送层的性能和可用性对 ETS/TDR 能力的影响；SG16 负责研究用于 ETS/TDR 能力的多媒体业务体系架构和协议以及 ETS/TDR 的框架；SG17 负责与 ETS/TDR 相关的安全性项目以及如何对使用者进行鉴权的问题；SSG 负责研究为支持 ETS/TDR 能力、3G 移动网络的一些特征以及它们与其他网络的互通要求。主要研究内容见表 2-4。

表 2-4　ITU-T 应急通信研究内容

序号	研　究　内　容
1	E.106 用于赈灾行动的国际应急优化方案（IEPS）
2	E.107 应急电信业务和各国实施 ETS 的互联框架
3	H.246 用户优先级别和 H.225 与 ISUP 之间呼叫始发国家/国际网络的映射
4	H.248.44 多层优先和预占方案
5	H.460.4 呼叫优先指定和 H.323 优先呼叫的呼叫始发识别国家/国际网络

（续）

序号	研 究 内 容
6	H. 460. 14 在 H. 323 系统中支持多级优先和预占
7	H. 460. 21 H. 323 系统的消息广播
8	J. 260 在 IPCablecom 网络上进行应急/灾害通信的要求
9	M. 3350 为支持应急电信业务的调配，通过 TMN X 接口进行信息交流的 TMN 业务管理要求
10	ISUP 中用于 IEPS 支持的信令
11	BICC 中用于 IEPS 支持的信令
12	CBC 中用于 IEPS 支持的信令
13	ATM AAL2 中用于 IEPS 支持的信令
14	DSS2 中用于 IEPS 支持的信令
15	Y. 1271 在不断演进的电路交换和分组交换网络上进行应急通信的网络要求和能力框架
16	Q 系列建议书的增补 47（IMT-2000 网络的应急业务--协调和融合的要求）
17	Q 系列的增补 53（对国际应急优选方案的信令支持）
18	下一代网络-应急电信-技术问题
19	IPCablecom 网络之上的优选电信规范
20	在 IPCablecom 网络上实施优选电信的框架
21	Q 系列建议书的新的增补草案：TRQ. ETS 在 IP 网络中支持应急电信业务的信令要求和 TRQ. TDR 在 IP 网络中支持赈灾电信的信令要求

　　无线电通信部门（ITU-R）是 ITU 下属负责无线电通信标准化工作的机构，ITU-R 从预警和减灾的角度对应急通信展开研究，包括利用固定卫星、无线电广播、科学业务、移动、无线定位等技术实现对公众提供应急通信业务，主要研究内容见表 2-5。

表 2-5　ITU-R 应急通信研究内容

序号	研 究 内 容
1	M. 693 使用数字选择呼叫指示应急位置的 VHF 无线电信标的技术特性
2	M. 830 用于 GMDSS 规定的遇险和安全目的的 15301544MHz 和 1626. 51645. 5MHz 频段内卫星移动网络或系统的操作程序
3	S. 1001 在自然灾害和类似需要预警和救援行动的应急情况下卫星固定业务系统的使用
4	M. 1042 业余和卫星业余业务中的灾害通信
5	F. 1105 救援行动使用的可搬运的固定无线电通信设备
6	M. 1467 A2 和 NAVTEX 范围的预测及 A2 全球水上遇险与安全系统的遇险监测频道的保护
7	M. 1637 在应急和防灾情况下无线电通信设备的全球跨边界流通
8	M. 1746 使用数据通信保护财产的统一频率信道规划
9	BT. 1774 用于公共预警、减灾和防灾的卫星和地面广播基础设施
10	M. 2033 用于保护公众和防灾的无线电通信的目标和要求

　　另外，在数字集群标准方面，ITU 也开展了大量工作，1998 年 3 月，ITU 根据各国提交的集群通信系统标准，专门颁布了一份题目为"用于调度业务的高效频谱数字陆上移动通信系统（Spectrum Efficient Digital Land Mobile System for dispatch traffic）"文件，推荐了 APCO25、Tetrapol、EDACS（Enhanced Digital Access Communications System，增强性数字接入通信系统）、TETRA、DIMRS、IDRA、Geotek 共 7 种数字集群通信体制和系统。其中，APCO-25 标准是 APCO（公共安全通信官员协会）和 NASTD（国家电信管理者协会）制定的标准；TETRA 由 ETSI 制定；IDRA 由日本 ARIB（无线工业及商贸联合会）制定；DIMRS 由

美国和加拿大提出，MOTOROLA 公司的 iDEN 系统就符合 DIMRS 体制；TETRAPOL 由 TET-RAPOL 论坛和 TETRAPOL 用户俱乐部提出；EDACS 由 TIA（电信工业联合会）制定；Geotek 由以色列提出。这些标准中，APCO 25、TETRAPOL、EDACS 采用频分复用技术，TETRA、DIMRS、IDRA 采用时分复用技术，Geotek 采用跳频多址技术。

（2）ETSI

ETSI（欧洲电信标准协会）是由欧共体委员会 1988 年批准建立的一个非盈利性电信标准化组织，ETSI 非常重视应急通信相关标准的制定，为此专门成立了一个研究课题，称为 Emtel，并先后设立了 STF315（紧急呼叫和位置信息）和 STF321（紧急呼叫定位）特别任务组，STF315 目前已经结束，由 STF321 继续应急通信的研究。ETSI 应急通信领域的部分研究内容见表 2-6。

表 2-6　ETSI 应急通信领域的部分研究内容

序号	研　究　内　容
1	ETSI TR 102 180 紧急情况下市民与政府/组织通信的基本需求
2	ETSI TS 102 181 紧急情况下政府/组织之间的通信需求
3	ETSI TS 102 182 紧急情况下政府/组织到市民的通信需求
4	ETSI TR 102 410 紧急情况下市民之间以及市民和政府之间的通信需求
5	ETSI TS 102 424 NGN 网络支持紧急通信的需求，从市民到政府
6	ETSI TS 182 009 支持市民到政府紧急通信的 NGN 体系架构
7	ETSI TR 102 444 短消息和小区广播业务用于紧急消息的分析
8	ETSI TR 102 445 紧急通信网络恢复和准备
9	ETSI TR 102 476 紧急呼叫和 VoIP
10	ETSI SR002299 紧急通信欧洲管制原则
11	DTS/TISPAN-03048 分析各标准组织输出的位置信息相关标准
12	DTS/TISPAN -03049 NGN 支持紧急业务位置信息协议的信令需求和信令架构
13	3GPP TS 23. 167 IMS 紧急呼叫
14	3GPP TS 23. 271 定位业务功能描述
15	3GPP TS 22. 268 公共预警系统需求（PWS）

（3）IETF

IETF 的全称是互联网工程任务组（Internet Engineering Task Force），其主要任务是负责互联网相关技术规范的研发和制定。随着互联网上 VoIP 业务的大量开展，IETF 开始日益重视互联网上的应急通信问题，建立了"基于互联网技术的应急议案工作组"（Emergency Context Resolution with Internet Technologies，ECRIT），研究基于互联网的应急通信问题。IETF 对应急通信的研究涉及需求、架构、协议等方面，部分研究内容见表 2-7。

表 2-7　IETF 应急通信研究内容

序号	研　究　内　容
1	RFC 5012 互联网技术实现紧急呼叫的需求
2	RFC 5031 应用于紧急呼叫业务和其他业务的统一资源名称
3	RFC 5069 紧急呼叫标识与路由寻址的安全威胁与需求
4	RFC 5222 定位业务转换协议
5	RFC 5223 使用动态主机配置协议识别定位业务转换服务器

（4）ATIS

电信产业解决方案联盟（Alliance for Telecommunications Industry Solutions，ATIS）是美国一个致力于通过使用务实、灵活和开放的方法，快速制定或促进通信和相关信息技术标准化工作的组织。ATIS 成立了相应的技术委员会和论坛，不同委员会或论坛根据需要开展了应急通信相关的研究工作，例如，分组技术和系统委员会制定了"ATIS-PP-1000010.2006支持 IP 网络中紧急通信业务的标准"等。同时，为进一步推动应急通信工作，ATIS 还成立了紧急业务互联论坛，为有线、无线、电缆、卫星、互联网和紧急业务网络提供一个相互联系交流的论坛，以推动技术层面和操作层面的决议产生进程。ATIS 开展的部分应急通信相关研究见表 2-8。

表 2-8　ATIS 应急通信相关研究内容

序号	研　究　内　容
1	紧急业务信息接口支持未来向下一代紧急业务网络发展的方向（ATIS-PP-0500002-200x）
2	RNA（传送紧急呼叫）
3	NGN（IMS）紧急呼叫处理（Issues 51）
4	下一代紧急业务定位标准（Issue 50）
5	基于 NGN/IMS 的 NG9-1-1 标准（Issue 49）
6	NG9-1-1 业务协调（Issue 48）
7	支持对语音和非语音的紧急呼叫的定位识别和回复能力（Issue 45）

2.5.2　我国应急通信标准化情况

中国通信标准化协会（China Communications Standards Association，CCSA）是我国开展通信技术领域标准化活动的主要机构。CCSA 自从 2004 年就开始了应急通信相关标准的研究，2009 年 5 月，CCSA 成立应急通信特设任务组（ST3），专门从事我国应急通信标准化研究工作。CCSA 已经开展的应急通信标准涉及公用电信网、集群、定位、视频会议和视频监控、卫星通信等多个方面。CCSA 主要研究的应急通信标准或技术报告见表 2-9。

表 2-9　CCSA 应急通信研究内容

序号	研　究　内　容
1	国家应急通信综合体系和相应标准体系的研究
2	公用电信网支持应急通信的业务需求
3	公用 IP 网支持紧急呼叫的技术要求
4	NGN 架构下支持紧急呼叫的技术要求
5	YD/T 1406-2005 公用电信网间紧急特种业务呼叫的路由和技术实现要求
6	YDC 030-2004 基于 GSM 技术的数字集群通信系统总体技术要求
7	YDC 031-2004 基于 CDMA 技术的数字集群通信系统总体技术要求
8	SJ/T 11228-2000 数字集群通信系统体制
9	GB/T 14391-1993 卫星应急无线电示位标性能要求
10	应急公益短消息服务方案和流程研究
11	不同紧急情况下应急通信基本业务要求
12	卫星通信系统支持应急通信的通用技术要求

2.6 小结与分析

从目前世界各国应急管理现状看，欧、美、日等国家在经历了自然灾害和重大公共事件后，对应急管理和应急通信系统建设都非常重视，并形成了各具特色的应急管理机制和技术支撑系统。

上述国家应急管理的特点可以总结为：

1）都制定了较完善的危机管理法律、法规、制度，并形成完整的体系；

2）设立了常设专职应急管理机构和实施机构，政府首脑对应急管理直接负责，分级分层管理，各应急管理和实施机构间职责分工明确；

3）应急通信能力成为政府应急管理的核心力量并得到充分的发展；

4）建立了普遍的应急教育、培训和公众参与机制，相关机构定期开展教育培训并具有完善的应急预案。

可以说，各发达国家在制度、组织、技术和人员等方面都基本形成了完善的体系，应对自然灾害和重大突发事件的能力越来越强。如美国经过 70 多年的发展，逐渐建成了完善的应急管理法律体系，通过法律、法规的强制约束力对应急通信给予了准确定位，包括在《美国国家安全与紧急待命实施规定》中，明确了电信业在非战争紧急状态、自然灾害期间必须具有为国家和地方政府官员以及总统指定的其他人员提供应急电信服务的能力；在《联邦通信法》第 706 条及其补充条款规定了紧急情况下总统对电信的特权；在《信息系统保障国家计划 v1.0》中规定了紧急情况下通信和信息服务负有的职责。另外，还颁布了一系列其他应急通信相关法律、法规，成立了 FEMA 和 NCS 组织，建设了非常完善的应急通信网络架构，制定了 GETS 计划、CNS 计划、CSI 计划和 TSP 计划等。日本在几十年间制定了数十部与防灾应急有关的法律、法规，目前日本的防灾应急法律体系已经非常完善。在组织机构上形成中央、都道府县、市町村 3 级应急组织机构，在应急通信系统建设方面重点发展了通信卫星、公用电信网以及各种应急通信专网，并推出政策鼓励手机终端植入无线射频、广播接收、GPS 接收等功能，在应急通信专网方面建立了"中央防灾无线网"、"消防防灾无线网"、"防灾行政无线网"、"防灾相互通信网"等应急通信网络，同时，针对不同专业或部门的需求，建设了水防通信网、警用通信网、防卫通信网、海上保安通信网以及气象通信网等专业通信网。

从国内外经验看，发达国家在经历了灾害和突发事件后都加大了应急通信的发展力度并取得了一定成效，但由于应急通信管理机制和系统建设工作是个复杂的系统工程，很难一蹴而就，必然是一个长期发展、不断完善的过程。从我国目前形势看，由于我国在应急通信管理和系统建设上起步相对较晚，在应急通信管理机制上还有需要完善的地方，应急通信系统建设和技术能力还需要不断加强。同时，由于近年来我国自然灾害频发、突发事件不断，我国正进入"突发公共事件高发期"和"自然灾害高发期"，如何应付这"两高"是我国政府当务之急，需要从技术和管理两个方面加强应急通信体系建设。

第3章　现有应急通信系统

本章要点：

- 卫星通信系统
- 短波通信系统
- 应急通信车
- 集群等其他可用于应急通信的系统

本章导读：

　　由于应急通信所要面对的突发性、不确定性，现有应急通信系统多以移动通信为基础，以求实现较高的机动性、快速组网等特殊需求。本章对现有应急通信系统中比较常见的卫星通信系统、短波通信系统、应急通信车和其他可用于应急通信的通信系统做一个全面系统的介绍，帮助读者了解现有应急通信系统的构成、原理等基本知识。

　　应急通信系统是为满足各类紧急情况下的通信需求而产生的，而自然灾害、卫生事件、尤其是社会事件等突发公共安全事件发生的地点和规模都无法提前预知和准备，各类紧急情况具有如下共同的特点：

　　1）需要应急通信的时间一般不确定，人们无法进行事先准备，如海啸、地震、水灾、火灾、飓风等突发事件。只有极少数情况下，如重要节假日、重要会议等，可以预料到需要应急通信的时间。

　　2）需要应急通信的地点一般不确定。

　　3）在通信量突发时，人们无法预知需要多大的容量才能满足需求。

　　4）进行应急通信时，需要什么类型的网络不确定。

　　以 2008 年 5 月 12 日，四川汶川发生的 8 级地震为例，汶川等多个县级重灾区内通信系统全面阻断，昔日高效、便捷的通信网络遭受毁灭性打击而陷入瘫痪。网通、电信、移动和联通四大运营商在灾区的互联网和通信链路全部中断。四川等地长途及本地话务量上升至日常 10 倍以上，成都联通的话务量达平时的 7 倍，短信是平时的两倍，加上断电造成传输中断，电话接通率是平常均值的一半，短信发送迟缓，整个灾区霎时成了"信息孤岛"。

　　应急通信的规模不确定、地点不确定、影响范围不确定，但有一点可以肯定，现代信息社会中人们对通信的依赖性大大增加，并且突发事件的传播速度非常之快，对网络所产生的冲击很大，对国家和社会安全的影响也很大。

　　应急通信不同于常规通信，其场景众多、环境复杂恶劣，并且应急通信呈现出日益迫切的多媒体化需求，在传递语音的基础上，还需要传送大量的数据、视频、图片等多种媒体信息。

　　发生公众紧急情况时，涉及的用户数量和网络规模都很大，且具有不确定性，在正常情况下通畅的网络，可能由于紧急情况所造成的大话务量，或出现的复杂环境，导致不畅通，因此应急通信相对于正常网络，对网络和设备提出了更高的要求，例如：

1）组网灵活：可根据应急通信的范围大小，迅速、灵活地部署设备，构建网络。

2）快速布设：不管是基于公网的应急通信系统，还是专用应急通信系统，都应该具有能够快速布设的特点。在可预测的事件诸如大型集会、重要节假日景点活动等面前，通信量激增，基于公网的应急通信设备应该能够按需迅速布设到指定区域；在破坏性的自然灾害面前，留给国家和政府的反应时间会更短，这时应急通信系统的布设周期会显得更加关键。

3）小型化：应急通信设备需要具有小型化的特点，并能够适应复杂的物理环境。在地震、洪水、雪灾等破坏性的自然灾害面前，基础设施部分或全部受损，便携式的小型化应急通信设备可以迅速运输、快速布设，快速建立和恢复通信。

4）节能型：由于通信对电力有很强的依赖性，某些应急场合电力供应不健全甚至完全没有供电，完全依靠电池供电会带来诸多问题。因此，应急系统应该尽可能地节省电源，满足系统长时间、稳定的工作。

5）简单易操作：应急通信系统要求设备简单、易操作、易维护，能够快速地建立、部署、组网。操作界面友好、直观，硬件系统连接端口越少越好。所有接口标准化、模块化，并能兼容现有的各种通信系统。

6）具有良好的服务质量保障：应急通信系统应具有良好的传输性能、语音视频质量等，并且网络响应迅速，快速建立通话，能针对应急所产生的突发大话务量做出快速响应，保证语音畅通，应急短消息的及时传播。

下面分别介绍现有几种普遍使用的应急通信系统，包括卫星通信系统、短波通信系统、应急通信车以及集群等应急通信系统。

3.1　卫星通信系统

卫星通信是指利用人造卫星作为中继站转发无线电信号，在两个或多个地球站之间进行的通信。实现上述功能的系统就称为卫星通信系统。

3.1.1　卫星通信基本知识

1. 卫星通信的原理和主要特点

卫星通信系统是由空间部分（通信卫星）和地面部分（通信地面站）两大部分构成的。在这一系统中，通信卫星实际上就是一个悬挂在空中的通信中继站。它居高临下，视野开阔，只要在它的覆盖照射区以内，不论距离远近都可以通信，通过它转发和反射电报、电视、广播和数据等无线信号。

通信卫星工作的基本原理如图3-1所示。从地面站A发出无线电信号，这个微弱的信号被卫星甲的通信天线接收后，首先在通信转发器中进行放大、变频和功率放大，最后再由卫星甲的通信天线把放大后的无线电波重新发向地面站B，从而实现地面站A和B之间的远距离通信。当地面站B要和地面站C之间进行通信时，与地面站A和B之间通信类似，地面站B发出无线电信号，这个信号被卫星甲接收后，再发送给卫星乙，卫星乙收到信号后，再发送给地面站C，从而实现地面站B和C之间的远距离通信。如此，就可实现两个或多个地面站的远距离通信。举一个简单的例子：如北京市某用户要通过卫星与大洋彼岸的另一用户打电话，先要通过长途电话局，由它把用户电话线路与卫星通信系统中的北京地面站连通，地面站把电话信号发射到卫星，卫星接到这个信号后通过功率放大器，将信号放大再转发到大西洋彼岸的地面站，地面站把电话信号取出来，送到受话人所在的城市长途电话局转接用户。

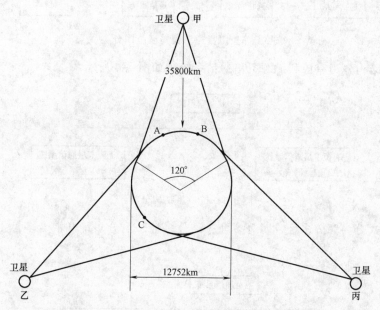

图 3-1　Arthur C. Clarke 提出的卫星通信设想图

卫星通信优点有：覆盖面广，通信距离远，不受地理条件限制；通信频带宽，传输容量大；组网灵活、易于实现多址通信、具有优良的广播特性；性能稳定可靠，传输质量高等优点。缺点有：通信时延较长；通信链路易受外部条件影响；存在日凌中断和星蚀现象等。

2. 卫星通信系统的分类

卫星通信系统的分类方法有很多种，比较常见的有按照卫星的运动状态（制式）、卫星的通信覆盖区范围、卫星的结构、通信的多址方式、采用的基带信号体制、通信使用的频段、用户性质、用途、卫星的转发能力进行分类，具体如下：

按卫星运动状态（制式）分为同步卫星通信系统、运动卫星通信系统，如图 3-2 所示。

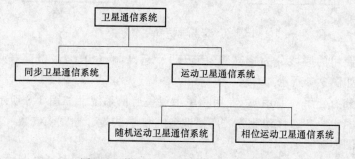

图 3-2　按卫星运动状态（制式）分类

按卫星通信覆盖区范围分为全球、国际、国内和区域卫星通信系统，如图 3-3 所示。

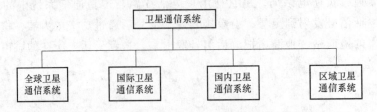

图 3-3　按卫星通信覆盖区范围分类

按卫星的结构分为有源和无源卫星通信系统，如图 3-4 所示。

图 3-4　按卫星结构分类

按多址方式分为频分多址、时分多址、码分多址、空分多址和混合多址卫星通信系统，如图 3-5 所示。

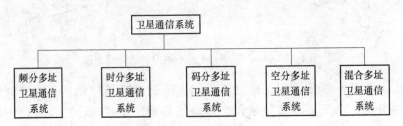

图 3-5　按多址方式分类

按基带信号体制分为模拟和数字卫星通信系统，如图 3-6 所示。

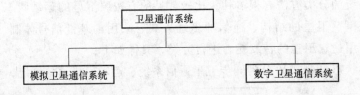

图 3-6　按基带信号体制分类

按卫星通信使用的频段分为特高频（UHF）、超高频（SHF）、极高频（EHF）和激光卫星通信系统，如图 3-7 所示。

按用户性质分为公用（商用）、专用和军用卫星通信系统，如图 3-8 所示。

按用途分为固定业务、移动业务、广播业务、科学试验、导航、气象、军事、数学等卫星通信系统，如图 3-9 所示。

按转发能力分为无星上处理能力、有星上处理能力卫星通信系统，如图 3-10 所示。

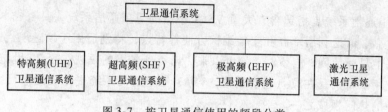

图 3-7　按卫星通信使用的频段分类

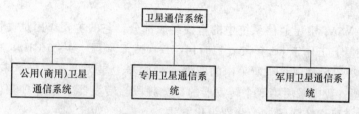

图 3-8　按用户性质分类

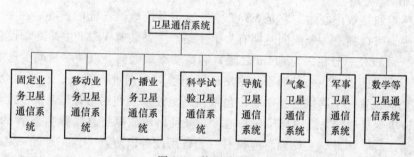

图 3-9　按用途分类

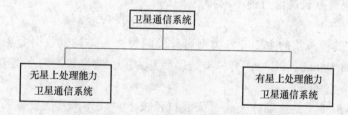

图 3-10　按转发能力分类

另外，按照卫星运行轨道的高度、形状、倾角等的不同，可以把卫星通信的运行轨道分为不同类型。按照轨道高度可划分为低轨、中轨、同步静止轨道和高轨。按照轨道形状可划分为圆轨道和椭圆轨道。按照轨道倾角可划分为赤道轨道、倾斜轨道、极轨道。

3.1.2　卫星通信系统介绍

1. VSAT 卫星通信系统

VSAT 是"Very Small Aperture Terminal"的缩字，直译为"甚小口径（卫星）终端"，即通常所说的"甚小口径卫星地球站"，简称"（VSAT）小站"。通常它是指天线口径小于 2.4m，G/T（天线增益/天线温度）值低于 19.7dB/K 的高度智能化控制的地球站。目前，采用扩频方式（SS）的 C 频段 VSAT，其天线口径可进一步压缩；Ku 频段的天线口径已经小于 1.8m。

VSAT 卫星通信系统是指包含有大量 VSAT 小站的卫星通信系统，具有成本低、体积小、智能化、高可靠、信道利用率高和安装维护方便等特点，特别适用于缺乏现代通信手段、业务量小的专用卫星通信网。自 VSAT 问世以来，已得到各国的重视，至 20 世纪 80 年代中期获得了广泛应用。特别是在应急通信领域，VSAT 卫星通信系统更是表现出巨大的优势，成为卫星通信中的热门领域之一。

VSAT 卫星通信系统主要由通信卫星、主站和众多小站构成。

（1）通信卫星

通信卫星是 VSAT 卫星通信系统中的重要组成部分，它的主要作用是提供空间通信，一般由同步通信卫星上工作于 Ku 频段（11～14GHz）或 C 频段（4～6 GHz）的卫星转发器实现。以公众 VSAT 卫星通信系统所采用的亚洲一号同步卫星为例，它定于东经 105.50°。星上有 24 个转发器，我国采用第 8 个转发器的部分频段。转发器工作于 C 频段，采用卫星北半球波束，该波束可覆盖我国，为线性极化方式。

（2）主站

主站也称枢纽站或中心站，它是 VSAT 卫星通信系统地面部分的核心。在一个 VSAT 卫星通信系统中，可以拥有一个或同时拥有多个主站。主站装有 VSAT 主站终端设备、口径较大的天线（天线口径一般在 3.5～11m 之间）和高功率放大器，以便尽量减少远端小站的发射功率，降低小站的成本。一般而言，主站还承担着对全网进行管理、监测和控制的责任。因此，主站还应设置一个网络监控中心，包括网络监控系统和网络管理系统。此外，由于主站在整个 VSAT 卫星通信系统中居于核心地位，一旦出现故障将直接影响整个 VSAT 卫星通信系统的正常工作，因此，主站通常应设有一套备用设备以防万一，并通过一定的技术手段实现数据实时备份。在实际应用中，主站一般是作为数据的发送方，这一需求特点也决定了主站的数据端口应具有较高信息速率的特点。

（3）VSAT 小站

VSAT 小站按其所承担的主要业务类型可分成两类：一类是以数据为主的小型个人地球站（Personal Earth Station，PES）；另一类是以话务为主、兼容数据的小型电话地球站（Telephone Earth Station，TES）。

在形式上，VSAT 小站终端除天线（天线口径较小）以外，其他设备和构造与主站比较类似。由于 VSAT 小站在 VSAT 卫星通信系统中居于从属地位，且在实际应用中以数据接收功能为主，考虑到成本等因素，一般不需要网络监控系统和备份系统。

VSAT 卫星通信系统主要有 4 种类型，即：

1）非扩展频谱 VSAT，这种类型的 VSAT 工作于 Ku 频段，具有高速度和双向的通信特点，采用无扩频相移键控调制技术和自适应带宽接入协议。

2）采用扩展频谱的 VSAT，这种类型的 VSAT 工作于 C 频段，可提供单向或双向数据通信业务。

3）扩展频谱超小口径终端，它的天线口径通常为 0.3～0.5m，是目前最小的双向数据通信地球站。

4）T 型小口径终端（TSAT），这种类型的终端可以传输点对点双向综合数据、图像和话音，能与 ISDN 接口不需要主站就可以构成网状结构，是一种较高级的 VSAT，TSAT 系统一般采用 2.4m 口径天线。TSAT 系统通过 Ku 频段和 C 频段的卫星转发器工作，安装简便，网路结构容易改变，适合于多种应用场合。

2. Iridium 卫星通信系统

Iridium 卫星通信系统（简称"铱星系统"）属于低轨道卫星移动通信系统，由 Motorola 公司提出并主导建设，由分布在 6 个轨道平面上的 66 颗卫星组成，这些卫星均匀地分布在 6 个轨道面上，轨道高度为 780km。主要为个人用户提供全球范围内的移动通信，采用地面集中控制方式，具有星际链路、星上处理和星上交换功能。铱星系统除了提供电话业务外，还提供传真、全球定位、无线电定位以及全球寻呼业务。从技术上来说，这一系统是极为先进的，但从商业上来说，它是极为失败的，存在着目标用户不明确、成本高昂等缺点。目前该系统基本上已复活，由新的铱星公司代替旧铱星公司，重新定位，再次引领卫星通信的新时代。

铱星系统的主要服务对象是那些没有陆地通信线路或手机信号覆盖的地区，以及信号太弱或超载的地区，为身处这些地区的用户提供可靠的通信服务，其商业服务市场包括航海、航空、急救、石油及天然气开采、林业、矿业、新闻采访等领域。铱星还为美国国防部及其他国家的国防部门提供卫星通信服务。

铱星系统最大的优势是其良好的覆盖性能，可达到全球覆盖（包括南北两极）。极地轨道使得铱星系统可以在南北两极提供畅通的通信服务。铱星系统是目前惟一可以实现在两极通话的卫星通信系统。

3. Inmarsat 卫星通信系统

Inmarsat 卫星通信系统是由国际海事卫星组织管理的全球第一个商用卫星移动通信系统。原来中文名称为"国际海事卫星通信系统"，现更名为"国际移动卫星通信系统"。Inmarsat 卫星通信系统是船舶遇险安全通信的主要支持系统，并承担陆地应急通信和灾害救助通信，是全球业务发展最好，技术最先进的移动卫星通信系统之一。

Inmarsat 通过租用美国的 Marisat 卫星、欧洲的 Marecs 卫星和国际通信卫星组织的 Intelsat-V 卫星（都是 GEO 卫星），构成了第一代的 Inmarsat 卫星通信系统，为海洋船只提供全球海事卫星通信服务和必要的海难安全呼救通道。第 2 代 Inmarsat 卫星通信系统的 3 颗卫星于 20 世纪 90 年代初布置完毕。对于早期的第 1、2 代 Inmarsat 系统，通信只能在船站与岸站之间进行，船站之间的通信应由岸站转接形成"两跳"通信。为支持船站之间可直接通信，并支持便携电话终端，1994 年起用了具有点波束的第 3 代 Inmarsat 卫星通信系统。目前，Inmarsat 卫星通信系统正在逐步进入第 4 代，力求全面解决陆地移动通信网络覆盖不足，同数据、视频通信需求无处不在之间的矛盾，将为海上安全航行、遇险搜救提供更加可靠的通信保障。下面就以第三代 Inmarsat 卫星通信系统为主对 Inmarsat 卫星通信系统作一个简单介绍，如无特别说明，下文中提到的 Inmarsat 卫星通信系统均指第 3 代 Inmarsat 卫星通信系统。

Inmarsat 卫星通信系统由 3 个主要部分组成：空间段、地面段（卫星通信地面网络）和用户段（卫星移动通信终端），如图 3-11 所示。

空间段：Inmarsat 卫星通信系统的空间段由 4 颗 GEO 卫星构成，分别覆盖太平洋（卫星定位于东经 178°）、印度洋（东经 65°）、大西洋东区（西经 16°）和大西洋西区（西经 54°）。4 颗卫星分别称作太平洋区卫星（POR）、印度洋区卫星（IOR）、大西洋东区卫星

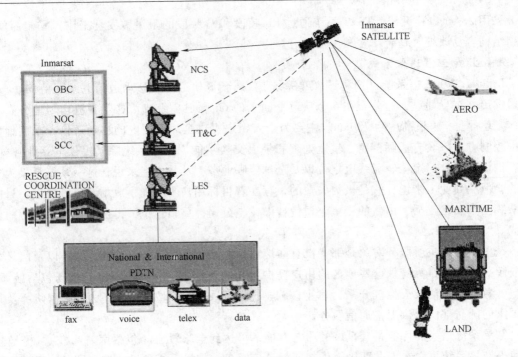

图 3-11　Inmarsat 卫星通信系统组成示意图

（AOR-E）、大西洋西区卫星（AOR-W）。卫星的主要作用是接收岸站和船站发来的信号，对所接收的信号加以放大和处理，然后转发给船站或岸站。通过这 4 颗通信卫星，Inmarsat 卫星通信系统实现了将地球南北纬 76°之间的表面全部覆盖。

地面段：Inmarsat 卫星通信系统的网络控制中心位于伦敦 Inmarsat 总部，它负责对整个 Inmarsat 通信网的营运和管理。此外，在每个洋区都有一个地球站兼作网络协调站，对本洋区的通信情况进行监控，负责本洋区通信网的营运和管理。

Inmarsat 卫星通信系统在四大洋区的海岸附近有一些地球站（习惯上称为岸站）。地球站分属 Inmarsat 签字国主管部门所有，它既是与地面公用网的接口，也是卫星系统的控制和接入中心。

用户段：根据 Inmarsat 的业务发展，用户段的终端类型可分为 A 型、B 型、C 型、D 型、E 型、M 型、航空型等。A 型终端是 Inmarsat 卫星通信系统早期（20 世纪 80 年代）的主要大型船舶终端，采用模拟调频方式。B 型终端是 A 型站的数字式替代产品，支持 A 型站的所有业务，使用的卫星功率仅为 A 型的一半，空间段费用大大降低，同时终端站的体积、质量比 A 型站减少了许多。

C 型终端是用于全球存储转发式低速数据小型终端。D 型终端是用于 Inmarsat 全球卫星短信息服务系统的地面终端，它支持总部与边远地区人员、无人值守设备和传感器之间的双向短信息通信。E 型终端是卫星应急无线电示位标终端，是全球海上遇险告警专用设备。

M 型终端是小型的数字电话（4.8kbit/s）、传真和数据（2.4kbit/s）终端机，其体积、质量与笔记本计算机相当，该终端已得到了相当广泛的应用。航空终端（Inmarsat-Aero）用于飞机之间和飞机与地面之间的通信。

4. GlobalStar 卫星通信系统

GlobalStar 卫星通信系统是美国 LQSS（Loral Qualcomm Satellite Service，由 Loral 宇航局

和 Qualcomm 公司共同组建）公司于 1991 年提出的低轨道卫星移动通信系统。虽然 Globalstar 卫星通信系统与 Iridium 卫星通信系统都是低轨道卫星通信系统，但其在结构设计和技术实现上却不相同。这一特点也充分体现了卫星通信系统的灵活性和多样性。Globalstar 卫星通信系统属于非迂回型，不单独组网，其作用只是保证全球范围内任意用户随时可以通过该系统接入地面公共网联合组网，其联结接口设在关口站。

Globalstar 卫星通信系统的基本设计思想是利用低轨道卫星组成一个可实现全球覆盖的语音、传真、数据、定位等业务的卫星移动通信系统，作为地面蜂窝移动通信系统和其他移动通信系统的延伸和补充。Globalstar 卫星通信系统采用低成本、高可靠的系统设计，一个关口站只需要 35 万美元。其终端手持机的价格也与目前市场上移动蜂窝手机的价格相当，并不十分昂贵，且其服务范围不受限制，同一手持机就可以在世界上任何的地方、任何时间与任何地方的用户建立迅速、可靠的通信联络。从商业服务的角度上看，Globalstar 卫星通信系统的服务对象更适合那些无基础通信设施的边远地区用户、跨国漫游用户等，以及希望完成通信覆盖的电信运营企业、行业内部通信网用户，甚至是政府专用通信网用户等。按目前 Globalstar 卫星通信系统合作伙伴的分布情况来看，它可以为 33 个国家提供服务，其中包括 14 个欧洲国家，8 个亚洲国家，6 个美洲国家以及其他地区的 5 个国家。

5. GPS

GPS（Global Positioning System，全球定位系统）是由美国国防部于 20 世纪 70 年代研制的一种全天候、空间基准的导航系统，主要目的是为美军提供实时、全天候和全球性的导航服务，并用于情报收集、核爆监测和应急通信等一系列军事目的。由于 GPS 的定位技术具有高精度、高效率和低成本等优点，且使用者只需拥有 GPS 接收机，无需另外付费，使得其在民用服务方面迅速得到普及。GPS 信号分为民用的标准定位服务和军规的精密定位服务两类。民用信号中加有误差，其最终定位精确度大概在 100m 左右；军规的精度在 10m 以下。这是一个由覆盖全球的 24 颗卫星组成的中距离圆形轨道卫星系统，可以保证在任意时刻，地球上任意一点都可以同时观测到 5 颗以上卫星，以保证卫星可以采集到该观测点的经纬度和高度，以便实现导航、定位、授时等功能。

GPS 由 3 部分组成：空间部分（GPS 星座）、地面控制部分（地面监控系统）、用户设备部分（GPS 信号接收机）。

GPS 的空间部分是由 24 颗工作卫星（其中 3 颗为在轨备用卫星）组成，它位于距地表 20200km 的上空，均匀分布在 6 个轨道面上（每个轨道面 4 颗），轨道倾角为 55°。

GPS 的地面控制部分由 1 个主控站、5 个全球监测站和 3 个地面控制站组成。监测站均配装有精密的铯钟和能够连续测量到所有可见卫星的接收机。监测站将取得的卫星观测数据，包括电离层和气象数据，经过初步处理后，传送到主控站。主控站从各监测站收集跟踪数据，计算出卫星的轨道和时钟参数，然后将结果送到 3 个地面控制站。地面控制站在每颗卫星运行至上空时，把这些导航数据及主控站指令注入到卫星。这种注入对每颗 GPS 卫星每天一次，并在卫星离开注入站作用范围之前进行最后的注入。如果某地面站发生故障，那么在卫星中预存的导航信息还可用一段时间，但导航精度会逐渐降低。

用户设备部分即 GPS 信号接收机，其主要功能是能够捕获到按一定卫星截止角所选择的待测卫星，并跟踪这些卫星的运行。当接收机捕获到跟踪的卫星信号后，即可测量出接收天线至卫星的伪距离和距离的变化率，解调出卫星轨道参数等数据。根据这些数据，接收机中的微处理计算机就可按定位解算方法进行定位计算，计算出用户所在地理位置的经纬度、高度、速度、时间等信息。接收机硬件和机内软件以及 GPS 数据的后处理软件包构成完整的 GPS 用户设备。目前各种类型的接收机体积越来越小，重量越来越轻，便于野外观测使用。

GPS 的主要用途包括人员及车辆定位导航、应急反应、大气物理观测、地球物理资源勘探、工程测量、变形监测、地壳运动监测、市政规划控制等陆地应用，船只定位导航、远洋船最佳航程航线测定、船只实时调度与导航、海洋救援、海洋探宝、水文地质测量以及海洋平台定位、海平面升降监测等海洋应用，以及飞机定位导航、航空遥感姿态控制、低轨卫星定轨、导弹制导、航空救援和载人航天器防护探测等航空航天应用。

GPS 除了用于导航、定位、测量外，由于 GPS 的空间卫星上载有的精确时钟可以发布时间和频率信息，因此，以空间卫星上的精确时钟为基础，在地面监测站的监控下，传送精确时间和频率是 GPS 的另一重要应用，应用该功能可进行精确时间或频率的控制，可为许多工程实验服务。此外，还可利用 GPS 获得气象数据，为某些实验和工程应用。

6. GLONASS

GLONASS（Global Navigation Satellite System，全球导航卫星系统）是前苏联从 20 世纪 80 年代初开始建设的与美国 GPS 相类似的卫星定位系统，现在由俄罗斯空间局管理。

与 GPS 一样，GLONASS 由 3 个基本部分组成，即空间部分（GLONASS 星座）、地面控制部分（地面监控系统）、用户设备部分（GLONASS 信号接收机）。

GLONASS 空间星座由 24 颗卫星组成，工作卫星有 21 颗，分布在 3 个轨道平面上，同时有 3 颗备份星。

GLONASS 地面控制部分由系统控制中心、中央同步处理器、遥测遥控站（含激光跟踪站）和外场导航控制设备组成。地面控制部分的功能由前苏联境内的许多场地来完成。随着前苏联的解体，GLONASS 由俄罗斯航天局管理，地面控制部分已经减少到只有俄罗斯境内的场地了，系统控制中心和中央同步处理器位于莫斯科，遥测遥控站位于圣彼得堡、捷尔诺波尔、埃尼谢斯克和共青城。

GLONASS 用户设备（即 GLONASS 信号接收机）能接收卫星发射的导航信号，并测量其伪距和伪距变化率，同时从卫星信号中提取并处理导航电文。接收机处理器对上述数据进行处理并计算出用户所在的位置、速度和时间信息。GLONASS 提供军用和民用两种服务。GLONASS 绝对定位精度水平方向为 16m，垂直方向为 25m。目前，GLONASS 的主要用途是导航定位，当然与 GPS 一样，也可以广泛应用于各种等级和种类的测量应用、GIS 应用和时频应用等。

GLONASS 与 GPS 有许多不同之处，见表 3-1。

表 3-1　GLONASS 与 GPS 对比

项　目	GPS	GLONASS
星座卫星数	24	24
轨道面个数	6	3
轨道高度/km	20200	19100
运行周期	11h58min	11h15min
轨道倾角（°）	55	65

（续）

项　目	GPS	GLONASS
载波频率/MHz	L1:1575.42	L1:1602.56~1615.50
	L2:1227.60	L2:1246.44~1256.50
传输方式	码分多址	频分多址
调制码	C/A 码和 P(Y) 码	SP 码和 HP 码
时间系统	UTC	UTC
坐标系统	WGS-84	PE-90
SA	有(2000 年 5 月 1 日取消)	无
AS	有	无

　　一是卫星发射频率不同。GPS 的卫星信号采用码分多址体制，每颗卫星的信号频率和调制方式相同，不同卫星的信号靠不同的伪码区分。而 GLONASS 采用频分多址体制，卫星靠频率不同来区分，每组频率的伪随机码相同。由于卫星发射的载波频率不同，GLONASS 可以防止整个卫星导航系统同时被敌方干扰，因而，具有更强的抗干扰能力。

　　二是坐标系不同。GPS 使用世界大地坐标系（WGS-84），而 GLONASS 使用前苏联地心坐标系（PE-90）。

　　三是时间标准不同。GPS 与世界协调时相关联，而 GLONASS 则与莫斯科标准时相关联。

7. 卫星导航定位系统

　　Galileo 是伽利略卫星导航定位系统的简称。该系统是欧洲计划建设的新一代民用全球卫星导航系统，也是继美国 GPS 及俄罗斯的 GLONASS 外，第三个可供民用的定位系统，预计会于 2010 年开始运作，目的是为用户提供更准确的数据；加强对包括挪威、瑞典等高纬度地区的覆盖；减低对现有 GPS 的依赖，尤其是在战争发生时。

　　与 GPS、GLONASS 不同，Galileo 系统由 4 个基本部分组成，即空间部分（Galileo 星座）、环境部分（研究环境干扰的解决方案）、地面控制部分（地面监控系统）、用户设备部分（Galileo 信号接收机）。

　　空间部分由位于中高度（MEO）30 颗卫星构成，这些卫星分置于 3 个轨道面内，轨道高度为 23222km，倾角为 56°。

　　Galileo 的环境部分是新增的部分，实际上在 GPS 和 GLONASS 中都是隐含的部分，在伽利略中明确提升到最关键的组成部分中来，这是由于实用需求日益广泛和技术进步带来的结果，因为定位精度日益提高和可靠性更加重份量的客观需求，以及使用中遇到的各种各样的问题，必然要把这个环境段放到重要位置上加以考虑。环境段主要研究电离层、对流层、电波干扰和多径效应，以及它们的缓解技术和对策。

　　地面控制部分主要包括伽利略控制中心（2 个）、C 波段任务上行站（5 个）、伽利略上行站（5 个，TT&C-S 波段和 ULS-C 波段）、伽利略传感器站（29 个），以及 Delta 完好性处理装置和任务管理办公室。它们之间由伽利略数据链路和伽利略通信网络进行连接，外面相关的部门还包括搜索救援中心和世界协调时部门等。

　　由于涉及到海陆空天各种应用领域，且 Galileo 提供的服务及水平要比 GPS 多得多和高得多，所以对用户接收机的要求就更高更广更多，而且还应兼顾到与 GPS 的兼容互动。

　　与 GPS 相比，虽然 Galileo 提供的信息仍还是位置、速度和时间，但是 Galileo 提供的服务种类远比 GPS 多。GPS 仅提供两种服务：标准定位服务和精确定位服务；而 Galileo 提供如下 5 种主要服务：

1）公开服务，与 GPS 的标准定位服务相类似，免费提供定位、导航和授时服务，供大批量导航市场应用。公开服务定位精度通常为 15～20m（单频）和 5～10m（双频）两个档次。主要的对象是一般大众，例如，一般汽车的导航系统、用行动电话来定位或提供收信者在特定地点的国际标准时间测定。

2）商业服务，对公开服务的一种增值服务，以获取商业回报，它具备加密导航数据的鉴别功能，为测距和授时专业应用提供有保证的服务承诺。例如，在公开服务部分的信号中额外传输已锁码的资料；在应用中用精确定位服务信号替代公开服务信号来精确定位；支持与无线通信网络整合后提供的航空信号等。

3）公共规范服务，是为欧盟会员国安全应用以及具有战略意义的活动而专门设置的。指在欧盟会员国政府所规范的与国家安全、治安、警政、法律施行、紧急救助，迫切性的能源、运输及通信应用，或与欧洲利益息息相关的经济或工业活动。其卫星信号更为可靠耐用，受成员国控制。公共规范服务定位精度有局域增强时能达到 1m，商用服务有局域增强时为 10cm～1m。

4）生命安全服务，应用于交通运输、引导船只入港、铁路运输管制、进阶的交通管制及自动化等，可以同国际民航组织标准和推荐条款中的"垂直制导方法"相比拟，并提供完好性信息。

5）搜救服务，其功能基本上与 COSPAS-SARSAT（全球卫星搜救）系统相同，但做了一些改善。COSPAS-SARSAT 系统由美国、加拿大、法国及俄罗斯联合创立，目前许多国家都有自己的资料处理站，这个系统包括 4 个以上低轨道卫星与 3 个以上的静止卫星，这些卫星会接收来自海上与空中发出的求救信号，予以定位之后，卫星会继续将信号传到资料处理中心，资料处理中心再将消息传达给与救难搜寻相关的联络中心。

以上所述的前 4 种是伽利略的核心服务，最后一种则是支持 SARSAT 的服务。

8. 北斗卫星导航定位系统

北斗卫星导航定位系统是中国自行研制开发的区域性有源三维卫星定位与通信系统。该系统由 3 颗（2 颗工作卫星、1 颗备用卫星）北斗定位卫星（北斗一号）、地面控制中心为主的地面部分和北斗用户终端 3 部分组成。可向用户提供全天候、24 小时的即时定位服务，定位精度可达数十纳秒的同步精度，其精度与 GPS 相当。

北斗卫星导航定位系统由 2 颗地球静止卫星（800E 和 1400E）、1 颗在轨备份卫星（110.50E）、中心控制系统、标校系统和各类用户机等部分组成。

北斗卫星导航定位系统具备如下功能：

1）短报文通信：北斗系统用户终端具有双向报文通信功能，用户可以一次传送 40～60 个汉字的短报文信息。

2）精密授时：北斗系统具有精密授时功能，可向用户提供 20～100ns 时间同步精度。

3）定位精度：水平精度 100m 表示测量精度的一个统计概念，可保留也可去掉，设立标校站之后为 20m（类似差分状态）。工作频率：2491.75MHz。

4）系统容纳的最大用户数：每小时 540000 户。

北斗卫星导航定位系统与 GPS 比较，有如下方面的不同。

1）覆盖范围：北斗卫星导航定位系统是覆盖中国本土的区域导航系统，覆盖范围东经约 70°～140°，北纬 5°～55°；GPS 是覆盖全球的全天候导航系统，能够确保地球上任何地点、任何时间能同时观测到 6～9 颗卫星（实际上最多能观测到 11 颗）。

2）卫星数量和轨道特性：北斗卫星导航定位系统是在地球赤道平面上设置 2 颗地球同步卫星，且两颗卫星之间的赤道角距约 60°；GPS 是在 6 个轨道平面上设置 24 颗卫星，轨道倾角为 55°，升交点赤道角距 60°；GPS 导航卫星为准同步轨道，绕地球一周 11h58min。

3）定位原理：北斗卫星导航定位系统是主动式双向测距二维导航。地面中心控制系统解算，供用户三维定位数据。GPS 是被动式伪码单向测距三维导航。由用户设备独立解算自己三维定位数据。北斗卫星导航定位系统的这种工作原理带来两个方面的问题，一是用户定位的同时失去了无线电隐蔽性，这在军事上相当不利，另一方面由于设备必须包含发射机，因此在体积、重量上、价格和功耗方面处于不利的地位。

4）定位精度：北斗卫星导航定位系统的三维定位精度约几十米，授时精度约 100ns；GPS 三维定位精度 P（Y）码目前已由 16m 提高到 6m，C/A 码目前已由 25～100m 提高到 12m，授时精度目前约 20ns。

5）用户容量：北斗卫星导航定位系统由于是主动双向测距的询问—应答系统，用户设备与地球同步卫星之间不仅要接收地面中心控制系统的询问信号，还要求用户设备向同步卫星发射应答信号，这样系统的用户容量取决于用户允许的信道阻塞率、询问信号速率和用户的响应频率，因此北斗导航系统的用户设备容量是有限的；GPS 是单向测距系统，用户设备只要接收导航卫星发出的导航电文即可进行测距定位，因此 GPS 的用户设备容量是无限的。

6）生存能力：和所有导航定位卫星系统一样，北斗卫星导航定位系统基于中心控制系统和卫星的工作，但是北斗卫星导航定位系统对中心控制系统的依赖性明显要大很多，因为定位解算在哪里不是由用户设备完成的。为了弥补这种系统易损性，GPS 正在发展星际横向数据链技术，使万一主控站被毁后 GPS 卫星可以独立运行。而北斗卫星导航定位系统从原理上排除了这种可能性，一旦中心控制系统受损，系统就不能继续工作了。

7）实时性：北斗卫星导航定位系统用户的定位申请要送回中心控制系统，中心控制系统解算出用户的三维位置数据之后再发回用户，其间要经过地球静止卫星走一个来回，再加上卫星转发，中心控制系统的处理，时间延迟就更长了，因此对于高速运动体，就加大了定位的误差。

8）北斗卫星导航定位系统具备短信通信功能，GPS 则没有。

3.1.3　卫星应急通信设备

1. Inmarsat 卫星通信终端

Inmarsat 与 Aces 合作推出 IsatPhone 手持机，语音清晰、信号强、覆盖广（亚洲、非洲、中东）。随着 Inmarsat 与 Aces 的合作，Inmarsat 于 2007 年 7 月 16 日推出新的卫星电话服务，宣告进入手持和固定卫星电话市场。新服务包括手持、固定和海用卫星电话，品牌分别为 IsatPhone、LandPhone 和 FleetPhone。

IsatPhone 是手持式双模卫星电话（卫星模式/GSM 模式），适合在缺乏通信基础条件、通信基础条件落后的地区工作的商务旅行者和个人用户使用。IsatPhone 可在亚洲、非洲和中东地区使用。

LandPhone 是一种针对偏远地区室内外使用的固定电话解决方案。

图 3-12 给出了 Inmarsat 卫星通信终端的几个示例。

图 3-12　Inmarsat 卫星通信终端

2. Iridium 卫星通信终端

轻巧便携型卫星电话——摩托罗拉 9505A（见图 3-13）是 Iridium 卫星通信终端之一，与前几代产品相比较，更小巧，更坚固。9505A 提供多种辅助设备（见图 3-14），为用户提供更便于使用和更可靠的通信服务。9505A 增加了加密功能，并提供中、英、日、韩等多国语言操作界面。

摩托罗拉 9505A 具有即时通话、电池寿命长、使用方便、振铃呼叫、人性化操作界面、液晶显示屏（4×16）、荧光全息显示、国际通用按键顺序、100 个存储信息、防水、防振、防灰尘、免提耳机、小巧、轻便等特点。

图 3-13　摩托罗拉 9505A 实物

3. 北斗卫星通信产品

目前，由于北斗卫星导航定位系统面市时间较短，且仍在持续建设和完善过程中，其市场产品远不如 GPS 产品那么丰富和应用广阔。但作为我国自主知识产权的卫星导航定位系统，有必要对其实际产品应用情况做一下说明，以帮助读者更好地了解北斗卫星导航定位系统的应用前景。北京北斗星通导航技术股份有限公司经过长期的摸索和创新，在北斗卫星导航定位系统实际应用方面已经形成一系列产品。下面，就以该公司的系列产品为例作一个简单介绍。

（1）运营服务产品

1）北斗天枢运营服务产品。

北斗星通公司综合利用北斗卫星导航定位系统、GPS、海事卫星系统、全球星卫星系统等多种卫星网络，以及船舶自动识别系统、互联网、移动通信网络、地理信息等资源，融合多项先进的信息处理技术，自主创建了基于位置的综合信息服务平台——北斗天枢运营服务中心。该中心起到了连接海上船舶、偏远地区车辆等移动终端用户和管理部门之间的桥梁作

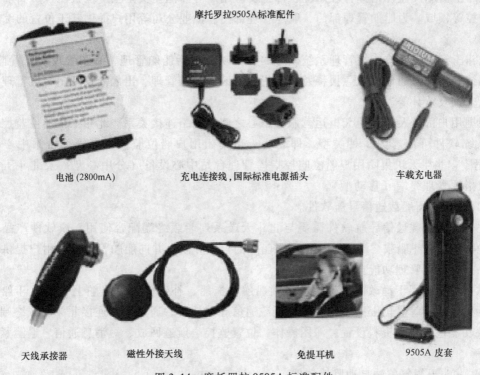

图 3-14　摩托罗拉 9505A 标准配件

用，能够把移动终端的位置信息、通信信息、报警信息等发送到管理部门，并能把管理部门的管理指令信息、政策信息传达到移动终端用户。并可满足移动终端用户与手机之间的短消息互通、移动终端用户订阅信息、手机用户订阅位置信息等需要。

北斗天枢运营服务中心能够为北斗终端用户、手机用户、管理部门等提供 7×24 小时不间断服务。北斗天枢运营服务中心每年可为用户提供超亿次的导航定位、通信、信息订阅等信息服务。

北斗天枢运营服务中心主要服务于海洋渔业安全生产、石油船舶运输、物流及危险品运输、水文水利、气象数字传输、地质灾害监测、减灾救灾、偏远地区旅游等行业相关管理部门和用户。

2）北斗天枢业务操作网络服务平台。

北斗天枢业务操作网络服务平台部署在北斗天枢运营服务中心，用户打开计算机 IE 浏览器，以账号网络登录该监控平台，实现船舶、车辆等移动目标的位置监控。北斗天枢业务操作网络服务平台的主要服务功能包括移动目标管理、海图管理、位置监控、航迹回放、短消息通信、紧急报警及救助指挥、历史信息查询等。

（2）终端软件产品

1）北斗玉衡船位监控指挥管理系统软件。

北斗玉衡船位监控指挥管理系统软件基于北斗天枢运营服务中心，通过互联网、移动通信无线网络与北斗天枢运营服务中心建立网络连接，向船舶管理部门提供船舶的位置监控、指挥调度管理。

北斗玉衡船位监控指挥管理系统软件主要应用于海洋渔业安全生产位置监控、石油船舶位置监控等领域。为船舶管理部门、航运管理部门、渔业公司等用户提供基于位置的综合信息服务。

北斗玉衡船位监控指挥管理系统软件的主要功能包括船舶管理、海图管理、位置监控、航迹回放、短消息通信、紧急报警及救助指挥、区域报警管理、出入港管理、台风管理、历史信息查询及统计等。

根据用户部署及与北斗天枢运营服务中心之间的网络连接关系，北斗玉衡船位监控指挥管理系统软件可部署为3种类型，即北斗天玑集团用户船位监控指挥管理台站中心设备（总台型）、北斗天玑集团用户船位监控指挥管理台站中心设备（分中心型）及北斗玉衡船位监控指挥管理终端（移动型）。

2）北斗玉衡船载通信导航软件。

北斗玉衡船载通信导航软件需要与北斗天璇系列船载终端配合使用。该软件产品通过RS232串口与北斗船载终端相连接，实现船舶的自主导航，并向船舶管理部门用户提供船位监控、指挥调度管理功能。

软件主要应用于渔政船、渔船、运输船舶、拖船、补给船等，船舶上安装北斗船载终端，船舱内操作计算机上安装北斗玉衡船载通信导航软件，通过串口连接北斗船载终端。软件主要功能包括船舶资料设置、海图操作、位置监控、航迹回放、短消息通信、遇险紧急报警等。

3）北斗玉衡气象站自动监控软件。

北斗玉衡气象站自动监控软件是一款主要为气象信息数据采集传输应用开发的软件产品。在其他地面网络通信系统无法到达的地区，利用北斗用户机产品与气象站对接，主动向气象中心报告采集的气象数据，气象中心通过北斗天璇指挥型或增强型用户机，以及北斗玉衡气象站自动监控软件的数据汇总处理，即可实现气象站数据的自动采集和可视化管理功能。

北斗玉衡气象站自动监控软件的主要功能包括气象站管理、气象数据报文信息处理、调取气象数据等。

4）北斗天玑灾害预警救助综合信息服务中心设备。

北斗天玑灾害预警救助综合信息服务中心设备主要由中心数据库服务器、灾害预警救助综合信息服务用户中心平台软件、分布各地的北斗天璇系列用户机等组成，应用于减灾救灾领域。在备灾和灾害发生阶段，在无地面通信设施地区或地面通信系统遭到破坏时，通过系列北斗用户机的短报文通信功能，提供灾害预警信息监测和灾害报告服务；在救灾阶段，在地面通信系统中断的情况下，通过北斗卫星系统的导航定位、短报文通信以及位置报告功能的综合应用，提供灾区和全国范围的实时救灾指挥调度、应急通信、灾情信息快速上报和共享等服务。

（3）终端硬件产品

1）北斗天璇船载终端系列产品。

北斗天璇船载终端系列产品是专门针对船舶环境设计的一款北斗和GPS双模定位、主机天线一体化设备，能够适应海上复杂的恶劣环境。该系列产品获得中华人民共和国渔业船舶检验局船用产品型式认可证书，证书编号C00000600096。该终端系列产品广泛应用于海洋渔业渔船安全生产管理、船舶运输、江河船舶运输等领域。

2）北斗天璇多功能导航仪。

北斗天璇多功能导航仪实现北斗船载终端和船舶自动识别系统终端的数据兼容接入，大屏幕和高精度的电子海图显示，可提供船上用户方便的导航、定位、通信、防碰壁功能，可广泛应用于海洋渔业渔船、各类运输船舶的导航与船位监测领域。

3）北斗天璇传输型用户机。

北斗天璇传输型用户机主要针对远程数据采集自动传输领域设计的一款北斗用户机产品，可广泛应用于气象、水利、石油等各个领域。

4）北斗天璇指挥型用户机。

北斗天璇指挥型用户机是用于对集团用户群进行指挥管理的一款北斗用户机产品。北斗天璇指挥型用户机可作为指挥调度网络的中心使用，也可以作为多级指挥网络的中心信息环节，是集团用户必备的指挥监控产品。

5）北斗天璇增强型接收机。

北斗天璇增强型接收机是根据高端用户的管理需求，基于北斗卫星的定位、通信、授时和基于位置的信息服务等技术开发的一款高端北斗接收机。该设备可管理的下属北斗用户机数量多、范围大，监收信息实时性强，支持与其他基于位置的信息服务应用系统联网运行，可安装到机动车上进行机动式工作。北斗增强型接收机可应用于国防、公安（武警）、矿业、石油、运输、电力、抢险救灾、城市应急等领域。

6）北斗天璇手持型用户机。

北斗天璇手持型用户机是适合个人使用的便携型北斗用户机，具有全天候的定位、通信和授时功能。通过该产品的通信功能，可实现灾难上报信息紧急通信联络，还可通过位置信息，定位到灾难发生地点，其可广泛应用于减灾救灾、个人安全保障的应急通信领域。

7）北斗天璇车载型用户机。

北斗天璇车载型用户机是针对装车环境设计的一款北斗用户机产品，采用了显控设备与主机分离的模式，具有安装合理、实用方便的特点。北斗天璇车载型用户机广泛应用于运输、国防、武警、公安等安全部门的车辆监控调度管理领域。

8）北斗天璇授时型用户机。

北斗天璇授时型用户机是一款专门用于授时工作的一款北斗用户机产品，可为用户提供精密授时，可广泛应用于通信、电力等领域的各种设备和网络的时间同步。

9）北斗天璇船舶自动识别系统终端。

北斗天璇船舶自动识别系统终端由岸基（基站）设施和船载终端设备共同组成，是一种新型的集网络技术、现代通信技术、计算机技术、电子信息显示技术为一体的数字助航系统和设备，可广泛应用于海洋及港口船舶避碰和船位跟踪等相关领域。

10）北斗天璇个人跟踪定位器。

北斗天璇个人跟踪定位器是国内最简单的专用 GPS 移动目标定位、实时跟踪终端，使用美、韩高性能 GPS 合成芯片，适用于全球性 GSM、CDMA、GPRS 网络，体积火柴盒大小，可广泛适用于车辆、个人（老人、小孩）等移动目标的跟踪管理。

11）北斗天璇 SPOT 卫星跟踪器。

北斗天璇 SPOT 卫星跟踪器是世界上第一个专门为从事野外工作和活动的个人而设计的

卫星跟踪报信器，可对该类人群提供生命安全保障。SPOT 卫星跟踪器终端接收 GSP 定位信息，然后通过 SPOT 商用卫星网和互联网发送定位信息和预置的短信息，可向他人告知当前所在位置和状态，或在危急情况下，向他人求救。北斗天璇 SPOT 卫星跟踪器可广泛应用于野外工作或活动的个人使用。

12）北斗天璇 AXTracker 用户终端。

北斗天璇 AXTracker 用户终端主要用于远程车（船）队管理和资产跟踪。AXTracker 通过全球星卫星实时转发信息至地面站，用户通过互联网可以查看信息。该设备无需外部天线和外部电源，AXTracker 的电源寿命为 3 ~ 7 年。该设备安装简便，全球覆盖。北斗天璇 AX-Tracker 用户终端可帮助实现远程车船、物资的跟踪管理，广泛应用于物流车辆、集装箱运输等领域。

（4）系统解决方案

北斗卫星通信可向用户提供基于位置的综合信息全方位、一站式服务，包括如下几类。

1）渔船船位监控指挥管理系统。

渔船船位监控指挥管理系统主要关注远海及近海渔船船舶的位置监控、紧急报警服务、区域报警、渔船出入港报告等服务。通过整合卫星导航定位系统、地理信息系统、移动通信网络、互联网等技术手段，构建了统一的信息管理、信息共享平台，通过北斗天枢运营服务中心，向各级渔业管理部门、渔业公司提供海上渔船的监控管理、遇险救助、短信息互通服务。如图 3-15 所示。

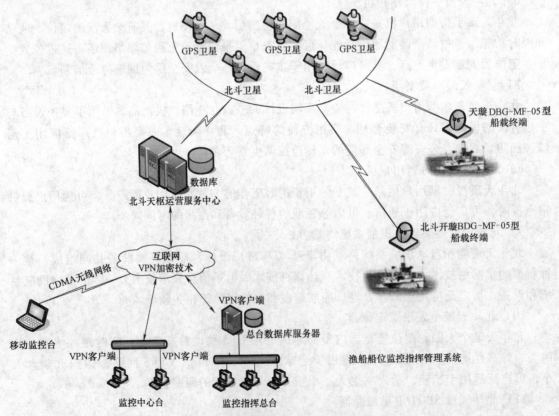

图 3-15　渔船船位监控指挥管理系统

2）港口船舶监管安全救助信息系统。

港口船舶监管安全救助信息系统主要关注近海和远海的船舶船位监控及港口码头船舶安全监控，实现船舶防碰撞及船舶遇险下的救助指挥管理。利用北斗卫星导航定位系统，配合其他的通信设备如船舶自动识别系统终端、射频识别器的辅助管理，实现对港口船舶进出港智能的管理，预防和减少碰撞事故的发生，并在船舶遇险时进行快速、有效的救助。实现应急指挥数据综合查询，搜救行动辅助决策，搜救力量联动指挥，改善、提升渔业部门应急的组织、指挥、协调能力，提高海上搜救的效率和成功率。

3）水文水利自动测报系统。

水文水利自动测报系统主要由水文、雨量传感器、北斗天璇传输型用户机、北斗天枢运营服务中心、各个水利监测部门的监控中心4个部分组成。水利部门监控中心可以通过北斗传输型用户机完成下属水文、雨量站数据上报，将水文/雨量信息纳入到专题地理信息系统的管理之中，并进行形象化显示。如图3-16所示。

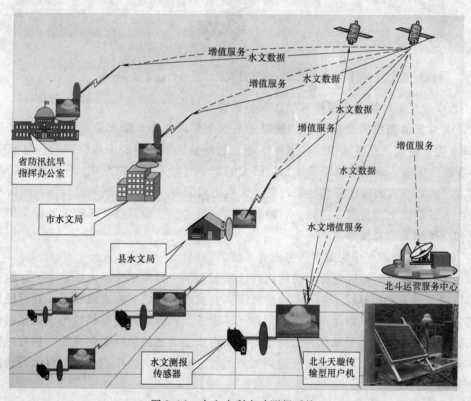

图 3-16　水文水利自动测报系统

4）北斗卫星灾害预警救助应急综合信息服务系统。

北斗卫星灾害预警救助应急综合信息服务系统主要由北斗天璇车载型用户机或手持型用户机、救灾指挥中心的北斗天璇指挥型用户机或增强型接收机和北斗玉衡灾害预警救助综合信息服务平台三大部分组成，可实现灾害预警、速报、监控指挥调度、应急通信等功能的灾害救助应急综合信息服务系统。

在备灾和灾害发生阶段，在无地面通信设施地区或地面通信系统遭到破坏的情况下，通过北斗用户机的短报文通信功能，提供灾害预警信息监测和灾害报告服务；在救灾过程中，通过北斗卫星导航定位系统的导航定位、短报文通信以及位置报告功能的综合应用，提供灾区和全国范围的实时救灾指挥调度、应急通信、灾情信息快速上报与共享等服务。如图3-17所示。

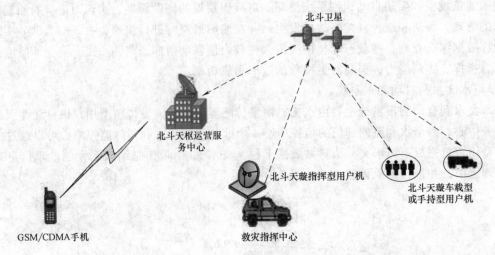

图 3-17　北斗卫星灾害预警救助应急综合信息服务系统

5）北斗卫星集装箱安全保障和信息服务系统。

北斗卫星集装箱船安全保障和信息服务系统主要由北斗天璇车载型用户机或北斗天璇AXTracker用户终端、北斗天枢运营服务中心、北斗卫星集装箱船安全保障和信息服务软件平台等3部分组成。该系统基于我国自主研发的北斗卫星导航定位系统，可将集装箱准确的位置信息、内容丰富的短信信息，通过北斗天枢运营服务中心及互联网，传输到集装箱作业管理者个人计算机上，为集装箱码头、船舶公司、货主、管理部门及其相关者提供集装箱监控调度和位置相关信息服务。

6）偏远地区旅游安全保障和信息服务系统。

该系统面向在偏远地区进行旅游的旅行社旅游车辆、自驾车、个人旅游者、探险、地质勘探等用户及相关管理部门，主要向旅游者提供自导航和紧急遇险求救服务，并可提供在移动通信盲区与移动通信网络用户进行短信息互通服务，向管理部门提供旅游者的实时位置信息，向旅游者发布有关通报信息。管理部门在获得旅游者的遇险报警信息后，进行救援调度指挥。同时，旅游者家人可以通过互联网和旅游者进行通信，并根据授权可以远程获取旅行者的位置信息。

7）远程安全信息监测服务系统。

专业传感器能够对海上钻井平台、煤矿安全、山体滑坡进行信息采集，通过北斗天璇系列用户机远程传输到北斗天枢运营服务中心，通过互联网将有关信息在用户的各级部门间进行共享，有利于对大范围的生产安全进行综合管理，体现发现问题，防患于未然。

8）特种车辆安全保障和综合信息服务系统。

该系统面向长途物流、危险品运输、冷冻冷藏等特种车辆及其主管部门的基于位置的综合信息服务。主要向管理部门提供有效的车辆实时位置信息，并在地理信息系统上以图形化展现。管理部门可监控车辆的状态、车辆出发与到达报告、区域报警、紧急遇险报警、车载传感器信息的实时数据采集与报告、行车线路所在区域的天气预报、重大情况的通报。

3.2　短波通信系统

短波通信，又称高频通信，是利用短波通过电离层反射来进行远距离通信或通过地波进行近距离传输的一种通信手段。

从 20 世纪初一直到 60 年代中期，短波通信一直是远距离通信，特别是洲际通信的主要手段。到 60 年代卫星通信出现后，长距离大容量的无线通信便被卫星通信所取代，短波通信的发展进入低潮，甚至有人认为短波通信已经完成了其历史使命。随着微型计算机、移动通信和微电子技术的迅速发展，短波通信有了新的突破性进展，20 世纪 80 年代以来，人们在短波通信设备中采用了数字信号处理技术、自适应技术、跳频技术以及高速数据传输技术等新技术，不断提高短波通信的质量和数据传输速率，增加了新的业务功能，使短波通信东山再起。新技术很好地弥补了短波通信的缺点，还使短波通信的设备更加小型化、更加灵活方便。短波通信设备较简单、机动灵活、成本低廉，且与卫星通信及有线通信相比，短波通信介质的电离层不易遭受人为的破坏，因此十分适合作为抢险救灾等的应急通信手段。在我国，短波通信网是战略通信网之一，是战时作战指挥通信中的"杀手锏"，是和平时期防暴乱、应急通信手段。

3.2.1　短波通信基本知识

短波通信主要靠天波传播，可经电离层一次或数次反射，最远可传至上万公里，如按气候、电离层的电子密度和高度的变化以及通信距离等因素选择合适频率，就可用较小发射功率直接进行远距离通信。

尽管当前新型无线电通信系统不断涌现，短波通信这一历史最为久远的无线电通信方式仍然受到全世界的普遍重视，不仅没有被淘汰，而且还在快速发展。与卫星通信、地面微波、同轴电缆、光缆等通信手段相比，短波通信有着许多显著的优点：

1）短波通信不需要建立中继站即可实现远距离通信，因而建设和维护费用低，建设周期短，且短波通信不用支付话费，运行成本低。

2）通信设备简单，体积小，容易隐蔽，可以根据使用要求固定设置，进行定点固定通信；也可以背负或装入车辆、舰船、飞行器中进行移动通信；便于改变工作频率以躲避敌人干扰和窃听，破坏后容易恢复。

3）电路调度容易，临时组网方便、迅速，具有很大的使用灵活性。

4）对自然灾害或战争的抗毁能力强。1980 年 2 月，美国国防部核武器局在一份报告中提出："一个国家，在遭受原子袭击后，恢复通信联络最有希望的解决办法是采用价格不高，能够自动寻找信道的高频通信系统"。短波是惟一不受网络枢纽和有源中继体制约的远程通信手段，一旦发生战争或灾害，各种通信网络都可能受到破坏，卫星也可能受到攻击。无论哪种通信方式，其抗毁能力和自主通信能力与短波无可相比。

这些是短波通信被长期保留、至今仍然被广泛使用的主要原因。短波通信也存在着一些明显的缺点：

1）可供使用的频段窄，通信容量小。按照国际规定，每个短波电台占用 3.7kHz 的频率宽度，而整个短波频段可利用的频率范围只有 28.5MHz。为了避免相互间的干扰，全球只能容纳 7700 多个可通信道，通信空间十分拥挤，并且 3kHz 通信频带宽度在很大程度上限制了通信的容量和数据传输的速率。

2）短波的天波信道是变参信道，信号传输稳定性差。短波无线电通信主要是依赖电离层进行远距离信号传输的，电离层作为信号反射媒质的弱点是参量的可变性很大，它的特点是路径损耗、延时散步、噪声和干扰都随昼夜、频率、地点不断变化。一方面电离层的变化使信号产生衰落，衰落的幅度和频次不断变化。另一方面天波信道存在着严重的多径效应，造成频率选择性衰落和多径延时。选择性衰落使信号失真，多径延时使接收信号在时间上扩散，成为短波链路数据传输的主要限制。

3）大气和工业无线电噪声干扰严重。随着工业电器化的发展，短波频段工业电器辐射的无线电噪声干扰平均强度很高，加上大气无线电噪声和无线电台间的干扰，在过去，几瓦、十几瓦的发射功率就能实现的远距离短波无线电通信，而在今天，10 倍、几十倍于这样的功率也不一定能够保证可靠的通信。大气和工业无线电噪声主要集中在无线电频谱的低端，随着频率的升高，强度逐渐降低。虽然，在短波频段这类噪声干扰比中长波段低，但强度仍很高，影响着短波通信的可靠性，尤其是脉冲型突发噪声，经常会使数据传输出现突发错误，严重影响通信质量。

20 世纪 80 年代以来，短波通信在电波传播研究、频率自适应通信、中高速数据通信、组网通信、自适应跳频及近垂直入射天波通信等方面都取得了重大突破，短波通信方式存在的许多问题和缺点得到克服和改进；随着计算机、移动通信和微电子技术的迅猛发展，人们利用微处理器、数字信号处理，不断提高短波通信的质量和数据传输速率，使现代短波通信从第 2 代通信装备向第 3 代通信装备发展，体现在如下几个方面：

1）短波通信系统由数字化向软件化、智能化方向发展；

2）短波通信网络由单一的、树状网络向扁平化、抗毁性、综合化网络方向发展；

3）短波业务类型由常规的话、报业务发展为支持邮件、文电、传真、语音等综合业务；

4）短波电台由窄带、低速电台向宽带、高速、抗干扰电台发展；

5）短波通信自适应由单一的频率自适应技术向全方位的自适应技术方向发展；

6）短波天线向自适应、智能化方向发展。

3.2.2 短波通信系统介绍

1. 美国海军的 HF-ITF 网络和高频舰/岸网络

美国海军特混舰队内部高频网络（HF-ITF）是美国海军、海军陆战队内联网的重要组成部分，它由美国海军研究实验室于 20 世纪 80 年代初期提出。HF-ITF 是一个具有良好抗毁、抗干扰能力的短波通信系统网络，它适用于在不同平台（舰船、飞机和潜艇）之间进行超视距通信，能处理语音和数据业务。

HF-ITF 采用的网络结构是一种连接在一起的群体制混合控制结构。为获得良好的抗毁性能，HF-ITF 结构以分布式算法为基础，其特点是利用节点间分散的链接算法组织网络，使其能够适应短波通信系统网络拓扑的不断变化。网络内部节点组成一组节点群，每个节点至少属于一个节点群，每群有一个充当本群控制器的群首节点，本群中所有节点在群首的通信范围之内，群首通过网关连接起来为群内其他节点提供与整个网络的通信能力。即群内采用集中式本地控制，群与群之间采用分布式控制。美国海军特混舰队就是通过上述方式把机动的特混舰队分舰队互联在一起，使一组负有特定作战任务的海上平台构成的军事分队自行组成一个可靠的网络结构。

HFSS（High Freguency ship-shore，高频舰岸）短波通信系统网络是高频无线舰/岸远程短波通信系统网络，网络采用集中网控构造，由岸站和大量水面舰船节点构成，依靠天波传播模式。通常，HFSS 短波通信系统网络由岸站充当中心节点，所有网络业务必须通过中心节点。中心节点根据自己的选择序列决定激活网络内部的某一条双向链路。北美试验的改进型高频短波数字通信系统网络则综合 HF-ITF 和 HFSS 短波通信系统网络，混合使用天波和地波构成大范围的高频短波通信系统。

2. 澳大利亚的 LONGFISH 网络

澳大利亚于 20 世纪 90 年代中期开始实施短波通信系统现代化，计划建设澳大利亚第一个数字化短波通信系统——现代化高频通信系统（Moderned High Frequency Communications System，MHFCS），以便将澳大利亚现存的各种短波通信系统升级纳入 MHFCS。

为实施 MHFCS，澳大利亚防御科学与技术组织专门研制了 LONGFISH 短波试验通信系统，其许多设计理念来源于 GSM 移动通信系统，网络结构也与 GSM 网络类似。LONGFISH 短波试验通信系统采用分层的网络结构，且多采用星形网络拓扑。网络由 4 个在澳大利亚本土上的基站和多个分布在岛屿、舰艇等处的移动站组成，基站之间用光缆或卫星宽带链路相连。自动网络管理系统将用共同的频率管理信息提供给所有基站，每个基站使用单独的频率组用于预先分组的移动站的通信，以便减小频率探测和网络访问所需的时间。在物理层上，采用 TCM-16 Modem 和 PARQ 协议。联网功能由 IP 和基于用户数据报 UDP 的文件传输协议完成。在传输层上运用了一种新的协议 FITFEEL 以适应在较差信道上传送信息。LONGFISH 网络利用 TCP/IP 通过高频执行多种任务，可以发送高频 E-Mail 完成 FTP 和遥控终端，通过网络传送电视分辨率的图像，将计算机中的执行代码传送给移动站等。

3. 美国 Rockwell-Collins 公司的 HF MESSENGER 网络

美国 Rockwell-Collins 公司开发了一种名为 HF MESSENGER 的数据通信产品，这种网络提供一种服务器，帮助用户使用短波调解器和电台传送各种数据，并控制高频网络中各种设备，将高频链路连接到个人计算机网络中。HF MESSENGER 与短波电台和调制解调器接口，如同一台短波服务器或路由器，为短波通信网与 LAN/WAN 或互联网之间提供网关进行自动而且透明的数据互联。

HF MESSENGER 具有多种应用，可以为广播或多点通信提供无连接的服务，为点对点通信提供 ARQ 的服务，还可以在一条高频链路上提供特殊的委托任务，将该链路配置为独占或共享的短波链路，HF MESSENGER 可以根据用户需求选配各种电台、调解器的驱动和 SMTP、Z-Modem、PPP 协议等。HF MESSENGER 可完成移动—移动、移动—地面、地面—移动和地面—地面短波信息设备之间的多种通信业务。

4. 美国 Globewiress 公司的海上数据网络

美国加利福尼亚的 Globewiress 公司的海上数据网络（Maritime Data Network）通过短波通信为全球的海上舰船提供廉价的通信和广播服务。公司通过在全球设立多个中继站，通过短波 24h 为全球的海上舰船提供气象、新闻等多种广播服务，提供岸到舰和舰到岸的双向邮件、文件传输等数据通信服务。

5. 美国 Sanders 公司的 CHESS 短波通信系统

美国 Sanders 公司的 CHESS（Correlated Hopping Enhanced Spread Spectrum）短波通信系统是一种高速短波跳频通信系统。CHESS 跳频电台以 DSP 为基础，采用了差分跳频（Differential Frequency Hopping，DFH）技术，其跳速高达 5000 跳/s，最小频率间隔是 5kHz，数据传输速率可以达到 19.2 kbit/s。CHESS 短波通信系统通过现代数字处理技术，较好解决了短波通信系统带宽有限（导致数据速率低的原因）、信号间相互干扰、存在多径衰落等的问题。同时，它的瞬时信号带宽很窄，对其他信号的影响很小。

3.2.3 短波应急通信设备

1. HF-90 超小型跳频短波电台

HF-90 是澳大利亚科麦克公司制造的体积小、重量轻、功能强的超小型携带式短波电台，HF-90 超小型短波电台，从功能上分为两类型号：HF-90E 常规电台和 HF-90H 跳频电台。根据携带方式分为手提、背负、车载、固定、航空等，多种可选配的天线，可作不同距离的用途。采用模块结构，维修快捷便利，可适应各种恶劣环境，是世界数十个国家军队、警察、政府组织装备。HF-90E 是一种超小型便携式短波电台，如图 3-18 所示，其体积最小、重量最轻、携带方便、架设快速，可以组成多种个人携带台，也可用于车载台。

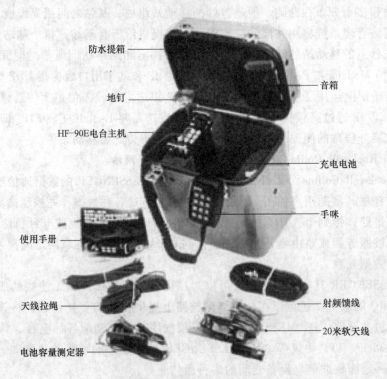

防水提箱
音箱
地钉
HF-90E电台主机
充电电池
手咪
使用手册
天线拉绳
射频馈线
20米软天线
电池容量测定器

图 3-18　HF-90E 常规电台

2. 柯顿 2110 型便携电台

澳大利亚柯顿（Codan）公司生产的 2110 型便携电台（见图 3-19）极其轻便，是专门为运动中及恶劣的通信环境中工作而设计的。

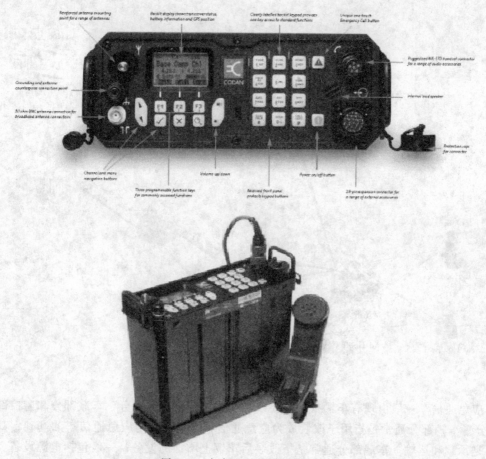

图 3-19　柯顿 2110 型便携电台

柯顿 2110 型便携电台的低消耗功能可使电台长时间工作，且其创新的电池管理系统可以使用户清楚地了解电池的使用状态。柯顿 2110 型便携电台采用了友好的人机界面，全自动的天线调谐器，自我检测功能确保了用户可以简单操作及维护。柯顿 2110 型便携电台可以和柯顿 NGT 系列电台兼容以及其他商业、军队的电台。柯顿 2110 型便携电台还拥有先进的自适应功能、语音加密功能、GPS 定位功能以及优异的轻松谈（数字消噪）功能。

3.3　应急通信车

应急通信车实际上就是一个可移动的通信系统，通过开赴到应急现场的车载平台，搭建通信网络，实时处理现场传输过来的语音、视频、图片等信息，实现现场各种不同制式、不同频段的通信网络的互联互通，以及与远程指挥中心之间的通信，构成统一的应急指挥平台，进行全方位高效有序的指挥和调度。图 3-20 为应急通信车一种应用示意。

由于应急通信车具有布置开通速度快、机动性高、运用灵活、调度方便、与现有通信网络接入便捷、自带电源设备等特点，因此，在大多数自然灾害、突发事件和重大事件的发生的情况下，应急通信车是实现现场应急通信的首选方式之一。在 2008 年的冰雪灾害、汶川地震、奥运保障等一系列重大事件的现场，都能看到各式各样的应急通信车。

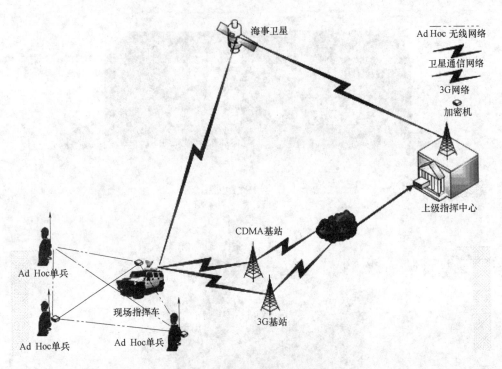

图 3-20　应急通信车应用示意

应急通信车一般由现有车辆根据需要改装而成，包括车辆部分、车载部分和监控部分共3部分。车辆部分通常是指用于改装成为应急通信车的车辆，是应急通信车的基础，其功能主要是承载和运输。车载部分通常是指改装后车辆上增加的设备，一般包括电源设备、通信设备、传输设备（天线设备）、天线桅杆（塔）、空调设备、接地系统（防雷）、多媒体设备、灯光设备等，是构成应急通信平台、实现应急通信功能的核心设备和辅助设备的总和。监控部分通常是指改装后的各项监测和控制系统，一般由车内监控系统、通信监控系统和车外环境监控系统3个部分组成。

应急通信车具有应急平台综合应用、卫星通信功能、视频会议、现场无线组网覆盖、图像接入、语音通信与综合接入调度指挥、光纤接入、公用无线网络接入、导航定位、野外供电、现场照明广播等功能。

从功能上看，应急通信车的主体是通信系统，另外还有安全支撑系统、导航定位系统等辅助系统。通信系统可以包括卫星通信子系统、无线公网通信子系统、现场覆盖无线网状网子系统、光纤通信子系统、语音通信与综合接入调度指挥子系统、计算机网络系统、视频会议系统、图像接入系统等。卫星通信子系统按照天线的移动性可划分为动中通卫星通信系统和静中通卫星通信系统；现场覆盖无线网状网子系统通过自组织等技术在现场快速建立网络；光纤通信系统是有线通信系统，在应急中作为无线通信的互补；语音通信与综合接入调度指挥子系统能够提供语音通信业务并实现多种制式的通信系统的互联互通；计算机网络系统能够构建车载局域网；视频会议系统是现场与上级指挥中心之间进行视频会商、处置决策的基础支撑；图像接入系统依托于通信网络将现场图像采集回传。安全支撑系统实现保护网络安全和信息安全的功能，防止非法入侵。导航定位系统主要由卫星定位装置、导航软件及显示终端组成，实现导航定位。

3.4 其他可用于应急通信的通信系统

3.4.1 Ad Hoc 网络

Ad Hoc 网络是一种没有有线基础设施支持的移动网络，网络中的节点均由移动主机构成。Ad Hoc 网络最初应用于军事领域，它的研究起源于战场环境下分组无线网数据通信项目，主要是研究在战争状态下，如何方便、快捷地组建网络来代替遭受破坏的结构性网络设施（如基站等）。由于无线通信和终端技术的不断发展，Ad Hoc 网络在民用环境下也得到了发展，如需要在没有有线基础设施的地区进行临时通信时，可以很方便地通过搭建 Ad Hoc 网络实现。

在 Ad Hoc 网络中，当两个移动主机 A 和 B 在彼此的通信覆盖范围内时，它们可以直接通信。但是由于移动主机的通信覆盖范围有限，如果两个相距较远的主机 A 和 C 要进行通信，则需要通过它们之间的移动主机 B 的转发才能实现。因此在 Ad Hoc 网络中，主机同时还是路由器，担负着寻找路由和转发报文的工作。在 Ad Hoc 网络中，每个主机的通信范围有限，因此路由一般都由多跳组成，数据通过多个主机的转发才能到达目的地。故 Ad Hoc 网络也被称为多跳无线网络。

Ad Hoc 网络可以看作是移动通信和计算机网络的交叉。与其他类型的通信网络相比，Ad Hoc 网络具有以下特点：

1）无中心自组织：在 Ad Hoc 网络中，使用计算机网络的分组交换机制，而不是电路交换机制。Ad Hoc 网络可以随时随地组建，网络中的每个节点都是平等的，没有中心。

2）多跳接入：在移动 IP 网络中，移动主机通过相邻的基站等有线设施的支持才能通信，具有单跳特征，在基站和基站（代理和代理）之间均为有线网络，仍然使用互联网的传统路由协议。而 Ad Hoc 网络没有这些设施的支持。正如前面提到的，在 Ad Hoc 网络中，每个主机的通信范围有限，因此路由一般都由多跳组成。

3）网络的拓扑结构是动态的，变化频繁：Ad Hoc 网络不同于目前互联网环境中的移动 IP 网络。在移动 IP 网络中，移动主机可以通过固定有线网络、无线链路和拨号线路等方式接入网络，而在 Ad Hoc 网络中只存在无线链路一种连接方式。此外，在移动 IP 网络中移动主机不具备路由功能，只是一个普通的通信终端。当移动主机从一个区移动到另一个区时并不改变网络拓扑结构，而 Ad Hoc 网络中移动主机的移动将会导致拓扑结构的改变。

4）传输带宽有限：这不仅是由于无线信道本身的带宽相对于有线网络非常有限，还由于无线信道容易受到外界干扰、衰落等的影响。

5）存在单向无线信道：由于受通信设备信号强弱和地形环境因素等的影响，使得在 Ad Hoc 网络中常常存在单链路现象。例如，考虑到车载台发射的功率比手持终端大很多，再加上地形地貌以及天气等外在条件的影响，可能会形成有时手持终端可以接收到来自车载台的信号，而车载台无法接收到来自手持终端的信号的情况。

Ad Hoc 网络的快速自组能力以及抗毁性，使得它在军事、应急通信领域获得广泛的应用。

3.4.2　集群移动通信系统

集群移动通信系统是随着通信技术的进步，由早期的专用无线电调度系统逐渐发展形成的。集群移动通信系统包括模拟集群移动通信系统和数字集群移动通信系统。模拟集群移动通信系统是指在无线接口采用模拟调制方式进行通信的集群移动通信系统。数字集群移动通信系统是指在无线接口采用数字调制方式进行通信的集群移动通信系统。数字集群移动通信系统能够提供调度指挥服务、数据服务、集群网内互通的电话服务及少量的集群网与公众网间互通的电话服务。与模拟系统相比，数字系统具有更高的频谱利用率，更好的通信质量，更大的系统容量，更好的保密性能，还能支持更多的通信业务。它们已广泛地用于我国的公安、消防、交通、防汛、电力、铁道、金融等部门，作为分组调度使用和紧急状态下的应急通信手段。

固定电话也是应急通信使用的主要手段，通过政府部门之间的保密电话网、部门专用电话网实现指挥调度，由于固定电话网是大家非常熟悉的网络，此处不做详细描述。

第4章 应急通信的需求

本章要点：

- 应急通信的基本需求：4个环节
- 6种不同紧急情况下应急通信的需求
- 新形势下的新需求及挑战

本章导读：

本章首先从政府和公众作为使用者的角度，分析应急通信的基本需求，即满足报警、应急处置、安抚/预警、慰问/交流4个环节的通信需求。由于应急通信涉及不同的紧急情况，进一步分析6种不同紧急情况下应急通信的目标和需求，最后就当前新的经济和社会形势，从技术和管理方面，分析应急通信所面临的新的需求和挑战，以提高应急通信应对突发事件的时效性和针对性。

4.1 应急通信的基本需求

我们的日常工作和生活越来越离不开电话、电脑等通信工具，对通信的依赖性越来越强，忘记电话、没有电脑或者网络发生故障，都会给我们的工作和生活带来极大的不便，甚至在心理上产生不适。而一旦个人发生紧急情况或者社会发生自然灾害等突发公共事件，通信则显得更加重要，某种程度上已经成为保护人民群众生命安全、挽救国家经济损失的重要手段，与电力、交通等基础设施一样，通信是实施救援的一条重要生命线。紧急情况下的通信，即应急通信，已经成为应对紧急情况时应急指挥系统的重要组成部分。

发生紧急情况时，应急通信应满足政府、公众之间的基本需求（见图4-1），包括报警、应急处置、安抚/预警、慰问/交流4个环节。

首先是公众到政府/机构的报警需求，即当公众遇到灾难时，通过各种可行的通信手段发起紧急呼叫，向政府机构告知灾难现场情况，请求相关救援。在汶川地震的告警和预警过程中，互联网发挥了重要作用，在通信全部中断的情况下，第一个灾情报告是通过阿坝州政府网站发出的，第一个空降地点也是通过互联网报告的。

第二个环节是政府/机构之间的应急处置需求，即在出现紧急情况时，政府部门之间，或者与救援机构之间，需要最基本的通信能力，以指挥、传达、部署应急救灾方案。

第三个环节是政府/机构到公众的安抚/预警需求，即政府部门在灾难发生时，可通过广播、电视、互联网、短消息等各种媒体、各种通信手段对公众实施安抚，或及时将灾害信息通知公众提前预警等。

最后一个环节是公众与公众之间的慰问/交流需求，即普通公众与紧急情况地区之间的通信，慰问亲人，交流信息等。

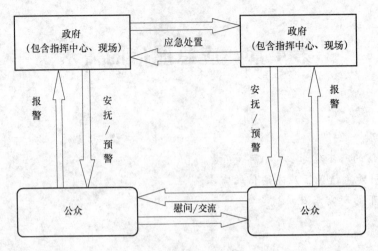

图 4-1 应急通信的基本需求

表 4-1 以汶川地震为例，说明以上 4 个环节的通信需求。

表 4-1 应急通信的环节与需求

应急通信的环节和方向	通信需求	汶川地震所使用的手段
报警：公众到政府/机构的应急通信	当公众遇到灾难时，通过各种可行的通信手段向政府机构发起紧急呼叫，告知灾难现场情况，请求相关救援	互联网发挥了重要作用：通信全部中断的情况下，第一个灾情报告是通过阿坝州政府网站发出的，第一个空降地点也是通过互联网报告的
应急处置：政府/机构之间的应急通信	在出现紧急情况时，政府部门之间，或者与救援机构之间，需要最基本的通信能力，以指挥、传达、部署应急救灾方案	卫星电话和无线电是主要手段：运营商调集应急卫星电话供灾区指挥救援通信，无线电台、对讲机作为近距离通信手段
安抚/预警：政府/机构到公众的应急通信	政府部门在灾难发生时，可通过某些通信手段对公众实施安抚、预警等	利用广播、电视、互联网、短消息等各种媒体，向公众提供各类安抚、预警信息
慰问/交流：公众与公众之间的通信	普通公众与紧急情况地区之间的通信，慰问亲人，交流信息等	中国电信、中国网通、中国移动、中国联通等各运营商抢修光缆、基站等，迅速恢复灾区的固定和移动通信，保障用户之间的正常通信，但灾区方向会产生大话务量（平常的 10 倍），采取过负荷手段加以处理

4.2 不同紧急情况对应急通信的需求

应急通信是为应对各类个人或公众紧急情况而提供的特殊通信机制，不同紧急情况对应急通信有不同的需求，达到不同的目标，所采取的应急通信技术手段、管理措施也不相同。

如第 1 章所述，应急通信所涉及的紧急情况包括个人紧急情况以及公众紧急情况。个人紧急情况指个人在某种情况下其生命或财产受到威胁，通过向应急联动系统报送求助信息以获得救助。如：用户遇到紧急情况，拨打 110、119 等以求获得救助。

公众紧急情况包括突发公共事件和突发话务高峰两种情况。

突发公共事件是指突然发生，造成或者可能造成重大人员伤亡、财产损失、生态环境破坏和严重社会危害，危及公共安全的紧急事件。在 2006 年初颁布的《国家突发公共事件总体预案》中，根据突发公共事件的发生过程、性质和机理，将突发公共事件分成四大类，分别是：

1）自然灾害：主要包括水旱灾害、气象灾害、地震灾害、地质灾害、海洋灾害、生物灾害和森林草原火灾等。

2）事故灾难：主要包括工矿商贸等企业的各类安全事故、交通运输事故、公共设施和设备事故、环境污染和生态破坏事件等。

3）公共卫生事件：主要包括传染病疫情、群体性不明原因疾病、食品安全和职业危害、动物疫情以及其他严重影响公众健康和生命安全的事件。

4）社会安全事件：主要包括恐怖袭击事件、经济安全事件和涉外突发事件等。

突发公共事件按照其性质、严重程度、可控性和影响范围等因素，由高到低分为 4 级：Ⅰ级（特别重大）、Ⅱ级（重大）、Ⅲ级（较大）和Ⅳ级（一般）。突发公共事件所引发的通信故障，在《国家通信保障应急预案》中，按照预警分级和发布机制，由高到低也分为Ⅰ、Ⅱ、Ⅲ、Ⅳ 4 个等级。通信保障和通信恢复应急响应工作，按照分级负责、快速反应的原则，针对上述 4 个预警分级，划分为Ⅰ、Ⅱ、Ⅲ、Ⅳ 4 个等级。2008 年 5 月 12 日汶川地震，国家开始启动的是突发公共事件Ⅱ级预案，了解灾情实际情况后立即修订为Ⅰ级。这是新中国成立以来首次启动Ⅰ级应急预案（电视新闻语）。

突发话务高峰是指由于重大活动、重大节日等事件产生突发话务造成网络拥塞、导致用户无法正常使用的情况。例如当举办大型体育运动会、大型演唱会等重大活动，或五一、十一、中秋节、春节等重大节日时，由于大量用户正常使用所产生的突发话务高峰。

综上所述，应急通信相关的紧急情况可以划分为如下几类，即场景 1：个人紧急情况；场景 2：突发公共事件（自然灾害）；场景 3：突发公共事件（事故灾难）；场景 4：突发公共事件（公共卫生事件）；场景 5：突发公共事件（社会安全事件）；场景 6：突发话务高峰。应急通信紧急情况的具体分类如图 4-2 所示。

应急通信通常由应急指挥中心（对于个人紧急情况下的应急联动，则是联动平台）、应急指挥现场、公众 3 部分构成，3 者之间通过公用电信网或专用通信网实现通信。

在图 4-2 所示不同紧急情况下，应急通信的目标不同，对系统和网络的需求也不相同。

4.2.1　场景 1：个人紧急情况

个人紧急情况下的应急通信是指个人生命或财产受到威胁的情况下，如用户拨打 110、119 等以求获得救助时，各部门通过卫星、集群等通信手段指挥现场，实现不同部门的应急联动。如图 4-3 所示。

场景 1 要实现如下应急通信目标：

1）保证用户的紧急呼叫准确到达应急指挥中心/联动平台。

2）保证应急指挥中心/联动平台得到报警用户的位置信息。

3）保证应急指挥中心/联动平台与现场之间的通信畅通。

场景 1 下有如下几个方面的应急通信需求：

1）紧急呼叫路由：应急指挥中心/联动平台通过标准的接口与公网互联，公网收到 110、119 等紧急呼叫后，应根据指定的方式将呼叫送到 110、119 等应急指挥中心/联动平台。

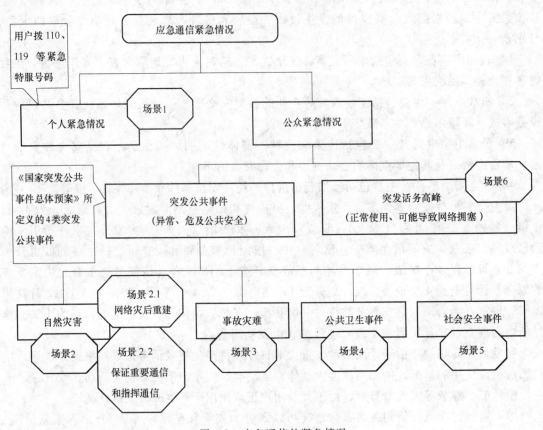

图 4-2　应急通信的紧急情况

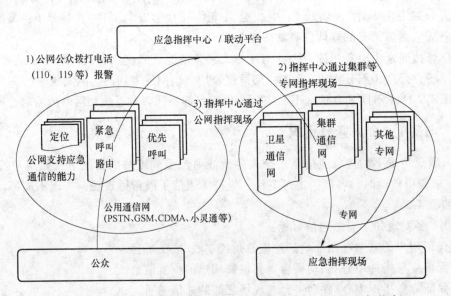

图 4-3　场景 1：个人紧急情况（公众拨打紧急电话，各部门应急联动）

2）公网定位（向应急联动平台传送位置信息）：PSTN、GSM、CDMA、小灵通等用户报警所使用的公网需要支持 110 和 119 等紧急呼叫，需要能够通过信令传送报警用户的位置信息。应急指挥中心/联动平台能够根据收到的位置信息，通过 GIS 系统找到用户的物理位置。

3）优先呼叫：应急指挥中心/联动平台可以通过公网完成现场工作人员的指挥调度。现场工作人员作为通信网的重要用户，通信网需要向其提供优先呼叫机制，以保证重要用户的通信。

4）应急指挥中心/联动平台可以通过集群、卫星等专网指挥现场完成现场的指挥调度。目前各部门基于集群的指挥调度基本都是单独存在的，并且由于集群通信系统可以是模拟或数字的，并且有不同制式，如果要充分利用现有集群通信系统，则需要实现不同部门集群通信系统之间的互联互通。

4.2.2　场景 2：突发公共事件（自然灾害）

自然灾害主要包括水旱灾害、气象灾害、地震灾害、地质灾害、海洋灾害，生物灾害和森林草原火灾等。自然灾害发生时，通信网络可能出现两种情况。

（1）当自然灾害引发通信网络本身出现故障造成通信中断时，需要尽快恢复通信

如图 4-4 所示，这种场景下应急通信的目标是：

1）利用各种管理和技术手段尽快恢复通信，保证用户正常使用通信业务。

2）保证重要用户的通信。

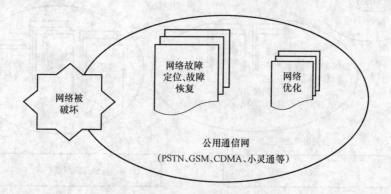

图 4-4　自然灾害导致通信中断，网络灾后重建

该场景有如下几个方面的应急通信需求：

1）通信主管部门、运营商首先要按照《国家通信保障应急预案》的规定，启动预警发布、应急处置等流程，尽快恢复广大公众的通信。

2）运营商可以采用网络故障定位、故障恢复、网络优化等技术尽快恢复网络。

3）不同运营商之间可以相互借用网络，实现通信资源共享和统一调配，尽快恢复用户的通信。

4）不同运营商之间除了设施和资源共享之外，还可以通过号码携带，尽快恢复通信。

5）不同种类的自然灾害如水旱、气象、地震、地质、海洋、生物和森林草原火灾等会对通信设施产生不同程度的破坏，通信设施的建设与施工应能抗不同灾害损害。

6）网络灾后重建需要一定的时间，公用电信网需要通过优先呼叫首先保证重要用户的通信。

（2）当自然灾害发生而通信网络没有遭到破坏，可以正常使用时，需要通过应急手段保障重要通信和指挥通信。

如图 4-5 所示，在这种场景下，应急通信的目标是：

1）保证应急指挥中心/联动平台与现场之间的通信畅通。

2）保证及时向用户发布、调整或解除预警信息。

3）保证国家应急平台之间的互联互通和数据交互。

4）尽快疏通灾害地区通信网话务，防止网络拥塞，保证用户正常使用。

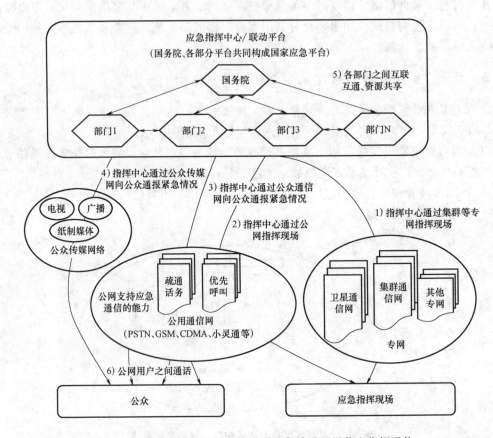

图 4-5 自然灾害发生，通过应急手段保障重要通信和指挥通信

该场景有如下几个方面的应急通信需求：

1）通过公用电信网（如短消息）、公众传媒网络（如广播、电视、报纸等）及时向用户发布、调整或解除预警信息。

2）政府通过集群等专网指挥现场的工作，需要保证集群通信系统之间的互联互通。

3）政府通过公用电信网指挥现场的工作，公用电信网需要通过优先呼叫保证重要用户的通信。

4）政府各部门应急平台之间互联互通、交换数据、资源共享。

5）发生自然灾害时，灾害地区普通用户之间的来、去话话务都会大幅度增加，会出现过载情况，需要采取技术手段，疏通话务。

4.2.3 场景 3：突发公共事件（事故灾难）

事故灾难主要包括工矿商贸等企业的各类安全事故、交通运输事故、公共设施和设备事故、环境污染和生态破坏事件等。当发生上述各类安全事故或事件时，通信网络首先要通过应急手段保障重要通信和指挥通信，同场景 2 发生自然灾害的情况。另外，由于环境污染、生态破坏等事件的特殊性，需要对现场进行实时监测，并将监测结果通报给应急指挥中心，以便于决策指挥。如图 4-6 所示。

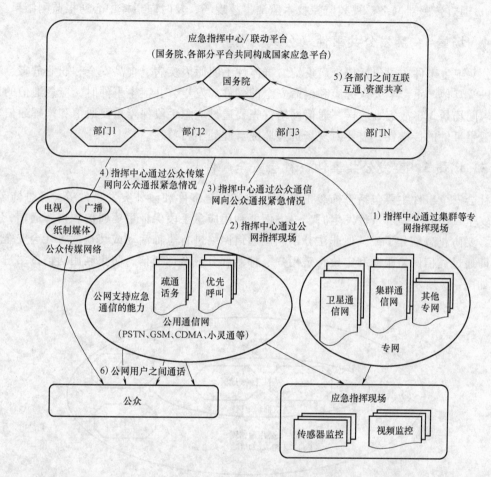

图 4-6 事故灾难发生，通过应急手段保障重要通信和指挥通信，对现场进行监测

在这种场景下，应急通信的目标是：

1）保证应急指挥中心/联动平台与现场之间的通信畅通。

2）保证及时向用户发布、调整或解除预警信息。

3）保证国家应急平台之间的互联互通和数据交互。

4）尽快疏通灾害地区通信网话务，防止网络拥塞，保证用户正常使用。

5）保证监测事故现场，及时向指挥中心通报监测结果。

该场景有如下几个方面的应急通信需求：

1）通过公用电信网（如短消息）、公众传媒网络（如广播、电视、报纸等）及时向用户发布、调整或解除预警信息。

2）政府通过集群等专网指挥现场的工作，需要保证集群通信系统之间的互联互通。

3）政府通过公用电信网指挥现场的工作，公用电信网需要通过优先呼叫保证重要用户的通信。

4）政府各部门应急平台之间互联互通、交换数据、资源共享。

5）发生事故灾难时，灾难地区普通用户之间的来、去话话务都会大幅度增加，会出现过载情况，需要采取技术手段，疏通话务。

6）通过传感器网络、视频监控技术监测事故现场，及时向指挥中心通报监测结果。

4.2.4　场景4：突发公共事件（公共卫生事件）

公共卫生事件主要包括传染病疫情、群体性不明原因疾病、食品安全和职业危害、动物疫情以及其他严重影响公众健康和生命安全的事件。发生公共卫生事件时，应急通信的目标和需求同场景3事故灾难一样，通信网络首先要通过应急手段保障重要通信和指挥通信，另外，卫生事件的传染性，需要对现场进行监测。此处不再赘述。

4.2.5　场景5：突发公共事件（社会安全事件）

社会安全事件主要包括恐怖袭击事件、经济安全事件和涉外突发事件等。当恐怖袭击、经济安全、涉外突发等事件发生时，一方面要利用应急手段保证重要通信和指挥通信，另一方面，要防止恐怖分子或其他非法分子利用通信网络进行恐怖活动或其他危害社会安全的活动，即通过通信网络跟踪和定位特定用户、抑制部分或全部通信，防止利用通信网络进行破坏。如图4-7所示。

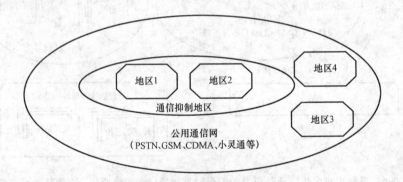

图4-7　场景5：社会安全事件发生，抑制部分或全部通信

除了场景3所需要实现的保证应急指挥中心/联动平台与现场之间的通信畅通；保证及时向用户发布、调整或解除预警信息；保证国家应急平台之间的互联互通和数据交互，防止网络拥塞保证用户正常使用；监测事故现场并通报监测结果等目标之外，对社会安全事件，应急通信还需要实现如下目标：

1）跟踪和定位某个用户。

2）抑制部分或全部通信，在抑制通信的同时，能够保证重要用户的通信。

该场景有如下几个方面的应急通信需求：

1）当某个用户使用通信网络时，通信网络应能根据需求对指定呼叫进行跟踪定位，并能对通信内容进行监听。

2）抑制部分或全部地区的通信，防止利用通信参与社会安全事件，例如手机引爆，此时需要采取关闭基站、交换机等措施，这些措施不涉及新的技术要求，通常需要启动应急预案通过维护手段来实现。

3）抑制通信后，需要保证重要用户的通信。例如，对于被抑制区域的重要用户，可以采用号码携带的方式保证其通信。

4.2.6　场景6：突发话务高峰

突发话务高峰是由于重大活动、重大节日等可能产生突发话务造成网络拥塞、导致用户无法正常使用的情况。例如因举行重大活动、集会时，如国事会议、大型体育运动会、大型演唱会大型展览、军事演习等。如五一、十一、中秋节、春节等重大节日。如图4-8所示。

由于各种原因发生突发话务高峰时，应急通信要实现如下目标：

避免网络拥塞或阻断，保证用户正常使用通信业务。

该场景下应急通信的需求如下：

当由于各种情况（如节假日、演唱会）产生突发话务高峰时，可以通过增开中继、应急通信车、交换机的过负荷控制等技术手段扩容或减轻网络负荷。

图4-8　场景6：突发话务高峰，通过技术手段扩容或减轻负荷

4.2.7　小结

综上所述，不同场景有不同的应急通信需求，需要综合利用各类技术来满足这些需求。这些需求存在于政府和公众之间，包括报警、应急处置、安抚/预警、慰问/交流4个环节。不同紧急情况所涉及的应急通信过程与需求见表4-2。

表4-2　不同紧急情况所涉及的应急通信过程与需求

应急通信的环节 不同紧急情况			报警： 公众到政府	应急处置： 政府到政府	安抚/预警： 政府到公众	慰问/交流： 公众到公众
个人紧急情况（用户拨110、119等）			√	√	—	—
公众紧急情况	突发公共事件	自然灾害	√	√	√	√
		事故灾难	√	√	√	√
		公共卫生事件	√	√	√	√
		社会安全事件	√	√	√	√
	突发话务高峰		—	—	—	—

综合应急通信的各类场景可以看到，应急通信就是两个根本核心目的，第一是通信保障，第二是通信恢复。另外，在特殊情况下，应急通信还有另外一个目的，即通信抑制。

应急通信的核心首先是提供通信保障，即在发生各类紧急事件时，为政府或公众用户提供必要及时的通信服务。如个人遇到紧急情况拨打110电话报警，地震发生后提供卫星通信实现应急指挥，利用互联网和电话网实现紧急信息传递，都属于通信保障的范畴。而对于不同的紧急事件，由于场景不同，通信保障手段也会有所不同。

应急通信的另外一个核心是通信恢复，通信恢复是指由于发生公共安全事件或自身原因导致通信网出现问题，而需要尽快恢复通信。通信恢复更多的是通信行业内部的事情，大都通过应急预案来实施和完成，根据通信网络受破坏程度不同，启动不同级别的应急预案，如"512"汶川地震，我国首次启动Ⅰ级应急预案。对于通信网来说，不同运营商都有自己的应急预案，不同专业也会针对各自专业的特点制定各自的应急预案，以保证在规定的时间内尽快恢复通信。

某些情况下，通信保障和通信恢复两个核心是同时存在的，如地震等重大自然灾害发生后，会严重破坏通信基础设施，导致通信故障、甚至瘫痪。此时通信恢复和通信保障都是必需的。通信保障更多的是使用卫星、短波等技术手段，用于政府机构之间的应急指挥调度；而通信恢复更多的是公用电信网的恢复，尽快给用户提供正常的通信服务，满足公众到公众之间慰问交流、政府到公众安抚通告的通信需要。

对于大多数紧急情况来说，都是要保障通信和恢复通信，而当发生某些特殊情况时，则可能需要抑制通信。如当发生恐怖袭击等社会安全事件时，一方面要利用应急手段保证重要通信和指挥通信，另一方面，要防止恐怖分子或其他非法分子利用通信网络进行恐怖活动或其他危害社会安全的活动，此时需要抑制部分或全部通信。

4.3　新形势下应急通信面临的新需求与挑战

人类社会经过数千年的发展，从原始社会、农业社会、工业社会步入到今天的信息社会，城市化程度越来越高，人口密度越来越大，社会流动性越来越强，各类公共安全事件的传播速度越来越快，影响范围越来越大，各国政府对应急通信越来越重视，从技术和管理方面，都对应急通信提出了新的需求和挑战，以提高应急通信应对突发事件的时效性和针对性。

（1）需要从国家层面统一规划和构建应急通信系统

应对突发事件通常涉及公安、消防、卫生、通信、交通等各个部门，保证各部门之间的通信畅通是保障应急指挥的基础，是提高应急响应速度、减少灾害损失的关键。为了提高应急响应的时效性和针对性，应从国家层面构建应急综合体系，统一建设应急通信系统，避免出现以往的各部门各自为政、重复建设、通信不畅的局面，如各部门都建设了各自的集群通信系统，但由于制式、标准不统一，无法互联互通，某个突发公共安全事件出现时，往往需要几个部门联合行动，在事件现场的各部门指挥人员携带各自的集群通信终端，但却无法互联互通，更无法发挥集群的组呼、快速呼叫建立等优势，出现了"通信基本靠吼"的尴尬场面。近年来，我国各级政府在积极应对突发事件的过程中，越来越意识到统一规划、整合资源的重要性，最明显的例子就是匪警、火警等三台合一，从而构造一个城市的综合应急联动系统，充分体现了统一应急处置、应急指挥的趋势。从国家层面统一规划与实施，构建上下贯通、左右衔接、互联互通、信息共享、互有侧重、互为支撑、安全畅通的应急平台体系，加强不同部门之间的数据和资源共享，构建畅通的应急通信系统，可以大大提高应急通信应对突发事件的时效性和针对性。

（2）新型通信技术的出现给应急通信带来方便的同时也增加了一些技术挑战

随着下一代网络、宽带通信技术、新一代无线移动等新技术的出现，给应急通信带来了更快速、更方便、功能更强大的解决方案，同时也使应急通信面临新的需求与挑战。例如，对于从传统 TDM 网络发出的紧急呼叫，由于号码与物理位置的捆绑关系，很容易对用户进行定位，而对于承载与控制分离的 IP 网络，由于用户的游牧性、IP 地址动态分配、NAT 穿越等技术的使用，给定位用户带来了一定的难度。

（3）应急通信信息由传统语音向多媒体发展，需要传送大量多媒体数据

传统的应急通信需求比较简单，基本是打电话通知什么地方发生了什么事情，用电话进行应急指挥，而应急通信技术手段基本以 PSTN 电话、卫星通信、集群通信等为主，能满足紧急情况下的基本通话需求。而随着城市化进程的加快、环境气候条件的恶化，突发安全事件所产生的破坏性程度越来越高，对人民工作和生活的影响越来越大，需要根据现场情况快速做出判断和响应，单凭语音通信已无法满足快速高效应急指挥的需要，应急指挥中心要能够通过视频监控看到事故现场，有助于准确快速的应急响应，并召开视频会议，提高指挥和沟通效率，因此需要传送大量的数据、图像等多媒体数据。除了现场与应急指挥中心之间要传送大量多媒体数据以外，应急指挥所涉及的各级各部门之间也需要数据共享，如气象、水文、卫生等海量多媒体数据，以利于综合研判、指挥调度和异地会商。

（4）需要加强事前监控和预警机制建设及技术应用

长期以来，我国的应急体系都是在事故发生后采取应急处置措施，而随着灾害危害程度的增加和技术手段的进步，应急通信应由"被动应付"发展为"主动预防"。应急通信具有一定的突发性，时间上无法预知，因此需要加强事前监测和预警机制建设，研究可用于事前监测和预警的新技术，并推动其应用，例如利用传感器监控温度、湿度等环境变化，以应对一些自然灾害事件，利用视频监控系统监控公共卫生事件。通过建立公共预警，在灾害发生前将信息提前发给公众，或者在灾害过程中将灾害和应对措施适时告知民众，及时采取科学有效的应对措施，做好应急准备，最大限度地减少灾害损失。

新的经济和社会形势对应急通信提出了新的需求，而随着宽带无线通信、无线传感器网络、视频通信、下一代网络等新技术的出现，为应急通信带来了更快速、更方便、功能更强大的解决方案，为满足上述需求提供了技术可能。但由于应急通信的公益性质，缺乏市场推动力，需要配套的政策引导和经济杠杆调节，以推动新技术在应急通信领域的应用。近年来随着突发公共事件影响的扩大，各国及各级政府越来越重视应急通信，如本书第 2 章所描述的各国在应急通信管理体制、系统建设及标准化方面的工作，都充分说明了应急通信的重要性。

第5章　应急通信所涉及的关键技术及发展趋势

本章要点：

- 公用电信网支持应急通信所涉及的关键技术，包括电话网的优先权处理、短消息过载和优先控制、通信资源共享等，以及互联网和下一代网络支持紧急呼叫等
- 卫星应急通信的应用模式、系统及问题等
- 无线传感器网络及自组织网络在应急通信中的应用
- 宽带无线接入技术的简介以及其在应急通信中的应用及发展趋势
- 数字集群通信的定义、支持的业务、发展情况及在应急通信中的应用
- 应急通信中与呼叫相关及无关的定位
- 号码携带的定义、实现、在国际应急通信中的应用案例及对我国的应用建议
- P2P SIP 技术及其在应急通信中的应用
- 公共预警系统、早期预警与减灾无线电通信系统及公共预警系统案例

本章导读：

本章选取支持应急通信各类场景所需要的目前的热点及关键技术，分别加以详细描述，从公用电信网支持应急通信开始，包括卫星通信、无线传感器网络及自组织网络、宽带无线接入、数字集群、定位、号码携带、P2P SIP、公共预警等技术，最后结合应急通信的 4 个环节、所使用的网络类型、媒体类型，对上述关键技术加以分析和总结。

应急通信技术的发展是以通信技术自身的发展为基础和前提的。常规通信发展很快，但大部分应急通信系统由于网络规模小、用户数量少、使用频度低，并且由于应急通信的公益性，网络投入并不能产生经济效益，应急通信技术手段相对落后，整体水平滞后于常规通信。

通信技术经历了从模拟到数字、从电路交换到分组交换的发展历程，而从固定通信的出现，到移动通信的普及，以及移动通信自身从 2G 到 3G 甚至 4G 的快速发展，直至步入到无处不在的信息通信时代，都充分证明了通信技术突飞猛进的发展。如今的通信技术已经从人与人之间的通信发展到物与物之间的通信。常规通信的发展使应急通信技术也取得了巨大的进步。应急通信作为通信技术在紧急情况下的特殊应用，也在不断地发展，应急通信技术手段也在不断进步。出现紧急情况时，从远古时代的烽火狼烟、飞鸽传书，到电报电话、微波通信的使用，步入信息时代，应急通信手段更加先进，可以使用传感器实现自动监测和预警，使用视频通信传递现场图片，使用地理信息系统（GIS）实现准确定位，使用互联网和公用电信网实现告警和安抚，使用卫星通信实现应急指挥调度。各种不同紧急情况，会应用不同的通信技术。

应急通信所涉及的技术体系非常庞杂，有不同的维度和体系。

从网络类型看，应急通信的网络涉及固定通信网、移动通信网、互联网等公用电信网以及卫星通信网、集群通信网等专用网络，无线传感器网络、宽带无线接入等末端网络。

专用网络在应急通信中基本用于指挥调度，例如卫星通信、微波通信、集群通信等。而公用电信网，如固定通信网、移动通信网、互联网等，基本都用于公众报警、公众之间的慰问与交流以及政府对公众的安抚与通知等。近年来，利用公用电信网支持优先呼叫成为一种新的应急通信指挥调度实现方法，公用电信网具有覆盖范围广等优点，政府应急部门可以临时调度运营商公用电信网网络资源，通过公用电信网提供应急指挥调度，保证重要用户的优先呼叫，如美国的政府应急电信业务、无线优先业务。公用电信网支持重要用户的优先呼叫，逐渐成为应急通信领域新的研究热点。

从业务类型看，应急通信所涉及的业务类型包括语音、传真、短消息、数据、图像、视频等。

从技术角度看，应急通信不是一种全新的通信技术，而是综合利用多种通信技术，这些技术类似积木块，在不同场景下，多个技术加以组合与应用，共同满足应急通信的需求。对于各类通信技术来说，应急通信是一种特定的业务和应用。

通过第 4 章综合分析不同场景下应急通信的需求，可以看到，满足这些需求，需要一些关键技术，这些关键技术包括公用电信网支持应急通信、卫星通信、无线传感器网络和自组织网络、宽带无线接入、数字集群通信、定位、号码携带、P2P SIP、公共预警等。下面各节将分别介绍各类关键技术。

5.1　公用电信网支持应急通信

5.1.1　概述

公用电信网顾名思义是指为公众提供电信服务的网络，包括电话网（固定电话网、移动电话网）、互联网以及下一代网络（NGN）等。一提起公用电信网的应急通信，公众都会脱口而出 110、119、120 等特服号码，然而这些只是对公众开放的紧急呼叫服务，只是应急通信的一个组成部分，从前面章节的介绍中，我们了解到，应急通信涵盖范围非常广泛，是指在出现自然的或人为的突发性紧急情况时，综合利用各种通信资源，保障救援、紧急救助和必要通信所需的通信手段和方法。

传统的应急通信主要是借助卫星、微波、专用网络等专用应急通信系统；这些专用应急通信系统具备较强的抗毁能力，因此一直以来都是应急通信的主要技术手段。专用应急通信系统，一般不对普通大众开放，虽然具有天生的抗毁能力，但其受众面较窄，成本较高，很难实现大面积、大规模的部署。如果能够利用现有的通信资源来实现部分应急通信能力，将有效地提高灾难发生时救援的效率。公用电信网由于其覆盖面广，目前受到了普遍关注，世界各国及各个标准化组织都积极地开展了如何利用公用电信网实现应急通信相关项目的研究。

5.1.2~5.1.4 节将分别阐述公用电信网的 3 种网络类型：电话网、互联网、NGN 支持应急通信的机制及关键技术。

5.1.2　公用电话网支持应急通信

电话网包括我们常说的固定电话网和移动电话网。灾难发生时，往往同一地区的大量用户将同时发起呼叫，对于按照"收敛比"进行部署的电话网来说，话务量将超出其设计容量，导致拥塞。在此种情况下，如果希望利用公用电话网来承载应急话务流，就必须提供一定的机制，来保障应急话务流的传送。"收敛比"指可以同时接通电话的数量和用户数的比例。在固定电话网中，收敛比一般为 1:4 左右，即 100 万用户，只有 25 万人能够同时打通电话；在移动电话网中，收敛比一般为 1:20 左右。

我国公用电话网在设计建网的过程中只考虑了紧急呼叫的需求，即当发生个人紧急情况时，用户可以拨打 110、119 等紧急特服号码，呼叫将通过公用电话网接续到 110、119 的紧急呼叫中心。并没有考虑其他应急通信的需求，例如通过公用电话网实现指挥调度、实现重要部门之间的通信等，对于这类需求，要求公用电话网能够提供优先权处理能力，对于重要的指挥通信能够进行优先呼叫、路由、拥塞控制、服务质量、安全等方面的保证，这些需求目前的电话网还无法满足。

那么，如何利用公用电话网实现应急通信？有哪些关键技术？

在第 4 章中，我们对应急通信的需求进行了全面的分析，我们知道应急通信按照通信流的方向可以分为：公众到政府、政府到公众、政府之间、公众之间的应急通信，按照各种不同紧急情况，又可以划分为 6 种场景：场景 1：个人紧急情况；场景 2：突发公共事件（自然灾害）；场景 3：突发公共事件（事故灾难）；场景 4：突发公共事件（公共卫生事件）；场景 5：突发公共事件（社会安全事件）；场景 6：突发话务高峰。通过第 4 章的需求分析，我们可以看出，对于公用电话网支持应急通信主要涉及以下几个关键技术问题：

1）优先权处理技术；

2）短消息过载和优先控制；

3）通信资源共享；

4）呼叫跟踪定位；

5）号码携带。

本部分将详细分析前 3 种关键技术的情况，呼叫跟踪定位技术将在 5.6 节中进行详细阐述，号码携带将在 5.7 节中进行详细阐述。

5.1.2.1　优先权处理技术

公用电话网为了实现应急呼叫的优先权保障，需要具备有端到端的保障措施，并且保障需要维持在呼叫的整个过程中。它主要涉及以下关键技术：

应急呼叫的识别：要实现对应急呼叫进行优先权保障，前提条件就是能够识别出哪些呼叫是应急呼叫，识别技术应当灵活，应尽量提供根据呼叫而不是用户进行识别的能力。

应急呼叫优先接入：接入是应急呼叫进入公用电话网的第一步，能够获得公用电话网的优先接入服务，对于应急呼叫的优先权保证来说，是非常关键的环节。

应急呼叫优先路由：应急呼叫进入公用电话网后，电话网应为其提供优先路由机制，保证应急呼叫能够优先到达被叫、优先建立。

下面将分别介绍固定电话网和移动电话网如何实现上述关键技术。

1. 固定电话网

（1）固定电话网简介

传统的固定电话网采用的是电路交换技术，主要由交换机组成，电话网的部署采用的是分级结构，划分为本地网、省内长途网、省际长途网 3 级结构，图 5-1 展示了两级长途网结构，图 5-2 和图 5-3 展示了本地网结构。

我国固定电话网的长途网分为两个级别：汇接全省转接（含终端）长途话务的交换中心称为省级交换中心 DC1，DC1 之间网状相连；汇接本地网长途终端话务的交换中心称为 DC2，DC2 与本省所属的 DC1 均以基干路由相连，省内 DC2 之间也为网状相连，即同一个省内某地市到省内其他地市都有直达中继。

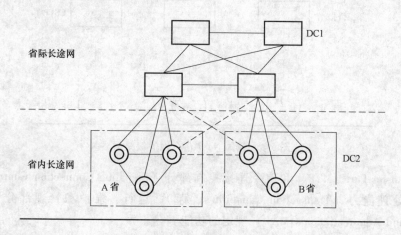

图 5-1　固定电话网分级结构

本地网按照规模和端局（DL）的数量，可以分为两种结构：网状网结构和 2 级网结构，网状网结构中本地网中仅设置端局，主要适用交换局数量较少、交换机容量大的本地电话网；2 级网结构中，本地网中设置端局和汇接局（DTm），主要适用端局间话务量较少的本地网。

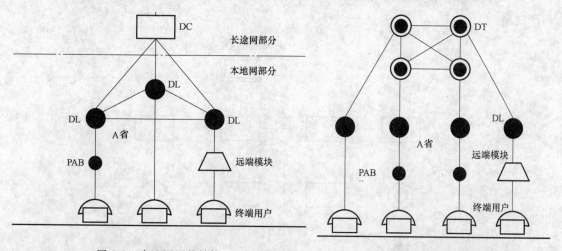

图 5-2　本地网网状结构　　　　图 5-3　本地网 2 级网结构

传统的电话网，采用的都是面向连接的电路交换技术，通过 No.7 信令的方式进行呼叫控制，图 5-4 是我国 No.7 信令网等级结构。

我国的 No.7 信令网采用 3 级结构，第一级是信令网的最高级称为高级信令转接点（High Signaling Transfer Point，HSTP），第二级是低级信令转接点（Low Signaling Transfer Point，LSTP），第三级是信令点（Signaling Piont，SP）。

1）HSTP 负责汇接 LSTP 及 SP 的信令消息，应具备 No.7 信令方式中消息传送部分

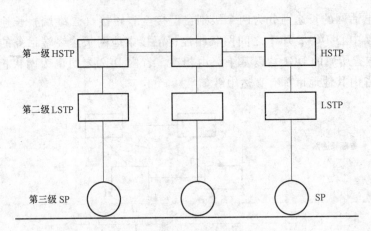

图 5-4　我国 No. 7 信令网等级结构

（Message Transfer Part，MTP）和信令连接控制部分（Signaling Connection Control Part，SC-CP）、事务处理能力（Transaction Capabilites，TC）、运行、维护和管理部分（Operation，Maintenanu and Administration OMAP）规定的功能。

2）LSTP 负责汇接 SP 的信令消息，应具备 HSTP 的全部功能。

3）SP 是信令网传送信令消息的源点或目的地点，应具备 No. 7 信令方式中消息传送部分及电话用户部分（Telephone User Part，TUP）和/或 ISDN 用户部分（ISDN User Part ISUP）的功能。

信令网和电话网之间的连接关系，如图 5-5 所示，图中的虚线表示语音链路，实线表示信令链路。

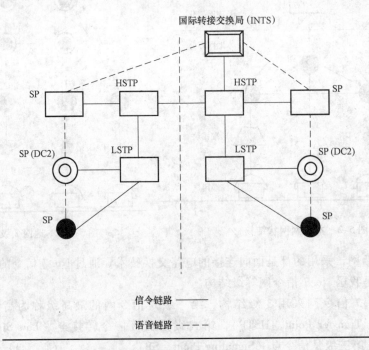

图 5-5　我国 No. 7 信令网和固定电话网对应关系示意

　　在 No.7 信令中，有 3 种信号单元：消息信号单元（Message Signal Unit，MSU）、链路状态信号单元（Link Status Signal Unit，LSSU）和填充信号单元（Fill-in Signal Unit，FISU），它们的格式如图 5-6 所示。

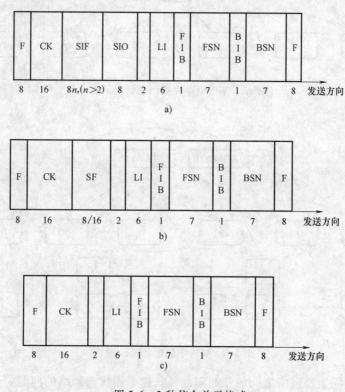

图 5-6　3 种信令单元格式

a）MSU　b）LSSU　c）FISU

F— 标志符　　　　　　　　　CK—校验位

SIO—业务信息 8 位位组　　　SIF—信令信息字段

LI—长度指示语　　　　　　　SF—状态字段

FSN—前向序号　　　　　　　FIB—前向指示语

BSN—后向序号　　　　　　　BIB—后向指示语

　　随着通信技术的发展，传统的电路交换方式逐步向分组交换方式演进，电话网中引入了软交换网络的概念。

　　软交换技术是一种不同于电路交换技术的新的交换技术。它基于分组交换，并具有控制与承载分离的特性。基于这种交换技术而产生的一系列新的设备称为软交换设备，而基于这些设备建立的网络称为软交换网络。软交换网络通过信令网关（SG）和中继网关（TG）与 No.7 信令网和电路交换网进行互通。

　　近几年，国内的电话网进行了分组化改造，部分省内长途网和省际长途网都采用软交换网络进行替代，图 5-7 和图 5-8 展示了我国电话网演进情况。

　　由于近几年电话网的分组化改造，导致目前电话网中电路交换与分组交换同时存在，网络结构模式混合，长途平面多为软交换和电路交换并存且互为备份，因此应急呼叫在核心网

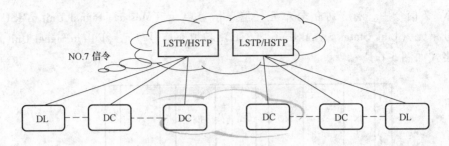

图 5-7　基于电路交换的电话网示意

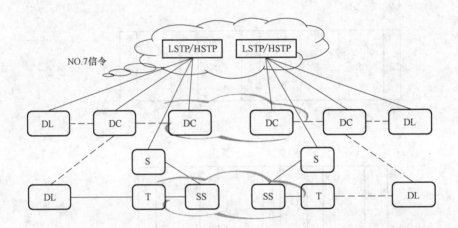

图 5-8　演进中的电话网示意

路由，需要考虑不同类型网络之间的互通问题及长途平面优选网络的问题。

（2）固定电话网应急呼叫识别技术

1）用户线识别。

对于固定电话网，可以通过特殊标记的用户线来对用户进行识别，用户摘机呼叫时，端局能够根据用户线识别出该呼叫为应急呼叫，一旦被端局识别为应急呼叫，端局将为呼叫打上高完成优先权（HPC）标记，以便呼叫经过的后续节点能够识别出该呼叫为应急呼叫，为其实施优先权策略。

但这种方式只能是针对特定位置的特定用户线，且通过用户线进行识别，会导致网络对该用户线呼出的每个呼叫都认为是应急呼叫。要实现只针对呼叫而不是用户进行识别，可以进一步制定特殊的拨号策略：只有该用户线的用户拨出的被叫号码前加了一些特殊符号（例如："#"），交换机才识别本次呼叫为应急呼叫，打上 HPC 标记，而不是对所有呼叫都进行识别处理。

2）智能网识别。

这种方式主要借助智能网功能对应急呼叫进行识别，这种方式需要用户在进行应急呼叫前先拨一个智能业务触发号码，例如，"710"，具有业务交换点（SSP）功能的交换局会将呼叫触发上智能网，智能网负责对用户的身份进行验证：用户输入 PIN，验证合格后，用户输入目的地号码，智能网指示交换局路由该呼叫并打上 HPC 标记。

图 5-9 展示了我国智能网体系结构。智能网设备主要有业务交换点（Service Switching Point，

SSP)、业务控制点（Service Control Point,
SCP)、业务数据点（Service Data Point,
SDP)、智能外设（Intelligent Peripheral,
IP)、业务管理点（Service Management
Point, SMP）、业务管理接入点
（Service Management Access Point, SMAP）
及业务生成环境点（Service Creation Envi-
ronment Point SCEP）。现有公用交换电话网
（ Public Switched Telephone Network,
PSTN)、综合业务数字网（Integrated Serv-
ices Digital Network, ISDN）及公用陆地移
动网（Public Land Mobile Network, PLMN）
用户，可通过 SSP 接入到智能网中获得各
种智能网业务。

图 5-10 给出了通过智能网识别方式
的业务流程示例。

（3）固定电话网应急呼叫优先接入
技术

就我国目前网络状况而言，对于固
定电话网，实现应急通信的优先接入可
以通过特殊标记的用户线，只能是针对
特定位置的特定用户线。

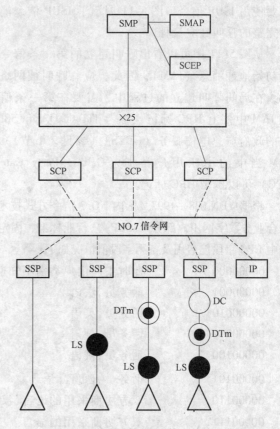

图 5-9　我国智能网体系结构

（4）固定电话网应急呼叫优先路由技术

1）电路交换。对于电路交换网来说，必须通过信令协议才能区分不同的通信流。因此
电路交换网在识别出应急呼叫后，应当在信令中标
记该呼叫为 HPC，并保证呼叫所经过的所有节点都
能够识别这些标记，以实施优先分配通信资源的
策略。

HPC 标记应由主叫发起的网络产生。HPC 标记
的设定应独立于其他指示和环境，为了在电路交换
网中，保证呼叫承载能够优先建立，HPC 标记应当
被包含在呼叫建立流程的第一条信令消息中；并且
如果想要保证信令消息本身在信令网中也能够被优
先路由，该呼叫的相关的信令消息本身也应该被标
记为优先处理对象。当一个网络节点接收到有标记
指示的应急呼叫，将依据优先权策略进行呼叫建立
流程的处理，标记指示应在整个呼叫持续期间
有效。

① 呼叫优先建立。我国固定电话 No. 7 信令网中

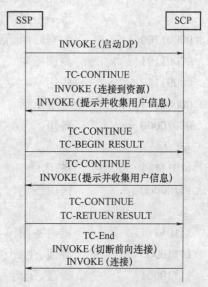

图 5-10　智能网识别方式业务流程示例

主要使用 ISUP 信令，图 5-11 展示了 ISUP 信令消息一个完整的呼叫建立流程。

从图 5-11 中可以看出呼叫建立的第一条信令消息为初始地址消息（IAM），因此，应急呼叫被网络识别后，在局间呼叫建立的过程中，需要在第一条信令消息 IAM 中打上 HPC 标记，参考 ITU-T Q. Sup 53 及美国的政府应急电信服务（GETS）（参见 2.1 节）方案，IAM 当中的主叫用户类别（Calling Party Category，CPC）可以携带 HPC 标记。

根据 YDN 038—1997《国内 NO. 7 信令方式技术规范综合业务数字网用户部分（ISUP）》行业标准，固定电话网中 CPC 字段已启用及备用字段值情况如下：

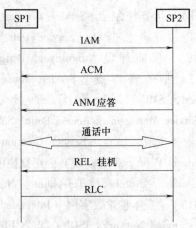

ACM（Address complete message）
　　：地址全消息
REL（Release message）
　　：释放消息
RLC（Release complete message）
　　：释放完成消息
图 5-11　ISUP 呼叫建立流程

00000000	此时主叫用户类别不知道
00000001	话务员,法语
00000010	话务员,英语
00000011	话务员,德语
00000100	话务员,俄语
00000101	话务员,西班牙语
00000110	双方协商采用的语言(汉语)
00000111	双方协商采用的语言
00001000	双方协商采用的语言(日语)
00001001	国内话务员
00001010	普通用户,在长(国际)—长,长(国际)—市局间使用
00001011	优先用户,在长(国际)—长,长(国际)—市 市—市局间使用
00001100	数据呼叫(话带数据)
00001101	测试呼叫
00001110	备用
00001111	付费电话
00010000	备用
至	
11011111	备用
11100000	国内备用
至	
11101111	国内备用
11110000	普通、免费　在市—长(国际)局间使用
11110001	普通、定期　在市—长(国际)局间使用
11110010	普通、用户表、立即　在市—长(国际)局间使用

11110011	普通、打印机、立即　在市—长（国际）局间使用
11110100	优先、免费　在市—长（国际）局间使用
11110101	优先、定期　在市—长（国际）局间使用
11110110	国内备用
11110111	国内备用
11111000	普通用户，在市—市局间使用
11111001	国内备用
至	
11111110	国内备用
11111111	备用

在 YDN 038.1—1999《国内 NO.7 信令方式技术规范综合业务数字网用户部分（ISUP）（补充修改件）》中，CPC 启用了 11111001 及 11111010 值作为开放语音邮箱业务时表示邮箱中有留言及取消留言标记。

那么，如何在被用字段中选择合适的值来代表 HPC 用户，需要考虑与其他网络（移动网等）的互通问题，应保持各种网络之间定义的一致性，需要国内进行统一规定。

② 信令优先路由。

在 IAM 消息的 CPC 字段携带 HPC 标记只能保证呼叫在信令点（SP）处能优先排队建立承载，并不能保证信令消息在 No.7 信令网路由过程中在 LSTP 及 HSTP 处优先排队优先路由，因为 LSTP 及 HSTP 不具备 ISDN 用户部分的功能，LSTP 及 HSTP 主要负责消息信令单元（MSU）的正确转发，图 5-12 展示了固定电话网中 No.7 信令网的典型的省际间信令消息传递模型。

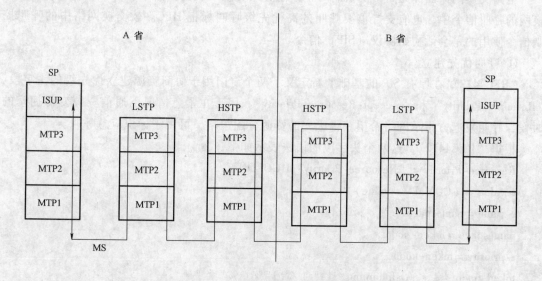

图 5-12　典型的省际间信令消息传递模型

如果要使 MSU 实现优先信令路由，就必须在 MSU 中打上 HPC 标记，美国的 GETS（Goverment Emergency Telecommunications Services 政府应急服务）系统（参见 2.1 节）中利用了消息信令单元（MSU）中的信号业务信息（SIO）中子业务字段的 2 个备用比特（A 和

B）作了定义：一般电话呼叫定义为"00"，GETS 定义为"01"，而"10"、"11"则保留为通用的网管及业务控制所用。我国可以参考该定义来考虑我国具体的定义方式。图 5-13 展示的为 SIO 字段格式及我国编码使用情况。

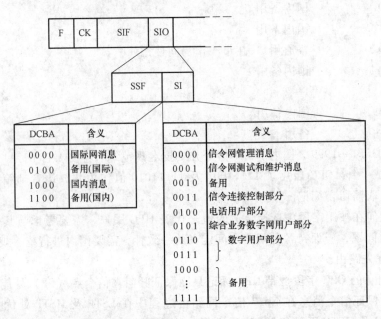

图 5-13　SIO 字段格式及我国编码使用情况

2）软交换。

电路交换网保证优先路由的机制对于基于分组交换的软交换网来说也是有效的，在软交换网的呼叫信令中，也应支持重要呼叫的高优先级呼叫标记 HPC。软交换网络中的呼叫控制信令使用的是会话初始协议（SIP）信令。

① 呼叫优先建立。

"RFC4412"在原有 SIP 的基础上新定义了两个专门用于协商资源建立优先级的头字段，"Resource-Priority"和"Accept-Resource-Priority"，用于在紧急情况下通信资源变得拥塞的时候，呼叫发起方指示网络希望获得优先的资源分配策略，可用于标识应急呼叫。

根据"RFC4412"，这两个头字段的语法表示如下：

Resource-Priority = "Resource-Priority" HCOLON

r-value * (COMMA r-value)

r-value = namespace "." r-priority

namespace = token-nodot

r-priority = token-nodot

token-nodot = 1 * (alphanum / "-" / "!" / "%" / "*"

/ "_" / "+" / "`" / "'" / "~")

Accept-Resource-Priority = "Accept-Resource-Priority" HCOLON

[r-value * (COMMA r-value)]

图 5-14 给出了一个简单的 INVITE 消息中带有 Resource-Priority 头字段的 SIP 呼叫流程示例。

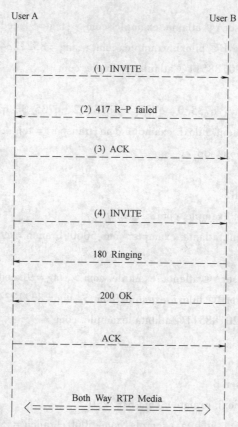

图 5-14　带有 Resource-Priority 头字段的 SIP 呼叫流程示例

INVITE User A - > User B

INVITE sip：UserB@ biloxi. example. com SIP/2. 0

Via：SIP/2. 0/TCP client. atlanta. example. com：5060；branch = z9hG4bK74bf9

Max-Forwards：70

From：BigGuy ＜ sip：UserA@ atlanta. example. com ＞；tag = 9fxced76sl

To：LittleGuy ＜ sip：UserB@ biloxi. example. com ＞

Call-ID：3848276298220188511@ atlanta. example. com

CSeq：1 INVITE

Require：resource-priority

Resource-Priority：dsn. flash

Contact：＜ sip：UserA@ client. atlanta. example. com；transport = tcp ＞

Content-Type：application/sdp

Content-Length：...

...

417 Resource-Priority failed User B - > User A

SIP/2. 0 417 Unknown Resource-Priority

Via：SIP/2. 0/TCP client. atlanta. example. com：5060；branch = z9hG4bK74bf9 received = 192. 0. 2. 101

From：BigGuy < sip：UserA@ atlanta. example. com > ；tag = 9fxced76sl

To：LittleGuy < sip：UserB@ biloxi. example. com > ；tag = 8321234356

Call-ID：3848276298220188511@ atlanta. example. com

CSeq：1 INVITE

Accept-Resource-Priority：q735. 0，q735. 1，q735. 2，q735. 3，q735. 4

Contact：sip：UserB@ client. biloxi. example. com；transport = tcp

Content-Type：application/sdp

Content-Length：0

ACK User A - > User B

ACK sip：UserB@ biloxi. example. com SIP/2. 0

Via：SIP/2. 0/TCP client. atlanta. example. com；5060；branch = z9hG4bK74bd5

Max-Forwards：70

From：BigGuy < sip：UserA@ atlanta. example. com > ；tag = 9fxced76sl

To：LittleGuy < sip：UserB@ biloxi. example. com > ；tag = 8321234356

Call-ID：3848276298220188511@ atlanta. example. com

CSeq：1 ACK

Content-Length：0

INVITE User A - > User B

INVITE sip：UserB@ biloxi. example. com SIP/2. 0

Via：SIP/2. 0/TCP client. atlanta. example. com；5060；branch = z9hG4bK74bf9

Max-Forwards：70

From：BigGuy < sip：UserA@ atlanta. example. com > ；tag = 9fxced76sl

To：LittleGuy < sip：UserB@ biloxi. example. com >

Call-ID：3848276298220188511@ atlanta. example. com

CSeq：2 INVITE

Require：resource-priority

Resource-Priority：q735. 3

Contact：< sip：UserA@ client. atlanta. example. com；transport = tcp >

Content-Type：application/sdp

Content-Length：...

...

② 信令优先路由

SIP 消息中 Priority 头字段定义客户端请求的紧急程度。该头字段描述了对于接收用户或其代理请求消息所具有的优先级。例如，它可以影响呼叫路由的选择以及决定是否接受。请求中，若无该头字段，则应认为优先权为 "normal"。Priority 头字段并不影响通信资源的使用，比如其不会影响路由器中数据包转发优先级或者接入到 PSTN 网关中的情况。该字段的值可以为 "non-urgent"、"normal"、"urgent" 和 "emergency"。在应急呼叫的请求消息中应加入 Priority 头字段，并且该字段的值应设置为 "emergency" 作为信令消息的 HPC 标记，以保证重要呼叫的 SIP 请求消息的呼叫路由选择具有优先权，此种机制，类似于电路交换网中消息信令单元（MSU）的 SIO 字段携带 HPC 标记。

③ 承载层考虑

基于分组交换的软交换网实现了控制与承载的分离，只在信令中加入 HPC 标记并不能保证呼叫能够获得足够的承载资源，必须在数据单元上也使用 HPC 标记来区分不同的通信流，HPC 标签可以被放置在不同的协议层或子层中。现阶段在分组交换网上使用的技术主要有：Diffserv（区分服务）、MPLS（Multi protocol Label Switch，多协议标签交换）技术、数据虚拟专网（VPN）技术等。应急呼叫的优先保障可以充分利用这些技术，为分组网络中的应急通信提供优先权保证。

2. 移动电话网

本部分的内容主要基于全球移动通信（GSM）网络。

（1）移动电话网简介

图 5-15 为基于电路交换的移动电话网电路域 CS 结构示意。其中包括：

1）HLR 为归属位置寄存器，负责移动用户管理的数据库，一个 PLMN 可以有一个或几个 HLR，这取决于移动终端的数量、设备的容量和网络的组织。

2）VLR 为拜访位置寄存器，负责它所管辖区域内出现的移动用户数据，包括处理用户建立、接收呼叫所需的信息，一个 VLR 可以负责一个或几个 MSC 区域。

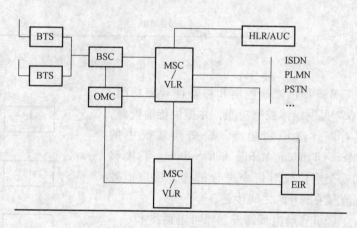

图 5-15　移动电话网结构

3）MSC（移动交换中心）是程控交换机，与固定电话交换机的主要区别在于它还要负责分配无线资源、用户移动性管理等。

4）EIR（设备识别寄存器），此功能单元为数据库，负责管理移动台的设备识别。

5）AUC（鉴权中心），负责认证移动用户的身份及产生相应的鉴权参数的功能单元。

6）BTS（基站收发台），负责移动信号的接收和发送处理。

7）BSC（基站控制器），是基站收发台和移动交换中心之间的连接点，为基站收发台和移动交换中心之间交换信息提供接口。

8）OMC 是操作维护中心。

与固定电话网类似，移动交换中心也采用分级结构，分为 MSC、TMSC2（二级汇接移动交换中心）、TMSC1（一级汇接移动交换中心）3 级结构，采用 No.7 信令作为呼叫控制信令。图 5-16 展示了 No.7 信令网和移动电话网的对应关系。

同固定通信网类似，随着网络技术的发展，电路交换技术逐渐向分组交换技术演进，移动电话网中引入了移动软交换技术（见图 5-17）。移动交换中心（MSC）由移动软交换（MSS）和媒体网关（MGW）进行了替代。

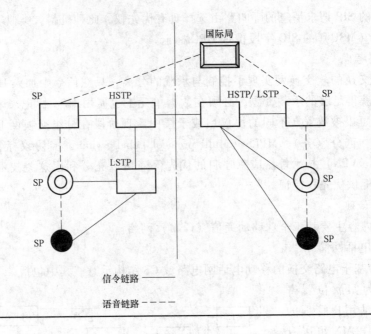

图 5-16　No.7 信令网和移动电话网对应关系示意

MSS 提供呼叫控制和移动性管理功能，MGW 提供媒体控制功能，并提供传输资源，具有媒体流控制功能。软交换系统中的 TMSS（Tandem Mobile Soft Switch，汇接移动软交换）仅对信令进行汇接，用户面数据直接在 MGW 之间传递。

（2）移动电话网应急呼叫识别技术

1）接入类别识别。

每个移动台都属于一个接入类别（Access Class）。Access Class 作为一个移动台的属性会被写入 SIM 卡中，现网中，一般用国际移动用户识别码（International Mobile Subscriber Identity，IMSI）的最后一位作为 Access Class 的值。

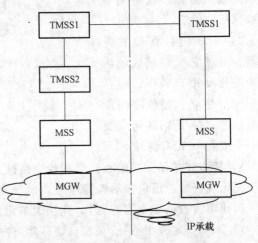

图 5-17　移动软交换网络结构示意

3GPP（第三代伙伴计划）规范对 Access Class 有明确的定义，见表 5-1。

表 5-1　接入类别

接入类别	用户身份	应用范围
0~9	普通用户	归属地和拜访地 PLMN
11	用于 PLMN 管理等	归属地 PLMN
12	安全部门	所属国家的归属地和拜访地 PLMN
13	公共事业部门	所属国家的归属地和拜访地 PLMN
14	应急业务	所属国家的归属地和拜访地 PLMN
15	PLMN 职员	归属地 PLMN

对于普通用户来说，SIM 卡中的接入类别是 0 ~ 9 的随机数，12、13、14 的使用对象分别为安全部门、公共事业部门及应急业务，可用于应急呼叫的标识。

2）用户签约识别。

归属位置寄存器（HLR）为可能发起应急呼叫的用户设置签约数据，为用户的优先呼叫设置级别，呼叫建立过程中 MSC 会查询该属性，映射为无线侧的资源控制参数，传送给基站系统。

这种方式与固定电话网的"用户线识别"方式类似，识别针对的是用户而不是呼叫，不能针对每次呼叫。要实现只针对呼叫而不是用户进行识别，与固定电话网的"用户线识别"方式类似，可以进一步制定特殊的拨号策略：只有该用户拨出的被叫号码前加了一些特殊符号（例如："＊272"），才触发用户签约属性生效，MSC 才为应急呼叫打上 HPC 标记，而不是对所有呼叫都进行识别处理。

3）智能网识别。

该方式与固定电话网中的"智能网识别"方式一致，用户通过拨智能业务触发号码，例如，"710"，具有 SSP 功能的交换局会将呼叫触发上智能网，智能网负责对用户的身份进行验证：用户输入 PIN，验证合格后，用户输入目的地号码，智能网指示交换局路由该呼叫，并打上 HPC 标记。

（3）移动电话网应急呼叫优先接入

本部分主要介绍两种典型的无线网络优先接入技术。

1）基于 Access Class 的优先接入。

前面我们介绍移动电话网优先识别技术时介绍过"Access Class（接入类别）识别"方式，通过该方式，普通用户的接入级别定义为 0 ~ 9。普通用户在接入网络时，会按照 1/10 的概率随机接入，根据需要，网管可以在任何时候闭锁某个接入类别，一旦某个接入类别被闭锁，属于该接入类别的用户的接入尝试就会被网络拒绝。接入类别 11 ~ 15（见表 5-1）被定义分配给特定的高优先级用户，高优先级用户可以获得高概率的随机接入机会。

2）业务信道增强的多优先级和抢占（eMLPP）技术。

eMLPP 技术的主要思想是为用户提供差异化服务，可以向网络中高端用户提供优先接入网络的服务。在语音信道拥塞时，eMLPP 功能可以将高优先级用户置入相应的等待队列之中进行排队，用户的优先越高，越能优先占用释放出来的信道。

该项技术在用户签约信息中增加 eMLPP 优先级别参数（HLR 中），在呼叫接续处理过程中，MSC 从 HLR 中获取相关用户优先级别数据，映射下发到 BSC，由 BSC 负责无线资源分配。

无线网络资源指配策略可以包括：高优先级用户可以通过抢占、排队、直接重试、强制切断等综合手段保证优先占用有限的无线网络资源。

eMLPP 共有 7 个优先级别，其中最高的两个优先级 A 和 B 保留为网络内部使用（例如，紧急呼叫、网络相关业务配置、专用的语音广播等），这两个优先级仅在一个 MSC 范围内有效，该 MSC 范围之外，A、B 两个优先级应该作为优先级 0 来看待，具体的优先级情况参见表 5-2。

对于应急呼叫可以使用较高的优先级，网络可以为应急呼叫提供较高的接入优先权，呼叫出局后应在局间信令中携带 HPC 标记，以备后续优先路由保障机制的实施。

表 5-2 eMLPP 优先级

优先级	适用性	优先级	适用性
A	最高优先级,内部使用	2	用户签约使用优先级
B	内部使用	3	用户签约使用优先级
0	用户签约使用优先级	4	最低优先级,用户签约使用优先级
1	用户签约使用优先级		

（4）移动电话网应急呼叫优先路由

从网络的技术来看，固定电话网与移动电话网的最主要区别是接入手段，两者的核心承载网络并没有太大的区别。

优先路由技术可以参考 5.1.2 节中的"固定电话网应急呼叫优先路由技术"部分内容。这里需要强调一点：移动软交换网络中使用的是承载独立呼叫控制（BICC）信令而不是 SIP 信令，BICC 信令基本上继承了 ISUP 信令的特性，在 IAM 中可以利用 CPC 字段携带 HPC 标记。

5.1.2.2 应急短消息

在发生灾难（地震、火灾等）时，政府机构会使用公用电信网的各种通信手段，向受影响地区的公用电信网用户颁布相关信息（警报、情况通报、安抚等），公用电信网应当提供政府向公众发布信息的业务，具备保障业务运行的网络能力。为快速和有效地让公众收到紧急信息，大量的不同的通信手段及不同的通信策略可以应用到应急通知业务，短消息业务在我国发展迅速，普及率高，对通信网的资源占用较低，具备可以同时间大面积发送的特征，可作为应急通知业务的有效手段。

1. 短消息业务系统（见图5-18）简介

短消息中心系统：经接入网（移动或固定电信网），短消息终端与短消息中心进行短消息传送业务，短消息中心通过对短消息终端的接入、用户认证、短消息存储转发、计费等一系列的处理流程，为短消息终端提供短消息的发送和接收功能。短消息中心还为短消息终端提供与 SP 交互的能力。

短消息网关：业务提供商与短消息网内短消息中心系统之间的中介实体，负责提交业务提供商的短消息，接收来自短消息中心系统的短消息转发给业务提供商。

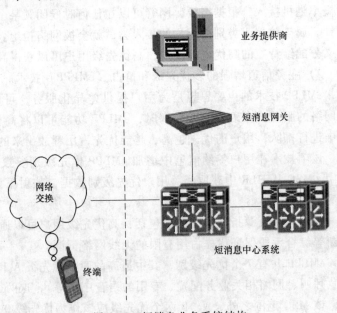

图 5-18 短消息业务系统结构

业务提供商：内容应用服务的直接提供者，负责根据用户的要求开发和提供适合用户使用的短消息服务。

2. 应急通知短消息业务及关键技术

灾难发生时，政府机构可能会借助现有网络中的短消息系统向公众发布警报、情况通报、安抚等相关信息，此时政府机构可能作为特殊的业务提供商接入短消息系统来向公众群发应急短消息。

对于这类短消息，短消息系统应尽可能地将消息传送到受影响地区内的公众，可以根据公众不同的位置发送不同的消息，例如，对于灾难现场区域可能发送"撤离"的消息，对于稍远的地区，可能发送的是"进房间靠近门窗"的消息。可以提供多种语言的通知服务，可以提供优选使用的语言（运营商应从用户收集语言使用属性）以及翻译服务（例如，中英文双语短信等）。

短消息系统对于应急短消息应赋予高优先级进行优先处理。高优先级消息，优先于低优先级消息；应首先发送，高优先级消息尝试转发的频率高于低优先级短消息，有效时间也长于低优先级短消息。一般情况下，普通的短消息默认是以"普通优先级"的方式发送，此时如果 HLR 中被叫用户状态被标记为不在服务区，那么 HLR 就会拒绝短消息中心系统发来的短消息的取路由消息，短消息中心系统不会将短消息下发给 MSC。对于"高优先级"的短消息，短消息中心系统下发短消息将不受 HLR 中被叫用户状态的影响，即使被叫用户不在服务区，短消息中心也会将短消息下发给 MSC，MSC 将尝试将短消息下发给被叫用户（注：有些时候，HLR 中存储的被叫用户状态与被叫的实际状态不相符，被叫用户进入服务区后，HLR 有时不能及时更新该状态，因此如果采用高优先级的短消息来发送应急短消息将大大提高消息发送效率）。

那么如何才能识别出短消息是应急短消息呢？目前最简单的办法就是靠主/被叫号码进行识别，对于由政府机构发起的应急短消息，应当事先分配好固定的特殊的业务提供商主叫号码，例如，我们现在经常能收到从"10086"发送来的一些公共事件提示信息。对于用户向应急平台发送的短消息，可以通过被叫号码进行识别，例如 110、119 等。

灾难发生前后，应急短消息的大量发送，也会对网络造成一定的负担，如果能够利用小区广播来支持应急短消息功能，将能够有效地节省网络资源。小区广播短消息业务是移动通信系统提供的一项重要业务，通过小区广播短消息业务，一条消息可以发送给所有在规定区域的移动电话，包括那些漫游到规定区域的用户。它与点对点短消息业务的主要不同之处在于：点对点短消息的接收者是某个特定的移动用户，而小区广播短消息的接收者是位于某个特定区域内的所有移动用户，包括漫游到该区域的外地用户。小区广播使用 CBCH，因此不受网络中语音和数据传输的影响，即使语音和数据业务发生拥塞，小区广播业务仍然可以使用。图 5-19 展示了小区广播消息业务系统结构。

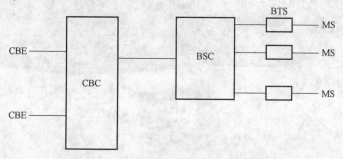

图 5-19　小区广播消息业务系统结构

CBE（小区广播实体，Cell Broadcast Entities）：产生小区广播信息的实体。

CBC（小区广播中心，Cell Broadcast Centre）：负责小区广播信息的管理，包括序号分配、修改和删除小区信息、决定接收范围、决定发送时间和发送频率等。

BSC（基站控制器，Base Station Controller）：可以控制一组基站，管理无线小区及其无线信道、无线设备的操作和维护、移动台的业务过程等。

BTS（基站收发台，Base Transceiver Station）：负责移动信号的接收和发送处理。

MS（移动台，Mobile Station）：移动终端设备，我们通常使用的手机就属于 MS。

5.1.2.3　资源共享

应急通信是在发生紧急情况下使用的通信手段，如果只为了应急情况下的通信而单独大规模地建立应急通信系统，会造成资源的浪费。虽然一次灾难有效的通信手段能够在救援中起到至关重要的作用，但灾难事件发生的并不是高频率的。同时，应急通信系统的各种通信手段不应成为孤岛，应尽可能地为相关单位所共享，充分利用已建成的网络和设施，因此在应急通信系统的建设中应坚持资源共享、综合利用的原则。

网络资源共享，主要包括光缆、基站等。我国 2008 年四川省地震灾区通信系统修复工程预计共建共享 10 条传输光缆，为网络资源共建共享工作的开展积累了经验；基站共建共享主要从机房方面、铁塔方面、天线平台方面考虑：从机房的空间、铁塔平台空间、天线之间的信号干扰方面等考虑。

除了技术因素是网络资源共建共享考虑的，管理也是网络资源共建共享不可忽略的关键因素，多家运营商的系统在维护管理等方面都需要有相关配套的措施，才能有效地推进资源共建共享的进程。

5.1.3　互联网支持应急通信

5.1.3.1　互联网简介

互联网是由广域网、局域网及终端（包括计算机、手机等）通过交换机、路由器、网络接入设备等基于一定的通信协议连接形成的功能和逻辑上的大型网络，如图 5-20 所示。

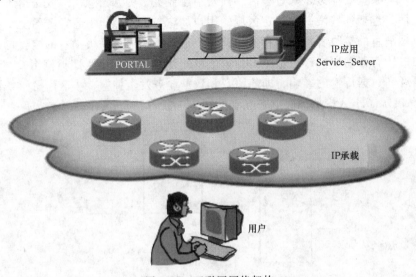

图 5-20　互联网网络架构

随着 IP 技术的迅速发展和应用的普及，互联网应用已经深入教育、政府、商业、军事等各行各业，成为重要的社会基础设施。

人们日常生活中经常能够接触其甚至依赖各种互联网应用，包括 Web 浏览、电子邮件、即时消息、IP 语音通信、IP 视频通信、FTP、公众信息发布等。如果能够利用这些应用提供部分应急通信能力，将是非常有益的。互联网对应急通信的有效支持，将有助于充分利用和整合现有资源，作为原有应急有段的有效补充。

互联网的核心设计理念是"端到端透明性"，"端到端透明性"可以简单地理解为 IP 承载（与通信相关）和应用相互分离，简化网络的设计，将尽可能多的复杂性和控制放在用户终端上。著名的互联网"沙漏"模型形象的描绘了互联网的特征，如图 5-21 所示。

互联网将应用的控制权完全交给了用户，把流量的控制权交给了用户，引发了互联网安全问题和流量控制问题的凸显，同时 IP 网络以尽力而为（Best Effort）的方式工作，完全依靠终端的适配，难以支持需要服务质量（QoS）保证的应用和业务。基于互联网的这些特点，我们不难看出，互联网对于应急通信的支持是有限的，例如，需要保证通信质量和安全的政府机构之间的通信就不适宜借助于互联网进行通信。

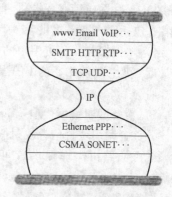

图 5-21　互联网的"沙漏"模型

5.1.3.2　互联网支持应急通信关键技术

互联网设计之初是科研团体或政府研究机构管理下的非商用网络，没有考虑任何应急通信的需求，因此，互联网缺少支持应急通信的基本架构和基本能力，随着近几年各种灾难事件的频发，应急通信的需求也提到了互联网技术研究的日程上，IETF（互联网工程任务组）建立了"基于互联网技术的应急议案工作组"（Emergency Context Resolution with Internet Technologies，ECRIT），专门研究互联网的应急通信问题。

应急通信的各种需求当中，互联网首要考虑的问题应该是对最基本的紧急呼叫的支持，解决公众到政府机构之间应急通信的需求。紧急呼叫会涉及到以下 3 个关键问题：

1）互联网支持应急通信的网络结构：互联网的设计没有考虑过应急通信的需求，因此缺少支持应急通信的网络架构。

2）终端位置信息的获取：紧急呼叫采用的是就近接入的原则，呼叫应该被正确路由接入离终端最近的紧急呼叫中心，因此，互联网也需要提供一定的技术对用户的位置信息进行解析，以达到正确路由紧急呼叫的目的。

3）紧急呼叫的路由寻址：获取到终端的位置信息后的任务就是要能够根据终端的位置信息将呼叫路由到离终端最近的紧急呼叫中心，这就涉及到如何找到最近的紧急呼叫中心的问题，也就是紧急呼叫的路由寻址。

本节将围绕这几个关键问题展开，详细介绍相关技术情况。

1. 互联网支持应急通信的网络结构

互联网上的用户可以通过 IP 语音通信、IP 视频通信方式向位于互联网上的紧急呼叫中心发起紧急呼叫，也可以在互联网上通过即时消息方式与紧急呼叫中心进行紧急通信。

互联网上为了支持紧急呼叫业务，一些网络实体是必须的，一些网络功能也是要参与其中的。互联网上的紧急呼叫主要涉及以下功能实体：

1）公共安全应答点/紧急呼叫中心（Public Safety Answering Point，PSAP）：互联网上提供紧急呼叫业务，至少要提供一个架设在互联网上的紧急呼叫中心，支持 IP 语音呼叫（例如，使用 SIP 作为呼叫控制信令，RTP 作为媒体传输协议）。

2）互联网接入服务提供者（Internet Access Provider，IAP）：为广大用户和互联网之间提供物理和数据链路连接的服务提供者，例如，专线运营者、拨号接入服务运营者等，在紧急呼叫中主要负责用户位置信息的获取。

3）互联网应用服务提供者（Application Service Provider，ASP）：互联网应用层业务提供者，包括语音业务提供者（Voice Service Provider，VSP）、文本业务、视频业务等。

4）映射服务：负责用户的位置信息与紧急呼叫中心的 URI 之间的映射，直接提供离用户最近的紧急呼叫中心的 URI 或指向负责提供紧急呼叫中心位置的代理实体，协助路由紧急呼叫。

5）紧急呼叫路由代理（Emergency Service Ronting Proxy，ESRP）：支持紧急呼叫路由的实体，负责调用位置信息映射服务功能获得合适的 PSAP URI 或者另一个 ESRP URI，实际中紧急呼叫路由代理提供者可以由多种实体扮演，例如：SIP 代理、SIP 用户客户端代理等。

图 5-22 是"RFC 5012"当中的互联网路由紧急呼叫的架构图，当中涉及到以上介绍的一些实体。

图 5-22 展现了呼叫过程中实体之间可能发生的交互行为，从图中可以看出紧急呼叫实体有很多部署方案，不同的部署方案，具体的实体交互行为和信息也不尽相同，图中列出了所有可能发生的交互行为，图中重叠的部分表示一些功能可以被分解出来由单独的实体来完成，具体的交互行为描述如下：

1）位置信息可能由终端驻地自己提供；

2）位置信息可能从互联网接入服务提供者处获得；

3）紧急呼叫者可能需要请求映射服务获得对应于自己位置的合适的 PSAP（或相关信息），除了根据位置信息选择 PSAP，也可以考虑其他的属性，例如，合适的语言；

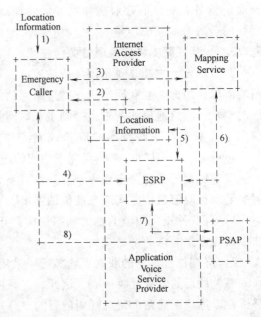

图 5-22 互联网路由紧急呼叫架构

4）紧急呼叫者可能获得紧急呼叫路由代理提供者的协助来路由呼叫；

5）紧急呼叫路由代理提供者需要位置信息，用于下一步请求映射服务；

6）紧急呼叫路由代理提供者可能需要请求映射服务获得紧急呼叫路由信息；

7）对于基于网络的紧急呼叫路由需要紧急呼叫路由代理提供者前转呼叫到 PSAP；

8）对于基于终端的紧急呼叫路由将由终端（紧急呼叫者）自己调用映射服务和初始化连接，直接与 PSAP 建立连接，不需要任何中间任何支持紧急呼叫的路由实体参与。

2. 终端位置信息的获取

用户终端位置信息包括行政位置信息和地理位置信息。行政位置信息是指通过其他一些参考系统描述的位置信息，例如行政区域名称、街道地址名称等；地理位置信息是指用经度、纬度、高度标识的终端位置信息，例如使用 WGS-84 坐标系（经纬度坐标系）描述位置信息。

互联网紧急呼叫中的一个关键问题就是终端位置信息的获取，那么如何以及何时添加位置信息到 VoIP 紧急呼叫信令消息中呢？一般情况下，有 3 种方式获得位置信息：

1）用户代理插入：呼叫者的用户代理插入位置信息到呼叫信令消息当中。

2）用户代理提供参考信息：呼叫者的用户代理通过固定的或暂时的标识指向位置信息，这些位置信息一般存储在专门的位置服务器中，PASP、ESRP 或其他授权的实体会根据标识到位置服务器中去取。

3）代理插入：呼叫路径中的代理插入位置信息或位置参考信息，例如：ESRP。

3. 紧急呼叫的路由寻址

紧急呼叫的路由寻址是指互联网上的映射服务器应具备根据紧急呼叫消息中携带的紧急呼叫的统一资源名称（Uniform Resource Name，URN）和用户终端位置信息映射为相应的紧急呼叫中心 URI 的能力，映射服务客户端应具备能够正确路由该呼叫的能力。

从图 5-22 中我们可以看到，紧急呼叫的路由根据网络部署的不同存在差异，总的来说可以分为网络负责的路由以及终端负责的路由两种方式。

（1）网络负责的路由方式

此种方式，用户代理只需要具备发起带有紧急呼叫标识（例如，110）的紧急呼叫功能即可，应用/语音服务提供者识别出紧急呼叫标识，应将其路由到 ESRP，ESRP 向位置信息映射服务器发起映射请求（带有终端位置信息），位置信息服务器返回适合的 PSAP URI，ESRP 根据 PSAP URI 信息负责将紧急呼叫路由到相应的 PSAP。

（2）终端负责的路由方式

此种方式，终端用户代理需要在发起紧急呼叫前或同时，向位置信息映射服务器发起映射请求（带有终端位置信息），位置信息映射服务器返回适合的 PSAP URI，终端代理根据 PSAP URI 信息负责将紧急呼叫连接到相应的 PSAP。一般情况下此方式不可取，将 PSAP URI 暴露给终端代理是一个非常危险的行为。当然，位置信息映射服务器也可以在返回终端映射响应的时候，只返回选定 PSAP 的参考信息，要借助网络才能翻译这些参考信息为 PSAP 的地址，将其正确路由到目的地。

无论哪种路由方式，调用位置信息映射服务的客户端（用户代理或 ESRP）都需要初始化映射请求，通过映射协议发送到映射服务器。目前，比较合适的映射协议为 LoST（Location-to-Service Translation），具体可参考 RFC 5222。

除了上述的一些关键技术，互联网上的紧急呼叫还要面临互联网上的安全问题，如何保证相关网络服务器的安全，防止信息的篡改和泄密，都是紧急呼叫架构设计和协议设计时必须重点考虑的问题。

5.1.4　下一代网络支持应急通信

5.1.4.1　概述

下一代网络（Next Generation Network，NGN）最主要的特征是承载网络采用分组技术，实现了网络和业务分离，是一个能够同时提供语音、数据、多媒体等多种业务的综合性的、全开放的网络体系。NGN 的概念在业界一直很难给出一个明确的界定和定义，随着网络技术和应用的发展，其含义和核心内容也在不断发生变化。目前来看，以 IMS 技术为核心的网络结构逐渐成为 NGN 的主流定义，在此概念下，NGN 主要包括 PSTN/ISDN 仿真子系统、IP 多媒体子系统和流媒体子系统等组成部分。紧急情况下，NGN 利用其先进的技术架构和开放的网络体系，可实现对应急通信的有效支持，从而满足紧急情况下公众到政府或机构的应急通信需求。

5.1.4.2 NGN 架构下支持应急通信的要求

随着 NGN 技术的逐步完善和应急通信能力需求的逐渐清晰，在 NGN 架构下为实现应急通信能力，网络设备和用户设备的要求也越来越明确，例如，针对紧急呼叫就近接入、用户呼叫定位和紧急情况下的路由域选择，对网络和用户设备具有如下要求：

1）就近接入：应急情况下，网络应将紧急呼叫就近路由到应急指挥中心/联动平台。

2）呼叫定位：紧急呼叫发生时，用户或网络应将用户位置信息发送给应急指挥中心/联动平台，为应急指挥中心/联动平台做出快速反映、采取紧急措施提供准确的用户地理位置。用户位置信息的提供应遵循两点要求。

① 终端获取自身位置信息要求。当终端能提供自身位置信息时，终端应将位置信息插入紧急呼叫请求；对于无法提供自身位置信息的终端，如果能够从接入网获取自身位置信息，终端应能够将位置信息插入到紧急呼叫请求中。

② 网络获取终端位置信息要求。在终端没有提供自身位置信息情况下，如果网络需要详细的终端位置信息，核心网应从接入网获取终端位置信息并将其插入紧急呼叫。

3）域选择：呼叫路由的 CS 域或 PS 域选择也对终端或网络提出要求。

① 用户 UE 能力要求：当 UE 只能接入 CS 域或 PS 域中的一种网络域时，则直接通过 CS 域或 PS 域发起紧急呼叫；当 UE 可同时附着 CS 域和 PS 域时，UE 应优先选择 CS 域发起紧急呼叫，若 UE 的 CS 域或 PS 域的紧急呼叫请求被拒绝，则 UE 应发起另一个域的紧急呼叫。

② 网络能力要求：若 CS 域（如 PSTN）或 PS 域核心网能够将紧急呼叫路由到 CS 域（如 PSTN）或 PS 域的应急指挥中心/联动平台，则应直接路由；反之，则需要通过 MGCF 路由到 PS 域或 CS 域（如 PSTN）的应急指挥中心/联动平台。

5.1.4.3 基于 IMS 的应急通信技术应用

目前业界普遍认为，IMS 是下一代网络的核心网，所以 IMS 对应急通信的支持能力将直接反映出下一代网络的应急通信能力。下一代网络针对应急通信采取的策略很大程度上需依赖 IMS 核心网来实现，因此，本节将以 IMS 技术为核心对 NGN 支持应急通信的技术方案进行介绍，包括基于 IMS 技术的应急通信体系架构、应急会话业务流程、应急会话注册、建立和基于 IMS 的用户定位等内容。

1. IMS 概述

（1）IMS 技术发展概述

3GPP 在 R5 阶段提出了分组域 IMS 的基本框架，并在 R6、R7 阶段对 IMS 进行了分阶段的完善。IMS 技术以其接入无关性、完全的业务与控制分离的重要特点受到了业界高度关注。IMS 为未来的多媒体应用提供了一个通用的业务平台，它是向全 IP 网业务提供体系迈进的重要一步。

在 R5 中，IMS 主要以 UMTS（Universal Mobile Telecommunications System，通用移动通信系统）分组域网络作为其 IP 媒体业务的接入和承载，从 R6 开始，所有 IP 网络，包括 WLAN 以及所有能够通过 SIP 等与 IMS 进行交互的网络，都可以接入或连接到 IMS，网络向全 IP 融合。R7 增加了固定宽带的接入，目前正在进行研究，预计对网络结构没有影响，但对 P-CSCF 的功能要求需要增强，从而满足对固定宽带设备的接入能力。

从目前的研究进度来看，IMS 应用于移动的标准已经成熟，但是基于 IMS 的网络融合技术标准还处于发展阶段。由于有线和无线网络在网络带宽、终端鉴权、位置信息和资源管理等多方面存在差异，TISPAN 在这些方面对 IMS 加以扩展，实现固定接入。但固定和移动 IMS 在业务能力差异、体系架构差异、协议差异等方面的问题将成为 IMS 能否实现固定和移动网络融合的关键问题。

（2）IMS 功能结构

IMS 可以完成呼叫的发起、保持、释放等功能。另外，它还要对多媒体流进行转换控制以及对多媒体业务进行支持，所以包含更多的功能实体，它们分别完成不同的功能。支持 IP 多媒体应用的全套解决方案由终端、GERAN 或 UTRAN 无线接入网、GPRS 核心网、IP 多媒体核心网子系统的一些特殊功能单元组成，主要包括呼叫会话控制功能（CSCF）、媒体网关控制功能（MGCF）、IP 多媒体网关功能（IM-MGW）、多媒体资源功能（MRF）、签约定位功能（SLF）、出口网关控制功能（BGCF）、信令网关功能（SGW）等。IMS 的功能结构如图 5-23 所示。

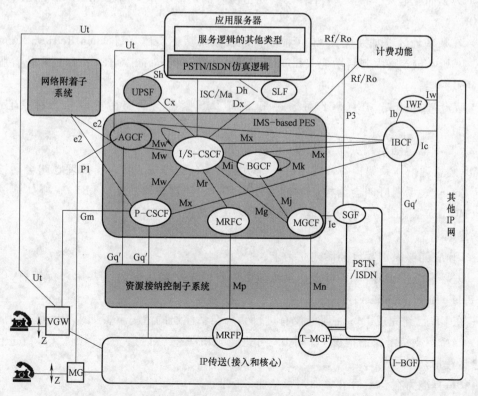

图 5-23　IMS 的功能结构图

2. IMS 支持紧急通信的系统架构

（1）IMS 紧急通信体系架构

当 IMS 用户漫游或游牧到非归属网络覆盖时，由于紧急呼叫不是预定业务，为了支持紧急通信，应由拜访地提供紧急呼叫服务，因此，在原有 IMS 网络系统架构中引入紧急呼叫会话控制功能（简称 E-CSCF）实现紧急呼叫。IMS 紧急通信系统架构如图 5-24 所示。

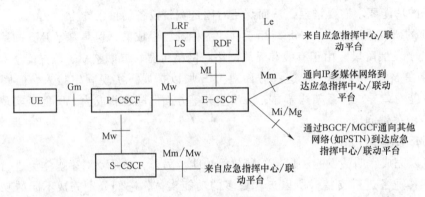

图 5-24　IMS 紧急通信体系架构

在 IMS 紧急通信体系架构中，有以下几点需要注意：

1）在紧急通信中 P-CSCF 和 E-CSCF 一直位于同一个网络中，当 UE 处于漫游状态时，实现紧急通信的网络为 UE 所访问网络。

2）为了简化起见，图 5-24 中并没有列出所有的功能实体，例如 IBCF、I-CSCF、MGCF 和 BGCF。

3）在某些地区（如北美），有可能支持位置重获功能实体（Location Retrieval Function，LRF），LRF 可包含路由判断功能（Routing Determination Function，RDF）组件和位置服务器（如 GMLC）组件。

4）基于本地策略，E-CSCF 可通过 ECS 将 IMS 紧急会话路由至应急指挥中心/联动平台。

（2）IMS 紧急通信相关功能实体

IMS 紧急通信体系架构中，涉及的关键功能实体包括终端（UE）、代理呼叫会话控制功能（P-CSCF）、紧急呼叫会话控制功能（E-CSCF）、位置获取功能（LRF）、媒体网关控制设备（MGCF），下面是各功能实体在紧急呼叫中的功能和作用。

●终端

－UE 应能够识别紧急会话建立请求；

－进行紧急注册时，UE 可以在紧急会话注册请求中加入紧急公共用户标识符（Emergency Public User Identifier）。

－在 UE 已经完成 IMS 注册但没有进行紧急会话注册的情况下，如果 UE 处于归属网络（如 IP-CAN 不支持漫游的情况），则 UE 可进行 IMS 紧急会话建立；否则，UE 需进行 IMS 紧急会话注册。

－UE 有能力在会话请求中加入紧急业务标识。

－在"匿名用户"情况下，应在紧急会话建立请求中包含设备标识符。

　　- 如有可能，首先尝试在 CS 域进行紧急呼叫。

　　- UE 可处理带有 "emergency" 类型的 380 应答消息，该服务为可选业务。

　　- UE 可处理带有 "IMS emergency registration required" 标识的响应消息。

　　- 其他一些普通的 UE 能力要求可参考 TS 22.101。

　　另外，在 UE 发起紧急会话请求过程中，为了在网络中对该请求进行正确的处理，会话请求中应附带以下字段：

　　- 紧急会话指示。

　　- 如完成了 IMS 紧急会话注册，需附带紧急公共用户标识符，如没有完成 IMS 紧急会话注册，则可附带任意一个注册的公共用户标识符。

　　- 应急业务类型（可选，可包含在紧急会话指示中）。

　　- 在有能力的情况下提供 UE 的位置信息。

　　- 在有能力的情况下，提供与紧急公共用户标识符相关联的 Tel URI。

　　● 代理呼叫会话控制功能

　　- 处理带有 "紧急公共用户标识符" 的注册请求，并在用户归属网络将该请求转发到 IBCF 或 I-CSCF 中。

　　- 检测紧急会话建立请求。

　　- 允许或拒绝紧急会话请求。

　　- 允许或拒绝 "匿名" 紧急会话请求。

　　- 防止在非紧急会话中带有 "紧急公共用户标识符"。

　　- 可查询 IP-CAN，获得位置标识符。

　　- 在同一个网络中选择合适的 E-CSCF 处理紧急会话请求。

　　- 优先处理紧急会话。

　　- 如果 UE 提供了呼叫方的 Tel URI，则 P-CSCF 检查 Tel URI 的有效性。同时，如果知道 Tel URI 与紧急公共用户标识符相关联，则 P-CSCF 在会话建立请求过程中提供 Tel URI。

　　- 作为紧急会话建立尝试的处理结果，P-CSCF 可利用带有 "IMS emergency registration required" 标识的消息对 UE 进行响应。

　　● 紧急呼叫会话控制功能

　　- 从 P-CSCF 接收紧急会话建立请求。

　　- 如果在紧急会话请求中没有包含 UE 位置信息或有附加的位置信息需求，则 E-CSCF 应通过 LRF 获取 UE 位置信息。

　　- 如果 UE 设备提供了位置信息，在需要的情况下，E-CSCF 可请求 LRF 对位置信息进行验证。

　　- 确定或查询 LRF，保证正确的路由信息或应急指挥中心/联动平台目标地址。

　　- 将包括匿名会话建立请求在内的紧急会话建立请求路由至适当的目的地。

　　- 在国家需要的情况下，E-CSCF 可将 P-asserted ID 或 UE ID 内容发送至 LRF。

　　- 基于本地策略，E-CSCF 可将紧急 IMS 呼叫路由至 ECS 进行进一步呼叫处理。

　　● 位置获取功能

　　位置获取功能实体（LRF）可获得发起 IMS 紧急呼叫的 UE 位置信息，LRF 有可能包括路由判断功能组件（RDF）和位置服务器组件（如 GMLC 等）。

RDF 为 E-CSCF 提供紧急呼叫路由信息，RDF 与位置功能实体（如 GMLC）相互作用从而处理 ESQK（Emergency Service Query Key）的分配和管理。应急指挥中心/联动平台利用 ESQK 对 LRF 进行查询，获取位置信息和回叫号码。

LRF 发送给 E-CSCF 的消息中包括路由信息和其他紧急业务相关的参数，具体参数内容取决于本地的紧急通信规范。例如，在北美地区，该消息中可包括 ESQK、ESRN、LRO、UE 本地号码、应急指挥中心/联动平台的 SIP URI 或者 Tel-URI 等。

为了给 E-CSCF 提供最近的应急指挥中心/联动平台地址，LRF 可能需要 UE 的位置变化信息。例如，可能需要向应急指挥中心/联动平台提供 UE 的初始估计位置，并且在需要的情况下对 UE 的位置信息进行更新，此时，LRF 需存储 E-CSCF 提供的紧急会话记录并在会话结束后释放该记录。LRF 发给 E-CSCF 的消息中（如 ESQK）应包含识别 LRF 和 LRF 中紧急会话记录的相关信息，该信息在会话建立阶段通过 SIP INVITE 消息或 MGCF 发出的 SS7 ISUP 信令消息发送给应急指挥中心/联动平台，应急指挥中心/联动平台可用这个消息向 LRF 请求 UE 的初始估计位置或对位置信息进行更新。

- 媒体网关控制设备

MGCF 可根据本地策略判断来自 CS 域（如 PSTN）的呼叫是否为应急指挥中心/联动平台的回叫，如果 MGCF 收到 CS 域（如 PSTN）的呼叫被确定为应急指挥中心/联动平台的回叫，则 MGCF 可在呼叫建立请求里添加"应急指挥中心/联动平台回叫指示"。

（3）IMS 紧急通信的相关接口

IMS 紧急通信体系架构图中的各功能实体之间通过 Gm、Mw、Mm、Mi/Mg、MI、Le、Mw、Mm/Mw 等接口实现信令、路由等消息的交互，这些接口含义和使用协议如下：

- Gm（UE 和 P-CSCF 之间的接口），Gm 接口可支持 UE 和 IMS 网络之间的所有信令交互，如注册信令和会话控制信令等，接口采用 SIP。

- Mw（P-CSCF 和 E-CSCF 之间的接口），Mw 接口用于代理会话控制功能实体与紧急呼叫功能实体之间交互相关的信令消息，如注册信令和会话控制信令等，接口采用 SIP。

- Mm 接口是 E-CSCF 和 PS 域应急指挥中心/联动平台之间的接口，E-CSCF 应根据 LRF 提供的路由信息将紧急呼叫路由到 PS 域的应急指挥中心/联动平台，该接口采用 SIP。

- Mi/Mg 接口是 E-CSCF 和 BGCF/MGCF 之间的接口，E-CSCF 根据 LRF 提供的路由信息将紧急呼叫路由到 CS 域的应急指挥中心/联动平台（通过 BGCF/MGCF），该接口采用 SIP。

- MI 接口是 E-CSCF 和 LRF 之间的接口，E-CSCF 通过该接口从 LRF 获取 UE 位置信息和呼叫路由信息。

- Le 接口是应急指挥中心/联动平台和 LRF 之间的接口。应急指挥中心/联动平台通过该接口获得 UE 的初始位置信息和实时更新的位置信息。

- Mw 接口（S-CSCF 和 P-CSCF 之间的接口），Mw 接口用于服务会话控制功能实体和代理会话控制功能实体之间交互相关的信令消息，如会话控制信令，该接口采用 SIP。

- Mm/Mw 接口为 PS 域应急指挥中心/联动平台和 S-CSCF 之间的接口，应急指挥中心/联动平台通过该接口呼叫 UE，该接口采用 SIP。

3. IMS 紧急会话业务流程

（1）UE 可以识别紧急会话的情况

在 UE 能够识别紧急会话请求的情况下，紧急通信业务流程如图 5-25 所示。

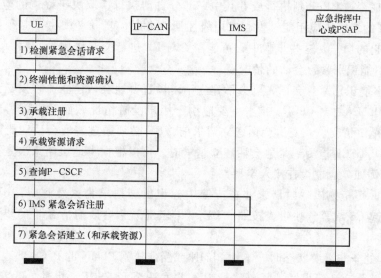

图 5-25　终端设备检测紧急呼叫

具体的执行步骤如下：

1）UE 检测紧急会话请求。

2）UE 的性能和资源确认。如果其他正在进行的会话占用了资源导致 UE 无法建立紧急呼叫，则 UE 将中止正在进行的普通会话，释放相应的承载资源。

3）承载注册。如果需要 UE 进行承载注册，则 UE 向 IP-CAN 进行注册；如果 UE 已完成注册，则不必再次注册。根据 IP-CAN 的功能，UE 可能会在该阶段被分配一个 IP 地址。

4）承载资源请求。如果需要，IP-CAN 应该为相关的 IMS 信令传输保留承载资源，UE 应标识紧急会话业务"指示"。如果 IP-CAN 在步骤 3）没有给 UE 分配 IP 地址，则 IP-CAN 在承载资源请求过程中为 UE 分配 IP 地址。

5）执行 P-CSCF 发现步骤，也就是说，UE 在归属网络中查询适用于该紧急会话的 P-CSCF，P-CSCF 发现步骤与 IP-CAN 有关。

6）IMS 紧急会话注册。

IMS 网络中，如果 UE 能够识别紧急会话，UE 将利用 IP 地址向 P-CSCF 发起 IMS 紧急会话注册，IP 地址是在步骤 3）或 4）分配的。IMS 注册请求中应包含紧急公共用户标识符，该标识符中包含相关联的 Tel URI，从而可以实现 PSTN 对用户的反向呼叫。

P-CSCF 可根据本地策略设定注册时间期限或者在注册请求过程中改变该注册时限，并增加相应的标识符。当归属网络 S-CSCF 接收到注册请求，S-CSCF 可以从注册请求中获得注册时限，并将该注册时限告知 UE。

如果 UE 没有能力识别紧急会话，则不发起 IMS 紧急注册请求，而应该按步骤 7）描述的方法建立与 P-CSCF 的紧急会话。

7）建立紧急会话。如果进行了 IMS 紧急会话注册，则按照带有紧急会话"指示"及紧急公共用户标识符的会话建立流程，由 UE 发起 IMS 紧急会话；如果没有进行 IMS 紧急会话注册，则按照带有紧急会话"指示"及任意已注册公共用户标识符的会话建立流程，由 UE 发起 IMS 紧急会话。

上述过程是否被 UE 分别执行或者其中一部分自动执行，取决于终端的应用和 UE 的配置。例如，UE 的多媒体应用能够发起应用级注册，此时，步骤 2）~4）必须执行，从而支持应用程序发起的操作，这些步骤中，可能需要与 UE 进行交互作用。

（2）UE 不能识别紧急会话的情况

如果 UE 不能识别紧急会话，则会话建立请求通过普通会话建立流程发送到当前访问的 PLMN 或本地 PLMN 的 P-CSCF。前者主要应用于用户漫游情况，而后者既可应用于漫游情况也可用于非漫游情况。在发送会话建立请求前，UE 必须通过普通会话注册流程在 IMS 网络中注册。当 P-CSCF 检测到紧急会话建立请求时，可以根据本地策略来决定采取以下哪一种处理方法（例如，通过检查接入类型）：

1）P-CSCF 可拒绝该呼叫请求并在应答中标识出该请求为紧急呼叫，UE 收到该应答后，将尝试发起 CS 域紧急呼叫或按照"UE 可以识别紧急会话的情况"的步骤重新发起紧急会话请求。

2）当 UE 处于非漫游状态时，本地 PLMN 或当前访问 PLMN 的 P-CSCF 也可以允许该紧急会话请求，并将会话请求插入紧急"标识"并发送至 E-CSCF，此时，不需要通知 UE 会话已被标注为紧急会话，UE 可将该会话视为正常的会话建立。

（3）利用 LRF/RDF 建立紧急会话

图 5-26 描述了利用 LRF/RDF 获取位置和路由信息建立紧急会话的流程。

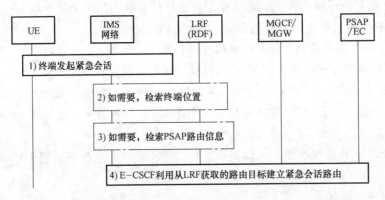

图 5-26　利用 LRF/DRF 建立紧急会话流程

1）UE 发送一个包含紧急 URI 信息的 SIP INVITE 消息，发起紧急会话请求。

2）如果需要，IMS 网络可以访问 LRF 查找 UE 位置信息。

3）如需要，LRF 可调用 RDF 来确定最合适的目标应急指挥中心/联动平台，LRF 向 IMS 网络返回必要的位置或路由信息。

4）IMS 网络利用 LRF 返回的路由信息，将紧急会话请求路由至最佳应急指挥中心/联动平台。

另外值得注意的是，紧急会话中，如果 LRF 在步骤 3）为 IMS 网络提供了 ESQK 或者其他的专用资源，则 IMS 网络应在会话释放时通知 LRF，以便 LRF 释放相应的资源。

4. IMS 紧急会话注册

3GPP TS 23.228 报告介绍了 IMS 会话注册的一般流程，为了适应紧急通信的需要，TS23.167 针对 IMS 紧急会话情况下的注册流程做了适当改动，具体如下：

1）当同时满足以下几种条件的情况下，将由 UE 发起 IMS 紧急会话注册：

① UE 没有进行 IMS 注册或者 UE 虽然已进行了 IMS 注册但处于异地漫游状态，并且 UE 不知道被指派的 P-CSCF 来自被访问的网络。

② UE 有足够的授权鉴别 IMS 网络。

③ UE 能够识别紧急会话。

另外，如果在发起紧急会话请求后，UE 收到的响应为"需进行 IMS 紧急会话注册"，则 UE 应发起 IMS 紧急注册。

2）在紧急注册请求中，UE 应利用"紧急公共用户标识符"，该标识符可被用于应急指挥中心/联动平台和与应急指挥中心/联动平台相关联的已注册地址之间的路由调用，并利用该标识符通知归属网络取消漫游限制。

3）用户归属网络应取消紧急注册请求的漫游限制。

4）服务的发起或终止不使用"紧急公共用户标识符"。

P-CSCF 对带有紧急公共用户标识符的注册请求处理方式与其他的注册请求基本一致，但在带有紧急公共用户标识符的注册请求中 P-CSCF 可根据本地策略设置注册时限或者改变注册时限，并继续将注册请求发送给归属网络的 IBCF 或 I-CSCF。如果注册时限被 P-CSCF 修改，则归属网络的 S-CSCF 将获得修改后的注册时限并将该时限返回给 UE。

5. IMS 紧急会话建立

（1）正常服务情况下的 IMS 紧急会话建立

如果 UE 能够识别用户正在发起的是紧急会话请求，则将在紧急会话建立请求中加入紧急业务"指示"。当 UE 与网络的连接处于 CS 域时，UE 将发起 CS 域紧急呼叫；当 UE 只连接在 PS 域并且支持 IMS 紧急业务时，则发起 PS 域紧急呼叫；如果 UE 与 CS 域和 PS 域同时连接，则按照网络的默认规定发起相应的紧急呼叫，在没有明确的规定时，以 CS 域为优先选择域。IMS 核心网的紧急呼叫应在当前拜访的 IMS 核心网中进行。

如果向 CS 域发起的紧急呼叫失败，则在 UE 有能力的情况下应尝试发起 PS 域紧急会话；同样，如果向 PS 域发起的紧急呼叫失败，则在 UE 有能力的情况下应尝试发起 CS 域紧急会话。如果 UE 发起会话请求并收到标注有"紧急"指示的 380 响应（可选服务），则 UE 应重新尝试发起带有紧急"指示"的会话请求，并优先考虑 CS 域。

如果 UE 没有权限鉴别 IMS 网络，则 UE 不应发起 IMS 紧急注册而应直接与 P-CSCF 建立紧急会话，具体过程如"未注册情况下的 IMS 紧急会话建立"部分所述。

当 P-CSCF 接收到紧急会话请求后，将遵循 3GPP TS 23.228 介绍的普通会话流程，同时针对紧急会话的特点做适当改进，具体如下：

1）首先，由 IMS 网络实体 P-CSCF 检测紧急会话。

2）当归属网络的 P-CSCF 能够识别出紧急号码或紧急"指示"时，将对 UE 做出应答并告知 UE 应该在拜访网络中发起紧急呼叫。

3）当紧急呼叫请求带有紧急"指示"但没有注册在 IMS 网络上时，参见"未注册情况下的 IMS 紧急会话建立"。

4）如果 UE 注册在 IMS 网络但发起请求中没有紧急"指示"，同时 P-CSCF 可以检测紧急会话业务请求时，执行"UE 不能识别紧急会话"流程。

5）当接收到会话请求后，如果识别为紧急会话，P-CSCF 将检查 UE 是否提供用于身份识别的 Tel URI，如果提供，则 P-CSCF 检查 Tel URI 的有效性；如果不提供并且 P-CSCF 可获知 Tel URI 与"紧急公共用户标识符"是相关联的，则在紧急会话建立请求过程中将 Tel URI 提供给 E-CSCF。

6）P-CSCF 可查询 IP-CAN，获得位置标识符。

7）当紧急会话和非紧急会话同时存在时，P-CSCF 将优先处理紧急会话。

接收到 P-CSCF 发出的紧急会话请求后，E-CSCF 将按以下步骤进行：

1）如果 E-CSCF 需要位置信息但紧急会话请求中没有包含相应信息，或者 E-CSCF 需要其他的附加位置信息，E-CSCF 将利用"基于 IMS 技术的用户位置信息获取"描述方法提取位置信息。

2）如果 UE 能够提供位置信息，在需要的情况下 E-CSCF 可以请求 LRF 验证该位置信息。

3）基于紧急业务类型和 UE 的位置信息，可利用 LRF 确定相应的路由信息。

4）如果路由过程中需要用到未知的 UE 位置信息，E-CSCF 确定应急指挥中心/联动平台的默认路由目的地地址。

5）如果应急指挥中心/联动平台与 IMS 网络有连接点，E-CSCF 将紧急会话请求直接转发至应急指挥中心/联动平台。

6）如果应急指挥中心/联动平台在 PSTN/ISDN 或者 CS 域有连接点，E-CSCF 利用 Tel-URI 将会话请求转发至出口网关控制功能（BGCF）或媒体网关控制功能（MGCF），从而实现在普通交换电话网（GSTN）的路由。该号码格式与 CS 域紧急呼叫格式相同，MGCF 可插入在 PSTN/CS 信令中获得的任意位置信息。

（2）未注册情况下的 IMS 紧急会话建立

当未注册情况下 UE 向 P-CSCF 发起紧急会话请求时，该请求中将包括"匿名用户"和"紧急业务指示"。基于本地策略，P-CSCF 可以拒绝该"匿名用户"的紧急会话请求并发送相应的错误指示，此时，UE 应停止向该网络发送紧急会话请求；如果 P-CSCF 接受了该"匿名用户"的紧急会话请求，则 P-CSCF 不再考虑 UE 和 P-CSCF 之间是否是安全的连接，并将该会话请求转发至适当的 E-CSCF。

E-CSCF 在路由匿名紧急会话消息时也应遵守"正常服务情况下的 IMS 紧急会话建立"部分介绍的规则和流程。

6. 基于 IMS 技术的用户位置信息获取

紧急通信中，用户的位置信息获取意义重大。获得用户的位置信息将有助于知道用户的具体位置，为紧急处理中心做出快速反应，采取紧急措施提供明确的地理位置；有助于获得用户的实时位置变化（如用户在车中或飞机上）；同时，可以有效地制定紧急通信的呼叫路由路径，避免通信线路堵塞或防止泄密。在紧急会话中，基于 IMS 技术的用户定位可以从以下几种情况考虑：

1）UE 知道自身所处的位置；

2）UE 从网络获得自身位置信息；

3）由 IMS 核心网获取位置信息，详细的处理流程如图 5-27 所示；

4）还有一种情况是，当 IMS 核心网中的紧急会话路由不需要位置信息时，紧急会话路由的确定和位置信息提取可通过紧急会话服务器实现（可选功能），此时 IMS 核心网不需要该位置信息。

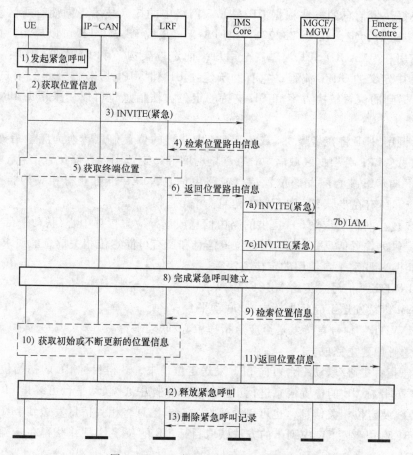

图 5-27　IMS 紧急会话用户定位流程

1）用户发起紧急呼叫

2）如可能，UE 确定其自身所在位置或位置标识符。如果 UE 不能获得当前位置，在有能力的情况下，UE 可向 IP-CAN 请求其位置信息，如果 IP-CAN 提供该功能，则 IP-CAN 向 UE 发送 UE 的位置信息以及位置标识符。

3）UE 设备向 IMS 核心网发送带有紧急会话指示的"INVITE"消息。该"INVITE"消息应包含当前终端所有的位置相关信息，可以是地理位置信息也可以是位置标识符。在 UE 不能提供任何位置信息的情况下，IMS 核心网可向 LRF 查询 UE 的位置信息。"INVITE"消息中也可以包含定位解决方案和 UE 支持的定位方法等信息（可选）。

4）如果在步骤 3）获得的位置信息是真实的并且足够用来确定恰当的应急指挥中心/联动平台，则可跳至步骤 7）继续进行。如果出现以下几种情况，如定位信息不足、IMS 核心网需要紧急路由信息、IMS 核心网需要验证位置信息，或者 IMS 核心网需要将 UE 的位置标识符映射到地理位置信息中，则 IMS 核心网向 LRF 发送位置请求。该请求中应包含识别 IP-

CAN 和 UE 设备的信息、接入 UE 设备的方法（如 UE 的 IP 地址）以及 UE 设备所能提供的所有位置信息。同时，位置解决方案和 UE 支持的定位方法也可以作为可选项包含在该请求中。

5）LRF 可能已经获得 IMS 核心网请求的位置信息，也有可能由 LRF 发出 UE 位置信息请求。获得位置信息的方法根据 UE 在 IMS 网络中的接入技术不同而有所区别。当采用 GPRS 接入方式时，定义在 TS 23.271 中的 PS-NI-LR 或 PS-MT-LR 可以应用；如果终端支持，可以采用在 OMA AD SUPL：“安全用户平面定位架构”和 OMA TS ULP：“用户平面定位协议”中定义的 SUPL 流程，它有助于建立 UE 和 SUPL 服务器之间的用户平面连接。步骤 4）中提到的位置解决方案和 UE 支持的定位方法信息也可以用来帮助 LRF 确定定位方法。

LRF 可调用 RDF 将在步骤 4）或步骤 5）中获得的位置信息转换为应急指挥中心/联动平台路由信息，LRF 可根据区域需求，在一定时间和一定范围内存储位置信息。

6）LRF 向 IMS 核心网发送位置信息或路由信息，LRF 也可获得相关的自身鉴别信息（如 ESQK）和所有在步骤 5）中存储的信息。

7）IMS 核心网利用步骤 6）提供的路由信息或选择应急指挥中心/联动平台（基于步骤 3）或 6）提供的位置信息），发送包含位置信息和所有可能定位相关信息的请求，例如，包含应急指挥中心/联动平台使用的定位方法等。

7a）“INVITE”信号发送给 MGCF/MGW；

7b）IAM 继续发送至应急指挥中心/联动平台；

7c）“INVITE”信号直接发送至应急指挥中心/联动平台。

8）紧急呼叫建立完成。

9）应急指挥中心/联动平台可向 LRF 发送定位请求，获得目标 UE 的初始位置信息，也可请求 LRF 对目标 UE 的位置信息进行更新。应急指挥中心/联动平台可终止 LRF 在步骤 7）中获得的位置及定位相关信息，也可以通过发送请求消息将相关信息发送到 LRF。

10）LRF 利用步骤 5）中列出的方法获取目标 UE 的位置信息并获得在步骤 5）中存储的 UE 信息。

11）LRF 向应急指挥中心/联动平台返回初始位置信息或不断更新的位置信息，LRF 可以在步骤 9）中的定位请求前或请求后向应急指挥中心/联动平台发送初始位置信息。

12）紧急呼叫被释放。

13）IMS 核心网告知 LRF 紧急会话结束，LRF 删除步骤 5）中存储的所有记录。

5.2　卫星通信在应急通信中的应用

卫星通信因具有覆盖范围大，不受地理条件限制，易于部署和展开等特点，在世界各国的应急通信中都获得了广泛的应用，是地面通信网的有效补充和延伸。在发生严重的自然与社会灾害时，尤其是地面的有线与无线通信系统均被破坏，而不能提供正常的通信服务时，卫星通信成为了最有效的甚至是惟一的通信手段。例如 2008 年年初我国南方 50 年不遇的冰雪灾害，同年 5 月 12 日的四川特大地震，致使电网、地面通信网等受到严重破坏，而卫星无疑成为了最佳的通信手段，在抢险救灾过程中发挥了巨大作用。

5.2.1　不同卫星业务类型在应急通信中的应用模式

按业务类型划分，卫星可包括卫星固定业务、卫星移动业务、广播业务和导航定位业务。ITU 的《无线电规则》中对这几种业务定义如下：

（1）卫星固定业务（Fixed-Satellite Service，FSS）

利用一个或多个卫星在处于给定位置的地球站之间的无线电通信业务。该给定位置可以是一个指定的固定地点或指定区域内的任何一个固定地点。在某些情况下，这种业务也可包括运用于卫星间业务的卫星至卫星的链路，也可包括其他空间无线电通信业务的馈线链路。

（2）卫星移动业务（Mobile-Satellite Service，MSS）

在移动地球站和一个或多个空间电台之间的一种无线电通信业务，或该业务所利用的各空间电台之间的无线电通信业务，或利用一个或多个空间电台在移动地球站之间的无线电通信业务。

（3）卫星广播业务（Broadcasting-Satellite Service，BSS）

利用空间电台发送或转发信号，以供公众直接接收（包括个体接收和集体接收）的无线电通信业务。

（4）卫星无线电导航业务和卫星无线电定位业务

卫星无线电导航业务是指用于无线电导航的卫星无线电测定业务。卫星无线电定位业务是指用于无线电定位的无线电测定业务。在此把卫星无线电导航业务和无线电定位业务合称为卫星导航定位业务。

这些业务特点各不相同，在应急通信中的应用模式也所有差异，见表 5-3。

表 5-3　不同卫星通信业务类型在应急通信中的应用模式

业务类型	空间段	地面用户	功　　能	业务
卫星固定通信业务	固定业务通信卫星	固定站、车载站、便携站	● 应急指挥与调度：不同级别指挥中心之间指挥、灾情等信息的互通、灾情现场会商等 ● 与其他公网的互联：电信、计算机和电视网络的接入 ● 地面网络支援：替代受损地面网络，重构应急通信网络	视频、图像、数据、语音
卫星移动通信业务	移动业务通信卫星	固定站、车载站、便携站、手持机	● 应急指挥与信息采集：现场救助命令下达、灾情信息采集汇报等 ● 与其他公网的互联：电信、计算机和电视网络的接入 ● 地面网络支援：替代受损地面网络，重构应急通信网络	视频、图像、数据、语音
卫星广播业务	广播卫星	固定站、移动接收站、手持机	● 灾情信息发布：天气预报和预警信息的实时发布等 ● 宣传节目播放：向群众实时播送救灾实况和自救安抚节目等	视频、图像、数据、语音
导航定位业务	导航定位卫星系统	固定站、车载站、便携站、手持机	● 智能路径导航：实现救灾机、车的路径导航，以便迅速到达救灾现场 ● 定点施救：在实际救灾过程中，利用卫星定位技术，实现精准的信息点定位，有针对性地对失踪人员实施有效的搜救	视频、图像、数据、语音

（1）卫星固定业务应急应用模式

卫星固定业务可用于应急指挥中心和各级分中心的指挥命令下达和现场灾情上报，并可实现在地面公网受损瘫痪以后，快速代替地面网络从而恢复通信能力。

（2）卫星移动业务应急应用模式

卫星移动业务因其组网灵活、机动性强、受地形地物影响小等突出优点，在应急通信中广泛应用。卫星移动业务可用于各级应急指挥中心和灾害现场的指挥和灾情的信息传递，并建立与地面网络互通。

（3）卫星广播业务应急应用模式

卫星广播业务是卫星应急通信中的辅助业务，可用于各级指挥中心向下级和灾区分发天气实况、预警信息等灾情信息，并向灾区广大群众发送自救、安抚等宣传节目。

（4）卫星导航定位业务应急应用模式

可利用卫星导航定位技术实现救灾机、车的路径导航，以便迅速到达救灾现场，并通过精准的信息点定位，有针对性地对失踪人员实施有效的搜救。

它们的空间段、地面用户、功能和业务可用下表来表示。这4种业务各有优势又相互融合、互为补充，可在应急通信应用中发挥重要作用。

5.2.2　卫星应急通信系统

5.2.2.1　系统简介

一般地，卫星应急通信系统由空间段、地面段和用户段3部分组成。空间段可以是静止轨道卫星和非静止轨道卫星；地面段一般包括卫星测控中心、网络控制中心及各类关口站等；用户段一般有固定站、移动站、便携站和手持机等。地面段可通过各类关口站与公网连接。卫星应急通信系统示意图如5-28。

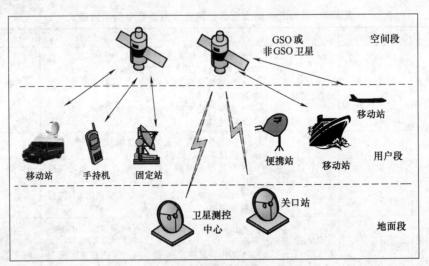

图 5-28　卫星应急通信系统示意图

1. 空间段和地面段

空间段和地面段主要基于现有卫星通信网络。目前，我国应急通信中使用较多的卫星网络包括 VSAT 通信网、卫星移动通信系统、宽带卫星通信系统、导航定位卫星系统等。

（1）VSAT 通信网

传统 VSAT 网络技术成熟、可靠性高，设计灵活，可以获得很高的传输速率，是应急卫星通信中最主要的系统类型。世界许多国家的应急事件指挥和管理部门基本都建有专用的应急通信 VSAT 系统。

我国于 1997 年建成 VSAT 应急卫星通信专网，覆盖全国 30 个省市。电信拆分后，VSAT 全国卫星应急通信网由中国网通（（即联通（2009 年 1 月 6 日在原中国网通和原中国联通的基础上合并，简称联通））和中国电信共同维护。该网由北京主用主控站（网络管理中心）、上海备用主控站、17 个大区固定站以及 200 多个 VSAT 移动小站组成。大区固定站为全网络地入公网的关口，每个移动小站由传送两路语音、或一路传真或低传输速率传输数据的能力。整个网络依附公网但又自称体系，是一个以语音为主兼备数据业务的卫星通信网络。各主控站、固定站、移动站通过卫星进行语音互通，组成了应急通信网的骨架，为应急通信提供了可靠保障。2002 年，中国电信南北分拆后，按照属地划分的原则，应急通信 12 个机动通信局也被分成南北两部分，7 个机动局划到中国电信，5 个机动通信局划到中国网通。该应急通信网使用的是中卫 1 号卫星，工作在 Ka 频段。目前，各激动通信局配备应急通信设备能力主要是卫星通信车，可传输 1 路 SCPC 或 MCPC 数字视频信号，同时接收 1 路数字视频信号；同时收发 2 路 IBS/IDR 数字载波；利用 DCME 设备系统可最多传输 480 路数字语音信号。

（2）卫星移动通信系统

按卫星轨道位置划分，卫星移动通信系统可分为静止轨道卫星移动通信系统和非静止轨道卫星移动通信系统。

我国应急通信中常用的静止轨道卫星移动通信系统有 Inmarsat 海事卫星系统，非静止轨道卫星移动通信系统有铱系统、全球星系统。

卫星移动通信系统在应急领域的主要功能是作为移动应急通信终端的接入手段。移动应急通信终端可以是各种车载通信系统，也可以是个人通信系统。这类系统具有很强的机动性，需要随时随地在各种条件下建立与应急指挥系统的通信连接。

（3）宽带卫星通信系统

广义上讲，宽带卫星通信系统泛指承载新型宽带业务的各种高速卫星通信系统。Inmarsat 第 4 代卫星系统除了能够支持先前工作在第 3 代卫星上的全部数字业务外，同时针对陆地、海上、航空用户分别推出了 BGAN（Broadband Global Area Network，全球宽带网）业务、FleetBroadband 业务和 SwiftBroadband 业务，能够同时提供全球移动语音和高速数据服务。BGAN 是第一个通过手持终端向全球提供话音和宽带数据的移动通信系统，可以为全球用户提供速率高达 492kbit/s 的网络数据传输、移动视频、视频会议、传真、电子邮件、局域网接入等业务和多种附加功能。Inmarsat-4 一般被认为是宽带卫星通信系统。

IPSTAR 系统是我国引进的第一个投入实际运营的宽带卫星通信系统。泰国 IPSTAR 卫星于 2005 年 8 月发射，定点于东经 119.5 度，是一颗大容量商用宽带通信卫星，通信总容量达 45Gbps，可供中国地区使用的容量达 12Gbit/s。IPSTAR 系统由建设在北京、上海、广州的 3 个关口站和遍布全国的端站组成，是一个全 IP 的卫星通信网络。

IPSTAR 卫星宽带业务的特点是容量大，最多可以容纳几十万用户，由于其基于 IP 的特征，一个终端可以同时提供语音、数据和视频传输的综合电信服务，同时重量和体积适宜于运输和携带。图 5-29 是 IPSTAR 应急通信示意图。前方灾难现场配置数套 IPSTAR 便携站、IP 电话、PC、视频解码器等，后方指挥中心相应配置 IPSTAR 固定站，IP 电话、PC 机、视

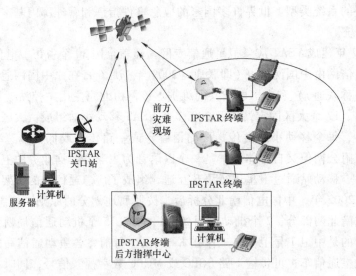

图 5-29 IPSTAR 应急通信示意图

频解码器等，这样前方灾区现场和后方指挥中心之间就能够实时传输语音、数据和视频业务。

(4) 导航定位卫星系统

导航定位卫星系统可以发送实时的高精度定位信息，提供连续、可靠、准确、高效的定位服务，可以在减灾救灾工作中的应急救援指挥、灾害调查跟踪、救灾物资调度、灾区人员安全转移与搜索救援等方面发挥重要作用。目前，主要的导航定位卫星系统有 GPS、GLO-NASS、伽利略卫星导航系统，以及我国自主研发的北斗一代区域性卫星导航系统。

上述系统在 3.1 节中已详细介绍，在此不再累述。

2. 用户段

用户段一般包括固定站、移动站、便携站和手持机等。

固定站：一般设在应急指挥通信中心，实现与移动站和便携站之间的通信和信息交换。

移动站：主要用于地面通信网无法覆盖区域的应急通信，包括"动中通"和"静中通"，其中"静中通"又可称为可搬移站。"动中通"是保证行进中与应急指挥通信中心的通信和信息交换，可以在运动中进行语音、数据和图像的指挥通信。"静中通"是现场架设后与应急指挥通信中心进行通信和信息交换。

便携站：主要用于高山、峡谷等车载站无法到达的区域，系统集成度高，轻便灵活，可单人携带，具备用户的连接接口，可提供视频、数据、语音等信息通信。

手持机：即卫星移动电话，能够提供语音、低速数据等功能。

常用的卫星应急通信设备主要包括通信地球站、VSAT 小站、卫星应急通信车、便携宽带终端、卫星移动电话等，这些设备有的是固定站，有的既能实现"动中通"，也能实现"静中通"，有的还具有便携设备，5.2.2.2 节将对这些典型的卫星应急通信设备作一介绍。

5.2.2.2 卫星应急通信设备

1. 通信地球站

通信地球站由天线馈线设备、发射设备、接收设备、信道终端设备等组成。

(1) 天线馈线设备

天线是一种定向辐射和接收电磁波的装置。它把发射机输出的信号辐射给卫星，同时把卫星发来的电磁波收集起来送到接收设备。收/发支路主要是靠馈源设备中的双工器来分离的。

根据地球站的功能，天线口径可大到 32m，也可以小到 1m 或更小。大口径天线一般要有跟踪伺服系统，以确保天线始终对准卫星，小口径天线一般采用手动跟踪。

（2）发射设备

发射设备是将信道终端设备输出的中频信号变换成射频信号，并把这一信号的功率放大到一定值。功率放大器可以单载波工作，也可以多载波工作，输出功率可以从数瓦到数千瓦。

业务量大的大型地球站通常采用速调管功率放大器，输出功率可达 3000W。中型地球站常采用行波管功率放大器，功率等级为 100～400W。随着微波集成电路技术的发展，固态砷化镓场效应晶体管放大器在小型地球站中被广泛采用，功率等级从 0.25～125W 不等，如 TES 地球站属于小型地球站，采用了 10W、20W 两种固态功率放大器。

（3）接收设备

接收设备的任务是把接收到的极其微弱的卫星转发信号首先进行低噪声放大，然后变频到中频信号，供信道终端设备进行解调及其他处理。

早期的大型站常采用冷参量放大器作为低噪声放大器，噪声温度低到 20K；中等规模的地球站常采用常温参量放大器作为低噪声放大器，噪声温度低到 55K；小型的地球站多采用砷化镓场效应晶体管放大器，噪声温度从 40～80K 不等。

（4）信道终端设备

对发送支路来讲，信道终端的基本任务是将用户设备（电话、计算机、传真机等）通过传输线接口输入的信号加以处理，使之变成适合卫星信道传输的信号形式，对接收支路来讲，则进行与发送支路相反的处理，将接收设备送来的信号恢复成用户信号。

对用户信号的处理，包括模拟数字信号、信源编/解码、信道编/解码、中频信号的调制解调等。目前存在的各种卫星通信系统，它们的主要特点集中在信道终端设备所采用的技术上。

2. VSAT 小站

VSAT 小站设备简单、体积小、重量轻、造价低，可车载或单人背负；组网灵活、方便，单个 VSAT 小站可方便地接入网络；支持多种通信方式，包括 VSAT 站与站之间的点对点通信、多个 VSAT 站之间的双工通信、主站对小站的广播通信；通信容量大，传输距离远，适用于多种业务和速率；通信质量高，路由少、链路环节少、误码率低；可配接各种终端设备，方便的与其他网络实现互联互通，是目前应急通信中使用广泛的通信设备。

VSAT 小站一般由小口径天线、室外单元和室内单元 3 部分组成。VSAT 小站天线大多采用偏馈方式，其直径在 C 波段有 1.2m、1.8m、2.4m，在 Ku 波段天线直径更小，有 0.6m、0.75m、1.0m 等。天线的大小除取决于波段外，还取决于传输速率、安装的地理位置和卫星转发器的 EIRP 值。室外单元往往悬挂在天线支架上，其电子单元都密封成一个集成的组件，外表面设置有散热片，以减少由功率放大器引起的发热。室内单元以组件和线路板的形式，安装在一个机柜内，机柜的背面由很多插座与外部联系，包括中频接口插座和数据、语音接口插座。

VSAT 小站一般包括动中通、静中通和便携站。

（1）动中通 VSAT 小站

动中通系统的载体有：汽车、火车、飞机、直升机、无人机及轮船等。动中通 VSAT 通信系统核心问题之一是天线稳定平台或天线跟踪系统，由于它与静止卫星之间的通信距离很远，天线的波束很窄，为了保证载体在高速运动中天线波束始终准确对准卫星，必须要有高性能的伺服跟踪系统。"动中通"车一般能在 20～100km/h 的行驶速度下通过卫星双向传送信号，保障运动载体在移动过程中不间断进行通信。

（2）静中通 VSAT 小站

静中通 VSAT 系统是在运载平台静止时工作的，它与便携站的区别之一在于它工作时不从运载平台上取下来，直接将天线展开，对准卫星后即可开展工作。现有静中通卫星通信系统大都具有"一键通"对星功能，即按一个键天线即可完成对准卫星和极化调整的功能。

（3）便携式 VSAT 小站

便携式 VSAT 小站在国外称作 Fly-Away 型卫星通信站，这是因为它可以通过空运或者直升机装运迅速到达使用地而得名。这种卫星通信站对于许多应急通信系统特别是由于地震等自然灾害导致的应急通信需求有着非常重要的现实意义。我国幅员辽阔、地形复杂，有许多山区、边远农村地区交通十分不便，地震等灾害更导致已有公路交通中断，一般的动中通、静中通卫星通信系统无法进入到灾害现场时，小型的适合人背马驮的便携站正好能发挥作用。

便携式小站一般应具有以下特点：

1）较高的天线效率和性能。在同样 EIRP 要求下，便携式小站应尽量减小天线口径。

2）较轻的系统重量和体积。系统设备一般不超过 2～3 个包装箱，每个箱子不超过 25kg。

3）架设开通方便，收藏包装容易。

4）适应当地的自然、环境条件。系统应能在刮风下雨条件下正常工作。

5）具备多种传输功能，可以和多种不同的用户终端设备相连。

6）省电，并且可以适应不同的供电电源，包括汽车发电机、小型柴油发电机、蓄电池。通常的便携站都有内置锂电池，可供系统工作 1～2h。

3. 卫星应急通信车

由于卫星应急通信车有很好的机动性，同时兼有卫星通信的一系列优点，因此被广泛应用于应急通信中，并且显示了巨大的功效。卫星应急通信车的种类很多，从使用波段划分有 C 波段卫星应急通信车、Ku 波段卫星应急通信车、Ka 波段卫星应急通信车；从工作状态划分，有"动中通"和"静中通"。

卫星应急通信车是将卫星通信地球站设备以及各种信息采集处理设备，集成安装在车辆上，并具有独立的电源系统和一定的生活保障装置。它可单独或与其他车辆配合，完成各种应急条件下大容量的语音、数据、图像等多媒体综合业务的任务。

卫星应急通信车一般由承载车辆、动中通卫星天线子系统、卫星通信子系统、专网通信调度子系统、无线图像采集传输子系统、视频会议子系统、IP 电话子系统、计算机网络设备、音视频设备、中央控制子系统、供电、空调子系统、办公及生活设施等组成。按照不同需要，可以选用不同的车型、通信设备配置、天线口径、业务类型和无线接入方式。其中"动中通"卫星应急通信车的关键技术，还可应用于船舶、火车、飞机等其他运动载体的卫星通信系统。

卫星应急通信车一般具有指挥调度、卫星通信、视频会议、电话传真、数据传输、图像采集、现场办公、广播功能、现场供电、综合保障等功能。

4. 卫星移动电话

卫星移动电话体积小、功耗低、使用简便、整个通信网络基本不受地面环境条件的影响，方便携带或空投，可以在第一时间抵运灾害现场，在其他通信设施恢复之前是救援人员和民众与外界联系的惟一通道。因此，在各类突发事件中，最早使用的往往是各种型号的卫星移动电话。卫星移动电话的缺点在于话费比较昂贵，通信受气候、空间遮挡等因素影响较大。在我国使用较多的卫星移动电话有海事卫星电话、铱星电话、全球星电话等。

卫星移动电话一般为双模或多模手机，能漫游到其他公众移动网络，具有通话、短消息等多种功能。图 5-30、图 5-31 分别为铱星 9505A、全球星 GSP1700 卫星移动电话。

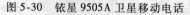

图 5-30　铱星 9505A 卫星移动电话

图 5-31　全球星 GSP1700 卫星移动电话

5. 便携宽带终端

随着宽带多媒体卫星的投入应用，一类比便携站更加轻巧易用的终端投入市场，为人们提供语音、宽带接入等通信，在此称为便携宽带终端。以 Inmarsat-4 海事卫星的 BGAN 终端设备为典型代表。

重约 1 ~ 2.5kg 的 BGAN 终端设备可以为全球几乎任何陆地地点的用户提供速率高达492kbit/s 的网络数据传输、移动视频、视频会议、传真、电子邮件、局域网接入等业务和多种附加功能。BGAN 能够同时提供语音和宽带数据业务，即在高速数据传输的同时进行语音通信；数据通信时，数据分组经 IP 路由器在 BGAN IP 网内以分组交换的方式传输；语音通信时，语音通过交换机以电路交换方式传输。

BGAN 在原有海事卫星便携、安全、可靠的基础上扩展了宽带数据网络通信能力，既支持电路交换也支持分组交换，提供的业务类型有：

1）标准 IP 业务：用户可以发送电子邮件、传输文件和接入互联网，最大传输速率高达492kbit/s。

2）流媒体 IP 业务：能够提供流畅视频直播业务，传输速率最高达 256kbit/s，提供保证流媒体级的服务质量，用户可以灵活地根据自己的应用和实际情况选择数据传输速率：32kbit/s，64kbit/s，128kbit/s，256kbit/s。它还以 64kbit/s 的速率支持 ISDN。

3）语音业务：通过一个手持机或头戴设备，提供 4kbit/s 电路交换语音业务，另外，

BGAN 的语音服务也具有地面固定电话网和移动网标准的增强服务。如语音邮件、呼叫等待、呼叫禁止、呼叫保持、呼叫转移等。

4）其他业务：包括文本信息，与地面移动网之间的短消息业务、漫游，使用 3G 和 GPRS 的 SIM 卡，预付费和计费等。

因此，BGAN 可以提供视频会议、数据图像传输、信息浏览、网络接入等应用，可用于应急通信中新闻媒体（实时采访报道）、机动通信等。表 5-4 中列出了主要的 BGAN 便携终端产品。

表 5-4　BGAN 便携终端产品

产品名称	特点	尺寸/重量	标准 IP	流媒体 IP	ISDN	语音	数据接口
创值 WideyeSabre 1	语音和数据单一用户设备	254mm×180mm×59mm 1.2kg	384/240kbit/s RX/TX	32,64kbit/s	不支持	RJ11； 蓝牙话机	USB，蓝牙，以太网
TT 探险家 110 EXPLORER 110	同类产品中最小最轻设备	200mm×150mm×45mm 1.0kg	384/240kbit/s RX/TX	32,64kbit/s	不支持	RJ45；	USB，蓝牙
TT 探险家 300 EXPLORER 300	设计小巧功能多	170mm×217mm×52mm 1.4kg	384/240kbit/s RX/TX	32,64kbit/s	不支持	RJ11； 蓝牙话机	USB，蓝牙，以太网
TT 探险家 500 EXPLORER 500	高带宽，高便携	218mm×217mm×52mm 1.3kg	464/448kbit/s RX/TX	32,64, 128kbit/s	不支持	RJ11； 蓝牙话机 3.1kHz 音频	USB，蓝牙，以太网
休斯 9201 Hughes9201	高性能，多用户	345mm×275mm×50mm 2.5kg	492/492kbit/s RX/TX	32,64,128, 256kbit/s	1×64 kbit/s	ISDN 话机	USB，以太网，802.11bWi-Fi
TT 探险家 700 EXPLORER 700	多功能多用户设备	218mm×217mm×52mm 3.2kg	492/492kbit/s RX/TX	32,64,128, 256kbit/s	UDI/RDI (64kbit/s)	2 个 RJ11； 蓝牙话机 3.1kHz 音频	USB，蓝牙，2 个以太网

图 5-32 是 BGAN 终端示例，图 5-33 显示了 BGAN 终端支持多用户和媒体报道场景。此外，BGAN 也有车载终端等其他形式的终端。

5.2.2.3　小结

1. 卫星系统比较

VSAT 通信网等常规 C 波段、Ku 波段静止轨道卫星发展历史较长，实际投入使用的卫星数量很多，是当前最主要的通信卫星类型。其优势是技术成熟、性能可靠；对各类卫星通信体制都具有

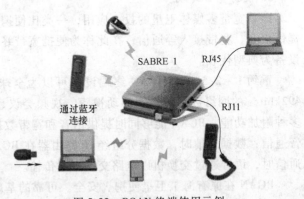

图 5-32　BGAN 终端使用示例

通用性和兼容性，在系统选择上灵活性较强；在轨卫星数量很多，容易获得备份资源；可以使用国有卫星资源，系统可控性和安全性有保障。劣势在于，由于其波束数量少且覆盖范围大，一般 EIRP、G/T 和卫星总容量等参数相对较低，卫星通信终端设备的小型化程度不如专用移动卫星通信系统和宽带卫星通信系统。

静止轨道移动卫星通信系统，如 IPSTAR、Inmarsat 系列卫星等，其优势是卫星容量大，

图 5-33　BGAN 终端应用场景示例

单位带宽成本低；卫星 EIRP 和 G/T 高，有利于地球站设备的小型化。劣势是卫星不具有通用性，系统和业务类型的选择余地很小；同类卫星数量较少，卫星备份资源不多。目前则我国境内提供服务的该类卫星均由国外运营商控制，总体而言，其安全性和可控性不如国有通用卫星。

中低轨卫星星座，如 IRADIUM、GLOBALSTAR 等的优势是卫星距离地面较近，信号时延和空间衰减相对较小；星座系统可以实现真正的全球无缝覆盖。缺点是卫星数量过于庞大，建设周期和运营成本很高；非静止轨道卫星通信系统技术先进，但也很复杂；目前在用的系统很少，系统信道较窄，基本上仅支持窄带业务。

2. 卫星应急通信设备比较

在卫星应急通信手段中，每一种通信手段都有自己的特点，卫星移动电话具有灵活、轻便、易携带的特点，适用于应急通信的场合，但只适合于个人通信。VSAT 往往是以专网的形式出现，系统容量有限。有些 VSAT 通信主站设在本省，在受灾时也容易被灾害波及。卫星应急通信车机动灵活，上面可以搭在各种卫星应用设备，完成大容量的语音、数据、图像等多媒体综合业务，不足在于受道路情况限制较大。便携宽带终端易携带，并在宽带接入上具有优势。

3. 结合不同应急场合和需求，灵活采取不同卫星应急通信手段

综上所述，应根据卫星应急通信手段的不同特点，在不同的应急时期采用不同的通信手段：

第一阶段：灾后第一时间，特别是 24h 内，灵活、轻便、易携带、易操作的卫星移动电话和便携宽带终端是比较好的选择。主要使用语音和数据功能，联络指挥中心，传输现场图片等。

第二阶段：灾后 24～72h，救援队需要更有效的数据和语音支持，建立持续的信息交换体系，实现应急指挥信息共享。可以使用 VSAT 系统、应急通信车等设备来实现。

第三阶段：72h 后，大规模救援办公机构开展需要更多的宽带满足要求，实现公众和专网救援通信的持续运行，需要更大带宽系统的支持。

5.2.3　卫星与其他系统的融合应用

卫星通信因其覆盖广、容量大、传输距离远、易部署、组网方便等优势，还可以与地面固定网、公众移动网、数字集群通信系统、无线接入技术（WLAN、WiMAX）等融合组网，利用卫星网作为中继进行传输。

1. 卫星与地面固定网的融合应用

当地面干线网络受到损坏时，卫星通信系统可以作为地面电路的备份连接，实现地面快速通信的恢复，确保信息畅通。

2. 卫星与地面移动网的融合应用

地面移动通信系统可分为公众移动通信系统和专用移动通信系统，前者就是指公众普遍使用 GSM 通信网、CDMA 通信网以及 3G 网络等。后者是指专门用于应急指挥调度的数字集群通信系统。

公众移动网是人们生活中使用最普遍的通信系统，在灾难没有危及到基础通信设备时，它仍是人们使用最多的应急通信手段。它与卫星通信相结合，利用卫星链路中继代替易毁的光纤线路是提高应急能力和扩展系统覆盖范围的一种有效手段。下面以 GSM 系统为例，来说明卫星与地面移动网的融合应用。如图 5-34 ~ 图 5-36 所示，利用卫星系统可以实现移动交换中心（MSC）之间、移动交换中心和基站控制器（BSC）之间、基站控制器和基站（BTS）之间的远程连接。

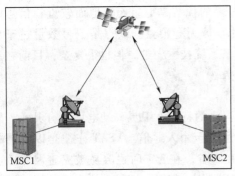

图 5-34　卫星实现 MSC 之间的连接

图 5-35　卫星实现 MSC 和 BSC 之间的连接

数字集群通信系统是一种共享资源、分担费用、共用信道设备及服务的多用途、高效能的专业无线指挥调度通信系统，能提供指挥调度、电话互联、数据传输、短消息收发等多种业务。它不仅能完成普通电话的通信功能，还能通过单呼、组呼和广播实现多种指挥调度功能，便于应付突发时间，及时疏散人员、财务，抢救生命，援助受害者，关于数字集群通信系统将在 5.5 节中详细介绍。在应急救灾现场，同公众移动通信一样，可利用卫星通信将数字集群通信系统接入核心网，实现数据的回传以及与公网的互通。

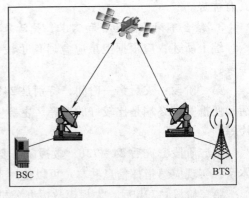

图 5-36　卫星实现 BSC 和 BTS 之间的连接

3. 卫星与无线接入技术的融合应用

应急通信系统除了能提供语音和数据业务外，还应具备多媒体与视频通信能力，以便及时传输灾区图片和供新闻媒体使用。借助卫星系统集成 WiMAX 宽带无线接入系统或 WLAN 局域网，可促进卫星的多媒体宽带应用，也是受灾各地快速接入互联网进行多媒体数据通信的有效手段。图 5-37、图 5-38 分别是以卫星作为中继接入 WiMAX、WLAN 的示意图。

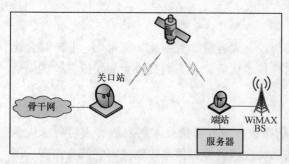

图 5-37　卫星与 WiMAX 的融合应用

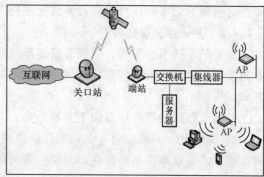

图 5-38　卫星与 WLAN 的融合应用

5.2.4　存在的问题及下一步发展趋势

5.2.4.1　我国应急卫星通信系统存在的问题

尽管卫星通信被认为是应急通信中非常重要和有效的手段，然而目前仍然是我国应急通信体系中的薄弱环节。在 2008 年的抗击冰雪灾害、尤其是 5.12 汶川大地震的救援中，突出地反应了我国在应急通信方面存在的问题。

1) 卫星资源不足，信道堵塞严重；没有自主的卫星移动通信系统，应急通信装备数量不足。

据统计，2008 年 5.12 大地震抗震救灾期间，部队和地方政府投入了很多卫星通信装备，包括各类车载站、便携站、商用卫星电话共约 5590 部。数以千计的卫星应急通信装备的涌入，通信流量成数量级的增长，信道堵塞严重。

由于卫星通信具有投入多、产量少、科技含量大、成本高等特点，导致国内卫星通信的发展很缓慢，除了军用通信以外，民用卫星通信的研发投入急剧萎缩。目前，我国的应急通信装备数量远远无法满足应用需求，各个系统均普遍缺乏卫星通信设备，参与汶川地震救援的交通、卫生、公安、部队及媒体使用的卫星通信设备很大一部分是由通信企业临时赞助的。此外，我国没有自主的卫星移动通信系统，在抗震救灾中投入使用的海事卫星、铱星等多种卫星移动通信系统均为国外所有，相关终端需要从国外进口。不仅在指挥调度的安全性上没有保障，而且从国外紧急采购设备时需要进行国际协调，降低了时效性。

2) 现有应急卫星通信系统缺乏统一标准，互联互通使用困难。

2003 年"非典"之后，国家提出了要加快建设应对突发公共事件的应急体系，各种应急卫星通信系统、应急卫星通信装备如雨后春笋般纷纷出现，但各使用部门均按照各自行业的特定需求来进行设计规划，技术体制各不相同、标准不统一，导致这些应急卫星通信系统不能互联互通，无法成体系地发挥其效能。缺乏跨部门、跨系统使用的统一网络平台；缺乏与其他信息网络的互联手段，应急卫星通信通常单独使用，作用有限。

3) 对应急通信系统的应急需求、应急模式研究不够深入，缺乏行之有效的应急通信体制。

我国的应急卫星通信系统在建设时对于应急需求、应急模式研究不够深入，没有建立统一的、行之有效的应急通信机制。在发生紧急事件时，应急卫星通信系统应该怎么管、怎么用？卫星资源如何进行管理和统一调度？应急卫星通信设备如何管理和配置才能发挥最佳效能？这些都迫切需要结合我们自身情况进行深入研究。

5.2.4.2 下一步发展趋势

随着卫星技术的发展，卫星通信逐渐向高频段、大容量、数字化、宽带化、业务综合化方向发展。卫星应急通信系统也将充分利用这些技术优势，为人们提供更加快捷有效的应急方式。

卫星应急通信系统体现如下发展趋势：

1）宽带化、具有综合业务的卫星应急通信系统。随着通信技术的发展，人们对于应急通信能力的要求也在不断提高，卫星应急通信系统应该能够提供高传输速率，具有语音、图像、实时视频监控、视频会议、调度、定位等业务的综合性应急通信平台。

2）终端将更加智能化、小型化、自适应化，维护及使用操作更加简便，集成度更高。目前，绝大部分通用卫星工作于 C 和 Ku 这两个传统通信卫星的使用频段。由于静止轨道资源有限，这两个工作频段上卫星数量已趋于饱和，难以满足持续增长的市场需求，开发新的工作频段已成为卫星通信发展的必由之路。目前，很多国家已经发展 Ka 频段的卫星。更高的频段将有利于终端的小型化。

3）利用卫星构建天地一体的应急联动通信系统。具有通信、广播、导航、定位、气象、对地观测等卫星构成的天基系统，将与地面的电话网、TV 网和计算机网、宽带无线接入网、应急专用网络等融为一体，构建成为天地一体化的应急联动通信系统，如图 5-39所示。

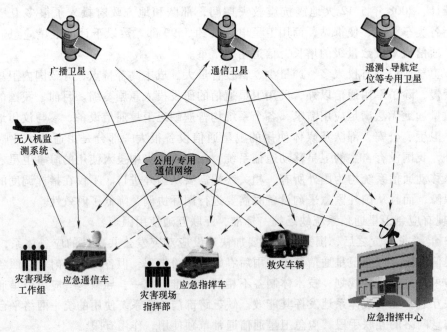

图 5-39 利用卫星构建天地一体化应急联动通信系统

5.3　无线传感器网络及自组织网络在应急通信中的应用

如果说 5.1 节所描述的公用电信网是人体的躯干，那么无线传感器网络则相当于人体的神经末梢，顾名思义，无线传感器网络的作用在于"传"和"感"，它能够动态"感知"并采集区域内的信息，并将这些信息"传递"给相关的业务和应用平台，特定的业务及应用根据其需要对信息加以处理并进行后续应用。由于无线传感器网络所特有的"感"知特性，在应急通信领域，它可以广泛用于采集各类环境信息，实现应急通信的监控和预警。

5.3.1　无线传感器网络及自组织网络简介

无线传感器网络是由大量无线传感器节点通过移动自组织方式构成的无线网络，它有两个核心，即传感器和移动自组织。传感器负责感知并采集信息，移动自组织技术则保证大量传感器节点之间能够协同工作。

1. 传感器

传感器是在 20 世纪 60 年代末由网络技术和传感技术相结合而产生的一种概念，直至90 年代，随着通信技术、嵌入式计算技术以及微电子技术的飞速发展，尤其是电子产品制造成本的持续降低，微型智能传感器开始在世界范围内出现，这就是分布式传感器网络。分布式节点之间可以采用有线、无线、红外和光等多种形式的通信方式，但短距离的无线低功率通信技术最适合这种网络使用，因此，这类网络被称为无线传感器网络。

典型的无线传感器网络由传感器节点（Node）、信息收集器（Sink）构成，传感器节点负责监测收集数据，并将其传送到 Sink，Sink 承担着网关的角色，它负责将大量传感器节点所收集到的信息传送到公用电信网，公共电信网可以是互联网、卫星通信网、移动通信网或者下一代网络等基于无线或 IP 技术的网络，再由这些公用电信网将数据传送到需要这些数据的最终应用，如图 5-40 所示。

传感器网络节点由由传感器、模/数转换功能模块、处理/控制单元、通信单元以及电源部分构成，如图 5-41 所示。此外，还可以包括定位系统、运动系统以及发电装置等其他功能单元。

大量无线传感器网络节点可通过飞机布撒、人工布置等方式，随机、快速部署在需要采集信息的区域内，如人迹罕至的恶劣环境中。这些高密度、高度自治的传感器节点通过自组织方式构成无线网络，以协作的方式感知、采集和处理网络覆盖区域中的信息，再由 Sink通过公用电信网将信息送到需要这些信息的用户，完成实时监测、感知和采集各种环境或监测对象信息的各项功能。

无线传感器网络的出现，改变了人们获取信息的方式。与我们普遍使用的传统的人与人之间的通信不同，无线传感器作为新的信息获取技术，实现了物与物（M2M）之间的通信，作为泛在网络必不可少的技术手段，已经获得了广泛关注，并在公共安全、交通、卫生等多个领域获得了应用。

2. 移动自组织

移动自组织网络又称为移动 Ad Hoc 网络，最早是应军事需要为研究战场环境下具有高抗损毁性、高生存能力和高扩展性的无线通信系统而发起的。如 3.4.1 节所述，具有无中心

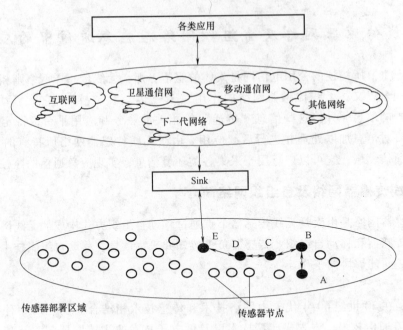

图 5-40　无线传感器网络的网络体系架构

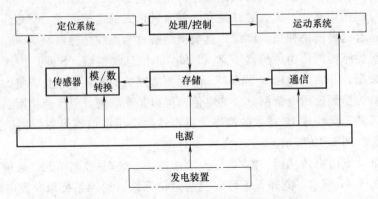

图 5-41　传感器网络节点构成

自组织、多跳接入、网络拓扑结构动态变化、传输带宽有限、存在单向无线信道等特点。

顾名思义，移动自组织的核心在于"自组织"。我们普遍使用的公用电信网是由核心网实现集中控制的，而移动自组织网络则没有中心节点控制，每个节点地位都是平等的，都可能是通信的发送者、接收者或中继者；节点具有高度的自主性，可以随意加入和离开网络。因此，移动自组织网络具有无中心节点、网络高度自治、拓扑变化频繁、多跳传输、脆弱的安全性等比较明显的特点。

由于移动自组织网络具有没有中心控制节点、网络拓扑变化频繁、分组通过多跳进行传输、使用无线共享信道等特点，使得移动自组织网络的网络行为与传统有线网络和蜂窝通信系统有着很大的不同，因此，移动自组织网络对数据链路层、网络层和传输层等网络各层协议都提出了新的要求，需要解决隐藏/暴露终端的影响、及时反应网络动态拓扑的新的路由协议、传输层协议改进等关键技术问题。

移动自组织网络无中心节点的特性，使其具有高度的抗损毁性，它的应用领域和传统的网络有着很大的不同，它更适合于应用在一些无法安装部署基础通信设施、对网络部署速度有更快要求和具有更高抗损毁能力的突发性场景，如军事通信、应急通信。移动自组织网络的研究起始于军事应用，目前为止它的最大应用仍然是单兵战场通信、战区舰艇编队通信、战区车载通信等战场环境下的通信。

无线传感器网络由大量可以感知周围环境变化的传感器节点构成，这些节点一般采取随机撒布的部署方式，节点之间正是通过移动自组织方式，构成一个协同工作的通信网络，完成信息感知、采集及传送等功能。

5.3.2　无线传感器网络在应急通信中的应用

无线传感器网络最大的优势在于通过一组大冗余、低成本的简单传感器协同工作，实现对某一复杂环境或事件的精确信息感知能力，具有高可靠性、高抗毁性、随需而设、即设即用等特点，适合无法部署固定线路的场合，比如恶劣的野外环境，或是救灾等需要网络快速、灵活快速部署的场合，而且，由于无线传感器网络的冗余特性，即使在某个或者某些节点失效时，仍能保障整个传感系统具有很高的可靠性。应急通信通常都是在恶劣环境下，并且具有一定的突发性，无线传感器网络可广泛用于应急通信领域，对环境或特定物质进行全方位、立体精确监测，以更直接更快速的方式近距离地获取环境信息，为应急指挥人员提供更为精确的现场环境信息和现场环境发展趋势，从而结合当前资源和环境等信息，为应急处置提供充分可靠的决策依据。

无线传感器网络应用于应急通信领域有两种情况：

1）灾前监控和预警：可在事故多发的地点和季节，针对各种监控对象部署相应的无线传感器节点，如部署雨量测量仪、雪量测量仪、风力测量仪、倾斜仪、振动计、振动传感器、声音传感器等，采集各类信息，通过部署各类传感器，建立各类灾害的预测和告警系统，如碎片流监测系统、山崩监测系统、洪水预测和告警系统等。

2）灾后监控和处置：当发生自然灾害时，灾害现场通常环境恶劣、人员无法达到，而化学品泄漏、河流污染等突发事故灾难现场对人体通常带有一定的危害性，对于这种灾后现场，都需要部署无线传感器网络，监测事故和灾害现场的各类信息，为应急处置提供依据，及时高效地展开救援。如本书第4章应急通信的需求所述。

对于支持上述两种应急通信应用场景，无线传感器网络架构是相同的，所不同的是对监测数据的处理。灾前预警更多的是对数据的分析和处理，根据历史经验，设定告警的阈值，以便提前预防；而灾后处置则更多的是实时监控，根据当前状况快速做出响应和处置。

支持应急通信的无线传感器网络架构如图 5-42 所示。

如图 5-42 所示，针对不同的突发公共事件，可以部署不同的传感器节点，构建环境信息采集环境。

通过无线传感器网络对复杂环境和突发事件的动态感知能力，建设基于无线传感器网络的灾前监测和预警体系、灾害监控和处置体系，一方面可以实现对水旱灾害、气象灾害、地震灾害、地质灾害、海洋灾害、生物灾害和森林草原火灾等自然灾害以及环境污染和生态破坏等突发事故灾难的精确监测；另一方面，可以将现场动态信息与应急指挥数据库中的各类信息相结合，对突发公共事件的发展趋势进行动态预测，进而为应急指挥和处理提供科学依

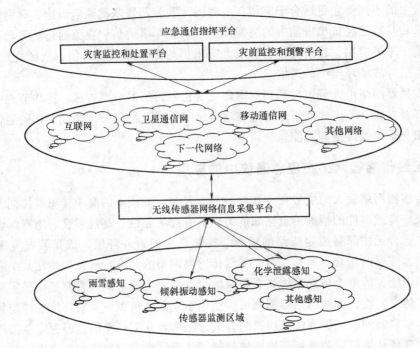

图 5-42　支持应急通信的无线传感器网络架构

据，提高应对突发公共事件的能力，最大程度地预防和减少突发公共事件所带来的生命和财产损失。

　　无线传感器网络应用于应急通信领域，需要解决的最关键问题就是应用相关性。无线传感器网络最重要的功能便是感知、采集并传输监测环境中各种信息的变化，因此感知装置是节点的最基本组成部分，不同灾害现场存在不同的应用环境，所要监测的信息不同，感知节点的组成和要求不同。根据应用场景的不同以及成本高低不同，节点中感知单元的功能和数量也不尽相同。其核心问题是传感器在每种应用中的规模并不很大，但可应用的领域很多，应用多样化带来网络拓扑多样化及大量非标准化的私有协议，存在多种应用需求与标准化的矛盾。

　　无线传感器网络具有很强的应用相关性，使得这一领域的研究成果差别很大，并没有一个可以通用的协议和解决方案。不同的应用需要配套不同的网络模型、软件系统和硬件平台。针对应急通信监测水旱灾害、气象灾害、地震灾害、地质灾害、海洋灾害、生物灾害、森林草原火灾、环境污染及生态破坏等不同应用，需要规划网络模型，选择合适的路由协议，解决好数据管理机制等关键问题。

　　无线传感器网络在应急通信领域的应用还处于起步阶段，大都处于试验室研究和小范围试点阶段，日本作为一个灾难多发国家，利用无线传感器网络构建了一系列灾害监测系统，并将无线传感器网络监测系统纳入下一代防灾通信网规划。无线传感器网络在应急通信领域中的规模应用和标准化工作还需要一定的政策引导和技术成熟时间。

5.3.3　移动自组织网络在应急通信中的应用

　　移动自组织作为一种技术，除了可被无线传感器网络所使用，完成应急通信灾前和灾后监测之外，其自身还可以广泛应用于各类突发性场景，临时构建通信系统，完成应急指挥调度。

支持应急通信的移动自组织网络架构如图 5-43 所示。

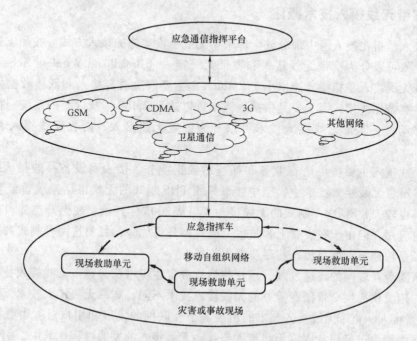

图 5-43　支持应急通信的移动自组织网络架构

如图 5-43 所示，在灾难或事故现场，部署应急通信车和各类现场救助单元，救助单元可以是各种车辆、便携设备或背负通信设备的人，每个救助单元通过无线通信设备，以移动自组织方式组成网络。现场救助单元可以在网络内进行通信，每个单元既可能是通信双方的源节点或目的节点，也可能是转发分组的中间节点。这些救助单元也可以通过应急指挥车，经过 GSM＼CDMA 或卫星通信网络等公用电信网，与远程的应急指挥平台进行通信，现场指挥车充当灾难现场通信网络和远程应急指挥平台的网关节点。

由于自然灾害等突发事件的破坏性和不确定性，应急通信系统的部署时间直接影响救助效果和损失程度。由于移动自组织网络的分布式组织管理特性，可以快速自动组成一个通信网络，因此，移动自组织网络可以满足应急通信系统对快速部署能力的要求。移动自组织网络具有一定的扩展性，节点可以很方便地加入和离开网络，可根据灾害的种类和破坏程度，扩充或调整应急通信网络，以扩大灾害现场的通信网络覆盖范围和增加通信能力。

移动自组织网络的快速部署和可扩展性特点，满足了应急通信的基本需求，但由于应急通信的特殊性，也给移动自组织网络提出了新的需求。为了提高应急通信现场指挥的效率和速度，要求移动自组织网络具备组播能力，另外需要移动自组织网络支持多媒体通信能力，以便指挥人员可以看到现场，召开视频会议，直观地对灾害现场做出判断，在最短的时间内做出正确的应急处置。应急通信过程中传送的数据都是非常重要的，因此要求提供一定的 QoS 保证，对重要数据提供高优先级信道访问权和传输时延限制，以保证重要数据的及时传递。

5.4 宽带无线接入技术在应急通信中的应用

5.4.1 宽带无线接入技术概述

无线接入是指在接入网中部分或全部采用无线手段实施的接入方式。按照支持速率的不同，无线接入可以分为窄带无线接入和宽带无线接入（Broadband Wireless Access，BWA）。传统的窄带无线接入是指接入速率小于 2Mbit/s，主要解决语音接入和低速数据接入的无线接入系统。宽带无线接入则主要是指接入速率可以达到 2Mbit/s 及以上的系统。按照是否支持终端的移动性，宽带无线接入技术可以分为固定无线接入、游牧无线接入和移动无线接入。

窄带无线接入主要提供语音业务和低速的数据业务，接入网设备一般接入 PSTN 交换机。在众多窄带无线接入技术中，空中接口采用 PHS 制式的无线市话系统曾经发展较多用户数，规模也较大，SCDMA 制式的无线接入应用从 2003 年开始呈现上升趋势，在我国部分城市有一定应用。但由于在资费上和技术上已经不具备优势，目前这两种制式的窄带无线接入用户已经呈快速下滑的态势，将逐步退出市场。

近年来随着互联网的飞速发展，用户数据业务量逐步增长，宽带无线接入技术也开始稳步发展。与传统仅提供窄带语音业务的无线接入技术不同，宽带无线接入技术面向的主要应用是 IP 数据接入。宽带无线接入技术的出现源于互联网的发展和用户对宽带数据需求的不断增长，网络能力正经历从固定无线接入到移动无线接入的发展过程。其中，固定宽带无线接入技术中占主流的是以 3.5GHz 无线接入、固定 WiMAX 为代表的技术，在我国应用规模有限，主要定位于有线手段的补充，提供点对多点传输。

各个国家从 1999 年开始纷纷为宽带无线接入分配频率，其中主要包括：2.5GHz、3.5GHz、5GHz、24GHz、26GHz 等频段。北美国家主要分配了 2.5GHz，欧洲国家则主要分配了 3.5GHz 频率资源。我国为 BWA 分配的频率资源包括：3.5GHz、5.8GHz、2.4GHz、1.8GHz、26GHz LMDS，其中 5.8GHz 为扩频通信系统、宽带无线接入系统、高速无线局域网、蓝牙系统等共享的频段，2.4GHz 为 ISM 频段，其余频带是宽带无线接入专有频带。

我国政府已经为宽带无线接入分配的频率资源如下：

1) 3.5GHz 频段：2000 年，我国无线电管理局在 3.5GHz 频段分配了 30MHz×2 的带宽用于固定无线接入（信无〔2000〕88 号）。3.5GHz 固定无线接入系统使用的 FDD（频分双工）工作频率为 3400~3430MHz/3500~3530MHz。其中终端站发射频段为 3400~3430MHz，中心站发射频段为 3500~3530MHz，双工间隔为 100MHz。可采用的波道配置方案有 4 种，分别为：1.75MHz、3.5MHz、7MHz、14MHz。

2) 本地多点分配系统（LMDS）：2001 年 8 月，我国政府公布了 LMDS 试行频段，规定了 FDD 方式的 LMDS 无线接入系统允许使用的频率为 24507~25515MHz（下行）/25757~26765 MHz（上行），双工间隔为 1250MHz，共计 1008MHz×2。可以采用 4 种基本波道配置：3.5MHz、7MHz、14MHz 和 28MHz。该技术由于工作频段较高，应用较少。

3) 5.8GHz 频段：在信部无〔2002〕277 号文中，规定了 5725~5850MHz 这一频段的使用，允许点对点或点对多点扩频通信系统、宽带无线接入系统、高速无线局域网、蓝牙系统等共存。该频段介于开放频段和许可频段之间，频段的使用需要报备，可以用于公众网无线通信和专网通信。

4）2.4GHz 频段：2400～2483.5MHz 为 ISM 频段。在信部无〔2002〕353 号中，我国政府规定该频段作为无线局域网、无线接入系统、蓝牙系统、点对点或点对多点扩频通信系统等各类无线电台站的共用频段。这些业务均为主要业务，该频段为开放频段。

5）1.8GHz 频段：信部无（2003）408 号中，规定了时分双工（TDD）方式无线接入系统的工作频段为 1785～1805 MHz。该频段主要用于本地公众网无线接入。在工信部无（2008）332 号文件《关于固定无线视频传输系统使用频率的通知》中，增加 2400～2483.5MHz、5725～5850MHz、1785～1805MHz 频段可以支持固定无线视频传输业务的应用。在该文件中，对于 1785～1805MHz 频段，信道带宽允许支持 $n \times 250$kHz，n 最大为 4，即该频段的设备信道带宽最大为 1MHz。

5.4.2 宽带无线接入技术在应急通信中的应用

5.4.2.1 需求分析

应急通信场景下有线通信设施往往遭到破坏或无法满足需要，因此应急通信应用必然要依赖于无线网络解决方案，其中宽带无线接入具有不可忽略的作用。

应急通信的应用场景较为特殊，因此对宽带无线接入技术系统的主要需求在于：

1. 能够快速部署和快速实施，适用于各种复杂环境

应急通信系统最重要的要求是对紧急事件的响应能力足够快，因此要求宽带无线接入系统必须能快速部署和快速实施，系统从部署到运行的时间足够短。同时要求系统的环境适应能力要强，能够适用于各种复杂地理和恶劣天气环境，通信的信号足够强，可以克服障碍物的影响，通信范围要求比较大。

2. 多数场合下要支持移动性

在多数应急通信场合中，工作人员处于移动状态，因此要求宽带无线接入系统能支持用户移动特性。

3. 支持宽带数据的传输

现代应急通信系统对宽带的需求越来越突出，传统以语音为主的应急通信系统已无法满足要求。例如现场视频监控业务，要求系统能实时传输应急通信现场的情况，以便指挥人员了解现场情况进而做出下达相应指挥命令，因此要求宽带无线接入系统具备足够的上行带宽，支持图像、视频和宽带数据传输。

4. 具有多种类型的终端

为满足应急无线通信系统的复杂机动环境需求，宽带无线接入系统应支持各种类型的终端，包括车载台、机（直升机）载台、单兵设备、手持机等。

5. 具有高可靠性高安全性

宽带无线接入系统应具备高可靠性，尤其是在复杂应急环境、恶劣天气环境中对设备的适应性和可靠性要求更高。系统应能够通过相关措施，例如端到端加密或其他方式等，保证重要数据传输的高安全性。

5.4.2.2 组网方案

宽带无线接入技术可以满足对移动视频监控、车辆/人员定位、移动指挥车应急通信等业务需求，利用宽带无线接入系统快速部署固定或机动无线宽带基站，成本低、工作灵活、覆盖范围大、通信能力强，支持视频图像和数据的实时传输，能够满足现代应急通信需求。

1. 固定宽带无线接入系统在应急通信中的应用（见图5-44）

固定无线接入系统由基站（BS）、用户站（SS）组成，采用点对多点拓扑结构。当固定无线接入系统应用在应急通信时，主要提供固定多点的视频监控业务。在需要进行视频采集的地点安装用户站（SS），通过SS将视频监控获得的信息上传到基站，进而通过互联网或者专网传至远端监控指挥中心。

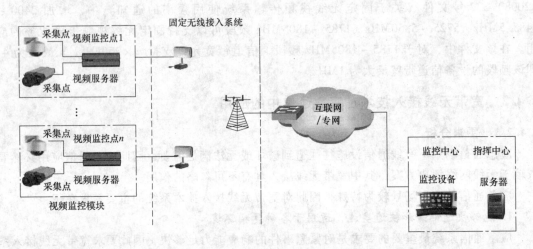

图5-44　固定宽带无线接入系统在应急通信中的应用示例

2. 移动宽带无线接入系统在应急通信中的应用

移动宽带无线接入系统由基站（BS）、移动台（MS）组成，采用点对多点拓扑结构。移动宽带无线接入系统能支持高速数据传输，支持终端的移动性。针对应急通信，可以开发出多种特性的终端，适应不同的环境要求。

移动宽带无线接入系统应用在应急通信，示例如图5-45所示。现场指挥中心与现场各用户终端采用一对多的通信方式，与拓扑结构正好吻合。移动宽带无线接入系统可以提供多种业务，提供各种类型终端的接入能力。

5.4.2.3　实际案例分析

2008年，我国中科院研制的MiWAVE系统成功应用于四川抗震救灾。该系统覆盖范围广、易接入、吞吐量高、架设方便和即插即用的特点使其可在灾区快速布设，实现各救援分队、救灾指挥点、新闻站之间的宽带连接，保证了灾区内外的通信顺畅和信息交换。

在四川抗震救灾中，MiWAVE系统主要应用在：

1. 唐家山堰塞湖远程无线视频监控（应用示例见图5-46）

应用在唐家山堰塞湖远程无线视频监控的MiWAVE系统主要功能是实现远程无线视频监控，即对堰塞湖相关敏感区域进行实时多路视频监控，并远程传输到指挥部。该系统能够满足现场人员宽带上网需要，且传输通道使用了宽带无线接入技术及卫星。

远程宽带无线视频监控系统由前端无线视频单元、基站和后方监控指挥中心3部分组成。前端无线视频单元包含前端视频采集组件（含远距离可变焦摄像机、云台、视频编码器），MiWAVE无线终端和应急供电设备（含太阳能或柴油发电机、蓄电池组、电源逆变

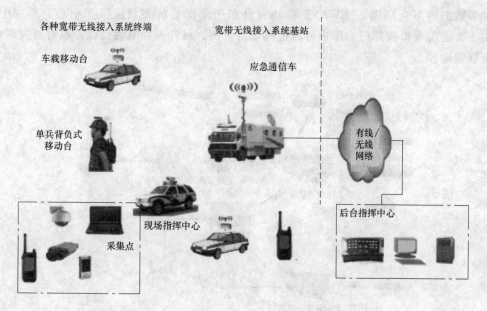

图 5-45　移动宽带无线接入系统应用在应急通信中的应用示例

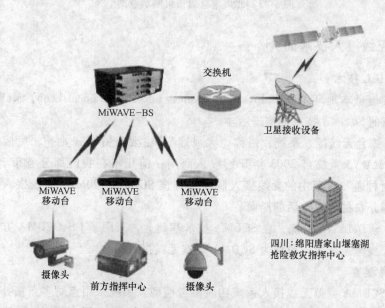

图 5-46　唐家山宽带无线应急通信组网示意图

器）。多个前端无线视频单元的数据/视频业务流通过无线终端接入 MiWAVE 基站设备，基站可通过卫星、宽带无线域网和地面固网等多种接入方式将视频信号转发至后方监控指挥中心和骨干网，指挥中心可以直接操控前端视频采集设备的云台方向、图像焦距，并可以通过互联网与前方现场进行语音/数据交互。后方指挥中心由互联网接入网关，视频显示设备、计算机、指挥调度软件系统组成，通过集中各个方向现场的数据、视频情况，指挥中心可以及时了解现场状况，协调现场资源，并根据实际情况作出指挥调度。

2. 北川无线应急通信（应用示例见图 5-47）

在北川中学和北川县半山坡架设两个基站，基站通过地面卫星接收设备将音视频数据和其他宽带数据传至互联网。MiWAVE 移动台分布于北川县抗震救灾指挥中心、新闻中心、疾控中心、医院等救援部门，用户可通过移动台上网、召开视频电话会议，也可对灾区现场做远程视频监控。

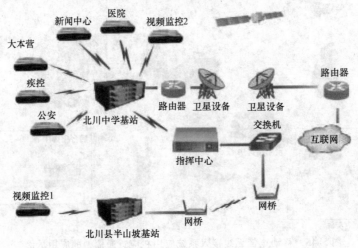

图 5-47　北川应急通信组网示意图

5.4.3　宽带无线接入技术简介

5.4.3.1　McWiLL 技术

多载波无线信息本地环路（Multicarrier Wireless information Local Loop，McWiLL）技术是我国自主创新的 SCDMA 技术的演进版本。

SCDMA V3 综合无线接入系统，俗称"大灵通"，主要支持语音业务、短信业务和低速数据业务。SCDMA V3 系统自 2003 年开始投入商用，前几年在我国部分省市有一定应用。我国应用在"村村通"工程中的无线接入制式也首推 SCDMA 400MHz 无线接入系统，主要用于解决我国部分农村不通电话的局面。

McWiLL 为 SCDMA V5 系统，在 SCDMA 技术基础上，采用了 CS-OFDMA 方式，并进一步采用了智能天线增强技术，也称为 SCDMA 宽带无线接入系统。

1. 系统参考模型

图 5-48 为 SCDMA 宽带无线接入系统功能参考模型。系统采用点对多点拓扑结构，由用户终端（UT）、SCDMA 接入服务网（SCDMA Access Service Network，SASN）等逻辑实体组成。SASN 为接入到 SCDMA 宽带无线接入系统的用户提供完整的无线接入网络功能，由一个或多个基站（BS），一个或多个 SAG（Service Access Gateway，业务汇聚网关）、AUC（Authentication Center，鉴权中心）和 UDB（User Data Base，用户数据库）等功能模块组成，SASN 对外连接到不同的业务网络，为用户提供语音、数据等业务。

其中：

UT：UT 功能模块是 SCDMA 宽带无线接入系统的终端模块，通过空中接口接入到网络，为用户提供相应的语音、数据等业务，同时提供必须的人机界面。

直放站（RPT）：直放站主要完成基站和终端之间无线信号的中继转发任务，以达到扩

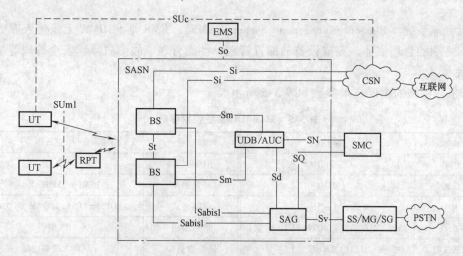

图 5-48　SCDMA 宽带无线接入系统功能参考模型

大无线基站覆盖范围的目的，是 SCDMA 宽带无线接入系统的可选设备。

SASN：SASN 定义为一套完整的网络功能集合，为 SCDMA 宽带无线接入系统用户提供无线接入功能，并接入到不同的业务网络。SASN 包括基站、SAG、AUC 和 UDB 等功能模块。

基站：基站用于处理 SCDMA 宽带无线接入系统空中接口，支持 SCDMA 空中接口物理层和 MAC 层功能。基站通过以太网接口接入到 CSN（Connectivity Service Network，连接业务网）为用户提供数据业务，此时基站作为二层数据设备对数据业务中的分组数据进行透明转发。

业务汇聚网关（SAG）：SAG 采用 SIP 协议接入软交换机，作为用户的 SIP 代理为其提供语音业务。SAG 提供的语音业务基于 SCDMA 宽带无线接入系统空中接口数据链路层语音接入控制子层（VAC）功能来实现，SAG 完成 VAC 与 SIP 的协议转换，此时 SAG 为必选设备。对于 VoIP 业务，其信令和媒体数据由 IP 协议承载，SCDMA 接入业务网只进行透明传输，此时不需要 SAG 设备。

鉴权中心（AUC）功能模块：AUC 功能模块实现密钥管理、用户终端设备认证、授权和语音用户认证功能。鉴权中心是 SCDMA 宽带无线接入系统的逻辑实体，可以作为一个独立实体存在，也可以作为其他实体的内部模块存在。

用户数据库（UDB）功能模块：UDB 功能模块负责存储用户位置信息和业务签约信息。用户数据库是 SCDMA 宽带无线接入系统的逻辑实体，可以作为一个独立实体存在，也可以作为其他实体的内部模块存在。

连接业务网（CSN）：CSN 定义为一套网络功能的组合，为用户提供数据业务。CSN 提供的主要功能有：为终端分配 IP 地址；提供互联网接入；为用户建立数据业务的会话连接；AAA 功能；用户计费以及结算。CSN 可以由路由器、AAA 代理或服务器、宽带接入服务器、互联网网关设备等组成。可以完全利用现有的网络设备实现 CSN 功能。

SMC：短消息中心，为手持终端用户提供短信服务，为可选设备。

SS/MG/SG：软交换网络相关设备，即软交换机、媒体网关、信令网关，为用户提供语音服务。

网元管理系统（Element Management System，EMS）：EMS 是 SCDMA 无线接入服务网中各设备、终端的管理实体，完成设备的配置管理、性能管理、故障故障、安全管理等功能。

2. 关键技术

McWiLL 系统的主要技术参数如表 5-5 所示。

表 5-5　McWiLL 系统技术参数

技术	McWiLL	移动性	中低车速
多址方式	CS-OFDMA	小区间切换	支持
双工方式	TDD	峰值速率	15Mbps（5MHz 带宽）
带宽/MHz	1～5	调制方式	QPSK、8PSK、16QAM、64QAM
FFT	256（1MHz 带宽），1024（5MHz 带宽）	信道编码	RS 编码
可用子载波数	128（1MHz 带宽）	链路自适应	AMC、功率控制
帧长	10ms	QoS	支持
频段	400MHz、1.8GHz	省电模式	支持睡眠模式
天线增强技术	智能天线		

McWiLL 系统采用了 CS-OFDMA 技术。CS-OFDMA 是 Code Spreading Orthogonal Frequency Division Multiple Access 的缩写，结合了 CDMA 技术和 OFDMA 技术。

CS-OFDMA 基本原理如图 5-49 所示。带宽为 5MHz 的载波被划分成 5 个 1MHz 的子载波组。每个子载波组被分成 128 个子载波（tone），这 128 个子载波又被均匀分成 8 个子载波集合，每个集合包含 16 个子载波。在调制过程中，每个用户调制信号的连续 N 个符号经过一个扩频系数为 8 的正交码扩频调制，扩频调制后的 N 个信号相加产生 8 个码片信号。之后，从 8 个子载波集合中选取一个子载波，把 8 个码片信号分别调制到对应的子载波上。

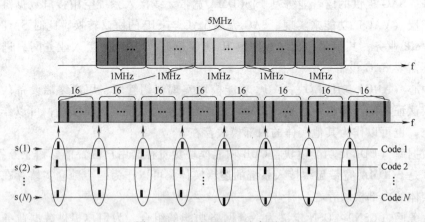

图 5-49　CS-OFDMA 基本原理

CDMA 系统可以有效地对抗信号衰落和小区间干扰，OFDM 系统可以有效对抗多径衰落。CS-OFDMA 技术综合了 CDMA 技术和 OFDMA 技术的优势，可以有效抗多径衰落、信号衰落和小区间干扰。

McWiLL 系统采用自适应调制技术，支持 QPSK、8PSK、16QAM、64QAM 4 种方式。根据信道条件、干扰和噪声水平等条件，自适应选择合适的调制方式。

McWiLL 系统采用了智能天线技术。智能天线将根据接收到每个终端的上行信号计算出每个终端的空间信道特征，并使用这些信息进行上行波束赋形和下行波束赋形，从而达到信号"定向"发射和"定向"接收的效果。利用智能天线的下行波束赋形不但可以节省大量的射频发射功率，而且对空间位置上相互隔离的其他终端只产生很小的干扰，可以提升覆盖能力。利用空间波束赋形，很大程度上减少了用户间干扰和小区间干扰。在 McWiLL 系统中，采用了干扰零陷技术用于抑制来自相邻基站的同频干扰，即通过在干扰方向上产生接收信号空间零陷，从而抑制干扰信号。由于系统采用了 TDD 工作模式，在上行链路和下行链路上都采用零陷技术，可以最大程度上减少相邻基站的同信道干扰。

3. 产业化和应用情况

目前 McWiLL 产品主要包含：

（1）终端产品

2007 年 11 月大唐微电子公司生产的专用芯片 DTT6C01B 正式发布，吸引了多个终端设计和生产厂商投入 McWiLL 的终端产品开发，包括信威、英华达、普天宜通，以及民航中天、首科软件、集能科技等行业终端设备商。

目前开发的终端类型有：

1）CPE 终端，包括 1MHz、2MHz 和 5MHz 等不同带宽，可分别提供 3Mbit/s、6Mbit/s 和 12Mbit/s 的峰值速率。

2）卡类终端，包括 USB 卡、PCMCIA 卡、CF 卡等便携式无线 Modem 卡类产品。

3）便携类终端：包括 McWiLL 单模手机、McWiLL/GSM 双模手机、智能手机、PDA 等产品，可以提供语音通信和数据通信功能。

4）行业手持终端，包括 McWiLL 单模、McWiLL/GSM 双模，以及集成了 Wi-Fi/GPS/Bluetooth/RFID 等多模技术的手持终端，面向行业生产调度作业指挥应用，主要功能包括集群调度语音、数据调度指令、跟踪定位、视频发送等。

5）模块类终端，提供标准工业接口的通用集成模块产品，主要面向各种行业终端集成应用。

6）车载终端系列：同时提供语音和宽带数据功能。

7）无绳终端系列：同时提供语音和宽带数据功能。

（2）无线网络设备

目前无线网络产品主要包括基站产品、直放站产品、室内分布系统产品等。

宏基站产品采用 8 单元智能天线、单载扇 5MHz，提供 15Mbit/s 峰值净吞吐率。目前该平台产品已商用。

光纤拉远基站采用 BBU + RRU 光纤拉远结构。BBU 最大处理能力支持 12 个射频通道，最大容量支持 3 个 RRU 载扇，提供 3×15Mbit/s 系统容量，300 个并发信道。

微微蜂窝基站，室外型双天线，典型覆盖范围 100～200m，峰值吞吐率 15Mbit/s，支持 30 个并发信道。

补盲和室内分布系统产品，包括光纤拉远直放站、射频直放站、干线放大器等产品。

整体看来，McWiLL 技术在国内外市场已经取得了一定的应用。

国内市场主要是行业专网和无线数字城市。行业专网包括机场、油田、电力、港口、铁路、航运等，通过无线宽带接入手段实现远程数据采集、设备运行状态监控、现场视频监控、生产人员指挥调度、作业流程控制等功能。在首都机场，McWiLL 系统和无线站坪运营控制系统联合提供资源定位、信息发布、资源调度、语音对讲、视频监控等业务。

2008 年 6 月，在青岛国际帆船赛上，采用 McWiLL 系统，实现了海上比赛图像的实时回传，无线带宽达到 3Mbit/s。在 2008 年 8 月奥运会帆船比赛项目中，原中国网通利用 McWiLL 系统，为奥帆委提供了海上比赛移动视频实时无线回传服务。

国际市场方面，McWiLL 主要面向国际新兴运营商市场。在东南亚、非洲、南美等一些发展中国家，由于其电信基础设施落后，特别是固网电信普及率低，语音和宽带接入业务都存在较大的市场空间。McWiLL 系统能同时支持高速语音和宽带数据业务，提供低成本、全业务、端到端的解决方案，适合于上述地区的新兴电信运营商和专网运营商发展差异性业务。到 2008 年，McWiLL 已经在喀麦隆、尼日利亚、斯里兰卡、巴西、缅甸等多个国家建网运营。

5.4.3.2 WiMAX 技术

1. 固定 WiMAX 和移动 WiMAX 技术

固定 WiMAX 技术是指以 IEEE 802.16-2004（俗称 16d）为空口规范的宽带无线接入技术。IEEE 802.16-2004 对 10～66GHz 频段和 <11GHz 频段的固定宽带无线接入空中接口物理层和 MAC 层进行了详细规定，于 2004 年颁布。

IEEE 802.16-2004 标准采用了 OFDM 调制方式。OFDM 频谱利用率高，在抵抗多径效应、频率选择性衰落和窄带干扰上具有明显的优势，是目前集中在 3.3GHz/3.5GHz 频段的 IEEE 802.16-2004 系统采用的主要物理层方式。

IEEE 802.16-2004 标准未定义载波带宽，可以工作在 1.25～20MHz 之间；对系统的双工方式也未进行规定，可以在 FDD、TDD 或者 H-FDD 方式下工作。具体载波带宽和双工方式应符合各国管制规定。标准定义了 BPSK、QPSK、16QAM 和 64QAM 调制方式，适应不同传输距离和带宽的需要，支持自动编码调制。在典型信道带宽 10MHz 下，若采用 64QAM 调制方式，用户速率最高可以达到 30Mbit/s 以上。

MAC 层又分成了 3 个子层：业务特定汇聚子层、公共部分子层和安全子层。IEEE 802.16-2004 网络一般采用 PtMP（点到多点）拓扑结构，因此 MAC 层要解决远端多址接入、QoS、测距、安全接入等问题。IEEE 802.16-2004 MAC 层规定了 TDMA 多址接入，定义了面向连接的机制，针对每个连接可以分别设置不同的 QoS 参数。标准定义了 4 种不同的上行带宽调度模式，适用于必须有带宽保证的实时业务、高优先级业务以及尽力而为业务等的调度。安全子层定义了数据加密和认证机制，以确保空中接口数据的安全有效传输。

移动 WiMAX 技术是指以 IEEE 802.16e-2005 为空口规范的技术。IEEE 802.16e-2005 规定了可同时支持固定和移动宽带无线接入的系统，工作在 <6GHz 适宜于移动性的许可频段，可支持用户终端以 120km/h 的车辆速度移动，该标准于 2005 年 12 月颁布。

IEEE 802.16e 采用了 OFDMA 技术，OFDMA 物理层采用 2048 个子载波，信号带宽从 1.25～20MHz 可变。IEEE 802.16e 对 OFDMA 物理层进行了扩展，使其可支持 128、512、1024 和 2048 共 4 种不同的子载波数量，但子载波间隔不变，信号带宽与子载波数量成正比，这种技术称为可扩展的 OFDMA。采用这种技术，系统可以在移动环境中灵活适应信道带宽的变化。这也是 IEEE 802.16e 与 IEEE 802.16-2004 在物理层的最大不同之处。

与 IEEE 802.16-2004 技术相比，IEEE 802.16e 技术的 MAC 层为支持移动性和切换引入了新的功能。对切换的支持包括：定义了切换（包括软切换）过程，明确了切换的 MAC 层信令，完善了切换过程中的测距操作，增加了基于多天线的软切换功能等。对移动终端的要求包括：支持省电模式，包括空闲模式（Idle Mode）和休眠模式（Sleep Mode）。MAC 层增加了对低复杂度、低延时的 LDPC 信道编码的支持。同时为了适应多变的移动信道环境，还增加了部分功能，包括灵活的带宽使用、增强了 HARQ（混合 ARQ）、AMC（自适应调制和编码）、智能天线和空时码的功能，增加了 TDD 系统的闭环发送功能。

2. 技术发展历程和趋势

IEEE 802.16 标准主要包括：IEEE 802.16-2004（16d，固定无线接入）、IEEE 802.16e-2005（移动宽带无线接入）标准。WiMAX Forum（World Interoperability for Microwave Access Forum，全球微波接入互操作性论坛）成立于 2001 年，其成立的初衷是推动基于 IEEE 802.16 标准和 ETSI HiperMAN 标准的固定无线接入产品互操作性认证。IEEE 802.16 负责制定空中接口标准，WiMAX 负责制定网络相关规范和进行设备认证。

图 5-50 给出了 WiMAX 技术的发展历程。2007 年 10 月 19 日在瑞士日内瓦举行的 ITU 无线电大会上，移动 WiMAX 标准以 "OFDMA TDD WMAN" 的名义被正式接纳成为 IMT-2000 的一员。

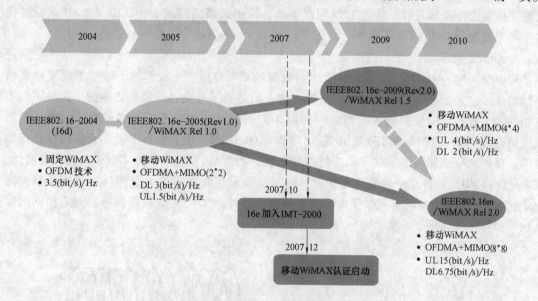

图 5-50 WiMAX 技术发展历程

WiMAX 技术加入 3G，从一定程度上可以解决全球频率的使用问题。IEEE 802.16e 技术标准定义的参数比较灵活，但其申请加入 IMT-2000 并被接受的技术参数见表 5-6。

表 5-6 移动 WiMAX 技术特点

被接纳的空中接口名称	OFDMA TDD WMAN
基本多址技术	OFDMA
基本双工技术	TDD
系统带宽	5MHz/10MHz
峰值速率（10MHz 带宽下）	下行:23.04Mbit/s（DL:UL=35:12） 上行:6.048Mbit/s（DL:UL=26:21）

注：该空中接口特性属于 IEEE 802.16e 的一个 profile。

在完成 IEEE 802.16e 规范的制定后，IEEE 工作重点转向支持更高速率的 16m 标准的制定，希望通过更高性能的系统，提高市场竞争力，延续 WiMAX 产业持续发展。2006 年 12 月 IEEE-SA 标准委员会通过了 IEEE 802.16 提交的 16m 立项申请，16m 以 ITU IMT-advanced 的需求作为目标性能需求（Target Performance Requirement），面向 IMT-Advanced 进行设计。16m 能够后向兼容 16e。

16m 主要技术特点：

1）支持更大带宽：系统支持灵活的带宽配置，从 5~40MHz；

2）更高频谱效率：支持更高阶多天线技术，下次支持 8 流、上行支持 4 流，下、上行峰值频谱效率分别为：15（bit/s）/Hz、6.75（bit/s）/Hz；

3）支持中继技术、自组织技术，以适应各种应用场景。

16m 采用时分的方式与 16e 后向兼容，为 16m 设计预留足够的灵活空间。16m 采用时分的方式与 16e 后向兼容，也就是说 16m 中包含 16e 子帧和 16m 子帧，在 16m 子帧中可进行全新设计。16m 系统的设计中，以 16e 设计为基线，采纳了性能更高的设计方案，如新的帧结构、控制信道结构、资源单元、多天线技术、新的优化同步、寻呼、切换过程等等。IEEE 802.16m 与 LTE-Advanced 技术都是面向 IMT-Advanced 候选技术，目前 IEEE 802.16m 已经完成系统框架的设计，正在起草标准文本。按照最新的时间表，IEEE 802.16m 标准化工作的完成预计在 2010 年下半年。

3. OFDM 技术

FDM/FDMA（频分复用/多址）技术将较宽的频带分成若干较窄的子带（子载波）进行并行发送，它是最朴素的实现宽带传输的方法。但是为了避免各子载波之间的干扰，不得不在相邻的子载波之间保留较大的间隔（见图 5-51a），这大大降低了频谱效率。因此，频谱效率更高的 TDM/TDMA（时分复用/多址）和 CDM/CDMA 技术成为了无线通信的核心传输技术。随着数字调制技术 FFT（快速傅里叶变换）的发展，使 FDM 技术有了革命性的变化。FFT 允许将 FDM 的各个子载波重叠排列，同时保持子载波之间的正交性（以避免子载波之间干扰）。如图 5-51b 所示，部分重叠的子载波排列可以大大提高频谱效率，因为相同的带宽内可以容纳更多的子载波。

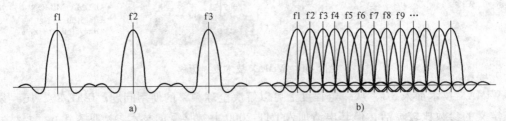

图 5-51 OFDM 可大大提高 FDM 的频谱效率

a）传统 FDM 频谱 b）OFDM 频谱

OFDM 发射机和接收机结构如图 5-52 所示。经过串/并变换后，发射信号可视作频域信号，并行发送的数据流的数量 M 为子载波的个数。IFFT 将这 M 个并行子载波上的频域信号转换到时域，IFFT 输出的 OFDM 符号为有 N 个采样点的时域信号（N 为 IFFT 长度，$N \geq M$），也即 M 个子载波上时域信号的合并波形。在将此时域信号调制到载波上之前，还要在每个 OFDM 符号之前插入一个循环前缀（Cyclic Prefix, CP），以在多径衰落环境下保持子载波之间的正交性。插入 CP 即将 OFDM 符号结尾处的若干采样点复制到此 OFDM 符号之前，CP 长度须大于主要多径分量的时延扩展。

OFDM 接收机的结构大致为发射机的逆过程，其核心部分是 FFT 处理。由于主要的多径分量都落在 CP 长度内，因此是发射信号经过一定位移的循环复本，所以 FFT 可以自然地将这些多径分量合并，同时保证子载波之间的正交性。经过 FFT 处理，时域的 OFDM 符号被还原到频域，即每个子载波上的发送信号。

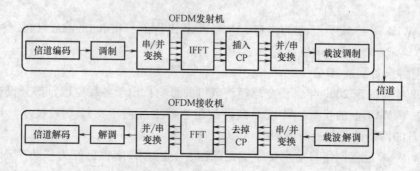

图 5-52　OFDM 发射机和接收机结构

4. 网络架构

WiMAX 论坛定义的端到端参考模型如图 5-53 所示。移动站（MSS）通过接入网络（ASN）接入 CSN。ASN 作为一个逻辑实体，它的功能是管理 IEEE 802.16 空中接口，为 WiMAX 用户提供无线接入。一个 ASN 由两部分逻辑实体：基站（BS）和接入网关（ASN GW）组成，其中逻辑实体 BS 用于处理 IEEE 802.16 空中接口，逻辑实体 ASN GW 主要处理到 CSN 的接口功能和 ASN 的管理。连接服务网络（CSN）为 WiMAX 用户提供 IP 连接，CSN 提供以下功能：为用户建立会话连接，给终端分配 IP 地址；AAA 代理或者服务器；基于用户系统参数的 QoS 以及许可控制；ASN 和 CSN 之间的隧道建立和管理；用户计费以及结算；ASN 之间的移动性管理；WiMAX 服务，例如基于位置的服务、点对点服务、多播组播服务、IMS 和紧急呼叫等。CSN 可以由路由器、AAA 代理或服务器、用户数据库、互联网网关设备等组成，CSN 可以作为全新的 WiMAX 系统的一个新建网络实体，也可以利用部

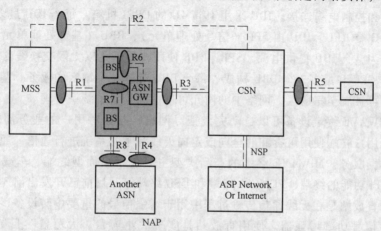

图 5-53　WiMAX 网络架构

分现有的网络设备实现 CSN 功能。

5. 产业化

从 WiMAX 产业化情况看，主要涉及芯片、终端、网络设备。

（1）芯片

目前，WiMAX 主流芯片制造商有多家，包括 Intel、Sequans、GCT 和 Beceem 等。这 4 家芯片制造商均可以提供基带射频一体化芯片。

（2）终端

目前，WiMAX 终端类型较为多样，包括：卡式终端、USB Dongle、CPE 终端、手机、便携设备、笔记本/上网本内置终端。

（3）网络设备制造商

在 2008 年年底到 2009 年，受全球经济危机的影响，出于各种原因，部分设备制造商退出或减少在 WiMAX 上的投资。传统蜂窝设备制造商更倾向于支持 LTE 技术。目前，提供 WiMAX 设备的网络设备制造商较 08 年有所变化。

移动 WiMAX 运营网络目前主要集中在韩国、美国。日本也已经为移动 WiMAX 分配了频率。同时，WiMAX 在发展中国家也取得了突破性发展。美国 Clearwire WiMAX 商用网络最引人关注。Clearwire 的目标是在 2010 年底覆盖 80 个美国国内区域市场，包括 75% 的主要市场，如果实现的话，将覆盖一亿两千万人口。2008 年 9 月，Clearwire 开始推出 WiMAX 商用服务，巴尔的摩和波特兰是最早开通移动 WiMAX 商用网络的两个城市，分别在 2008 年 9 月和 2009 年 1 月商用。截至 2009 年 3 月，建设（包括建设中）WiMAX 站点 18000 个。

目前，WiMAX 提供的业务以互联网接入为主。总体来看，与市场预期相比，各国 WiMAX 网络部署有一定的延缓。

5.4.3.3 MiWAVE 技术

1. 系统组成

MiWAVE 系列产品基于宽带无线多媒体标准，兼容 WiMAX 标准框架，采用了链路自适应、宽带多载波传输、无线资源调度、扁平网络结构设计等关键技术。

MiWAVE 系统由基站、终端、直放站组成。

基站：基站系统由 IDU（室内处理单元）和 RFU（射频前端单元）构成。IDU 和 RFU 通过射频电缆和控制电缆连接。IDU 采用 19in 4U 的 CPCI 机箱。每个 IDU 最多有 3 个扇区，因此可以携带 3 个 RFU。IDU 由 SPU（信令处理单元）、BBU（基带处理单元）和机箱 3 部分构成。机箱为整个 IDU 提供电源，SPB 和 BB 使用背板千兆以太网交换线路进行通信。一个 IDU 由一个 SPU 和最多 3 个 BBU 构成。每个 BBU 处理一个扇区的业务。基站系统标准配置为单扇区，可扩展至三扇区，网络中的网元可以由网管设备统一管理。

终端：MiWAVE 终端设备可以自动完成搜寻网络，并针对用户的业务需求自动创建和管理服务流。用户终端使用可拆卸的全向或定向天线和基站系统进行通信，通过以太网接口向用户提供数据服务。MiWAVE 终端的产品类型主要包括桌面型终端、车载终端、背包式终端、带 Wi-Fi 功能的终端、PCMCIA 终端和 USB 终端等，目前已开发出前 3 种终端类型。

直放站：直放站是在无线通信传输过程中用于增强信号的重要中转设备，其基本功能相当于一个射频信号功率增强器。使用直放站是实现"小容量、大覆盖"目标的重要手段，可以在不增加基站数量的前提下保证网络覆盖，提高基站设备利用率。由于直放站造价远低于基站，而且结构简单、安装方便，适合在野外和地理环境恶劣的地方使用，因此直放站的合理使用是无线网络建设规划中必不可少的一环。直放站的适用场景十分丰富，无论是在城区还是郊区都有广泛的应用。

在密集城区，直放站主要用于解决小范围区域的盲区覆盖以及建筑物内的信号覆盖，如商场、宾馆、机场、码头、车站、体育馆、娱乐厅、地铁、隧道、高速公路、海岛等各种场所。在郊区以及偏远地区，直放站主要用于扩大覆盖范围，增加基站的覆盖距离，解决掉话等问题，也可解决高速公路、铁路沿线的架设，增强覆盖效率。

2. 关键技术

MiWAVE 系统的主要技术参数见表 5-7。

表 5-7　MiWAVE 系统主要技术参数

技　术	参　数
空口技术	下行 OFDMA 上行 DFT-S-GMC
双工方式	TDD
典型城区覆盖半径/km	5~15
吞吐量/(Mbit/s)	60
移动速率/(km/h)	大于 120km/h

DFT-S-GMC 是一项基于多子带滤波器组和 DFT 扩频的单载波频分多址传输技术，该技术采用 DFT 实现扩频；采用逆滤波器组变换实现频分复用和频分多址；采用保护频带消除相邻子带之间的干扰；通过快速衰减的子带频谱克服子带之间的多址干扰；通过生成循环数据块最大化时域数据传输效率；通过插入时域保护间隙消除信道时延扩展影响。

DFT-S-GMC 技术应用在系统上行通道，其主要技术特点如下：

1）发射信号峰均比较低；

2）对多址干扰和载波频偏鲁棒；

3）支持灵活的频域调度；

4）在获得频率分集的同时保持较好的信道估计性能；

5）对定时误差较为鲁棒；

6）频谱效率有损失。

此外，由于 DFT-S-GMC 采用基于 CP 的块传输方式，使其传输的每个符号数据块长度和帧结构可以和现有的下行主流传输方案 OFDMA 保持完全一致。

将 DFT-S-GMC（上行）与 OFDMA（下行）技术有机融合，与上下行都采用 OFDMA 的系统相比，具有设备功耗小，覆盖范围大，多用户干扰小以及基站信号检测算法复杂度低等特点。

MiWAVE 应急宽带无线通信网解决方案为应急通信系统设计，主要特点如下：

1）易部署：基站设备轻便紧凑，功耗低，可车载，也可单兵携带，并可在 1h 内完成架设；

2）动中通：支持 120km/h 的高速移动通信；

3）灵活性：不但基站和移动台可大范围组网，单个移动台也可组建小范围局域性网络；

4）抗毁性：应急通信能力具有一定的鲁棒性，能保证在各种情况下的生存要求；支持市电、太阳能、蓄电池等多种电源供给方式；

5）可恢复性：在通信系统受到严重破坏导致通信中断后，可迅速恢复通信能力；

6）安全性：系统自带 PKMv2、AES-CCMP、AES-CMAC、EAP-PSK/EAP-TLS/EAP-TTLS 等认证加密协议，还可为特定用户定制安全保密协议。

5.4.4　宽带无线接入技术发展趋势

5.4.3 节简要介绍了目前 3 种主流的宽带无线接入技术：McWiLL、WiMAX、MiWAVE。可以看到，近年来宽带无线接入技术的发展较快，技术复杂多样，每种接入技术都有其特点，适应用户的多元化需求。

宽带技术和无线技术的结合促成了宽带无线接入技术的诞生和发展。经过近几年的发展，已经形成了一定的产业规模。随着通信产业的飞速发展，新的无线接入技术还在出现，总体看来，宽带无线接入发展呈现几个特征。

1. 传输能力不断增强

通过引入很多关键技术，包括 OFDM、MIMO、OFDMA、链路自适应高效编码技术、HARQ、智能天线技术，以及以上不同技术的改进等，不断提高空中接口的无线传输能力。

2. 接口更加开放

新的无线接入技术标准能够保证接口开放，确保了多厂家设备的互通，产品成本下降，进一步推进了技术的发展。

3. 移动化

人们对能支持一定移动特性的宽带接入存在潜在的需求。这种对宽带数据业务的需求不像语音那样，要求在高速移动状态下仍然能连续通话。对于数据业务，更强调是随时随地可用，但不强调通信过程中的移动性。新型宽带无线接入技术往往支持移动性，为使用便携或移动终端的用户提供灵活方便随时随地的接入。

随着社会和经济的发展，需要应急通信的场景越来越多，传统的以语音为主的应急通信系统已无法满足要求。宽带无线接入技术可以满足对移动视频监控、车辆/人员定位、移动指挥车应急通信等的需求，建设速度快、部署灵活、综合投资少，支持语音、数据、视频等多种应用，已经在部分应急通信场景获得了成功应用。

在应急通信场景中，为同时支持语音调度，可以结合现有集群通信系统，在现场快速形成指挥调度网（见 5.5 节）。现有数字集群通信系统技术上主要以 FDMA、TDMA 为主，一般仅支持语音调度，实现高速数据传输难度较大，较难满足应急通信中对宽带和协同工作的需求。

主流蜂窝移动通信系统面向个人通信设计，即使采用 PoC 业务，在优先级支持、调度支持能力上功能欠缺，也根本无法满足集群调度的需求，且 PoC 业务依赖公网，一旦发生网络拥塞，PoC 业务将无法使用，因此主流蜂窝移动通信系统若按照目前的标准，也难以满足应急通信中对集群调度的需求。

近两年，宽带无线接入技术面向各种复杂环境，面向应急通信需求和行业用户需求，对集群调度的支持备受关注，也显得越来越重要。

宽带无线接入系统支持集群，应至少满足：

1）快速呼叫建立。例如组呼建立时间和 PTT 抢占时间应能满足应急通信的要求。

2）对基本集群业务和扩展集群业务的支持，例如以快速呼叫及呼叫优先级为特征的组呼、单呼、广播、对讲、强插、强拆、代接、监听等集群调度业务；

3）最大并发组呼叫数满足需求；

4）支持按照业务需求动态重组；

5）支持按照业务逻辑进行调度。

以 McWiLL 系统为例，其宽带多媒体集群通信系统（R6 版本）在 McWiLL 宽带无线接入系统（R5 版本）的基础上引入了对集群的支持。借鉴传统集群通信系统的功能特点，在多方面进行了设计增强。在协议上，为了避免接入碰撞，McWiLL 宽带多媒体集群通信系统中采用了一种改进的广播窗口机制，使接入信道的接入成功率达到了 0.598，在使用较少接入信道的同时，满足了更多终端的接入要求，在使得组呼的接入更加快速的同时，使每个用户都能了解组内其他用户的状态。同时，在网络架构上，也进行了优化。

随着对集群的支持，利用宽带无线接入技术可以提供对移动视频监控、指挥调度、宽带数据、语音业务等的全面支持能力，可以预见宽带无线接入系统在应急通信中将发挥更大的作用，其应用将越来越普遍。

5.5 数字集群通信在应急通信中的应用

应急通信系统是在一些突发任务或灾难情况下，为更好协调不同部门，高效处理这些突发事件提供通信功能的系统。而集群通信系统具备特有的调度功能和组呼功能以及快速呼叫的特性，因此在应急通信系统中具有重要作用。集群通信系统其主要应用范围包括对指挥调度功能要求较高的部门和企业，主要包括政府部门（如军队、公安部门、国家安全部门和紧急事件服务部门）、铁道、水利、电力、民航等单位。集群通信系统经过了从模拟系统到数字系统的发展历程，随着我国通信技术创新能力的不断提高，国内企业也研发出了专用的数字集群通信系统。另外，随着经济的发展，出租、物流、物业管理和工厂制造业也越来越需要集群通信，它正逐渐成为公众移动通信之外的一大专用移动通信系统，并可以通过共网方式向社会提供具有集群通信特点的专业通信服务。

本节将首先介绍数字集群通信的定义与特点、业务与功能，接着介绍国内数字集群通信技术的发展，之后结合数字集群通信的特点、功能和关键技术，介绍数字集群通信系统如何在应急通信中发挥这些特点和关键技术的作用。

5.5.1 数字集群通信的定义和特点

国际无线电协商委员会（CCIR）将集群通信系统命名为 "Trunking Communication System"，国外也有将其称为 PMR（Private Mobile Radio）或 SMR（Specialized Mobile Radio）。我国曾将 Trunking Communication System 译为中继通信系统，1987 年改译为集群移动通信系统，常称为集群通信系统或集群系统。

集群通信系统是多个用户（部门、群体）共用一组无线电信道，并动态地使用这些信道的专用移动通信系统。集群通信系统与公众的蜂窝移动系统相比具有如下特点：

1）呼叫接续快；

2）群组内用户共享前向信道；

3）半双工通信方式，PTT方式；

4）支持私密呼叫和群组呼叫；

5）呼叫和讲话时，需按住PTT键，被叫不需摘机。

正是由于这些特点，集群通信系统可以支持更多具有集群通信特色的业务和功能。

5.5.2 数字集群通信系统所支持的业务与功能

5.5.2.1 业务

按照通常的业务划分，数字集群通信系统所能提供的业务类型包括电信业务、承载业务和补充业务。电信业务是指为用户之间的通信提供完整通信能力（包括终端设备的功能）的业务。承载业务是指在用户—网络接口之间提供信号传送能力（不包括终端设备功能）的业务。电信业务和承载业务一起称为基本业务。补充业务是对基本业务加以修改或补充的业务。补充业务不能作为一种独立的业务向用户提供，必须与基本业务相结合而提供。

1. 数字集群通信系统提供的电信业务

1）调度语音业务，包括：单呼；组呼；广播呼叫。

2）电话互联业务。

3）短消息业务。

2. 数字集群通信系统提供的承载业务

1）电路型数据业务。

2）分组型数据业务。

3. 数字集群通信系统提供的补充业务

可分为两类，一类是集群类补充业务，它是在基本业务的基础上，针对数字集群通信系统的调度呼叫功能进行的修改或补充；另一类是电话类补充业务，它是在基本业务的基础上，采用类似于公众移动通信网的业务提供方式对基本业务进行的修改或补充。

（1）集群类补充业务

1）讲话方识别显示：组呼、广播呼叫业务中，接听方用户终端显示讲话方用户的识别码。

2）呼叫提示：当处于忙状态的用户终端上接收到其他呼叫时，能够显示呼入的主叫方识别码。

3）优先级呼叫：调度呼叫具有优先级。优先级应包含若干个等级，高优先级呼叫优先得到集群通信系统提供的服务，包括呼叫优先级和话权优先级。

4）集群紧急呼叫：集群紧急呼叫是优先级最高的调度呼叫。当系统繁忙时，紧急呼叫将使优先级最低的通信断开以继续其接续过程；紧急呼叫建立的同时系统将向调度台（或指定用户）发送报警提示。

5）迟后进入：在组呼、广播呼叫过程中，迟来的成员可以加入一个正在进行中的组呼。

6）呼叫报告：当用户由于关机或者与网络暂时失去联系后，系统能够记录在此期间该用户作为被叫的呼叫记录，并在该用户能够与网络联系后系统将这些信息通知该用户。

7）区域选择：规定用户终端能够接收到调度呼叫的工作区域。

8）动态重组：调度台通过无线方式对用户进行重新编组，包括对群组的增加、修改、删除和查询，对组内成员的增加、修改、删除和查询。

9）限时通话：系统可以限制移动台通话时间。

10）无条件呼叫前转：该用户的所有集群类入呼叫将被无条件前转到其所登记的第三方用户。

11）遇忙呼叫前转：该用户的集群类入呼叫在用户忙时被前转到其所登记的第三方用户。

12）隐含呼叫前转：用户寻呼无响应、无应答以及其他不可及情况（位于盲区等）时，将该用户的集群类入呼叫前转到第三方用户。

13）移动台遥毙/复活：系统利用无线方式使某移动台（或非法用户）失效/重新有效。

14）缩位寻址：即缩位编号。

15）缜密监听：被授权用户台可以监听一个或多个用户，而不需要被监听用户同意，被监听用户也不知晓被监听。

16）环境监听：由调度台遥控开启用户台的发射机，从而可以监听用户台周围的声响，而用户台没有任何发射指示。

17）调度台核查呼叫：在呼叫被允许进行之前，由调度台核查呼叫请求的合法性。

18）控制转移：组呼发起者可以将自己的呼叫控制权转移给另一方。

19）密钥遥毁：用无线遥控方式销毁移动台或基站的密钥。

20）强拆：可以通过调度台将正在进行的用户呼叫进行拆线。

21）特设信道呼叫：系统可以通过调度台将特定用户指定在某一个特设信道上进行呼叫，特设信道呼叫可以进行撤销。

22）临时组呼叫：调度台选择若干群组和/或用户组成临时组发起调度呼叫。在呼叫结束后，群组和/或用户恢复原状。

（2）电话类补充业务

1）主叫号码显示：这项业务向被叫用户提供主叫用户的识别号码信息。

2）主叫号码显示限制：主叫用户使用这项业务拒绝将自己的号码提供给被叫用户。

3）无条件呼叫前转：用户激活无条件呼叫前转业务时，该用户的所有电话类入呼叫将被无条件前转到其所登记的第三方用户。

4）遇忙呼叫前转：用户激活遇忙呼叫前转业务，该移动用户的电话类入呼叫在用户忙时被前转到其所登记的第三方用户。

5）无应答呼叫前转：激活无应答呼叫前转业务后，该用户的电话类入呼叫在无应答情况下将被前转到第三方用户。

6）隐含呼叫前转：用户寻呼无响应、无应答以及其他不可及情况（位于盲区等）时，将该用户的电话类入呼叫前转到第三方用户。

7）呼叫保持/呼叫等待：激活呼叫等待业务后，当用户正处于通话状态时，如果有另一个呼叫到达，系统会提示用户有来电，由用户选择是否接听该来电。如果用户应答，则用户可以在两个呼叫之间交替通话，即一方呼叫保持，与另一方进行通话。

8）呼叫转移：在两个用户通话过程中，其中一个用户可以将电话转移至第3个用户，同时自己挂机，让另一个用户与第三个用户继续通话。

9）三方呼叫：三方呼叫业务可使第三方加入已经建立的两方呼叫，使 3 个用户之间可以三方通信。

10）会议电话：会议电话可以提供多个呼叫连接的能力，即在 3 个或者更多个用户之间同时进行通话。任何一个非主控用户挂机，其余用户照样保持原来的通话连接。

11）免打扰业务：激活这项业务后，用户拒绝接入任何普通语音来电。

12）口令呼叫接受：用户使用这项业务可以有选择地接入一些呼叫而拒绝另一些呼叫。激活这项业务后，系统在接续过程中将向主叫用户要求一个密码。只有主叫正确地输入密码后才继续进行接续，否则将拒绝呼叫或将呼叫接续至语音信箱或设定的前转号码上。

13）优选语言：这项业务确定网络播送录音通知或发送短消息时使用的语言或码表。

14）选择呼叫接受：这项业务允许用户有选择的接入一些呼叫而拒绝另一些呼叫。用户在激活这项业务的时候将允许接入的一组主叫号码输入系统。系统收到来话后，与预先设定的号码比较，如果不相同则拒绝接受或将呼叫前转到语音信箱或设定的前转号码上。

5.5.2.2 功能要求

数字集群通信系统支持以下功能要求：

（1）呼叫处理

系统应支持调度呼叫、电话互连呼叫、数据呼叫、短消息呼叫等各类呼叫的处理功能，包括各类呼叫的建立、释放管理等功能。

（2）移动性管理

支持包括登记、漫游和切换功能，以及针对集群业务中组的移动性管理功能。

（3）鉴权认证

支持鉴权和认证功能，以验证用户身份的合法性、网络合法性以及对业务的认证。鉴权功能包括网络基础设施对移动台鉴权、移动台对网络基础设施鉴权、移动台和网络基础设施相互鉴权。

（4）加密

数字集群通信在一些专业领域应用较多，尤其是一些对涉及国家安全的部门。因此对加密的要求较高。数字集群通信系统支持的加密功能包括：

1）空中接口加密：空中接口加密是指集群通信系统能够对基站与移动终端之间的语音和数据进行加密传输。

2）端到端加密：端到端加密是指利用集群通信系统提供的透明传输通道，终端之间的语音和数据采用加密方式传递。

（5）故障弱化

故障弱化是指当集群通信系统的基站子系统与交换子系统或调度子系统之间的传输链路中断，或基站收发信机与基站控制器之间的传输链路中断后，基站仍然可以处理本基站覆盖范围内用户的业务请求，但不提供正常情况下的全部业务功能以及本基站覆盖范围以外的呼叫。在故障弱化状态下，基站可以处理的业务类型包括单呼、组呼、广播呼叫和电话互连呼叫，而对传真、数据业务、短消息业务等不作要求。当基站与基站控制器或者基站控制器与移动交换中心之间的传输链路中断后，基站自动转入单站运行状态；当传输链路恢复后，基站切换到正常工作状态。

（6）虚拟专网

系统为群体用户提供专用调度台,利用与其他群体共享的网络基础设施组成虚拟专网,向用户提供一般专用网络所具有的功能,各虚拟专网之间在工作上相互独立,各虚拟网可单独进行虚拟网内的调度控制和业务管理,也可各自根据需要选择功能。

（7）直通工作方式

在集群通信系统中的网络和移动终端应支持直通工作方式。直通工作方式包括如下3 种:

1）基本工作方式:移动台之间直接通信。

2）转发器工作方式:移动台之间经过直通转发器通信。

3）集群网关工作方式:移动台经过集群网关与集群网络中的移动台通信。

5.5.3　国内数字集群通信技术的发展情况

集群通信系统与其他移动通信系统类似,也经历了从模拟系统到数字系统的发展过程。数字集群通信系统与模拟集群通信系统相比,采用了先进的数字信令方式,语音数字编码技术和先进的调制解调技术,数字集群通信系统在频谱利用率、抗无线信道衰落、保密性、业务支持等方面具有明显优势,能够提供指挥调度、电话互联、数据传输、短消息收发等多种业务,可以为一些要求通话建立速度快、通话成功率高的指挥调度领域和部门（如公安政法、消防等）提供有效的通信手段。

从数字集群通信的发展现状来看,集群产业处在发展阶段,与公用移动通信的发展规模相比,数字集群通信的规模处于远远落后的状态。由于我国的数字集群通信存在着相当规模的市场和发展潜力,国内的多个电信设备制造商,都在大力研发数字集群通信设备,并已经研制出符合集群通信要求的数字集群通信系统设备。在国内,目前能够提供完整的数字集群设备和终端的系统包括中兴公司开发的基于 CDMA 的数字集群通信系统（GoTa 系统）和华为公司开发的基于 GSM 的数字集群通信系统（GT800 系统）。

从技术的角度来讲,GoTa 系统是基于 CDMA2000 系统的基础上开发的,GT800 系统是在 GSM 的基础上开发的。除了集群的一些关键技术和业务已经达到集群通信的要求之外,在今后通信未来发展的潜力方面也具有更大的优势。在未来数字集群通信的发展中,除了集群的语音通信模式与蜂窝通信有着较大差别外,在其他应用领域,如数据业务等众多功能,两者将越来越接近。以满足未来集群通信用户的综合需求。而国内的这些技术,在这些方面为运营商考虑今后集群网络的发展提供了更多的选择。

下面,将主要介绍国内自主研发的 GoTa 系统和 GT800 系统。

5.5.3.1　GoTa 系统

GoTa 的含义是全球开放式集群结构（Global open Trunking architechture）,是为满足数字集群通信专网和共网用户的需要而开发的。

GoTa 的空中接口在 CDMA2000 技术基础上进行了优化和改造,使之能够满足现代集群通信的技术要求。首先 GoTa 采用的呼叫方式是集群通信中所特有的 PTT 方式的语音呼叫;为了提高呼叫接续速度,GoTa 定义了一套相应的体制结构和协议栈,以满足集群通信系统的快速连接;为了支持群组呼叫,GoTa 优化了空中接口,从而达到在同一个小区/载频下同一群组的用户在呼叫时能够共享同一条空中信道的目的。GoTa 在处理通信连接时也采用了共享的方式,这将减少网络处理呼叫时的时延。对用户来说,信道选择和分配的过程却是透明的。因此，GoTa 具有快速的接入、高信道效率和频谱使用率，较高的用户私密性、易扩展性和支持业务种类多等技术优点。

1. GoTa 系统的网络结构

GoTa 系统的网络结构如图 5-54 所示。

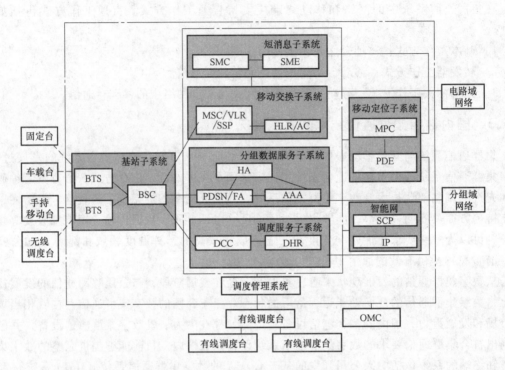

图 5-54　GoTa 系统的网络结构示意图

一个基本的 CDMA 数字集群通信系统由终端、基站子系统、调度服务子系统、移动交换子系统和操作维护中心（Operation Maitenance Center，OMC）组成。为了能够支持短消息业务、分组数据业务、定位业务和智能网业务，系统还可以加入短消息子系统（SMS）、分组数据服务子系统、移动定位子系统和智能网。

（1）基站子系统

基站子系统（BSS）由基站收发信机（BTS）和基站控制器（BSC）组成。具有集群调度语音业务、数据业务和电话互联业务的接入功能。BTS 具有基带信号的调制与解调、射频信号收发等功能。BSC 具有无线资源的分配、呼叫处理、功率控制以及支持终端的切换等功能。BSC 具备与不同功率等级的 BTS 组成星状连接和线形连接的组网能力，以支持大区制、小区制、微微小区制的覆盖，满足在共网运营下的覆盖需求。

BSS 通过标准接口和 CDMA 集群核心网（包括调度子系统、交换子系统以及分组子系统）相连，满足集群终端的各种业务需求，包括集群业务、电信业务和数据业务。

（2）调度服务子系统

调度服务子系统（简称调度子系统）由调度控制中心（Dispatch Control Center，DCC）和调度归属寄存器（Dispatch Home Register，DHR）组成，完成集群业务的处理功能，提供集群业务用户和群组信息的存储和管理功能，为具有集群业务的用户进行开户、注销、业务的鉴权、授权和计费等。

调度控制中心是集群呼叫的总控制点，完成集群呼叫的处理，包括鉴别集群用户、建立和维护各种集群呼叫如单呼和组呼、进行话权管理等功能。DCC 还负责语音流报文分发的功能。

调度归属寄存器提供集群业务用户和群组信息的存储和管理功能，为具有集群业务的用户进行开户、注销、业务的鉴权、授权和计费等，同时协助完成用户的调度呼叫和业务操作。

（3）移动交换子系统

移动交换子系统（简称交换子系统）由移动交换中心（MSC）、位置归属寄存器（HLR）、拜访位置寄存器（VLR）、鉴权中心（AC）组成，支持普通电话呼叫业务、电话互联业务和部分增值业务，并提供相关业务功能用户信息的存储和管理功能，包括为具有普通语音业务的用户进行开户、注销、业务的鉴权、授权和计费等。

移动交换中心是完成对位于其服务区域内 CDMA 集群终端的普通语音业务进行控制、交换的功能实体，也是 CDMA 集群通信网络和其他公用通信网络在普通语音业务上进行互连互通的接续设备。

归属位置寄存器提供相关业务功能用户信息的存储和管理功能，包括为具有普通语音业务的用户进行开户、注销、业务的授权和撤销等，同时协助完成用户的呼叫和业务操作。

拜访位置寄存器主要用于存储和更新漫游到该 VLR 服务区域的移动台的用户数据，如最新的位置区和功能配置表等。VLR 还在数据库中存储呼叫建立所必需的信息以供 MSC 检索。一个 VLR 可负责一个或多个 MSC 区域。

鉴权中心是一个管理与移动台相关的鉴权信息的功能实体。完成对用户的鉴权，存储移动用户的鉴权参数，并能根据 MSC/VLR 的请求产生、传送相应的鉴权参数，AC 中的用户鉴权参数，AC 中的用户鉴权可以采用加密的方式存放。

（4）短消息子系统

短消息子系统由 SMC 和 SME 组成，为用户提供短消息业务。

短消息中心（SMC）和 MSC、HLR 等其他实体配合，完成 CDMA 集群通信系统中用户短消息的接收、存储和转发，保存用户相关的短消息的数据。

短消息实体（SME）是合成及分解短消息的功能实体，配合 SMC 提供各类基于短消息的业务。

（5）分组数据服务子系统

分组数据服务子系统（简称分组子系统）由 PDSN（Packet Dath Serving Node，分组数据服务节点）、AAA（Authentication Authorization Accounting，鉴权、授权和计费）和 HA（Home Agent，归属代理）组成，为用户提供高速的分组数据业务。

PDSN 作为系统和 IP 网络之间的无线接入网关，提供简单 IP 和移动 IP 的接入，使得用户可以访问企业私网，互联网以及提供 WAP 服务。

AAA 采用 RADIUS 服务器方式。对用户进行鉴权认证，并完成数据业务授权和计费功能。

HA 是在用户归属网上的路由器，负责维护用户的当前位置信息，建立用户的 IP 地址和用户转交地址的对应关系，负责移动 IP 用户的报文路由转发。简单 IP 不需要 HA，移动 IP

需要 HA。

（6）移动定位子系统

移动定位子系统（简称定位子系统）由 MPC（Mobile Position Center，移动定位中心）和 PDE（Position Determining Entity，定位实体）组成，为用户提供各类定位业务。

MPC 实现定位网关功能，负责位置信息的获取、传递、存储及控制。MPC 负责接收 PDE 提供的定位结果，再将定位结果发送给需要使用位置信息的应用实体。

PDE 是与具体定位技术相关的网络单元，每一个 PDE 能支持一种或多种定位技术。当收到 MPC 的位置请求时，PDE 与 MSC、SMC 以及移动台等相关设备交换定位相关的信息。

（7）智能网

智能网中包括 SCP（业务控制点）、SSP（业务交换点）、IP、充值中心、SMP（业务管理点）、SCEP（业务生成环境点）和 SMAP（业务管理接入点）等实体，为用户提供各类智能业务。

SCP 是整个移动智能网的核心，它通过 MAP 接口，根据业务逻辑向 SSP 发送指令，指示 SSP 进行呼叫接续；同时 SCP 也可以通过 MAP 接口向 IP 发送指令，指示 IP 向用户播放录音通知以及收集用户信息等；另外 SCP 通过 MAP 接口可以与另外一个 SCP 进行通信，从而完成业务之间的相互作用；对于预付费业务，SCP 还需要与充值中心进行交互，对充值中心返回的结果决定是否对账户进行充值。

（8）终端

终端是集群用户可直接操作的设备，为用户提供 CDMA 集群通信系统的集群调度语音业务（单呼、组呼、广播）、电话互联业务、补充业务、短消息业务和数据业务。终端通过无线方式与 CDMA 集群通信系统相连，同时具有 CDMA 蜂窝移动通信系统终端的功能。

终端包括移动台（包括手持移动台和车载台）和固定台。移动台是集群用户使用的便携式设备，为用户在移动环境中提供各类业务；固定台是集群用户使用的固定式设备，具有与移动台相同的功能。

（9）调度台

调度台是对移动台用户和固定台用户进行调度控制和业务管理的设备。

根据调度台与系统之间的传输链路类型不同，调度台可分为有线调度台和无线调度台。

有线调度台使用有线方式与系统连接，通过调度管理系统接入到 CDMA 集群通信系统中，应具备单呼、组呼、广播呼叫、强插强拆、动态重组、监听、录音以及呼叫转接等调度功能，执行对用户的调度控制；同时，有线调度台可具备群组和用户的业务管理功能。

无线调度台使用无线方式与系统连接，与有线调度台相比较，无线调度台可具备相对简化的功能。无线调度台应具备单呼、组呼、强插强拆、动态重组等基本调度功能。

调度管理系统是有线调度台连接 CDMA 集群通信系统的接入点，是有线调度台对所管辖用户和群组进行调度控制和业务管理操作的代理实体。

（10）操作维护中心

操作维护中心由操作维护服务器和操作维护客户端组成，由运营商操作维护人员使用，通过操作维护中心与各子系统的接口，完成对系统各网元设备的操作和维护功能，包括操作维护的权限管理、配置管理、报警管理、性能管理等。

2. GoTa 系统中为实现集群通信功能所采用的关键技术

在数字集群通信系统中有两个特有的关键技术：业务信道的共享和呼叫的快速建立。

（1）前向无线业务信道的共享

由于集群通信系统提供组呼业务，而 CDMA 系统是针对一对一呼叫的。因此在实现 PTT 方式的群组呼叫时，必须对 CDMA 系统进行改造，以实现前向资源的共享。

为了实现前向业务信道共享，就必须对群组用户所使用的前向业务信道采用相同的调制参数，即同一组内的每个用户所分配的前向业务信道具有相同的长码掩码和 WalshCode，这样相同的载波/扇区下同一个群组将使用同一个信道，从而达到前向信道共享的目的。

为了达到群组用户在前向信道共享的目的，在信令流程上必须增加相应参数（长码掩码和 WalshCode）的传递。前向共享业务信道由 F-FCH/F-SCH 提供支持，并对前向信道的结构没有进行改动。与原 CDMA 1x 前向码道不同的是：建立码道时原设置的私有长码掩码改为调度组要求或指定的特殊公共长码掩码；不同的群组使用不同的长掩码和 WalshCode。与 CDMA 1x 前向业务信道比较，Walsh 码资源与语音用户相同，信道结构基本不变；长码掩码通过加密算法计算得到。

（2）呼叫的快速建立

集群通信系统中 PTT 呼叫的另一个重要特色就是快速连接。如果 CDMA 系统未经改造，则呼叫建立的时间将不能满足 PTT 呼叫应用时的需要。

为了解决快速连接必须从两个方面着手，一是将信令流程进行改造，减少不必要的流程和协商，尽量采用并行处理方式，节省用户的接入时间，满足 PTT 呼叫方式。另一方面，可通过使用增强型的接入信道，增加基站接入信道数量以及通过允许集群移动台增大初始发射功率、功率增加步长，以及提高系统的接收灵敏度、优化搜索策略等技术，将接入试探控制在极短的时间内完成。另外，为了提高移动台的接入成功率和通话的稳定性，系统可以考虑采用接入试探切换（Access Probe Handoff）、接入切换（Access Handoff）、信道指配进入软切换/更软切换（Channel – assignment into soft/softer Handoff）等技术。

5.5.3.2　GT800 系统

GT800 系统是以 GSM-R 为基础进行技术创新，满足行业用户指挥调度需求的数字集群通信系统。

1. GT800 系统的网络结构

基于 GSM 技术的数字集群通信系统的系统结构如图 5-55 所示。

从图 5-55 的系统网络结构图来看，集群通信系统中一般由网络子系统（Network Subsystem，NSS）、基站子系统（Base Station Subsystem，BSS）、终端、操作子系统（Operation Subsystem，OSS）4 部分组成。各部分的主要构成和功能如下。

（1）网络子系统

NSS 负责处理终端的各种业务请求，主要完成用户的业务交换功能以及用户数据与移动性管理、安全性管理所需的数据库功能。NSS 由一系列功能实体所构成，一个网络子系统 NSS 可包括若干个 MSC、VLR 和 HLR。各功能实体之间都通过符合 No.7 信令协议互相通信。NSS 中大部分节点都与 GSM 系统类似，并在功能上做了增强，以满足集群通信的需要。为支持集群通信而单独设置的节点主要包括调度台接入网关和 GCR。

MSC（移动交换中心）是网络的核心，负责用户的移动性管理和呼叫控制，并提供与

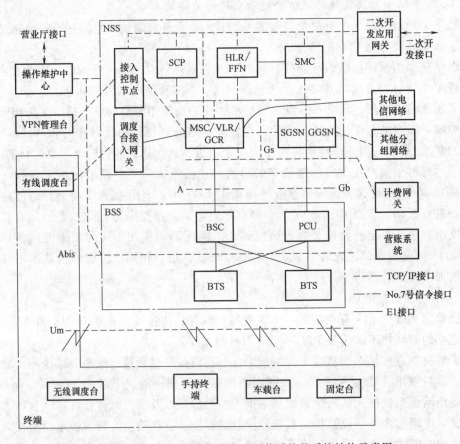

图 5-55 基于 GSM 技术的数字集群通信系统的系统结构示意图

其他通信网络（如 PSTN、其他 PLMN 等）的接口。MSC 功能从逻辑上可以划分为两类：VMSC 功能和 GMSC 功能。VMSC 通过与集群网络中其他实体的配合，完成管辖范围内用户的组呼、电话互连、广播呼叫、短消息等基本业务的处理，同时还根据用户的补充业务签约情况激活相应的补充业务处理。除完成对用户的呼叫业务及补充业务处理外，MSC 还负责对用户鉴权、位置登记、切换等流程的处理。GMSC 是电路域特有的设备，它作为系统与其他公用通信网之间的接口，同时还具有查询位置信息的功能。如 MS 被呼时，网络如不能查询该用户所属的 HLR，则需要通过 GMSC 查询，然后将呼叫转接到 MS 目前登记的 VMSC 中。GMSC 具有与固定网和其他 NSS 实体互通的接口。

VLR（访问位置寄存器）为电路域特有的设备，存储着进入该控制区域内已登记用户的相关信息，为移动用户提供呼叫接续的必要数据。当 MS 漫游到一个新的 VLR 区域后，该 VLR 向 HLR 发起位置登记，并获取必要的用户数据；当 MS 漫游出控制范围后，需要删除该用户数据，因此 VLR 可看作为一个动态数据库。VLR 存有用户所属组的 ID 列表，当用户漫游时，这些信息从 HLR 中复制过来。

HLR（归属位置寄存器）为 CS 域和 PS 域共用设备，是一个负责管理移动用户的数据库系统。基于 GSM 的数字集群通信系统可以包含一个或多个 HLR，具体配置方式由用户数、系统容量以及网络结构所决定。HLR 存储着本归属区的所有移动用户数据，如识别标志、位置信息、签约业务等。当用户漫游时，HLR 接收新位置信息，并要求前 VLR 删除用户所有数据。当用户被叫时，HLR 提供路由信息。针对集群业务，HLR 中还存有用户的组信息，包括该用户所属的组 ID 列表（一个用户可以属于多个组）。

　　AUC（鉴权中心）为 CS 域和 PS 域共用设备，是存储用户鉴权算法和加密密钥的实体。AUC 将鉴权和加密数据通过 HLR 发往 VLR、MSC 以及 SGSN，以保证通信的合法和安全。每个 AUC 和对应的 HLR 关联，只通过该 HLR 和其他网络实体通信。

　　EIR（设备标识寄存器）存储着系统中使用的移动设备的国际移动设备识别码。主要完成对移动设备的识别、监视、闭锁等功能，以防止非法移动台的使用。其中，移动设备被划分"白"、"灰"、"黑" 3 个等级，并分别存储在相应的表格中。

　　GCR（组呼寄存器）中包含了组 ID 和组呼区域，组呼区域与组 ID 合在一起称作组呼参考。其中与主控 MSC 相连的 GCR 中包含了与该组呼参考相关的调度台列表、中继 MSC 列表、主控 MSC 直接控制的小区列表。而与中继 MSC 相连的 GCR 则包含了与该组呼参考相关的主控 MSC 地址、本中继 MSC 所控制的小区列表。

　　SGSN（服务 GPRS 支持节点）为 PS 域特有的设备，SGSN 提供核心网与无线接入系统 BSS 的连接，在核心网内，SGSN 与 GGSN/GMSC/HLR/EIR/SCP 等均有接口。SGSN 完成分组型数据业务的移动性管理、会话管理等功能，管理 MS 在移动网络内的移动和通信业务，并提供计费信息。

　　GGSN（网关 GPRS 支持节点）也是 PS 域特有的设备。GGSN 作为移动通信系统与其他公共数据网之间的接口，同时还具有查询位置信息的功能。如 MS 被呼时，数据先到 GGSN，再由 GGSN 向 HLR 查询用户的当前位置信息，然后将呼叫转接到目前登记的 SGSN 中。GGSN 也提供计费接口。

　　调度台接入网关的主要功能是提供集群通信系统中的调度台接入功能，负责对调度台的身份、权限、业务能力进行鉴权，同时提供调度台与集群通信系统之间的语音和数据通道。

　　（2）基站子系统

　　基站子系统是集群通信系统中与无线传输方面关系最直接的基本组成部分，提供终端与网络之间的无线链路。它通过无线接口直接与移动台相接，负责无线信号的发送接收和无线资源管理。另一方面，基站子系统与核心网中的 MSC 相连，实现移动用户之间或移动用户与固定网络用户之间的通信连接以及传送系统信号和用户信息等。

　　基站子系统是由基站（BTS）和基站控制器（BSC）这两部分的功能实体构成。一个 BSC 可以控制多个 BTS。

　　BSC 是基站子系统的控制部分，负责各种接口的管理，承担无线资源和无线参数的管理。还包括呼叫（单呼、组呼、单呼、广播呼叫）建立的信令处理，以及各小区中的信道（专用信道、组呼信道、广播呼叫信道、单呼信道）的分配。

　　BTS 属于基站子系统的无线部分，由 BSC 控制，服务于某个小区的无线收发信设备，完成 BSC 与无线信道之间的转换，实现 BTS 与 MS 之间通过空中接口的无线传输及相关的控制功能。BTS 具有速率匹配、信道编码/译码、调制/解调等空中接口物理层功能。

　　为支持故障弱化功能，BTS 上新增呼叫控制功能在 BTS 与交换设备失去联系时处理本基站覆盖范围内用户的组呼业务请求。

　　（3）终端

终端是集群通信系统的最终用户可直接操作的设备，包括移动台（包括手持移动台和车载台）、调度台和固定台。其中手持终端为最常用的用户终端，满足用户在移动环境下的基本通信业务需求。车载台为安装在车、船等交通工具上的终端，除能满足用户的通话需求外，还可以进行与具体行业相关的各种数据通信。固定台为在非移动状态下使用的用户终端，通过无线方式接入集群通信系统，支持的业务功能与手持终端相同。调度台是集群通信系统中特有的终端，支持调度员对多个小组或者在特定区域内人员的工作进行指挥调度；根据调度台与网络设备的接口，分为有线调度台和无线调度台。

移动台是集群移动通信网中用户使用的便携设备，为用户在移动环境中提供语音、数据等业务。移动台不仅包括手持台，还包括车载台和便携台。移动台由两部分组成，移动终端和用户识别模块，两者可以分离使用。移动终端提供与集群通信系统交互信息的能力，可完成语音编码、信道编码、信息加密、信息的调制和解调、信息发射和接收。用户识别模块用于表征通常是一张符合 ISO 标准的"智能"卡，它包含所有与用户有关的和某些无线接口的信息，其中也包括鉴权和加密以及组信息。

固定台为在非移动状态下使用的一种集群终端，通过无线方式与集群通信系统联系，具备与移动台相同的业务功能。固定台采用固定方式工作，支持电池和外置电源。

调度台提供一个操作平台，支持调度员对多个小组或者在特定区域内活动人员的工作进行指挥调度。引入调度台的主要目的是提高指挥调度效率，通过调度台提供的业务能力以及针对性的界面设计，调度员可以方便地建立与管辖组/成员之间的通信联系。根据调度台与集群网络之间的传输链路类型，可以分为有线调度台和无线调度台。调度台支持的业务功能包括：电话互连呼叫、组呼、广播呼叫、紧急呼叫、强拆、强插、话务转接等。为满足管理的需要，建议提供录音功能。为了方便提高操作员工作效率，还可以在上述基本功能基础上增加针对具体行业用户的应用。

（4）操作子系统

OSS 包括两种设备，一种用于对网络系统设备进行维护管理，如系统性能统计、设备状态监控以及系统设备配置数据，由运营商使用，对网络设备进行维护管理；一种为用户管理系统，提供对本集群网内的用户数据功能，运营商支撑业务的正常运行。通过该系统可进行开户、销户以及用户业务权限更改等操作。根据使用对象的不同，用户管理系统分为运营商用户管理系统和 VPN 用户管理系统，分别由运营商和 VPN 用户使用。运营商用户管理系统原则上可以管理网内所有用户，VPN 用户管理系统只能管理本 VPN 内的用户，VPN 用户管理系统对 VPN 用户的管理需要在运营商用户管理系统对用户的授权范围内进行。

2. GT800 系统中为实现集群通信功能所采用的关键技术

与 GoTa 系统类似，GT800 系统为实现集群通信，所采用的关键技术也包括信道共享和快速呼叫建立，但具体实现方式不同。

（1）信道共享

GT800 系统采用 GSM 的物理信道结构逻辑信道，增加了组呼信道和广播通知信道。在GSM 系统中每个手机单独分配一个信道进行通话，而在 GT800 系统的组呼中所有手机都使用同一个组呼信道进行监听，监听的手机个数不受限制，这样节省了无线信道资源。

（2）快速呼叫建立

呼叫建立时间主要消耗在空中接口与手机的交互消息中。GT800 系统采取减少合并消息的办法以及系统同步处理技术节约了呼叫建立的时间，组呼建立时组成员根据广播通知消息中的信道描述立即加入到组呼中不需要和网络有任何的消息交互也加快了响应速度。

5.5.4　数字集群通信系统在应急通信中的应用

如何在应急通信中发挥集群通信系统的作用，首先要研究清楚数字集群通信系统的定位，结合其定位以及功能与特点，进一步研究数字集群通信系统在应急通信中的应用。

数字集群通信系统与公众移动通信系统有非常类似的地方，下面首先介绍两者的区别。

在突发事件的处理过程中，需要通信系统能够提供指挥调度功能。另一种情况，在地震等灾害发生地，通常公众的移动通信网络有可能没有信号覆盖，同时灾害处理又对通话质量和接续速度要求较高，已有的公众移动通信网络往往不能适应这类情况下对应急通信的要求。

5.5.4.1　公用移动通信系统与数字集群通信系统之间的区别

从前面的介绍可以看出，数字集群通信系统实际上也是移动通信系统的一种。尤其是 GoTa 系统和 GT800 系统，都是在 CDMA 或 GSM 系统之上，通过修改空中接口和网络的处理机制，实现集群通信业务，满足应急通信的需要。而公众移动通信系统同样可以应用于应急通信，通过应急通信车等设备方式，也具有一定的机动性，PoC 技术也可以实现一定的组呼。那么数字集群通信系统与公众移动通信系统的区别在哪里？下面对两者之间的区别作一概括总结。

从上面的比较可以看出，集群通信系统和公众移动通信系统各自的定位不同，从技术指标来看，集群通信系统对通话质量的指标要求要高于公众通信系统，而且支持的通信方式也比公众移动通信系统丰富。但这也带来了系统的复杂程度，同时这些功能和技术指标，如组呼、快速呼叫建立对以点对点全双工通信的大众用户应用而言是没有必要的，因此两种系统在设计之初就定位于不同的用户群体，公众移动通信系统定位于普通大众用户，而集群通信系统定位于对指挥调度有需求的专业用户。虽然在技术上而言，数字集群通信系统可以提供普通用户的点对点语音业务，但同目前已经得到大规模发展，但与全国覆盖率很高的公众移动通信网争夺大众用户市场，无论是从话费、网络投资成本上、终端类型的丰富程度上都无法与之竞争，因此数字集群通信系统主要定位于专业用户和专用通信。

另一方面，随着公众移动通信技术的不断发展，在 2.5G 和 3G 系统上，一些厂家和标准组织提出了在 GPRS、WCDMA 和 CDMA2000 网络中提供 PTT 业务，通常称之为 PoC。PoC 技术可以在网络提供点对多点的呼叫，同时呼叫建立时间也相对普通点对点呼叫有所提高。因此，一些观点认为，基于 3G 系统上实现 PoC 功能后，公共移动通信系统可以代替数字集群通信系统。同样，通过表 5-8 的比较可以看出，至少到目前为止，在技术指标和功能实现上，PoC 还远不能满足专业用户对集群调度的功能要求，PoC 功能只能作为在公共移动通信网中的一种增值业务应用提供给大众用户，而不能为专业用户提供调度功能和可靠的服务质量保证。

根据集群通信系统和公共移动通信系统两者的技术比较和发展现状可以看出，两者存在各自的应用场景和发展空间。虽然以点对点通信为主的公共移动通信系统也在不断发展，已经能够提供支持点对多点的 PoC 功能，但还远没有达到集群通信系统支持的性能，也不能满足专业用户的要求，对于需要集群调度功能的专业用户群体而言，集群通信系统仍是目前

表 5-8　数字集群通信系统与公用移动通信系统的区别

不　同　点	公用移动通信数字	集群通信数字
发挥的作用不同	满足移动通信要求 面向个人用户	满足指挥调度需求 面向行业用户
主要通信方式不同	点对点呼叫为主(全双工通信)	以点对多点的群组呼叫为主 点对点的半双工呼叫 点对电的全双工呼叫
信道占用方式	点对电通话,用户独占信道	点对多点通话,用户共享信道是集群的关键技术 要求一个组具有容纳多个用户的能力; 要求一个小区内要具有同时支持多个大群组的能力
呼叫建立时间	一般几秒到十几秒	必须在1s之内完成组呼的呼叫建立
业务安全性	公众用户使用,业务安全性要求一般	行业用户使用,业务安全性要求较高
呼叫的优先级设置	基本相同	要求有多种业务优先级,组优先级,组内用户优先级
网络发展规范	广泛应用	规模较小
网络复杂程度	较低	较高

惟一的选择。因此在应急通信应用中,数字集群通信系统要发挥自身优势和特点,主要应用在指挥调度方面。

5.5.4.2　集群通信专网和共网之间的关系

集群通信系统根据应用方式的不同,可以分为共网集群通信系统和专网集群通信系统。集群通信系统根据应用方式的不同,可以分为共网集群通信系统和专网集群通信系统。集群共网由运营商统一负责建设和维护,多个集团或部门可以通过 VPN 等方式共同使用网络,并实现一定的服务质量保证和优先级功能。相对于集群共网,集群专网则是指由某一部门单独建设和维护,并仅在本部门内部使用的集群网络。

从两者的定位来看,数字集群专网针对政府强力部门为主的用户提供服务(公安、消防、城市应急联动系统)应用,侧重的是社会效益;数字集群共网则定位于商用为主的应用(物业、油田、银行、大众),侧重经济效益,兼顾社会效益。图 5-56 可以表明这种关系。

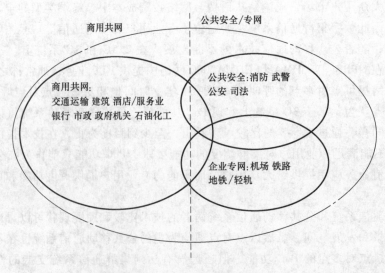

图 5-56　共网与专网的不同定位

数字集群共网与数字集群专网的不同之处在于：

1）公网通常由运营公司来运营，向公众用户、行业或单位提供服务，而不是仅供一个部门内部使用的专网；

2）它的用户范围分布面很广，专网的用户只限本部门；

3）它可以集中使用频率，使这些频率能为更多的用户范围服务，提高了频率利用率。

随着社会对于高效处理紧急突发事件、信息安全的要求不断提高，同时由于数字化的实现，原来单一的语音通信已经完成了语音、图像和计算机数据的多媒体通信，各个行业或专业部门对通信的要求一方面在网络的传输与交换中在数字化的形势下趋于统一，而另一方面又开始突破原有的单一性、不断出现日新月异的多种需求，加之频率资源的日趋紧张，如何提高频率利用率，实现资源的最佳配置，已经成为集群发展中需要解决的重要问题。在这种情况下数字集群的专网建设方式就存在着一定的不足和限制。同时，在应急通信应用中，很多情况下都涉及多个部门，如公安、消防、医疗、交通等。为了达到统一调度和协同工作的效果，共网与专网相比能有效利用有限资源，加强各部门之间的协同，提高管理效率。

但共网方式对一些通话质量和优先级要求很高的部门来说，可能难以满足要求，或者是需要付出很高的网络成本，例如图 5-56 中所示的涉及公共安全的消防、武警、公安、司法等部门，以及一些通信质量有非常严格要求的企业如机场、铁路、地铁/轻轨等。这些部门往往是一些国家政府的强力部门，主要以体现社会效益为主，另外一些则是通信质量往往与人身安全密切相关的部门，这些部门对通话的要求是非常严格的，不允许出现网络阻塞、掉话甚至延迟或抖动，对于这些部门对通信的需求，在特定情况下，通过商用的共网来实现是存在一定风险性的，为了保证社会效益和公共安全，这方面的调度指挥通信需求应该是做到专网专用，网络成本等运营因素往往是次要的。

因此，在应急通信中，采用专网还是共网的方式，需要根据应用场景的不同，灵活掌握。

5.5.4.3　在应急通信中发挥重要作用的典型数字集群业务和功能

应急通信应用中通常都需要大量的指挥调度工作，数字集群通信有组呼功能、呼叫建立速度快，这些特点使得集群通信系统在指挥调度中的优势明显，同时数字集群通信还支持动态分组、直通、故障弱化等业务和功能，这些业务和功能往往能在应急通信中发挥重要作用。具体内容如下：

1）组呼：数字集群通信的组呼是以信道共享技术为基础而实现的。理论上，同一基站下，一组人员无论数量多少，只占一对信道（上下行），类似普通移动通信电话的一对点对点呼叫，极大地节省了无线资源。

2）快速呼叫建立：数字集群通信系统的通话建立时间（从按下通话键至可通话之间的时间）都在 1s 以内，甚至更短。这在一些需要快速反应的紧急事件处理中尤为重要。

3）动态分组：数字集群通信系统支持各种方式的动态分组功能。发起方可根据需要执行两个组合并、分开、永久或临时加入新的组员等操作。这一功能非常适合多部门协同处理紧急事件的情况。

4）故障弱化：在某些灾害发生时，通信系统的有些节点可能已经遭到破坏。数字集群通信系统为了保障通话的持续性，支持故障弱化，可以在基站与系统断开联系的情况下，继续维持基站内的各种通信需求。

5）脱网直通：在基站也无法正常工作或者信号无法覆盖的情况下，集群终端之间还可以脱离网络直接通话，类似于对讲机的工作原理。

5.5.5　小结

由于集群通信具有快速呼叫建立的特点，并支持组呼叫、广播呼叫以及各种补充业务，非常适合应急通信中各个部门之间的调度通信。同时，集群通信还具有故障弱化、单站运行和终端之间的直通功能，适合于在突发、恶劣的以及没有基础网络的场合下应用。随着技术的不断发展以及对数据通信需求的增多，集群通信系统除了可以提供语音服务之外，在数据支持能力方面也不断提高，国内研发的数字集群通信系统都具有较好的可扩展性，将在我国应急通信的应用中发挥越来越重要的作用。但是，仅靠数字集群通信系统还远不能满足应急通信的需求，通常需要各种通信系统配和实现，例如，集群通信可采用应急通信车的方式，用卫星、微波等中继方式与公网或指挥中心相连，共同实现应急通信需要，如图 5-57 所示。

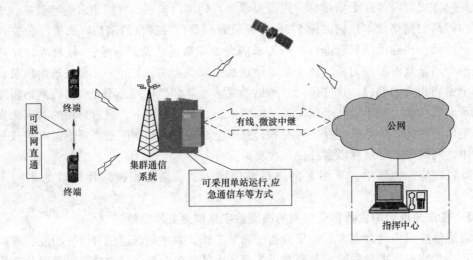

图 5-57　集群通信应用的典型示意

5.6　应急通信中的定位问题

根据第 4 章所描述的应急通信的不同场景，应急通信过程中涉及的定位问题包括如下两个方面：

1）个人紧急情况下，对于报警用户的定位（与呼叫相关的定位）：用户遇到个人紧急情况，拨打 110、119 等电话时，需要对报警用户进行定位，以便准确实施救助，这种情况下的定位是与呼叫相关的，即根据用户当前报警呼叫的信息，判断用户位置，此时的定位能力，很大程度上取决于当前呼叫所携带的信息内容，即与用户报警所使用的公用电信网信息传送能力有关。根据用户拨打电话时所使用的网络不同，涉及固定通信网、移动通信网的定位问题。在用户报警过程中，一方面用户可以说明自己的当前位置，另一方面通过网络传送用户当前的信息，系统可以查询、匹配地理位置信息系统，实现对报警用户的准确定位，快速实施救援。详见 5.6.1 节。

2）各类紧急情况下，应急指挥的定位（与呼叫无关的定位）：这种情况下的定位与呼叫无关，主要是对现场人员、车辆和物资进行定位，将他们的位置信息通过各种传输手段及时地传送到定位信息处理中心，定位信息经过处理后，可以对应显示到 GIS 电子地图上，为应急指挥提供准确的地理信息服务。系统也可以颁布定位信息，使系统内的用户能够接收和使用定位信息，如为现场指挥人员提供物资、车辆等位置信息。这种情况下的定位能力取决于当前所使用的定位技术和定位终端能力。详见 5.6.2 节。

5.6.1　与呼叫相关的定位

当用户拨打 110、119 等紧急特种业务时，公用电信网络需要在呼叫过程中向紧急业务平台，即应急联动平台传送用户的位置信息，通过位置信息对用户进行定位对于保障用户在紧急情况下的救助是非常重要的。此时的定位能力与呼叫紧密相关，取决于用户报警所使用的网络类型，由于固定电话网和移动网具备不同的网络特性和网络能力，传送位置信息的方案也不相同。

5.6.1.1　固定电话用户位置信息的传送

1. 固定电话用户的位置信息

用户通过固定电话网报警时，位置信息需要通过固定电话网传送。固定电话用户的位置信息包括用户的电话号码、开户人姓名、开户登记地址 3 段信息。

2. 固定电话用户位置信息传送方式

在固定电话网中，由于主叫用户的位置相对固定，固定电话网用户数据库通常是以本地网为单位设置，这样的设置方式正好可以与一个城市的紧急特种业务平台，即应急联动平台一一对应。位置信息的传送有数据库同步和实时查询两种方式。

对于数据库同步方式，紧急业务平台需要有一个固定电话网用户的数据库，并定期与运营企业的数据库同步，以便获取固定用户的电话号码、开户人姓名以及开户登记地址 3 段信息，同步方式可以通过数据网络或数据磁带（硬盘）进行复制。数据库同步方式下，用户位置信息的传送过程如图 5-58 所示。

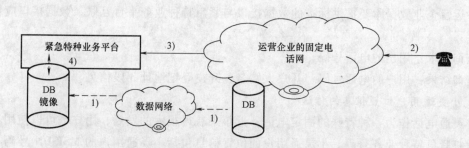

图 5-58　数据库同步方式下用户位置信息的传送过程

如图 5-58 所示，数据库同步方式下用户位置信息的传送过程如下：

1）运营企业的数据库通过数据网络或者是数据磁带、硬盘的复制过程，实现与特种业务平台之间的数据库定期同步；

2）用户拨打紧急特服号，呼叫紧急特种服务平台；

3）运营企业的固定电话网将呼叫接续至紧急特种服务平台，在发送的 IAM/IAI 消息中向紧急特种业务平台发送主叫用户号码；

4）紧急特种业务平台根据主叫用户号码在平台数据库上查找主叫用户的位置信息。

对于实时查询方式，运营企业用户数据库提供与紧急特种业务平台之间的数据接口。根据紧急特种业务平台的查询要求，返回主叫用户的 3 段信息。实时查询方式下，用户位置信息的传送过程如图 5-59 所示。

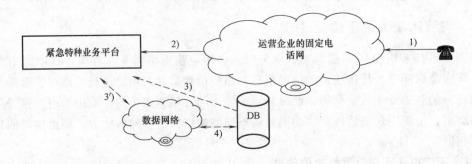

图 5-59　实时查询主叫用户位置信息的传送过程

如图 5-59 所示，实时查询方式下位置信息的传送过程如下：

1）用户拨打紧急特服号，呼叫紧急特种服务平台；

2）运营企业的固定电话网将呼叫接续至紧急特种服务平台，在发送的 IAM/IAI 消息中向紧急特种业务平台发送主叫用户号码；

3）紧急特种业务平台接收到呼叫后，根据主叫号码，判断该用户属于哪个运营企业，向该运营企业的数据库发起针对该主叫号码的查询请求，该请求通过专用的数据网络发送至对应运营企业的用户数据库；

4）运营企业的用户数据库返回主叫用户的 3 段信息。

或者 3')　当发起呼叫的网络发现用户是拨打紧急特服业务时，由发端网络直接触发将主叫用户的位置信息通过数据网络发送到紧急特种业务平台。

各运营企业数据库要提供标准的数据接口与紧急特种业务平台互联，数据接口应包括如下内容：

查询请求：用户的电话号码；

查询结果：用户的电话号码、开户人姓名、开户登记地址 3 段信息。

3. 小灵通用户位置信息的传送

小灵通电话作为一种特殊的固定电话，近年来获得很大的发展，用户也可以使用小灵通电话拨打紧急特种业务号码。小灵通用户的位置信息包括小灵通用户的 MSISDN 号码、开户人姓名以及用户拨打紧急特种业务平台时的地理位置信息。

小灵通用户拨打紧急特种业务时，小灵通所在的交换局应通过 No.7 信令消息，将主叫用户号码以及用户的位置信息传送给紧急特种业务平台，同时该位置信息对应的具体地理位置信息也应当保存在运营企业的数据库中。目前该信息的精度应做到小灵通的呼叫区范围内。一个呼叫区可以是一个基站的位置编码，也可以包括几个基站的位置编码。

　　紧急特种业务平台要从运营企业数据库获得用户的地理位置信息。从管理体制上，小灵通虽然等同于固定用户，但从技术特征看，小灵通具有一定的移动性，其位置信息传送方案与移动电话用户一致，见 5.6.1.2 节描述。

5.6.1.2　移动电话用户位置信息的传送

1. 移动电话用户的位置信息

移动电话用户的位置信息为用户拨打紧急特种业务号码时的地理位置信息。

1）在 GSM/GPRS 网络中，与地理位置信息相关的信息参数主要有以下 3 种，如图 5-60 所示。

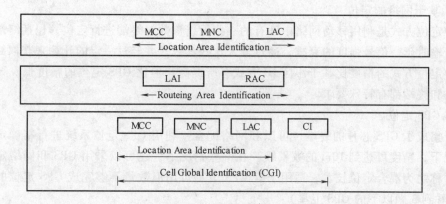

图 5-60　地理位置相关的信息格式

　　① LAI（Location Area Identification，位置区域标识）表示一个本地网，其所能表示的位置信息的精度为 50～200km；

　　② RAI（Routing Area Identification，路由区域标识）表示 LAI 本地网中的若干区域，每个区域由若干个小区构成，其所能表示的位置信息的精度为几千米到 20 千米；

　　③ CGI（Cell Global Identification，小区全球标识）表示一个惟一的小区，其所能表示的位置信息的精度为几百米到几千米。

　　2）在 CDMA 网络中，与地理位置信息相关的信息参数主要有以下 4 种：

　　① SID（System Identifier，系统识别码）用来识别一个无线覆盖区。这个特定的无线覆盖区主要影响移动台给用户的漫游指示。

　　② NID（Network Identifier，网络识别码）由于 SID 号码资源的数量不足，CDMA 网中另外定义了 NID 参数来增加号码资源的数量。在 CDMA 系统的无线接口中，实际使用的是 SID-NID 号码对来决定移动台是否处于漫游状态。

　　③ REGZONE，在一个 SID 区或 NID 区中惟一识别一个位置区的号码，这个参数也用于识别特定的无线覆盖区。但这个覆盖区负责控制移动台的位置更新功能，以及基站的寻呼功能。

　　④ BSID（Base Station Identifier，基站识别码）是用来识别扇区的，一个基站包含多个扇区时，每个扇区使用的 BSID 不同。

　　SID、NID、REGZONE 和 BSID 分别用于识别一个特定的无线覆盖区，它们之间的关系如下图 5-61 所示。

移动网络中获得终端位置的定位技术主要包括以下几种：

（1）基于小区 ID 的定位

这种定位方式是定位精度最低但处理比较简单的一种，可以通过终端直接上报，或从网络中获取终端所在的小区标识，其误差范围就是小区的覆盖范围。

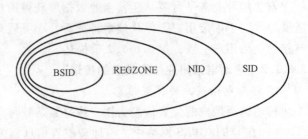

图 5-61   SID、NID、REGZONE 和 BSID 间的关系

（2）基于网络的定位

这种定位方式是利用移动网络中已有的一些无线参数对终端进行定位，包括终端与基站之间的传输时延、信号强度的衰减，通过输入这些参数，并经过一定的计算来获取终端的位置。这种定位方式的精度比基于小区 ID 方式有所提高，但比 GPS 定位的精度低。该定位方式对网络和终端都有特殊要求。

（3）GPS 定位

对于集成了 GPS 芯片的终端，可以和网络配合，利用 GPS 定位系统进行精确定位，在理想情况下，精度可达到 10m 的数量级。在一些情况下，还可以采用 GPS 和网络定位混合的方式，称之为混合定位技术，适用于有 GPS 卫星可用但数量不够完成 GPS 定位的情况下（如只能看到 3 颗以下的 GPS 卫星）。

上述定位技术在移动网络中可以基于以下两种不同的传输技术实现：

（1）基于控制平面的定位操作

以移动网中设备之间的信令方式实现定位服务器与相关网络设备（包括终端）的交互，从而实现终端位置的计算和获取，基于控制平面的定位操作需要基础网络中相关设备在信令方面的支持。

（2）基于用户平面的定位操作

以分组数据的方式实现定位服务器与移动终端之间的信息交互，完成对用户的定位操作，对于基础网络来说，定位操作的交互数据属于上层的用户数据，基础网络中的分组域设备负责透明传输定位操作的相关数据。另外，对于信息量交互不大的小区标识定位也可通过短消息的方式实现。

2. 移动电话用户位置信息的传送

移动用户拨打紧急特种业务号码时，移动电话用户位置信息的传送可以有紧急特种服务平台主动查询和移动电话网主动上报两种方式。

紧急特种服务平台向第三方查询用户的位置信息：

根据收到的主叫号码，紧急特种服务平台也可以利用移动网络向开放位置查询功能的第三方查询用户的位置信息，如图 5-62 所示。

该方案的工作流程如下：

1）当紧急特种业务平台收到移动用户发来的呼叫后，向 SP 发起查询该用户位置的定位服务请求。

2）SP 收到紧急特种业务平台请求后，首先对紧急特种业务平台进行鉴权和授权检查，鉴权通过后，向定位服务器发起定位请求，请求终端的位置信息，定位平台收到定位请求

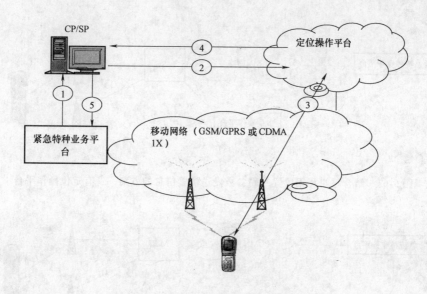

图 5-62　由紧急特种业务平台发起查询

后，将对 SP 进行再次鉴权和授权操作，以判断 SP 本身的合法性以及是否有权获得终端的位置信息。

3）鉴权和授权通过后，定位服务器从终端侧获取用户位置计算的相关信息，通过一定的算法得出终端的经纬度或 CGI 信息。

4）定位服务器获得终端的经纬度或 CGI 信息后，返回给 SP。

5）SP 得到终端的经纬度信息或 CGI 信息后，向紧急特种业务平台提供被查询方的位置信息。

注：该方案的核心是紧急特种业务平台利用目前移动运营企业提供的位置查询的业务，使用该业务时，紧急特种业务平台是作为该业务的一个使用者，该业务能否开放主要取决于运营企业网络是否提供位置查询服务，其查询精度受 SP 开放的位置服务的精度影响。同时由于该过程与紧急特种业务的呼叫过程相互独立，因此在位置信息的获取上实时性相对较弱，甚至可能会出现在查询时用户已经关机的情况。

移动电话网主动上报位置信息：

对于移动电话网主动上报，有利用位置号码参数发送位置信息、利用移动交换机立即计费能力发送位置信息等几种不同的方案。下面分别加以描述。

（1）利用位置号码参数发送位置信息

利用位置号码参数发送位置信息，根据是否使用定位操作平台，有两种不同的实现方式，分别如图 5-63 和图 5-64 所示。

这种有定位操作平台方案的工作流程如下：

1）用户通过移动网拨打紧急特种业务平台。

2）BTS 将呼叫接续到 MSC 时，MSC 能够识别出该呼叫为紧急呼叫。

3）MSC 直接向移动网络中的定位操作平台请求用户的位置信息。

4）MSC 获得定位操作平台返回的位置信息后，将该位置信息放在 IAM 消息中的位置号码参数中传送给紧急特种业务平台。

注：该方案基于 IAM 信令消息实现，其位置信息传递的实时性高，定位精度主要取决于定位操作平台

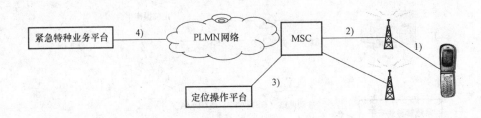

图 5-63   结合呼叫利用位置号码参数发送位置信息的方案一：有定位操作平台

图 5-64   结合呼叫利用位置号码参数发送位置信息的方案二：无定位操作平台

所使用的定位技术。同时还需要移动运营企业中的 MSC 支持对紧急定位呼叫号码的识别能力。

另外一种方案不使用定位操作平台，如图 5-64 所示。

无定位操作平台方案的工作原理如下：

由 PLMN 运营企业对每个 BTS 进行编码，使得在提供紧急特种服务的本地网络中，每个蜂窝扇区都有一个惟一的编码（GSM/GPRS 网络中为 CGI 标识，即 LAI + 小区 ID，CDMA 网络中为 SID + NID + REGZONE + BSID），并将相应的编码提交给紧急特种业务平台的位置服务器。紧急特种业务平台可以完成编码与实际位置的映射，以获得用户的位置信息。

工作流程如下：

1）用户通过移动网拨打紧急特种业务平台，同时上报用户所在小区信息。

2）BTS 将呼叫接续到 MSC 时，同时将用户所在小区信息上报给 MSC。

3）MSC 根据收到的呼叫中的小区 ID，将该小区 ID 转换成每个蜂窝对应的惟一编码，并将该编码放在 IAM 消息中的位置号码参数中传送。紧急特种业务平台收到带有位置号码参数的 IAM 消息后，通过平台内的位置服务器，将该号码与实际的位置进行映射，获得用户当前的位置信息。

注：该方案由于可以保证用户在进行紧急特种呼叫时，就已经将对应的位置信息发送到紧急特种业务平台，因此其位置信息传递的实时性非常高，但由于该过程主要是依靠移动网络对蜂窝的编址信息，因此其所能查询到的位置信息与蜂窝的密度有明显的关系，在密集城区中该方案的精度可以做到几百米，但对于空旷地区来讲，则定位精度将达到十几公里。此外由于可能受到移动运营企业对网络覆盖的调整的影响，紧急特种业务平台的位置服务器还需要同移动运营企业定期对蜂窝的覆盖区域和编号进行定期的同步。

（2）利用移动交换机立即计费能力发送位置信息

利用移动交换机立即计费能力发送位置信息的方案如图 5-65 所示。

该方案的工作流程如下：

1）由 PLMN 运营企业对每个 BTS 进行编码，使得在提供紧急特种服务的本地网络中，

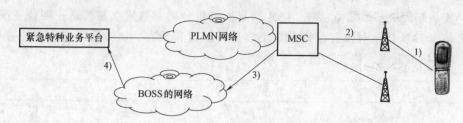

图 5-65　利用移动交换机立即计费能力发送位置信息的方案示意

每个蜂窝都有一个惟一的编码（CGI 标识，即 LAI + 小区 ID），并将相应的编码提交给紧急特种业务平台的位置服务器。

2）当用户拨打紧急特种业务平台时，BTS 将呼叫接续到 MSC，MSC 再将呼叫接续到紧急特种业务平台。同时发端 MSC 还应根据被叫号码（紧急业务）的属性，确定该呼叫属于立即计费的呼叫，并由发端 MSC 启动相应的计费设备。

3）当该呼叫结束后，发端交换机立即产生计费详单，计费话单中包括该用户呼叫时的 CGI，并将该详单发送到运营企业的计费结算营账系统。

4）运营企业的计费结算营账系统将包含用户位置 CGI 信息的对应的详单发送到紧急特种业务平台，再由平台内的位置服务器，将该信息与实际的位置进行映射，获得用户当前的位置信息。

注：该方案由于必须要在呼叫结束后，才可以产生话单，话单首先通过运营企业的计费结算营账系统（分钟级别的延迟），再传送到紧急特种业务平台，因此其位置信息传递的实时性相对较弱，同时该方案中也会存在与位置号码方案类似的定位精度与实际的网络覆盖之间的联系紧密的问题。另外，目前现网上的交换设备对立即计费的实现方式不支持也使得该方案难于实施。这主要是因为立即计费功能通常是对主叫用户的业务属性的一个定义，而紧急特种业务的立即计费要求则是需要根据被叫号码的属性进行判定，因此交换机在该功能上的改造量相对比较大。

5.6.1.3　位置信息局间的信令传送方案

对于固定用户发起的紧急特种业务呼叫，通过局间信令传送的只有主叫用户号码，主叫用户号码是位置信息的查询索引。紧急特种业务平台根据收到主叫用户号码查询自己数据库（数据库同步方式）或运营企业的数据库（实时查询方式），获得固定用户的位置信息，即用户的开户登记地址。

对于移动用户发起的紧急特种业务呼叫，由于其移动性，需要通过 ISUP 信令的 IAM 消息中的位置号码字段传送位置信息，网间及呼叫的全程必须要全部采用 ISUP 信令，且对该参数不能进行屏蔽和舍弃。其中位置号码参数编码和格式建议如下：

移动用户拨打紧急特服业务时的位置号码应当为：0X1X2X3 + MSCID + CI

位置号码参数字段的格式如图 5-66 所示。

	8	7	6	5	4	3	2	1
1	奇/偶			地址性质表示语				
2	INN 表示语	编号计划表示语		提供表示语			鉴别表示语	
3	第 2 个地址信号				第 1 号地址信号			
⋮				⋮				
n	填充码（如果需要）				第 n 个地址信号			

图 5-66　位置号码参数字段格式

由 IAM 消息传送经纬度信息时，IAM 消息的位置号码参数应支持传送主叫位置测量参数。ISUP 信令 IAM 消息对位置号码参数不能进行屏蔽和舍弃。该参数规定地理位置信息，包括经度、纬度和高度，格式如图 5-67 所示。

H	G	F	E	D	C	B	A	字 节	注 释
								1	a
			主叫测量位置					……	
								m	b

图 5-67　主叫测量位置参数

5.6.2　与呼叫无关的定位

与呼叫无关的定位主要指各类紧急情况下应急指挥过程中所需要的定位，如对现场人员、车辆和物资的定位。当发生各类突发事件时，可以随时查到应急指挥中任何一个关键要素（人、车、物）的当前位置，现场指挥人员可以根据所获得的定位信息快速、调配车辆、安排救援人员，尽可能地减轻灾害造成的损失。定位作为应急指挥的重要辅助手段之一，对现场的决策指挥起着至关重要的作用。

由于应急指挥快速准确响应的需要，这种情况下的定位，需要有相对精确的定位精度，以便实施准确的救援和指挥，要保证定位信息不间断、实时传输，以确保对重要定位对象的不间断定位，要有高可靠性和稳定性，定位信息要通过 GIS 实时呈现出定位结果，以直观地满足应急指挥的需要。

这类定位通常都是基于卫星的定位，根据不同的定位场景，可采用全球定位系统（GPS）、伽利略卫星导航定位系统（Galileo）、全球导航卫星系统（GLONASS）和北斗卫星导航定位系统等不同技术手段来满足不同定位对象和定位应用的需求。

GPS 是最成熟、最完善、使用最多的定位技术，在国内外的各行各业中都已经获得了广泛应用，安装 GPS 的设备已经普及，应用也很多，可以方便地进行全天候全时段的定位应用。伽利略卫星导航定位系统（Galileo）、全球导航卫星系统（GLONASS）也是两种比较成熟的定位系统。在定位精度、定位效率等方面各有千秋，但从目前民用方面来看，这两种系统应用还不如 GPS 普及。我国自主知识产权的北斗卫星导航系统，覆盖中国及周边国家和地区，可向用户提供全天候、24 小时的即时定位服务，定位精度可达数十纳秒的同步精度，其精度与 GPS 相当。

各类卫星定位技术的详细描述见 3.1.2 节卫星通信系统中相关章节的介绍。

5.7　号码携带技术

本章介绍了号码携带（Number Portability，NP）的各种实施技术，并结合美国在卡特里娜飓风中所采用的号码携带技术进行灾后恢复通信的案例，分析了号码携带在应急通信中的应用场景。最后对我国应急通信中可采用的号码携带技术提出了建议。

号码携带技术是指用户在不变更用户号码的前提下，变更其地理位置和运营商等。这种技术可以应用于某些应急通信的情况下，例如当突发公共事件（如飓风、雨雪、洪水、地震、瘟疫、事故灾难和公共安全等）发生的时候，部分公用通信网络遭到破坏，某些用户的通信可能会全部中断。

根据号码携带的技术原理和实施效果，我们发现利用号码携带技术可以迅速地为用户恢复部分或者全部通信服务。因此，我们首先需要了解一下号码携带的实现技术，以寻求有效的应急通信措施。

5.7.1 号码携带的定义

"号码携带"的含义主要表现在 3 个方面：

1）更改地理位置后号码不变：是指用户在更改了地理位置后，仍使用原来的电话号码。

2）更改业务后号码不变：用户从一种业务转变成为另一种业务时，仍使用原来的电话号码。

3）更改运营商后号码不变：是指用户更换了运营商后，仍使用原来的电话号码。

更改地理位置的号码携带特别适用于在固定网上实现的号码携带，可以给企业用户和家庭用户在办公地点搬迁、住房搬迁时带来很大的方便。例如我国一些城市较早就实现了移机不改号的服务，也就是地理位置改变的号码携带。由于移动用户天生具有漫游特性，在我国，用户在任何位置都可以接听来话，并不依赖于某个特定位置的交换局。在一个本地网范围内，移动用户更改地理位置后号码保持不变并不需要网络侧做任何改动。所以在我国，更改地理位置后号码不变，实际上就是特指固定用户的号码携带。但是有的国家，移动用户的来话也会依赖于某个特定位置的交换机，即每个移动用户都有一个归属交换机，移动用户的来话都必须经过归属交换机查询 HLR 后才能接续到用户的当前位置。美国就是这样一个例子，因此在美国，移动用户的号码携带也可以是基于地理位置的号码携带。本文中如无特殊说明，基于地理位置的号码携带都特指固定网的号码携带。

更改业务的号码携带是指终端用户从一种类型的业务变更为另一种类型的业务，例如用户从非 ISDN 用户改为 ISDN 用户，从 2G 移动用户改为 3G 移动用户，从 PSTN 用户改为 VoIP 用户等。实现方式主要是更改用户的接入方式或者更改交换机。例如从非 ISDN 用户改为 ISDN 用户时，需要将用户由非 ISDN 接入改为 ISDN 接入；如果用户原来的端局不具备 ISDN 功能，则需要升级用户所在的端局；如果用户原来所在的端局已经具备了 ISDN 功能，则只需要增加 ISDN 用户板，将用户由非 ISDN 接入改为 ISDN 接入即可。

更改运营商的号码携带是指用户更换签约运营商时，仍使用原运营商所分配的 ISDN 号码，通常称为不同运营商网间号码携带。从国际上的情况来看，网间号码携带是用户需求最强烈的一类，目前全球陆续有 40 多个国家和地区不同程度地实施了网间的号码携带。

从国际上来看，出于计费方面以及路由选择的考虑，通常以上 3 类号码携带都只允许在同一个本地网范围内或同一个计费区范围内实施。但是突发事件发生时，通信网络受损的范围可能会超过一个本地网的范围，因此采用号码携带技术进行应急通信通常都会打破常规而跨本地网实施。本文中如无特殊说明，号码携带都是指在一个本地网范围内实施。

以上 3 类号码携带也可以结合起来实施，例如不同运营商固定网间的号码携带，实际上也是基于地理位置的号码携带；不同运营商移动网间的号码携带，同时也可以是 2G 用户到 3G 用户的号码携带。

以上 3 种号码携带都可以应用于紧急情况下快速恢复用户的全部或部分业务。但是由于紧急情况下，通常是部分地理位置的通信设施遭到破坏，因此应急通信中最主要的应用就是基于地理位置的号码携带。但是基于受影响地区的运营商分布情况不同，也可能会采用不同运营商之间的号码携带来实现应急通信。相比之下，单独使用更改业务的号码携带作为应急通信的手段，使用情况略少。例如将来我国放开 VoIP 业务，在 PSTN 通信设施遭到破坏的时候，可以将 PSTN 用户暂时携带到 VoIP 网络中。

5.7.2　号码携带的实现技术

不同的号码携带技术，适用于不同情况下通信网络受损的情况，所能达到的效果也不同。其中更改业务的号码携带，主要是更改用户侧接入方式并保证交换机支持新的接入方式，并没有其他特殊的技术要求。因此，本节主要分析更改地理位置以及更改运营商的号码携带实现技术。

5.7.2.1　更改地理位置的号码携带

更改地理位置的号码携带主要是固定网的号码携带。

如果只占用同一个用户号码实施更改地理位置的号码携带，实施难度非常大，所以通常不会采用这种方案。这是由于固定用户的物理位置（端子号）与用户号码的对应关系在交换机中是预先设置好的，通过调整端子和用户号码的对应关系可以小范围地变更用户号码的地理位置，例如在一个小区不同楼宇之间的位置变更。如果变更位置的范围扩大，例如在新位置的交换机下增加原用户号码，由于该号码所属局号的其他号码仍然在原交换机下，因此除了调整交换机的端子和号码的对应关系外，还会带来选路方面的麻烦，很难实施。如果将整个局号变更到其他位置，也需要新位置的交换机增加端子，并配置端子和用户号码的对应关系，同时还需要调整其他交换机到该局的路由，实施难度也非常大。

因此，实现更改地理位置的号码携带通常采用占用两个用户号码的方案，即占用原号码和新位置交换局下的一个电话号码，在网络侧将这两个电话号码进行对应。用户使用原号码进行通信，但是网络侧需要按照新号码进行选路并将呼叫接续到用户的新位置。

采用两个用户号码的方案实现基于地理位置改变的号码携带，通常可以有两种实现方式：无条件呼叫前转和智能网访问 NPDB（Number Portability Database，号码携带数据库）的方式，这两种方案的主要区别在于前者使用交换机的呼叫前转功能进行路由，而后者依赖于查询号码携带数据库进行选路。

本章只介绍同一个运营商网内的基于地理位置改变的号码携带。如果是不同运营商网间更改位置的号码携带，详见"固定运营商网间号码携带"部分。

1. 无条件呼叫前转方式

无条件呼叫前转是一项补充业务，该业务允许登记了无条件前转的用户 B 把对他的呼叫前转到预先指定的号码 C，实现示意图如图 5-68 所示。

如图 5-68 所示，为用户 B 服务的交换机为"原交换机"，地理位置改变后，用户处于"服务交换机"下，并对应物理号码 C。用户 A 为主叫用户，处于"发端交换机"下。

当用户 B 要求提供更改地理位置的号码携带到用户 C 的位置时，在原交换机用户 B 的属性中，登记无条件呼叫前转到用户 C。当用户 A 呼叫该 NP（号码携带）用户 B 时，首先将呼叫接续到原交换机，原交换机将呼叫前转到服务交换机的号码 C 的位置。但是当 NP 用户 B 在新位置发起呼叫时，按照正常呼叫处理，主叫号码只能显示新号码 C。

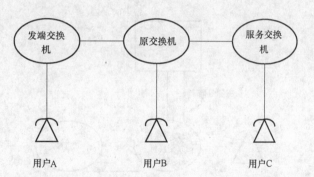

图 5-68　利用呼叫前转实现位置改变的号码携带业务

呼叫前转方案实际上占用了两个用户号码即号码 B 和号码 C。这种业务只适用于同一本地网，同一运营商的不同交换机之间。

呼叫前转方式只能接续来话，而对于去话，由于主叫号码只能显示为用户当前新位置的号码，因此这种方式通常只能用于移机留号的方式，即用户变更位置后，在一段时间内保留原号码，拨叫原号码的呼叫应能够接通，当超过保留期后原号码 B 被收回，用户只能使用新号码 C。因此，呼叫前转方式无法提供完整的更改地理位置的号码携带，但是对于灾后迅速恢复业务，作为一种临时性的方案，这种方式还是可行的。

如果用户移到新位置后需要一直使用新号码，则只能采用智能网访问 NPDB 的方式。

2. 智能网访问 NPDB 的方式

对于同一个运营商网内的更改地理位置的号码携带，采用智能网访问 NPDB 的方式主要是由原交换机通过 SSP（业务交换点）触发访问 NPDB。NPDB 专门用于存储用户的 NP 数据，即用户原号码与当前位置新号码的对应关系。

NP 用户收到来话，如果原交换机是 SSP，则由原交换机直接访问 NPDB。原交换机根据数据库的指示，将呼叫接续到用户当前位置。如果原交换机不是 SSP，则原交换机将呼叫转接到 SSP，由 SSP 访问 NPDB。

以原交换机是 SSP 为例，路由示意如图 5-69 所示。

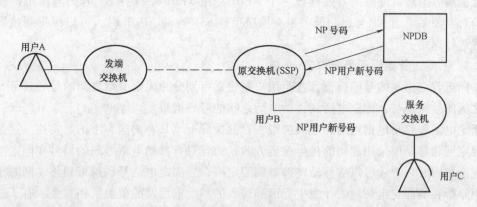

图 5-69　NP 用户来话

如图 5-69 所示，为用户 B 服务的交换机为"原交换机"，地理位置改变后，用户处于"服务交换机"下，并对应物理号码 C。用户 A 为主叫用户，处于"发端交换机"下。

NP 用户发起去话时，采用智能网方案可以给主叫显示用户的原号码（即 NP 号码）。NP 用户的原交换机也就是发端交换机。以原交换机是 SSP 为例，路由示意图如图 5-70 所示。

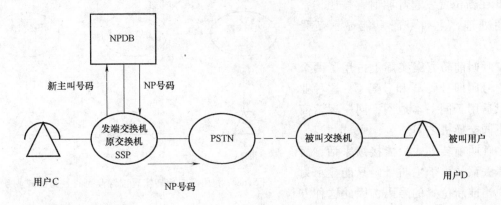

图 5-70 NP 用户去话

具体流程为：NP 用户 B 从新位置发起去话，也就是从用户 C 归属交换机发起去话；用户 C 归属的交换机触发一个智能网查询 NPDB；NPDB 给出 NP 用户的原号码 B（对一些特殊的被叫用户号码，如 110、119 等紧急电话，为了能够追踪到用户的当前位置，也需要在主叫号码中指示用户新位置的电话号码），原交换机按照要求填写正确的主叫用户号码，并对呼叫进行接续。

智能网方案实现更改地理位置的号码携带，也占用了两个用户号码，这种业务适用于同一本地网的不同交换机之间进行。这种方式的号码携带既可以是同一个运营商的交换机之间，也可以是不同运营商的交换机之间。如果是同一个运营商内部更改地理位置的号码携带，对于 NP 用户的来话，由于是运营商网内的路由，则由 NP 用户的原交换机访问 NP 数据库；如果是跨运营商的更改位置的号码携带，则可以采用发端交换机查询数据库的方式，也可以采用原交换机查询数据库的方式，详见"固定运营商网间号码携带"部分。

智能网方案运营商网内需要建设一个 NPDB，在 NPDB 中保存 NP 号码与该用户新位置号码的对应关系。当 NP 号码归属的原交换机通过 SSP 查询 NPDB 时，可以根据新位置的号码直接进行选路。

5.7.2.2 不同运营商网间号码携带

不同运营商网间的号码携带，按照用户的性质可划分为固定电话之间的号码携带、移动电话之间的号码携带、固定电话到移动电话之间的号码携带。

固定电话和移动电话之间的号码携带，目前国际上也只有美国一个国家实施。这是因为美国固定网和移动网采用相同的局号编码方式，而且只有移动电话号码的局号和固定电话的局号完全相同时用户才可以从移动网携带到固定网，当固定电话号码携带到移动网时也必须是该用户所在的固定电话网的计费中心区和携入的移动电话网的覆盖区相重叠。有了这些限制条件，固定网和移动网之间实施号码携带对于计费和路由影响不大。而我国移动号码和固定号码采用的是不同的号码结构，我国的编号计划对于移动网的用户采用网号的方式，对于固定网采用局号的方式，如果相互携带，对于网间的路由选择会带来很多困难。所以我国并不适合开展固定网和移动网之间的号码携带。因此如无特殊说明，本文提及的网间号码携带只有移动电话之间的号码携带和固定电话之间的号码携带。

不同运营商网间的号码携带，都依赖于 NPDB 进行选路。因此本节主要介绍访问数据库的路由机制、数据库的建设方式以及数据库的查询方式等内容。

1. 网间号码携带的路由机制

实施号码携带后，根据查询数据库的网络以及路由机制的不同，大致有 4 种不同的实现方式，具体如下：All Call Query（ACQ）、Onward Routing（OR）、Query on Release（QoR）、Call Dropback（Dropback）。

以下采用图示说明 4 种机制的具体实现方式。图示中，各网络的名称的含义解释如下：

始发网络：即呼叫发起方所在网络；

接收网络：即被叫用户当前签约网络；

转接网络：即不同网络之间负责转发业务的网络；

被叫号码拥有网络：是指从号码资源管理部门获得该被叫号码的网络。

（1）ACQ 机制

All Call Query 顾名思义，就是指始发网络对所有被叫用户的呼叫都需要访问号码携带数据库，以确定被叫用户当前所签约的网络。ACQ 机制，实际上就是发端运营商网络负责查询，其路由示意图如图 5-71 所示。

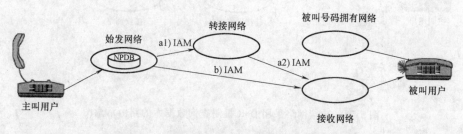

图 5-71　在始发网络采用 ACQ 访问机制示意图

图 5-71 中的转接网络是可选的。当网络中存在转接网络时，触发访问数据库的网络可以是始发网络，也可以是转接网络。例如，在实施移动网间号码携带而未实施固定网间号码携带的国家里，一些既经营移动网络又经营固定网络的综合运营商，可以将所有固定网络用户到移动网络用户的呼叫，转接到本运营商的移动网络（充当转接网络角色）中访问 NP-DB，以确定被叫号码当前签约网络。

（2）OR 机制

OR 方式下，被叫号码拥有网络保存有携出的号码信息，并参与呼叫的整个过程。用户发起呼叫时，始发网络首先根据用户号码将呼叫路由到被叫号码拥有网络，由被叫号码拥有网络访问 NPDB 获得路由号码后再根据路由码将呼叫路由到接收网络。OR 机制，实际上就是被叫号码拥有网络查询方式，采用的路由示意图如图 5-72 所示。

根据网络中的不同路由组织方式，图 5-72 中的转接网络（包括 A 和 B）是可选的。

（3）QoR 机制

QoR 方式下，号码拥有网络中需要保存携出用户的携带状态（需要确定用户是否为本网携出号码）。始发网络首先根据用户号码将呼叫路由到被叫号码拥有网络，同时在信令消息中指示始发网络和转接网络是否支持 QoR 方式。号码拥有网络判断被叫号码已经携出，并确定前一个网络支持 QoR 方式，则拒绝该呼叫，并在信令中指示该号码已经携出。收到该拒绝消息后，转接网络或者始发网络访问 NPDB 获得路由号码后再根据路由码将呼叫路由

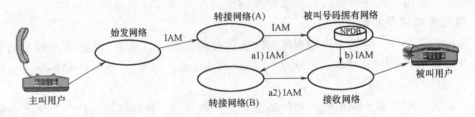

图 5-72 号码拥有网络采用 OR 机制路由示意图

到接收网络。

以转接网络采用 QoR 机制查询数据库的路由示意图如图 5-73 所示。

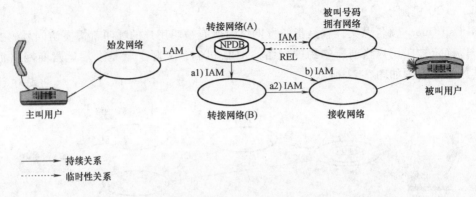

图 5-73 转接网络采用 QoR 机制查询数据库的路由示意图

图 5-73 中的转接网络（包括 A 和 B）是可选的。当存在转接网络 A 时，若转接网络 A 支持 QoR 方式且始发网络未指示支持 QoR 方式，则由转接网络 A 发起 NPDB 查询；否则转接网络 A 将拒绝消息沿原路返回给始发网络，由始发网络发起 NPDB 的查询。

当转接网络 A 或者始发网络和接收网络之间没有直达路由时，将通过其他的网络（见图 5-73 中的转接网络 B）转接完成呼叫接续。

（4）Dropback 机制

Call Dropback 方式下，被叫号码拥有网络保存有携出的号码信息，但不需要参与呼叫的整个过程。用户发起呼叫时，始发网络首先根据用户号码将呼叫路由到号码拥有网络，由号码拥有网络访问 NPDB 获得路由号码后，返回带有 Dropback 指示的拒绝消息，同时在消息中携带路由号码信息。转接网络或始发网络根据路由码将呼叫路由到被叫用户当前签约网络。Dropback 机制下转接网络完成后续路由的路由示意图如图 5-74 所示。Dropback 机制同 QoR 机制的区别在于号码拥有网络返回的拒绝消息中带有用户当前签约网络的路由码。

图 5-74 中的转接网络（包括 A 和 B）是可选的。当存在转接网络 A 时，若转接网络 A 支持 Dropback 机制且始发网络未指示支持 Dropback 机制，则由转接网络 A 完成后续呼叫接续路由，将呼叫接续到接收网络；否则转接网络 A 将拒绝消息沿原路返回给始发网络，由始发网络将呼叫接续到接收网络。

当转接网络 A 或者始发网络和接收网络之间没有直达路由时，将通过其他的网络（见

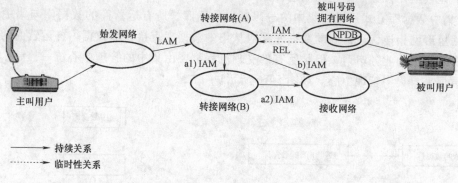

图 5-74　采用 Dropback 机制时由转接网络完成后续路由的路由示意图

图 5-74 中的转接网络 B）转接完成呼叫接续。

从国际上来看，目前 QoR 机制和 Dropback 机制都是基于交换机的信令功能，而且占用了大量的信令中继，目前已经很少有国家采用。对于网间号码携带主要是采用前两种技术方案。对于前两种方案，从查询数据库的运营商网络来看，ACQ 就是发端运营商网络负责查询数据库，而 OR 就是被叫号码拥有网络负责查询数据库的方式。

发端网络查询在始发网络就可以确定被叫用户的真实位置，这种方案的优点主要是避免了路由迂回和兜圈子的问题，避免浪费网络资源。由于发端网络需要对所有被叫号码查询 NPDB 来确定其当前位置，因此如果携带用户比例较高，采用这种方式可以减少信令转接次数和接续时间，效率较高。反之，如果携带用户比例较低，发端网络查询这种方式会引起发端网络对 NPDB 的大量无效查询，因而效率较低。

号码拥有网络查询，需要始发网络首先将呼叫转接至被叫号码拥有网络，然后由被叫号码拥有网络发起查询。如果携带用户的比例很小，这种方式可以减少查询数据库的次数。所以这种解决方案适用于始发网络没有能力对 NPDB 发起查询或者携带用户比例较少的情况。但是号码拥有网络的原交换机也参与到呼叫转接过程，会浪费网络资源，而且不利于竞争。

目前发端网络查询和号码拥有网络查询这两种方式都有国家在使用。

2. 网间号码携带数据库的设置

实施不同运营商网间号码携带之后，用户的 ISDN 号码已经不能表示用户所在的网络，因此网络必须通过访问号码携带数据库（NPDB）来确定用户当前的签约网络。

对于移动运营商网间的号码携带，网间的数据库中需要保存 NP 号码与运营商网络之间的对应关系。

对于固定运营商网间的号码携带，则可以在网间数据库中保存 NP 号码与运营商网络之间的对应关系，也可以保存 NP 号码与新运营商（即新位置）电话号码之间的对应关系。如果固定运营商网间号码携带数据库中只保存了 NP 号码与运营商网络之间的对应关系，则运营商网内的号码携带数据库中，还必须保存 NP 号码与新运营商（即新位置）电话号码之间的对应关系。

号码携带业务网间使用的数据库通常有以下两种设置方式：

1）分散数据库方式：各运营商分别设置号码携带数据库，各运营商的数据库之间通过网状网相连，进行号码携带数据的同步，各运营商分别受理用户的业务申请。运营商之间按照约定，让数据在各数据库之间流通，如图 5-75 所示。

2）集中数据库方式：设置集中的号码携带数据库，所有运营商的数据库与集中数据库之间采用星形网相连，运营商的数据库都应从集中数据库直接获取数据。各运营商的受理中心分别受理用户的业务申请，但是所有的受理流程都要由集中的管理中心统一控制。集中数据库的数据来自集中管理中心。如图 5-76 所示。

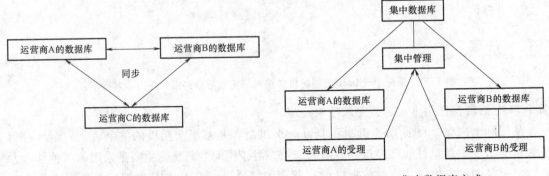

图 5-75　分散数据库方式　　　　　　　图 5-76　集中数据库方式

相对于分散数据库方式来说，集中数据库方式具有星形网天生的优点。首先是维护方便，数据同步和网络维护相对简单；二是数据更新方便，所有的运营商数据库都从集中数据库获取数据；三是扩容方便，如果增加一个运营商节点，集中方式只需增加一条连接，比分散方式更容易实现；四是节省建设成本。另外，建设集中的数据库并进行集中管理，运营商数据库之间没有直接相连，可以避免产生互联互通方面的问题，减少纠纷，清晰责任。这些特点尤其适合用户数目多、网络规模大的网络，例如美国，就是集中数据库方式的一个典型的代表；欧洲目前虽然正在采用分散数据库的方式，但是随着用户数量的增大，也正在逐渐转变为集中数据库的方式。

建立了号码携带数据库之后，无论是集中式还是分散式，迅速地配置 NP 用户的来话路由都非常方便。例如，用户更改运营商之后，只需要在集中数据库中或在分散数据库中做好用户号码与运营商网络的对应关系，通过广播同步的方式将数据加载到各运营商的号码携带数据库中，就可以将该号码的网间路由配置好，而不需要在每个运营商网络中分别修改该用户号码的网间路由。正是号码携带数据库的这个特点，使得号码携带成为应急通信的一个重要的手段。

3. 网间号码携带访问数据库的技术方案

用户号码携带后，用户的 ISDN 号码已经不能表示用户所在的网络，运营商网络需要查询 NPDB 以确定被叫用户当前的签约网络，并根据 NPDB 返回的路由号码进行选路。根据网络访问 NPDB 的技术方式的不同，可以分为智能网方案和信令方案。

（1）智能网方案

利用智能网方式来实现号码携带的方法通常称为"询问—响应"方法，智能网实现方式的关键点是由交换机分析用户所拨的号码，然后去数据库查询路由号码，查询的信令采用智能网的信令消息，当然也可以定义新的信令消息。

对于已经有智能网业务的用户优先触发智能网业务，触发该业务的同时 SCF（Service Control Function，业务控制功能）再去 NPDB 查询。因此对于没有智能网业务的用户，也可以把 NP 业务也看成是一个智能网业务，这样对于所有的 NP 用户的业务都可以触发查询 NPDB。具备 SSF（Service Switch Function，业务交换功能）的交换机，可以直接触发智能网业务；没有 SSF 的交换机，需要将呼叫接续到 SSP（业务交换点）之后，由 SSP 触发智能网查询。

（2）信令方案

信令方案的关键点是在两个信令点（可以是 LS、TM、MSC、HLR、SMSC 等）之间增加一个 SRF（Signaling Relay Function，信令中继功能）的功能实体，由 SRF 在接续业务的过程中，负责查询数据库并获取下一步的路由号码，因此采用信令中继方式可以实现与呼叫相关的号码携带，也可以实现与呼叫无关业务的号码携带。SRF 可以在信令转接点中实现，也可以在单独的物理实体中实现。

无论是智能网方案还是信令方案，都可以采用发端网络去访问数据库，也可以由被叫号码拥有网络去访问。

4. 移动运营商网间号码携带

（1）智能网方案

在智能网的方案中访问数据库的方式可以有以下 3 种：

1）发端网络查询数据库（OqoD）：发端网络接收到呼叫后，直接查询数据库，根据数据库返回路由号码，呼叫被接续到用户新签约网络的 GMSC。

2）号码拥有网络查询数据库（TqoD）：呼叫被路由到被叫号码拥有网络，号码拥有网络的 GMSC 触发查询 NPDB，如果用户发生携带，则号码拥有网络将呼叫接续到用户新签约网络的 GMSC。

3）询问 HLR 的方式（QoHR）：呼叫被路由到被叫号码拥有网络，号码拥有网络的 GMSC 先访问本网的 HLR，如果 HLR 返回拒绝（未知的号码），则号码拥有网络的 GMSC 再查询 NP 数据库，从数据库获得用户的路由号码后将呼叫接续到新签约网络的 GMSC。

上述每一种智能网访问方式中，访问 NPDB 的方式都可以分为 SCF 访问 NPDB 和 MSC/SSF 访问 NPDB 两类。

1）由 SCF 访问 NPDB。将号码携带作为一个智能网业务触发，MSC/SSF 访问 SCF，然后由 SCF 访问 NPDB，如图 5-77 所示。

SCF 在访问 NPDB 后，将向 MSC/SSF 返回路由号码和被叫用户的 ISDN 号码。这种访问方式，原有的 MSC/SSF 不需要改造，只需增加一个智能网业务，但是需要确定 SCF 访问 NPDB 的协议，因此可能会对 SCF 提出新的要求。

2）由 MSC/SSF 直接访问 NPDB（见图 5-78）。这种方式由 SSF 直接访问 NPDB，相当于把 NPDB 看成是一个提供 NP 业务的 SCF，这样可以继续采用 CAP/MAP 的协议。现有网络的 MSC/SSF 均不用改造，只是将号码携带作为一个新增的智能网业务，同时要求 NPDB 支持现有的智能网协议。MSC/SSF 和 NPDB 间也可以采用其他的协议，但是这样 MSC/SSF 需要为支持号码携带而专门改造，因此采用其他协议的可能性不大。

由于短消息中心不具备 SSF，因此智能网方式实现号码携带的主要缺点是不能实现短消息业务的号码携带。如果要解决短消息业务的号码携带，短消息中心还需要进行改造，要求短消息中心具备能够触发智能网业务查询 NPDB 的能力。因此，智能网方案通常只用于呼叫相关业务的号码携带。

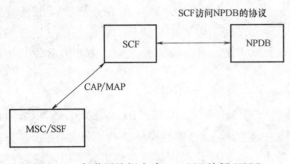

图 5-77 智能网访问方式——SCF 访问 NPDB

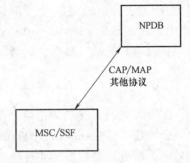

图 5-78 智能网访问方式——MSC/SSF
直接访问 NPDB

（2）信令方案

以电话业务为例，根据电话业务的信令流程，可以在 HLR 与 MSC/GMSC 之间串接具有 NPDB 功能的 STP/SRF 设备。MSC/GMSC 采用 MAP 信令（SRI 请求/LOCREQ 请求）访问 HLR 时，经过 STP 或 SRF 时会触发查询 NPDB。

按照访问数据库的运营商的网络不同，信令方案也可以分为发端网络查询和被叫号码拥有网络查询两种方式。

1）发端网络查询。发端网络查询的优点是在始发网络就可以确定被叫移动用户的签约网络，没有路由迂回和兜圈子的问题。其缺点是对所有呼叫都要通过查询 NPDB 来确定其签约网络，即使被叫 MSISDN 是本网用户也需要查询。如果携带用户比例较高，采用这种方式可以减少信令转接次数和接续时间，因而效率较高。反之，如果携带用户比例较低，这种方式会引起对 NPDB 的大量无效查询，因而效率较低。

以被叫号码为他网拥有的号码为例，发端网络查询数据库的路由示意图如图 5-79 所示。

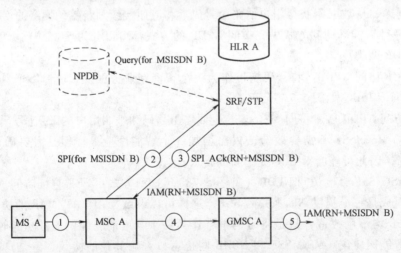

图 5-79 信令方式-电话业务发端网络查询的路由示意图

① 主叫移动用户发起呼叫，被叫移动号码为 MSISDN B。

② MSC A 向 HLR 发出 SRI 消息以获取路由信息，SRI 消息经过 SRF 功能实体。

③ SRF 收到消息后，通过查询 NPDB 分析被叫的 MSISDN 号码，确认该被叫号码已携带到其他运营商网络；对于 SRI 消息，SRF 向 MSC A 返回 SRI_ACK，其中包括用户新签约网

络的路由号 RN 和 MSISDN B。

④ MSC A 向 GMSC A 发送 IAM 消息，被叫号码为 RN + MSISDN B。

⑤ GMSC A 根据 RN 号将呼叫转接到被叫用户新签约的网络。

2）被叫号码拥有网络查询。被叫号码拥有网络发起对 NPDB 的查询，这种解决方案更适用于始发网络没有能力对 NPDB 发起查询的情况，例如始发网络是携带区域以外的网络等。如果携带用户比率很小，这种方式也可以减少查询数据库的次数。

以被叫号码为他网拥有的号码为例，发端网络查询数据库的路由示意图如图 5-80 所示。

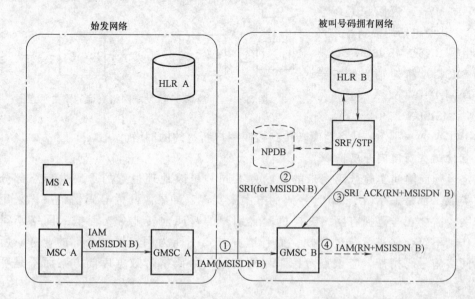

图 5-80　信令方式-电话业务被叫号码拥有网络查询的路由示意图

① 主叫用户从始发网络发起呼叫，呼叫被接续到被叫号码拥有网络的关口局 GMSC B，被叫移动号码为 MSISDN B。

② 当 GMSC B 收到 ISUP IAM 时，向 HLR 发出 SRI 消息以获取路由信息；SRI 消息经过 SRF 功能实体。

③ SRF 收到消息后，通过查询 NPDB 分析被叫号码，确认被叫已经携带出网，对于 SRI 消息，SRF 向 GMSC B 返回 SRI_ACK，其中包括用户新签约网络的路由号 RN 和 MSISDN B。

④ GMSCA 根据 RN 将呼叫转接到被叫当前的签约网络。

同电话业务类似，短消息业务也是利用短消息业务过程中的信令触发查询 NPDB，以获得用户当前签约网络的信息，然后对短消息进行路由。

由于短消息中心访问 HLR 时通常不经过 STP，因此根据短消息业务的信令流程，可以在 SMSC 与 HLR 之间串接具有 NPDB 功能的 SRF 设备，利用 SMSC 访问 HLR 的过程，经过 SRF 设备时查询 NPDB。采用的信令消息为 SRI_for_SM/SMS REQ。根据访问 NPDB 的运营商网络不同，可以采用发端网络查询的方式，也可以采用被叫号码拥有网络查询的方式。

以发端网络查询为例，短消息业务的路由示意图如图 5-81 所示。

① 主叫移动用户发起一条短消息，被叫移动号码为 MS ISDN B；短消息发送到发端网络的短消息中心 SMSC A。

② SMSC A 向 HLR 发出 SRI_for_SM 消息以获取路由信息；SRI_for_SM 消息经过 SRF 功能实体。

③ SRF 收到消息后，通过查询 NPDB 分析被叫的 MSISDN 号码，确认该被叫号码已携带到其他运营商网络。对于 SRI_for_SM 消息，SRF 向 MSC A 返回 SRI_for_SM_ACK，其中包括用户新签约网络的路由号 RN 和 MS ISDN B。

④ SMSC A 将短消息转发给网间互联网关 IWGW A，被叫号码为 RN + MSISDN B。

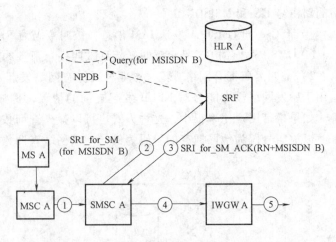

图 5-81　短消息业务-发端网络查询的路由示意图

⑤ IWGW A 根据 RN 号将呼叫转接到被叫用户新签约的网络。

5. 固定运营商网间号码携带

固定运营商网间实施号码携带的技术方案同"更改地理位置的号码携带"部分的实施方案类似，都是采用两个 ISDN 号码的方案来实现。如果像网内号码携带一样采用呼叫前转方案，需要在号码拥有网络交换机配置用户的呼叫前转业务，而携入网络不需要做相关工作，不符合促进竞争的常规，而且这种方式不能为用户提供全部的业务。所以如果是网间实施号码携带，应重点考虑采用查询网间号码携带数据库的方案而不是呼叫前转的方案。

按照访问数据库的方式，也可以有智能网和信令两种方案。

（1）智能网方案

根据 NPDB 存储的内容不同，NP 业务的来话也可分为一次查询和两次查询两种方式。根据查询数据库的运营商网络不同，也可以分为发端运营商网络查询和被叫号码拥有网络查询。

如果数据库中保存了用户原有号码与新运营商网络中的号码的对应关系，同网内更改地理位置的号码携带一样，查询一次数据库就可以进行来话的呼叫接续。

以被叫号码拥有网络查询数据库，且原交换机不具备 SSF 为例，一次查询的来话路由示意图如图 5-82 所示。

1）NP 用户在号码拥有网络的交换机登记 NP 业务。

2）当有用户呼叫该 NP 号码时，呼叫被首先接续到号码拥有网络的交换机；终端交换机发现该用户为 NP 用户，将呼叫接续到本网内的 SSP。

3）SSP 发起智能网呼叫，到 NPDB 查询被叫用户真正的位置；NPDB 给出 NP 用户的真正的位置。

4）SSP 将呼叫接续到其他运营商网络中的被叫用户真正的位置。

如果数据库中只保存了用户原有号码与新运营商的对应关系，那么只能把呼叫接续到携入运营商网络，并通过相关信息指示这是一个携入用户；新运营商根据携入指示再次查询本网内的 NPDB，才能最终确定用户的当前位置并进行来话接续。

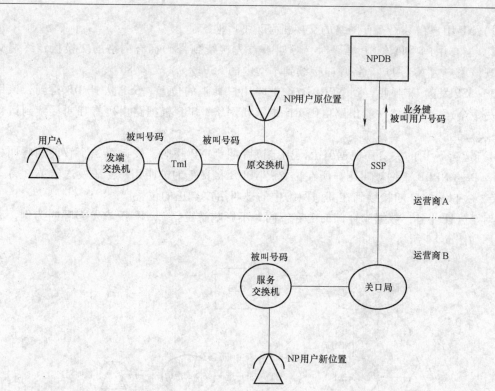

图 5-82　网间固定号码携带-智能网方案一次查询数据库

以被叫号码拥有网络查询数据库，且原交换机不具备 SSP 功能为例，二次查询的来话路由示意图如图 5-83 所示。

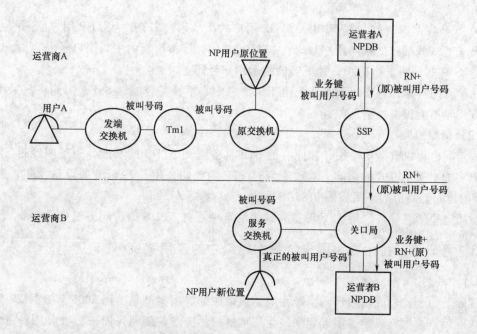

图 5-83　网间固定号码携带-智能网方案两次查询数据库

1）NP 用户在号码拥有网络的交换机登记 NP 业务。

2）当有用户呼叫该 NP 号码时，呼叫被首先接续到号码拥有网络的交换机；终端交换机发现该用户为 NP 用户，将呼叫接续到本网内的 SSP。

3）SSP 发起 IN 呼叫，到 NPDB 查询被叫用户真正的位置；SSP 从 NPDB 得到，该用户移到另一个运营商网络并给出路由码 RN 指示新网络；SSP 根据路由码将呼叫接续到运营者 B 的关口局。

4）运营者 B 的关口局根据路由码判定该呼叫为 NP 呼叫，发起第二个智能网呼叫，到运营者 B 的 NPDB 查询被叫用户所在位置；NPDB 将真正的被叫用户号码发送给关口局。

5）关口局将呼叫接续到在其他网络中的被叫用户真正的位置。

对于去话业务，数据库存储的内容不同并不影响选路。以 NP 用户发起呼叫为例，路由示意图如图 5-84 所示。

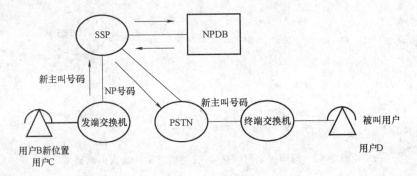

图 5-84　NP 用户发起呼叫

1）NP 用户 B 在新位置的交换机登记 NP 去话业务；NP 用户发起呼叫时，发端交换机将呼叫接续到 SSP。

2）SSP 发起 IN 呼叫到 NPDB 查询 NP 用户的原号码；NPDB 给出 NP 用户原来的主叫用户号码（对一些特殊的被叫用户号码，如 110，119，等指给新的主叫用户号码）。

3）SSP 对呼叫进行接续，并正确的指示用户号码。

同移动网一样，对于短消息业务由于短消息中心不具备智能网 SSF，因此在只采用智能网的方式时不能提供短消息业务。

（2）信令方案

固定网也可以改造信令网，使原有的 STP 具备查询 NPDB 的功能。当呼叫经过 STP 时，由 STP 完成对于 NPDB 的访问。对没有经过 STP 的呼叫，用具有 SRF 的设备承担，完成对 NPDB 的访问。路由示意图如图 5-85 所示。

对固定短消息业务，用 SRF 设备完成短消息中心对 NPDB 的访问实现号码携带。

5.7.3　号码携带技术在美国卡特里娜飓风中的应用案例

5.7.3.1　概述

国际上一个比较成功的号码携带在应急通信中的应用案例是美国 2005 年 8 月 29 日的卡特里娜飓风。这次灾难是美国近年来最为严重的自然灾难，随飓风而来的洪水几乎完全淹没了美国城市新奥尔良，上千人死亡，数十万人流离失所，造成的经济损失达到创纪录的上千

亿美元。在飓风肆虐之前，FCC 就成
立了特别工作组，采取多项行动与措
施，保障灾时的应急通信，帮助受灾
地区尽快恢复业务。FCC（Federal
Communication Commision，联邦通信
委员会）要求：临时放宽受飓风影响
的路易斯安那州、密西西比州、阿拉
巴马州 3 个州的号码政策，临时允许

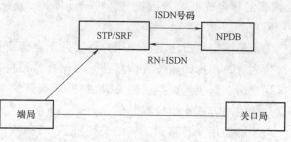

图 5-85　通过 STP 完成对 NPDB 的访问

号码跨计费区以及跨 LATA（Local Ac-
cess Transport Area），本地访问和传输区域）携带；临时放宽号码携带的政策，允许为用户
提供基于地理位置和服务的号码携带。

　　而按照 FCC 原来的规定，主要是考虑到计费的问题，美国只提供运营商之间的号码携
带，而不提供基于地理位置和业务的号码携带；同时只能开放本地范围内同一个计费区之内
的号码携带。新政策适用于 2005 年 8 月 27 到 11 月 27 日之间 90 天之内，允许运营商临时
将用户号码从受影响区域携带到其他位置，而不需要考虑号码携带不允许跨计费区以及跨
LATA 的限制。对于 NPAC（Number Portability Administration Center，号码携带管理中心）来
说，也需要修改原有的控制策略，不能限制跨计费区和跨 LATA 的号码携带业务的申请。

　　飓风过后，在 FCC 和各运营商的努力下，跨 LATA 共携带了大约 2000 个电话号码，另
外还有大约 300 个汇聚号码块（即 300 000 个电话号码）使用号码汇聚的方式移动到其他
LATA，除去汇聚号码块中空闲的号码，跨 LATA 的号码携带和号码汇聚总计使大约 25 万用
户受益。另外，RBOC（Regional Bell Operation Company，地方贝尔运营公司）也使用智能
网方案（详见 5.7.4.1 节）为大约 600 个电话号码提供了临时性的通信业务。

　　卡特里娜飓风过后，美国 FCC 采用的号码携带的政策，确实产生了很好的效果，保障
了绝大部分用户的基本通信需求。事实证明，号码携带是灾后快速恢复通信服务的一种可行
的方法。但是，我们也需要正确认识到，在灾后相关设施遭到破坏的情况下，号码携带也只
能为用户提供有限的基本业务。相关运营商需要了解其所能提供的服务，以及这种服务会带
来哪些影响；相关用户需要了解其所能享受的通信服务并能够理解服务中可能出现的各种
问题。

　　下面将介绍美国采用的号码携带技术方案，并分析这种方案可能产生的影响。

5.7.3.2　采用的技术方案

　　卡特里娜飓风导致美国 3 个州超过 300 万线的电话无法工作，38 个 911 呼叫中心瘫痪，
超过 1000 个移动基站中断，相关无线交换中心也遭到破坏。飓风之后，各运营公司采取了
各种恢复措施，例如移动基站等，同时利用油机、发电机夜以继日的工作，尽量恢复受灾地
区的物理通信网络。各运营商首先修复传输线路和交换机，以及被破坏的移动基站。可能的
情况下，还要尽量修复固定用户的用户线等设施。

　　通信网络部分恢复之后，各运营商就可以采用更改地理位置的号码携带技术和号码汇聚
（Number Pooling）的分配技术迅速地将用户从受飓风影响而已经瘫痪的交换机下转移到其他
地方正常工作的交换机下。由于 NPAC 按照原来的控制策略，禁止跨 LATA 的号码携带申
请。因此 FCC 颁布了新的号码携带政策之后，首先需要修改 NPAC 的控制策略，并为跨 LA-

TA 携带的号码或汇聚号码块（Pooling Block）分配 LRN（Location Routing Number，位置路由号码）。

无论是固定用户还是移动用户，实际上运营商提供的都是基于地理位置的号码携带。号码携带之后，用户的新位置信息都是存储在号码携带数据库中，网络通过查询数据库的方式获得用户所在新位置交换机的 LRN 并进行选路。如前文所述，查询号码携带数据库的方式可以是智能网方式，也可以是信令方式。

对于移动用户转移到工作的交换机下，只要用户处于基站的服务范围内，都可以在服务允许的范围内接续去话和来话。

对于固定用户转移到工作的交换机下，由于携入交换机没有此用户对应的用户线，因此只能采用呼叫前转的方式接续来话，例如将呼叫前转到其他号码或者前转到指定的语音信箱中；对于去话业务，固定用户只能采用新号码发起。

因此对于移动用户来说，将号码携带到其他地方的交换机下，带来的优点比固定用户要大。

由于携入交换机的位置（同一个计费区内、同一个 LATA 内不同计费区之间、不同 LATA 之间）不同，会对用户的通信业务以及网络带来不同程度的影响。尤其是跨 LATA 的号码携带，可能会为计费和选路带来很多麻烦。

5.7.3.3 携入交换机的位置对业务产生的影响

根据飓风对网络影响程度的不同，携入交换机的位置也有所不同。飓风中实施的号码携带有的是同一个计费区内，有的是同一个 LATA 内不同计费区之间，有的是不同 LATA 之间。

对于在同一个计费区内部的号码携带，同现行的号码携带政策是一样的。无论是呼叫路由还是计费都没有什么影响。但是大规模的号码携带可能会使携入交换机的中继群过负荷而导致呼叫失败。

对于将号码携带到同一个 LATA 内但是不同计费区的情况，对来话的计费会有影响。虽然查询 NPDB 后，获得被叫用户的本地路由码是一样的，呼叫能够被路由到新的交换机下，但是来话的计费会被认为是跨计费区的呼叫。运营商需要筛检话单，不能因为号码携带而影响对用户的计费。同样，大规模的号码携带也有可能因为携入交换机的中继群过负荷而导致呼叫失败。

以上在同一个计费区内以及同一个 LATA 内的号码携带业务，NPAC 还遇到了一个困难，就是如何区分这次携带是用户正常的号码携带还是由于飓风影响而发起的号码携带。

对于跨 LATA 的号码携带，对呼叫路由的选择和用户的计费都有影响。详见 5.7.3.4 节。

5.7.3.4 跨 LATA 实施号码携带的效果

跨 LATA 实施号码携带的效果与用户类型有关。总的来说，移动用户受益大于固定用户，但是，无论哪种情况，跨 LATA 携带号码也都不能恢复用户的全部业务。

1. 移动用户

美国的移动用户和固定用户的编号方式是一样的，都是采用"区号 + 局号 + 本地号码"的结构。除了 HLR 之后，每个移动用户还有一个归属交换机，对于该移动用户的来话，呼叫首先被接续到归属交换机，由归属交换机查询 HLR 确定用户的当前位置。因此，用户的来去话能否正常接续，与 HLR 和归属交换机都有关系。

如果用户的归属交换机被破坏但是 HLR 正常工作，那么用户的呼出业务不会受到影响，只要在基站的工作范围内，用户都可以作为一个漫游用户呼出，但是用户的来话由于要经过归属交换机进行路由，因此来话可能无法接续。

如果用户归属的 HLR 故障，由于用户无法进行注册，那么呼入和呼出业务都无法完成，但是用户在基站工作的范围内都可以呼叫紧急号码 911。

所以美国 FCC 采用了新的号码携带政策，让用户号码可以携带到其他位置正常工作的交换机下，就可以使用户完成呼出业务和部分呼入业务。用户可以由新位置的交换机服务，也可以在其他位置作为一个漫游用户注册。对该携带用户的来话都可以通过新的交换机完成路由接续。

将用户号码跨 LATA 进行迁移，大多数来话都可以接续完成。但是由于 RBOC 不能跨 LATA 承载业务，因此以下两种情况的来话可能会失败：

1）来自受影响区域的 RBOC 交换机服务的固定电话的呼叫有可能无法完成。RBOC 交换机服务的固定电话呼叫这些携带的号码，看起来是本地呼叫，但是交换机查询数据库之后将返回一个其他 LATA 的路由码。RBOC 的交换机收到这种呼叫通常会将此呼叫释放，或者将呼叫转发到一个 IXC（Inter-exchange Carrier，转接运营商）。

2）来自未受影响 LATA 用户的呼叫，也有可能无法完成。如果呼叫通过发起侧运营商或者 IXC 进行 $N-1$ 查询，则呼叫能够正确路由到新的交换机下；如果来话默认路由到受影响 LATA 内的 RBOC 汇接局，汇接局查询数据库后将返回一个其他 LATA 的路由码，则本次呼叫也可能会失败或被转发到 IXC。

飓风过后，由于 RBOC 的这个问题，引发了许多用户投诉。RBOC 以及其他跨 LATA 携带的运营商都遭到了投诉。

这种方案还有一些其他的影响，需要引起注意：

1）即使 RBOC 查询数据库后获得其他 LATA 的路由号码，将呼叫路由到 IXC 使通话能够被接续，但是原本应该按照本地通话进行计费，由于经过 IXC 转接，也可能引起计费混乱以及结算混乱的情况。

2）RBOC 的交换机查询数据库后，获得其他 LATA 的 LRN，可能会将此呼叫释放。按照 RBOC 的交换机设计，这种情况的呼叫释放认为属于交换机的错误并且交换机会记录这类失败，当这类失败的数量超过交换机的极限时，交换机可能会认为系统内部出现故障而停止某些模块的服务。

3）各交换机之间的中继线路都是按照预计的负载量进行设置的，由于携入大量电话号码，而导致中继群无法处理突发的大负荷，因此很多用户在呼叫时都会收到"所有线路忙"的指示。

4）跨 LATA 进行移动号码携带后，虽然用户呼叫紧急号码 911 没有问题。然而，由于 RBOC 不支持跨 LATA 接续呼叫，因此紧急呼叫无法实现回呼。

2. 固定用户

跨 LATA 携带固定电话号码并没有移动电话号码那么多的优势。因为即使将号码移动到正常的交换机下，由于没有用户线等相关设施，用户的来去话都无法进行。然而，当这个号码移动到正常交换机下，至少可以使用呼叫前转方式将呼叫转发到其他一个没有受灾的用户号码，或前转到语音信箱系统中，接续部分来话。但是去话只能使用其他号码来完成。

同移动用户一样，固定电话跨 LATA 号码携带，即使采用呼叫前转方式接续来话，但由于 RBOC 不能跨 LATA 承载业务，因此以下两种情况的来话也可能会失败：

1）来自受影响 LATA 的 RBOC 客户的呼叫；

2）来自未受影响 LATA 的用户的呼叫，但是默认路由到受影响区域的 RBOC。

同移动用户一样，跨 LATA 携带大量的号码，也有如下问题：

1）RBOC 查询数据库后获得其他 LATA 的路由号码，如果将呼叫路由到 IXC 使通话能够被接续，可能引起计费混乱以及结算混乱的情况。

2）携入网络中继群可能负荷过重，使许多用户的呼叫得到"所有线路忙"的指示。

3）RBOC 拒绝跨 LATA 的呼叫，交换机可能会指示内部错误，导致超过门限值后，一些交换机会使部分模块退出服务。

5.7.3.5 小结

通过这次飓风中的经验，FCC 和运营商认真总结了相关经验和教训，用于指导将来可能发生的应急通信的情况。FCC 要求相关运营商必须了解以下内容并在实施时使相关方了解可能产生的后果。

1）本次飓风的应急通信经验证明，将受灾的号码携带到正常工作的交换机下，即使跨 LATA 携带号码，也是一个快速恢复服务的可行的方法。然而，相关运营商应该了解这种方案所带来的相关后果，由于无法为用户恢复全部的服务，应提前使用户了解这一情况。

2）由于美国电信运营体制调整的要求，例如 RBOC 不支持跨 LATA 的呼叫，相关交换机的设计也必须符合这些限制的要求，因此来自受影响区域 RBOC 用户的呼叫将会失败或被路由到 IXC。

3）如果呼叫路由到 IXC，将产生收取长途费的本地电话，这会引起账单混乱和结算纠纷。

4）由于来自 RBOC 的呼叫不能完成，可能会引起大量的客户投诉。

5）迁移大量的电话号码到另一个位置，携入网络的中继会出现大量负荷的情况。中继容量不足，会导致呼损。

6）必须准确地保存相关迁移记录。受灾地区的通信网络恢复之后，临时转出的号码必须按记录移回原 LATA 和原计费中心的交换机下。因为不在原 LATA 的用户号码，如前文所分析，对用户会有不同程度的服务降质。只有恢复到原 LATA，才可为用户恢复全部服务。

7）NPAC 放宽"禁止跨 LATA 携带"的限制之后，潜在的可能存在一种问题：与应急通信没有关系的号码，也有可能被携带到其他 LATA。

以上这些经验和总结，也可以作为我国将来实施应急通信时的参考。虽然我国不存在 RBOC 的问题，但是关于计费方面可能带来的混乱、为固定用户所提供的降质服务、可能引发的用户投诉、携入网络中继的负荷等方面，都对我国有着很好的参考意义。

5.7.4 应急通信可采用的其他号码携带相关的方案

除了美国卡特里娜飓风中号码携带的实施经验之外，还可以有其他方式可以用于灾后的应急通信。虽然每种方案都有优缺点，但是同卡特里娜飓风中采用的方案一样，如果需要跨本地网进行号码携带，不可避免地都会出现计费和结算方面的问题，需要政府和运营商共同解决。另外，如果大规模的实施号码携带，携入地区或携入网络的业务会急剧上升，因此现有中继和交换机的能力可能无法承受骤增的负荷而导致呼叫失败。因此下面的各种方案就不再分析这两方面问题，只是从技术角度和实施难度两方面进行考虑。

5.7.4.1　智能网方案

智能网方案是指对于用户的来话，利用智能网功能触发查询 SCP 后，将来话呼叫重定向到其他号码。与美国卡特里娜飓风灾难中采用的方案不同的是，这种方案不需要将用户迁移到其他交换机下。

值得注意的是，这种方案同采用智能网方式查询号码携带数据库不同，它类似于采用无条件前转方式实现移机留号的号码携带的情况，区别在于无条件前转方式利用交换机的呼叫前转功能进行选路，而本方案利用网络中的原有的智能网功能进行选路。呼叫前转方案和本方案都不依赖于号码携带数据库进行选路。

本方案的具体实施方法如下：

对于受影响用户的来话，可在具有 SSF 的交换机中预置触发机制，同时在 SCP 中设置该用户的重定向业务逻辑，可以将来话重定向到一个其他的位置。当交换机收到来话，SSP 访问 SCP 后，获取路由和计费指示之后再继续处理该呼叫。利用智能网功能可以将来话呼叫重定向到任意一个其他的位置或其他的用户号码。

美国在"9·11"恐怖袭击期间，就是采用智能网的这种方案，将受影响的曼哈顿地区用户的来话，全部重定向到其他未被影响的地区。

智能网方案的一个好处就是在 SCP 中可以预先设置好业务逻辑，在交换机中也设置好触发查询的机制。当应急通信时，立即激活该用户的重定向业务逻辑；平常，该业务逻辑并不被激活。用户和运营商都可以对该业务逻辑进行管理。这种方案实施起来非常方便，但是这种方案的前提是交换机需要具备 SSF。

下面举例说明一个最简单的应用智能网方案的场景：

如果某交换机仍然正常运行且该交换机具备 SSF，该交换机服务的部分用户的业务受到影响。在这种情况下，只需要在该交换机设置一个触发查询 SCP 的机制。对于受影响用户的来话，查询 SCP 后，返回的路由指示会将呼叫重定向到其他号码，新号码可以是该交换机服务的号码，也可以是其他位置的交换机下的号码，甚至还可以是其他本地网的电话号码。这种情况下，对于主叫用户的计费不会受到影响，但是同呼叫前转一样，呼叫重定向后的位置如果是跨本地网的号码，原被叫号码将被收取长途费。

另外一个稍为复杂的应用智能网方案的场景，更适用于卡特里娜飓风灾区的情况。例如某交换机遭到破坏无法运行，在这种情况下，运营商可以在始发网络的端局交换机或者受损交换机所在地的汇接局设置智能网触发，对于该受损交换机下的所有用户的来话，都触发查询 SCP 并进行重定向。同前一种情况类似，呼叫可以被重定向到其他交换机的号码，也可以被重定向到其他本地网的号码。同前一个例子不同的是，查询 SCP 以及执行呼叫重定向的交换机可以由发端网络的端局或汇接局负责完成，而不依赖于原交换机是否正常运行。

对于受影响地区之外的来话，应该在受影响地区的汇接局负责完成智能网触发然后进行呼叫重定向。

5.7.4.2　呼叫前转方案

如果用户的客户端设备遭到破坏，例如基站遭到破坏、用户线遭到破坏，但是该用户的交换机仍然工作，则可以采用呼叫前转的方式将来话接续到其他位置的一个号码或到一个移动电话号码。

如果服务用户的原交换机（或 HLR）瘫痪，但是在该本地网有另外一个正常运行的交换机（或 HLR），那么该号码可以被携带到其他正常运行的交换机（或 HLR）下并由此交换机（或 HLR）完成呼叫前转。这种方案实际上就是美国卡特里娜飓风中对于固定用户采用的方案。实际上移动用户也可以采用这种方案。

对于移动用户，这种方案适合于用户所在区域没有基站的服务，则只能采用呼叫前转方案，将到该用户的所有来话接续到其他电话号码或者语音信箱中。

本节的呼叫前转方案同 5.7.4.1 节的智能网方案实施效果类似，所不同的是如果为用户服务的交换机故障，智能网方案不需要将原用户迁移到其他交换机下，而本方案需要首先将用户号码携带到新的交换机下才能触发呼叫前转业务。

5.7.4.3 局号更改地理位置

对于固定用户来说，如果某局号所在交换机的全部服务都瘫痪了，恢复工作可能会持续很长时间。采用更改地理位置的号码携带方式，可以将整个局号迁移到其他交换机下工作。对于美国的移动用户，由于也是采用局号的编号方式，也可以采用这种更改地理位置的号码携带方式。

临时性的更改地理位置，例如灾后还要恢复原来位置，为实施方便起见，可以直接采用两个电话号码的方案（见 5.7.2.1 节）。

永久性地更改地理位置，而且必须是变更整个交换机局号下的所有用户号码，则需要通知所有相关运营商网络，将整个局号迁移到附近的交换机并且不占用新交换机下原有的局号。变更地理位置之后，所有来自其他交换机的呼叫路由都要随之变化。这种情况下除了需要调整相关的中继、端子之外，还需要恢复相关的用户线设施。实施难度很大，所以通常不建议采用这种方式。

5.7.5 我国号码携带在应急通信中的应用建议

号码携带在美国的应急通信中发挥了重要作用，主要是集中数据库能够迅速地把用户号码携带后的路由数据下发到其他运营商网络中，使来话可以快速的接续。

美国采用的是 LRN 结构。美国为每个交换机都分配了一个惟一的 10 位数的 LRN，其中 LRN 的前 6 位数用于确定这一交换机的位置。每个用户的电话号码在数据库中都和一个 LRN 相对应。因此，在应急通信时，如果出现大规模搬迁用户号码到其他交换机下的情况，采用号码携带的集中数据库，可以迅速地完成网间路由配置。如果没有集中数据库的情况下，用户号码搬迁之后，其他运营商的所有网络都需要重新配置该号码的路由，使呼叫能够被接续到新交换机下。采用集中数据库之后，用户号码搬迁之后，只需要在集中数据库中重新配置该用户号码与 LRN 的对应关系，就可以采用集中数据库的广播功能使新的路由数据迅速加载到各运营商的网络当中，在灾后迅速恢复通信的方面，起到了至关重要的作用。

但是由于我国电信网的编号与美国不同，其中固定网采用区号＋局号的方式，而移动网采用网号的方式，而我国的各运营商都可以同时经营本地业务和长途业务，考虑到结算后的利益最大化，各运营商之间都采用了远端入网话路接通方式，因此在我国实现号码携带，并不需要将用户号码与交换机对应，只需要将用户号码与运营商网络对应。所以对于用户搬迁到其他交换机的这种情况，只要不涉及网间的搬迁，集中数据库的迅速加载路由数据的作用是无法显现的。但是我国固定网的编号以及选路方式与美国类似，因此对于固定运营商，如果运营商网内可以开展更改地理位置的号码携带业务，也可以参考美国的这种方案，将用户号码搬迁到本网内其他交换机下，并且利用网内的号码携带数据库进行选路。运营商网内建设的号码携带数据库，可以关联用户的新旧号码之间的关系，号码携带后，只需要变更运营商网内数据库中的对应关系，便可以快速地恢复通信。

综上所述，根据灾难对通信网络造成的影响以及应急通信期望恢复的业务，号码携带在我国应急通信中可以有以下几种应用。

1. 固定用户网内更改地理位置的号码携带

如果固定用户的用户侧设备（例如用户线）遭到破坏，但是用户端局没有受到影响，可以在端局中利用呼叫前转的方法在其他位置的电话号码或移动号码上接听来话，但是对于去话，只能采用其他号码发起呼叫。这种方案通常只是应急通信的一个临时阶段，通信网络及相关设施恢复之后，用户就可以取消呼叫前转，实施起来非常方便。但是采用这种方案同卡塔里娜飓风的情况类似，如果需要跨本地网实施呼叫前转，需要解决用户的计费问题。

如果用户端局受到影响，并且该运营商网内支持更改地理位置的号码携带，则首先需要利用号码携带技术，将用户号码迁移到一个可以正常工作的交换机下，在号码携带数据库中需要增加该用户号码与新位置号码的对应关系，到用户新位置的来话路由可以快速地下发到整个网络中。如果新位置的用户侧设施正常并且用户愿意搬到新位置，就可以在新位置继续使用原号码。如果新位置也没有相应的用户侧设施，或者用户不愿意搬到新位置，那么只能采用呼叫前转的方式使用其他移动电话号码接听来话，并且使用其他电话号码发起去话。这里使用的号码携带技术，可以是智能网方式也可以是信令方式。

如果用户端局受到影响，并且该运营商网内不支持更改地理位置的号码携带，那么只能将用户号码（整个局号）迁移到一个可以正常工作的交换机下，并且在本网内相关交换局重新配置该局号的路由数据，这种方式的工作量很大，因此通常作为永久性恢复业务的一个手段，而不是应急通信时采用的临时性方案。

2. 固定用户网间更改地理位置的号码携带

如果用户端局受到影响，并且运营商网内不支持更改地理位置的号码携带但是网间支持固定网的号码携带，我们可以通过网间固定网号码携带的技术，将用户号码迁移到一个正常工作的交换机下。号码携带集中数据库中需要增加该用户号码与新运营商网络或新位置号码的对应关系，利用号码携带的集中数据库，可以迅速地完成网间的路由配置。

3. 移动运营商网内的号码搬迁

对于移动用户，呼叫不依赖于归属交换机，因此只需要保证用户归属的 HLR 正常运行即可。如果 HLR 遭到破坏，需要将用户号码搬迁到其他 HLR 中，但是同时需要在本网内相关设备中配置该用户的 HLR 数据，而且需要考虑新 HLR 中用户容量的限制。这种变更 HLR 的情况，并不属于号码携带的范畴。

4. 移动运营商网间的号码携带

如果灾难只对个别运营商的通信网络的无线侧造成影响，例如基站遭到破坏，并且短期内无法恢复，但是其他运营商的基站还可以正常运行。这种情况下，可以将受影响的用户全部携带到其他运营商网络中。毫无疑问，这种情况下采用号码携带恢复业务是最迅速的一种手段而且也是号码携带在应急通信中所能发挥的最重要的作用。但是灾难发生时，通常是区域性的，因此不会只影响到个别运营商，所以这种情况还是比较少见的。

5. 采用发端网络查询的方式实现不同运营商网间的号码携带

发端网络查询，除了减少路由迂回和兜圈子之外，在应急通信方面也比被叫号码拥有网络查询有一定的优势。例如，发端网络的 NPDB 或者访问 NPDB 的线路故障，可以允许发端网络将呼叫接续到被叫号码拥有网络，或者将呼叫接续到第三方转接网络，由号码拥有网络或第三方转接网络负责查询数据库。

6. 智能网方式将来话重定向

如果网络具备智能网功能，并且用户侧设备（用户线、基站等）不能正常运行，则还可以采用5.7.4节所介绍的智能网方案，利用智能网触发查询 SCP 的功能，将来话重定向到其他一个可用的号码。

无论采取哪种方案，我国在应急通信中采用号码携带手段时，需要注意会存在以下几方面问题：

1) 对于固定用户的号码携带，号码携带数据库只能解决网络侧路由数据的配置。如果用户线等设施遭到破坏，对于该用户的来话业务只能采用呼叫前转的方式或者智能网进行呼叫重定向；但是对于该用户的去话业务，不能使用原号码。

2) 如果涉及到跨本地网的号码携带，运营商都需要解决计费和结算的问题，号码携带区域限制的管理政策也应随之变化。

3) 无论哪种技术方案，都要注意到随着大量用户号码的搬迁，需要考虑携入网络的负荷能力。用户可能会遇到"线路忙"的情况，应提前通知用户，以免引起大量的用户投诉。

根据分析我们发现，号码携带技术可以作为快速恢复业务的一种应急通信手段，但是在实际应用过程中我们应吸取美国相关的经验和教训。我国在具体实施的时候，应根据网络受影响的情况，根据期望达到的效果，选取不同的方案。但是无论采用哪种方案，所有可能产生的使服务降质的后果，都应该提前通知用户，使用户理解可能发生的后果。

5.8 P2P SIP 在应急通信中的应用探讨

5.8.1 P2P 技术

传统的各种应用都是基于客户端/服务器的模式（见图 5-86），服务器需要管理客户端的请求和各种资源，因此服务器的带宽和处理能力成为该种模型的服务瓶颈。

对等网络 P2P 以一种全新的理念影响着现有的互联网及通信技术，颠覆了以客户端/服务器为主的传统的网络服务模式，P2P 网络强调的是对等的概念，也就是说，网络中每个节点的地位都是相等的，既可以作为服务器，为网络中的其他节点提供服务，同时，也可以作为客户端，接受来自其他服务节点的服务。如图 5-87 所示。

P2P 网络是一种分布式网络，其中的节点需要共享自己的部分资源（资源根据网络和应用的需要可以是处理能力、存储能力、信息等），节点在网络中可以与其他节点直接建立连接获取其他节点的资源，同时，其他节点也可以与该节点建立连接，获取该节点上的资源。那么 P2P 网络中的节点如何知道资源所在呢？P2P 网络中主要有 3 种资源定位方式。

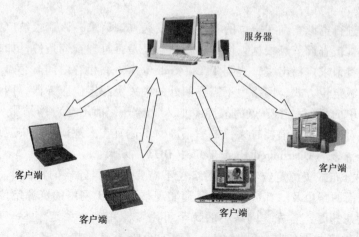

图 5-86　传统的客户端/服务器网络服务模型

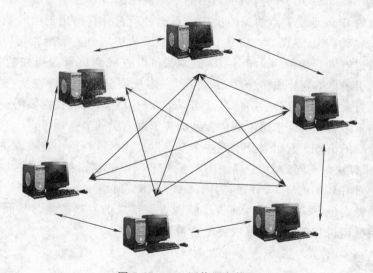

图 5-87　P2P 网络服务模型

1. 集中索引

此种机制下，网络中的节点会将自身的资源情况注册到一个或多个负责记录共享资源的索引信息的中央服务器，节点在查找资源时首先要访问中央服务器进行所需资源的定位，然后直接与目标节点直接建立数据连接，数据交互并不通过中央服务器。

应用此种资源定位方式，网络中需要部署处理资源定位信息中的服务器一台或多台，中央服务器只负责资源的查找定位，并不参与到真正的数据交互流程，数据交互存在于节点和节点之间，避免了传统的客户端/服务器服务模式中，由于中央服务器流量及处理能力限制造成的服务能力瓶颈问题，但由于仍需要部署中央服务器，仍存在不可避免的缺陷：容易遭受网络攻击而出现单点故障，可靠性和安全性较低。

2. 广播方式

此种机制下，资源的查询和定位主要依靠节点之间的广播进行，不需要资源定位服务器的参与，节点之间完全是平等的。可以通过 TTL（Time To Live）的减值来控制搜索消息的传输。

当一个节点进行资源查询和定位的时候，将发送查询请求，该请求被广播到所有本地节点列表中的节点，被查询节点根据查询请求判断自己是否符合查询条件，如果符合将返回响应，否则将继续将请求广播出去，直到 TTL（Time to Live，生存时间）值减少到 0。

应用这种资源定位方式，网络中不需要额外的中央资源定位服务器，网络的扩展性和容错性较好，网络中的任何一个节点的故障、加入、离开，都不会对网络服务带来较大的影响。但广播方式对网络资源消耗较大，效率不高，不适宜在大规模网络中应用。

3. 分布式哈希表（Distributed Hash Table，DHT）方式

DHT 是一种分布式资源定位方法。网络在不需要中央服务器的情况下，由每个节点负责维护一个小范围的路由及一部分资源，从而实现整个 DHT 网络的资源定位和共享。

DHT 的主要思想是：首先，网络中的每个可用资源用一个关键字 Key 来表示，这个关键字可以是文件名或文件的其他描述信息，取一个哈希函数将关键字转换成哈希值 Hash（Key）可以称为 Resource-ID，同时为网络中的存储资源的节点分配一个 Node-ID，Node-ID 可以是根据节点的 IP 地址或节点的其他描述信息通过哈希计算得出的哈希值，资源索引被表示成（Resource-ID，Node-ID）二元组，所有的资源索引（即二元组）可以形成一张资源索引哈希表，通过输入资源的 Resource-ID 值，就可以查找到该资源所在的位置 Node-ID。这样一张大的索引表将被划分成多个小表，按照一定规则分布的存储在所有 P2P 网络节点中，每个节点都需要维护一部分索引信息。当一个客户节点需要查找需要的资源信息时，网络根据哈希路由策略将查询请求路由到负责维护该资源索引的节点即可。

如何将拆分后的小资源索引表分配到各个节点以及如何进行路由查找取决于具体的 P2P 网络使用的 DHT 算法。不同的 DHT 算法决定了 P2P 网络的逻辑拓扑，比如 CAN 就是一个 N 维矢量空间，而 CHORD 是一个环形拓扑，TAPESTRY 则是一个网状的拓扑。

应用这种资源定位方式，有效地减少了资源查询请求的发送数量，从而增强了 P2P 网络的扩展性。资源定位和查询的效率取决于哈希算法。

5.8.2 SIP 技术

SIP 是由 IETF 于 1999 年提出的，是目前被广泛应用的 VoIP 控制信令协议之一，是承载在 IP 上的一个应用层的呼叫控制信令协议，用于创建、修改和释放一个或多个参与者的会话。是 NGN 中语音信息传输的主要形式。

SIP 会话过程中，主要会涉及到 4 个逻辑功能实体：SIP 用户代理、SIP 注册服务器、SIP 代理服务器和 SIP 重定向服务器。

（1）SIP 用户代理

用户代理是一个逻辑功能实体，当产生请求时作为 UAC（User Agent Client，用户代理客户端），接收请求消息并进行处理产生响应时作为 UAS（User Agent Server，用户代理服务器）。

用户代理的功能一般是在终端用户设备上实现，如，支持 SIP 会话的电话终端、PC、PDA 等，可作为呼叫的发起实体，也可以作为呼叫的响应实体。

（2）SIP 注册服务器

注册服务器是一个逻辑功能实体，会为特定的区域创建绑定信息，即将一个地址记录

URI 与一个或多个地址相关联。

（3）SIP 代理服务器

中间实体，它本身既作为客户端也作为服务器，为其他客户端提供请求的转发服务。一个代理服务器首先提供的是路由服务，也就是说保证请求被发到更加"靠近"目标用户的地方。

（4）SIP 重定向服务器

重定向服务器用响应消息将某一请求的路由信息返回给客户端，从而起到了帮助选路的功能。当请求的发起者收到重定向响应后，它将基于收到的 URI 发送新的请求。

1. SIP 消息

SIP 是采用 UTF-8 字符集来进行编码的文本协议。

SIP 消息分请求和响应两类，其中请求消息由客户端（Client）发往服务器（Server），响应消息由服务器发往客户端。

请求和响应消息格式一般由一个起始行、若干个头字段，以及一个可选的消息体组成。其中消息体为可选项，头字段与消息体之间用空行进行分隔。请求和响应消息格式如下：

SIP 消息 = 起始行

*消息头部（1 个或多个头部）

CRLF（回车换行符）

［消息体］

" * "表示该消息头部可包含一个或多个，"［］"表示该参数为可选项。起始行、每一个消息头部以及空行都必须使用回车换行字符（CRLF）来表示行终结，即使消息中未包含消息体，可选项空行也不能省略。

SIP 是基于一个类似 HTTP 的请求应答的通信模式。每一个通信都包含对某个功能的请求，并且起码需要一个应答。

（1）请求（Request）消息

请求消息的起始行为请求行（Request-Line）。请求行的格式如下所示：Request-Line = Method［ ］Request-URI［ ］SIP-Version CRLF

方法（Method）：SIP 中定义了以下方法：INVITE、ACK、CANCEL、OPTIONS、BYE、REGISTER、OPTIONS、PRACK、UPDATE、INFO、REFER 等。INVITE、ACK、CANCEL 用于建立会话连接，BYE 用于终结会话连接，REGISTER 消息用于发送注册请求信息，OPTIONS 用于查询服务器能力，PRACK：用于临时响应消息的确认，UPDATE 常用于会话前客户端更新会话参数，例如媒体信息等，INFO 发送会话中信息而不改变会话状态等，REFER 指示接受方通过使用在请求中提供的联系地址信息联系第三方，用于呼叫转接等，MESSAGE 用于发送即时消息，SUBSCRIBER 用来向远端端点预订其状态变化的通知，NOTIFY：该方法发送消息以通知预订者它所预定的状态的变化。

请求 URI（Request-URI）：指示被邀请用户的当前地址，Request-URL 中不允许出现空格或其他控制字符且不能包含于" < > "符号之内。

版本号（SIP-Version）：用于定义协议的当前版本号。

（2）响应（Response）消息

响应消息的起始行为状态行（Status-Line），状态行由协议版本、状态码和与状态码相关的文本描述组成，各个部分之间用一个空格字符进行分隔。状态行的格式如下所示：

Status-Line = SIP-Version [ ]Status-Code [ ] Reason-Phrase CRLF

除状态行的尾部可使用回车换行 CRLF 字符之外，状态行内不允许出现 CRLF 字符。

Status-Code（状态码）：为一个 3 位的十进制整数，用于指示请求消息的执行响应结果。

Reason-Phrase（原因）：用于对 Status-Code 参数进行简单的文本描述。客户机不必检查或显示 Reason-Phrase 参数。

共有 6 类状态码，其中状态码的第 1 位数字用于指示响应类型，后两位数字表示具体响应。

1XX：临时响应，临时性响应即报告性的响应，用来指明所联系的服务器还没有确定性的响应。如果服务器需要 200ms 以上的时间才能发出最终响应，则它就需要首先发送一个 1XX 响应。

2XX：成功响应，表示请求已被成功接收，完全理解并被接受。

3XX：重定向响应，该响应指定用户新位置信息，或者指定可以满足本次呼叫所需要的其他服务。

4XX：客户机错误，表示请求消息中包含语法错误信息或服务器无法完成客户机请求。

5XX：服务器错误，表示当服务器本身故障的时候给出的失败应答。

6XX：全局故障，表示服务器对于某一特定用户的确定的信息。

2. 典型业务流程示例

本部分将给出一个简单的注册和会话建立释放的示意流程，以展示一般的 SIP 呼叫过程，如图 5-88 所示。

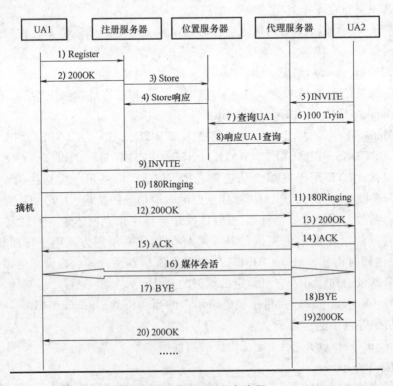

图 5-88　典型 SIP 业务流程

1）UA1 发送 Register 请求给注册服务器；

2）注册服务器注册用户成功，返回 200OK；

3）注册服务器将用户位置等相关信息存储到位置服务器；

4）位置服务器返回存储响应消息；

5）UA2 向 UA1 发起普通呼叫，INVITE 消息首先到达代理服务器；

6）代理服务器返回临时响应 100Trying 表示消息在接续；

7）代理服务器为了正确路由呼叫，向位置服务器发起对被叫 UA1 位置的查询请求；

8）位置服务器返回查询响应带有 UA1 位置信息；

9）代理服务器将 INVITE 消息转发到 UA1；

10）UA1 振铃返回 180Ring 消息；

11）代理服务器将 180Ring 消息转发给用户 UA2；

12）被叫 UA1 用户摘机返回 200OK 消息；

13）代理服务器将 200OK 消息转发给用户 UA2；

14）用户 UA2 返回 ACK 消息；

15）代理服务器将 ACK 消息转发给用户 UA1；

16）主被叫用户进行媒体会话；

17）被叫 UA1 先挂机，发送 BYE 消息；

18）代理服务器将 BYE 消息转发给用户 UA2；

19）UA2 返回 BYE 的响应消息 200OK；

20）代理服务器将 200OK 消息转发给用户 UA1；

21）……

5.8.3 P2P SIP 技术

P2P SIP 技术顾名思义，就是将 P2P 技术和 SIP 技术相结合，有效地提供 IP 语音会话功能，我们都知道传统的 SIP 通信系统是基于客户端/服务器模型的，服务器的带宽、处理能力可能成为整个系统瓶颈，同时这种客户端/服务器模型存在一定的脆弱性，服务器的故障将造成系统的瘫痪，使得基于服务器模式下的 SIP 通信系统的扩展性受极大的限制。

如图 5-89 所示，UA1 和 UA2 都是 SIP 客户端，它们必须先注册到 SIP 服务器（注册服

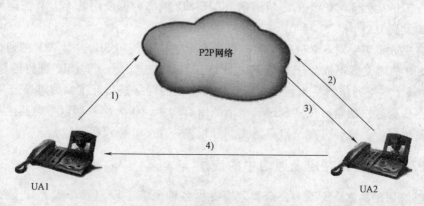

图 5-89 SIP 网络与 P2P 网络叠加

务器），将自己的联系地址告知网络，并且要周期性地更新注册信息。双方进行呼叫的时候，由网络服务器负责被叫方地址的查询和呼叫转发，客户端受到了服务器的严格控制。

随着互联网的迅速发展，互联网应用已经深入社会的各个角落。大范围地提供服务，大规模的用户数量，稳定的系统的运行都对现有的客户端/服务器模型提出了挑战，P2P技术的出现，使人们看到了曙光。P2P技术主要应用在在文件共享、分布计算、分布存储等方面，并取得了巨大的成功。那么应该如何把P2P技术应用到通信领域呢？SIP是VoIP的重要协议，目前得到了广泛应用，因此如何将P2P技术和SIP技术相结合成为研究的热点。

P2P与SIP的结合有两种方向，一种方向是SIP网络与P2P网络叠加的解决方案；另一种方向是扩展SIP具备P2P网络能力的解决方案。

1. SIP网络与P2P网络叠加

1）节点UA1加入P2P网络；

2）节点UA2查询节点UA1的位置相关信息；

3）P2P网络返回UA1位置相关信息；

4）节点UA2直接向节点UA1发起SIP呼叫。

该种解决方案要求节点维护两个协议栈分别为SIP协议栈和P2P协议栈，节点位置信息的维护和查询使用P2P网络协议，节点之间的呼叫建立使用SIP，该种方案将节点的信息维护与节点呼叫建立过程相分离，P2P网络可以看成原有SIP系统中的服务器（重定向服务器/注册服务器）。

2. 扩展SIP具备P2P网络能力（见图5-90）

图5-90 扩展SIP具备P2P网络能力

1）节点UA1注册进入P2P-SIP网络；

2）节点UA2发起对UA1的呼叫请求（P2P-SIP网络根据使用的P2P算法能够将呼叫请求有效的转发到UA1）。

该种解决方案需要对SIP进行扩展，引入P2P算法，使用SIP进行P2P的通信，这种方式不改变SIP的语义，不依赖于其他P2P网络，而是构建一个通过SIP进行通信的P2P网络，SIP保证了底层通信的一致性，可以和现有存在的网络进行互通。终端节点客户端又是服务器端，作为客户端它可以实现现有电话的所有功能，作为服务器以帮助其他节点实现路由搜索转发等功能，该种方案节点只需更新和维护一个SIP协议栈。

5.8.4 P2P SIP技术在应急通信中的应用

应急通信是在紧急情况下为公众和政府提供各种通信手段，随着基于IP数据网的迅速发展，VoIP技术已经成为一种流行的基于IP网的语音通信方式，也可作为一种应急通信手段，为应急通信提供基于 IP 承载网的语音通信。

通过前面的技术介绍我们知道，SIP 是目前较流行的 VoIP，但 SIP 技术是基于客户端/服务器模型，服务器的带宽、处理能力等可能成为 SIP 网络的瓶颈，同时这类网络的健壮性也受到了服务器的限制，一旦服务器故障，将影响整个网络的正常运行。P2P 网络的出现，打破了原有的客户端/服务器模型，以全新的理念影响着网络的发展。P2P SIP 技术结合了 SIP 技术和 P2P 技术两种技术的特点，具备灵活的网络结构和可靠的呼叫控制，成为 SIP 技术发展的新方向。P2P SIP 网络中，每一个节点既可以作为客户端，发起和接收电话，也可以作为服务器，为其他节点提供路由搜索和转发功能，任何一个节点的故障对网络的影响较小，网络具备较强的健壮性，但是，该种技术的节点查找能力依赖于使用的 P2P 算法，如果网络规模过大，查找的效率将受到严重的考验，且该网络将控制权都交给了各个节点，大大降低了网络的可控可管能力，因此该技术在应急通信中的应用需要考虑应用场景的适用性。对于需要临时搭建小规模的网络（例如：会议系统/现场指挥调度系统/自组织网络等）或者在灾难中用户公众之间的通信，该技术可作为一个可选技术。

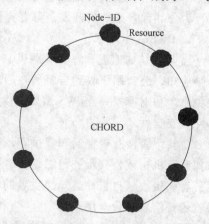

图 5-91　CHORD 算法网络拓扑示意

图 5-91 给出了一个利用 P2P SIP 技术建立的会议系统的网络拓扑，该网络中的节点通过 P2P 中的 CHORD 算法来组织和维护。系统中每个会议参与节点的 IP 地址和端口号使用 Hash 函数计算出一个 Node-ID，Resource-ID 可以通过用户名的 Hash 函数计算得到。

5.9　公共预警技术

随着突发公共事件对人类和社会的影响越来越大以及信息技术的进步，各国政府对突发时间的应急处理由传统的事后响应逐渐向事前预防的方向发展，以便在灾害发生前，提前做好准备，尽可能减少灾害所带来的财产和生命损失。

近年来公共预警技术越来越受到研究机构、标准化组织和各国政府的重视，3GPP 已经就公共预警系统（Public Warning System，PWS）开展研究，分析灾害发生时对公共预警有哪些需求，并就地震和海啸预警系统（Earthquake and Tsunami Warning System，ETWS）开展研究，另外美国也在研究商用手机预警系统（Commercial Mobile Alert System，CMAS），亚太电信标准化计划正在开展早期预警与减灾无线电通信系统（Radiocommunication Systems for Early Warning and Disaster Relief Operations）的研究，这些都表明公共预警技术已成为应急通信领域新的技术趋势，这些事前的监测和预警手段的使用，从时间维度上为现有应急通信事后处理提供很好的辅助和补充，标志着应急通信步入一个新的时代。

5.9.1　（PWS）

公共预警是通过网络（如公众移动通信网）向处于危险区域的公众提供安全可靠、灵活可信的告警通知，通过建立公共预警系统，提供公共预警业务。

典型的公共预警系统有日本主导研究的地震和海啸预警系统及美国主导研究的商用手机预警系统。

5.9.1.1 公共预警需求

3GPP 作为成功推出全球移动通信标准的标准化组织，近年来开始对如何利用公众移动通信网提供公共预警业务开展系统研究，并从公众用户和业务提供者的角度，对公共预警系统提出了需求，包括公共预警业务的基本需求、终端需求以及安全、漫游、管制等相关需求，为公共预警系统的开发、部署提供基础和依据。

1. PWS 基本需求

当灾难（如地震、海啸、飓风和火灾等）发生时，PWS 应能及时、准确地向公众颁布告警通知，公众用户收到告警通知后，可以采取恰当的措施保护家庭和自己免受严重伤害，避免生命和财产损失。PWS 需要提供一种向公众颁布告警通知的机制，提高告警通知的可靠性、安全性。

公共预警涉及告警通知提供者、网络运营商和终端用户 3 个角色。告警通知提供者通常为如政府机构或公共服务组织，是告警通知的合法提供者。网络运营商是公众移动通信网的运营者，接收来自告警通知提供者的告警信息，并向终端用户广播告警通知。终端用户即是接收告警信息的公众用户。

PWS 应能向公众用户广播告警通知，并满足如下需求：

1）PWS 应能在不需用户确认的情况下同时向多用户广播告警通知。

2）PWS 必须按照管制要求中规定的语言广播告警通知。

3）按照管制要求，PWS 依照先接收先广播的原则处理告警通知。

4）用户接收和呈现 PWS 发送的告警通知时，不需事先主动与 PWS 建立语音或数据会话。

5）告警通知应只在紧急情况时（如生命或财产处在危险时刻等）广播，告警通知也可用于运营商网络的商业服务。

对 PWS 向公众用户广播的告警通知的内容，有如下需求：

1）PWS 不应修改或转译告警通知提供者广播的告警通知内容。

2）告警通知内容可能包括事件描述、影响区域、建议采取的措施、到期时间（包含时区）、告警通知发送机构 5 个要素，并能根据管制要求在告警通知中增加其他要素。

3）当网络流量已经急剧增加时（如用户呼叫匪警/火警），告警通知中携带的 URL 或电话号码可能加重无线网络的拥塞。因此，告警通知不宜携带任何直接增加网络流量负荷的信息（如 URL 或电话号码）。

对于告警通知的范围，PWS 应能基于告警通知提供者提供的地理信息，应尽可能根据网络区域覆盖的配置情况（如小区、Node B、RNC 分布等）进一步确定告警通知广播的区域。另外，系统应可以激活或取消告警通知的发送。

2. PWS 终端需求

对于 PWS 终端，有如下基本需求：

1）PWS 终端应尽可能不需用户进行任何操作即可接收并显示告警通知。

2）PWS 终端处于空闲状态时，可接收告警通知。

3）PWS 终端应按照告警通知提供者提供的语言显示告警通知，终端不要求有语言翻译的功能。

4）PWS 终端应具有允许用户配置与告警通知相关的功能，至少支持调整告警提示音的音量。

5）PWS 终端应具备只用于告警通知的特定告警提示（如音频告警信号和振动）的功能，该提示区别于其他告警提示；当终端收到告警通知时，用户操作界面应有停止特定音频和振动告警提示的功能。

6）用户可通过手动操作（如通过按键）终端，停止当前持续的告警提示，但是仍可接收后续告警通知的告警提示，持续告警提示的频率和持续时间因终端类型而异。

7）PWS 终端应根据特有参数判定某告警通知是否为重复告警通知，从而自动拒绝接收重复的告警通知。

8）PWS 终端应不具有转发、回复、复制粘贴告警通知的功能。

9）PWS 终端应具有存储、查阅告警通知的功能。

在满足上述基本需求的基础上，终端还可以满足以下需求：

1）根据监管要求和运营商的策略，终端可具备接收非告警通知的能力。

2）终端的电池寿命不应受 PWS 影响。

3）PWS 的终端应默认设置为接收所有告警通知。

4）受监管要求和运营商策略限制，终端应尽可能具备禁用部分或所有告警通知的功能。用户应能通过终端用户界面选择启用/禁用选项，启用、禁用接收部分或所有告警通知。

3. PWS 其他需求

PWS 漫游需求：如果 PWS 用户在归属网络激活了告警通知业务，当用户漫游到拜访地且拜访网络支持 PWS 时，用户应尽可能收到拜访网络的告警通知；若 PWS 终端不满足拜访网络的 PWS 业务要求，终端可能无法接受拜访网络的告警通知。

PWS 管制需求：PWS 应符合地区性的管制需求。因此，对于不同网络、或同一个网络的不同地区提供 PWS 业务都有不同的需求。

PWS 安全需求：根据管制政策需要，PWS 应只广播授权告警通知提供者发送的告警通知；应保护告警通知的完整性；应能屏蔽错误或虚假的告警通知。

以上介绍了公共预警的需求，下面以地震和海啸预警系统、手机预警系统为例，说明具体的公共预警实现机制和方案。

5.9.1.2 地震和海啸预警系统

地震和海啸预警系统（ETWS）是为应对地震和海啸这样的自然灾害而设计的一种公共预警系统。地震和海啸传播速度快、持续时间短，需快速准确地发送告警通知给受灾用户，帮助用户采取恰当的应急措施逃避危险。同时，告警通知内容应易于不同用户（如不同语言的用户）理解。目前，许多国家迫切需要地震和海啸预警系统减轻灾难带给人类社会的损失。

1. ETWS 需求

ETWS 的实现示意如图 5-92 所示。

如图 5-92 所示，告警通知提供者通过网络（如 PLMN）同时向在受灾区域且具有接受告警通知能力的手机用户广播关于地震和海啸的告警通知，以便用户逃离危险。

根据紧急程度，告警通知分为如下两类：

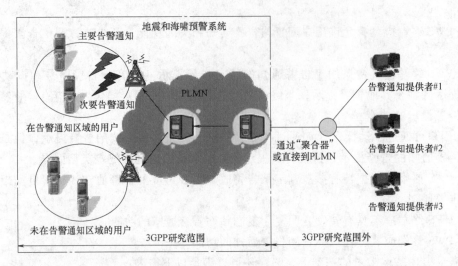

图 5-92 ETWS 实现示意图

（1）主要告警通知（Primary Notification）：ETWS 在最短的时间内（秒级）为用户提供最紧急事件的通知，如地震即将发生。

（2）次要告警通知（Secondary Notification）：ETWS 向用户发送政府颁布的非紧急补充信息，如应急措施、避难所地图、食物分发日程表等。

对上述告警通知的广播传送时间有如下需求：

1）对网络运营商，发送告警通知的持续时间是从收到告警通知开始到告警通知成功发送给用户之间的时间。

2）即使在话务量拥塞的情况下，主要告警通知应在 4s 内发送给通知区域的用户。

3）即使在话务量拥塞的情况下，次要告警通知也能传送给通知区域的用户。

对于告警通知的内容，要求主要告警通知和次要告警通知都应至少通知地震和海啸两种紧急事件，并向终端标识告警提示的优选方式，如是否在终端界面上显示文本信息、是否响铃或是否振动；应区别于测试、训练或其他通知；应以合适的类型和长度发送，如考虑到ETWS 的传送能力，应将告警内容限制在一定长度内；主要告警通知应以尽可能少的字节在网络上传送，以实现快速传递；次要告警通知能发送大量数据，如传送文本、音频、救助指南、避难所地图、食物分发日程表等内容。

告警通知的发送有一定的优先级要求，主要告警通知应优先于次要告警通知，网络应根据告警通知优先级顺序排列通知，以免主要告警通知和次要告警通知同时存在于网络中。

用户收到告警通知时，终端应以只直观的方式（如图标或图片）提示地震和海啸即将发生；告警通知提供者采用地区较通用语言、易理解的方式发送告警通知。

2. ETWS 架构和消息流程

针对上述 ETWS 需求，公众移动通信网络（如 GSM、UMTS、LTE 等）有如下 5 种不同的解决方案，即方案 1：带有 IMSI 并基于 CBS 的解决方案；方案 2：E-MBMS；方案 3：MBMS；方案 4：通过 GERAN 接入的并基于增强型 CBS 的解决方案；方案 5：通过 Paging 消息，并基于增强型 CBS 的解决方案。

每个方案关注的侧重点不同，如方案 1 只关注告警通知的广播速度，而方案 5 着重考虑了安全和覆盖全球的范围。

分析以上 5 种方案，主要分为基于小区广播系统（CBS）和基于多媒体广播/组播业务（MBMS）架构的两种方案。

（1）基于 CBS 的 ETWS

方案 1、方案 4 和方案 5 是基于 CBS 的 ETWS 实现方案，适用于 GERAN、UTRAN、E-UTRAN 3 种无线接入方式，如图 5-93 所示。

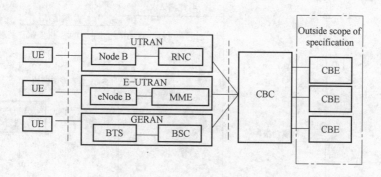

图 5-93　基于 CBS 的 ETWS 架构图

如图 5-93 所示：

1）小区广播中心（CBC）可通过 UTRAN（UMTS 网络的无线接入网）、E-UTRAN（LTE 网络的无线接入网）、GERAN（GSM 无线接入网）向 UE 发送告警通知。

2）当 UE 收到 CBC 发送包括 Paging-ETWS-Indicator 字段的消息时，终端即启动接收告警通知的功能。

3）可在一定区域内向所有接收者发送大量不需确认的告警消息。

4）告警通知发送给告警信息提供者和网络运营商相互协定的覆盖区域，可能包括一个小区、多个小区或整个移动网络。

5）告警消息可来自许多小区广播实体（Cell Broadcast Entities，CBE），如提供信息源的 PSAP。

6）BSC/RNC 应只连接一个 CBC，BSC/RNC 应支持如下功能，见表 5-9。

表 5-9　BSC/RNC 所支持的 ETWS 功能

BSC	RNC
翻译 CBC 发送的消息	
存储 CBS 消息	
路由 CBS 消息给相应 BTSs	路由 CBS 消息
	向终端发送包含 Paging-ETWS-Indicator 和紧急指示的消息给，指示告警

基于小区广播系统的 ETWS 流程如图 5-94 所示。

1）通过设备管理界面将终端配置成根据 Paging-ETWS-Indicator 字段接受 ETWS 告警通知。终端和网络进行双向认证鉴权，并与 ETWS 时钟进行同步。

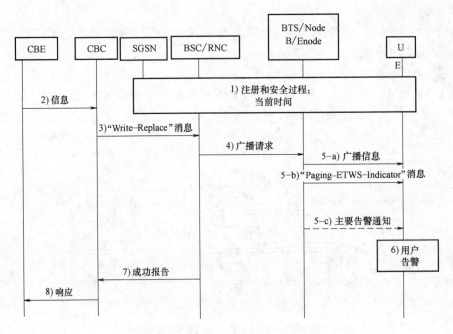

图 5-94 基于小区广播系统的 ETWS 流程

2）CBC 接受并验证 CBE 发送的告警通知，包括告警类型（见表 5-10）、告警消息、告警区域（标识连接的 RNC）、告警时长。

表 5-10 告警类型值

告警类型值	告 警 类 型
0000000	地震
0000001	海啸
0000010	地震和海啸
0000011	测试
0000100	其他
0000101-1111111	保留

3）RNC 收到 CBC 发送的 Write-Replace 消息，包括紧急指示（区别普通小区广播消息）、服务区域 ID 列表（标识广播的小区）、告警类型、告警消息（包括数字签名、时间戳）等。

4）RNC 通过"服务区域 ID 列表"和 Iu b 接口向 NodeB 发送消息（包含紧急指示）。

5）根据 CBE 要求和告警时长，RNC/NodeB 可重复不断的广播告警通知。

6）终端收到带有 Paging-ETWS-Indicator 字段和告警类型值的消息时，即接收并显示告警通知。

7）RNC 给 CBC 发送响应消息 Report-Success。

8）CBC 给 CBE 发送确认消息 ACK。

（2）基于 E-MBMS 的 ETWS

方案 2 和方案 3 是基于 MBMS 的 ETWS 实现方案，本节以基于 E-MBMS 为例说明 ETWS

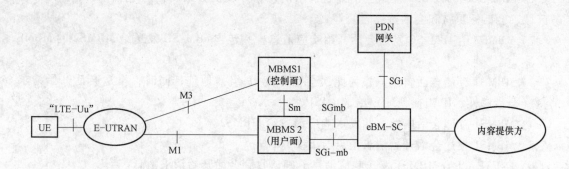

图 5-95　基于 E-MBMS 的 ETWS 架构图

的系统架构，该架构只适用于 E-UTRAN 无线接入方式，如图 5-95 所示。

　　在图 5-95 中，内容提供方可通过 MBMS 系统向 UE 发送告警通知；MBMS1 接收和处理来自 eBM-SC 的 MBMS 承载业务会话控制信令（如会话开始、停止）以及用户面功能模块所提供的必要信息（如用于 MBMS 数据传输的 IP 组播地址），并通过 M3 接口与接入网进行信令交互；MBMS2 为 E-UTRAN（eNodeB）分配 IP 组播地址，通过 SGmb 和 Sm 接口转发 eBM-SC 与 MBMS1 之间的交互信令，通过 SGi-mb 接口接收来自 eBM-SC 的 MBMS 业务数据，并通过 M1 接口将业务数据下发到接入网侧；eBM-SC 除具有提供用户业务功能外，还可针对业务特性和用户数量，通过 SGi 接口选择合理的承载方式（MBMS 承载或单播承载），UE 可使用单播承载方式向 eBM-SC 发起注册/注销，可通过单播承载方式为特定用户提供高级别的 MBMS 业务。

　　根据发送主要告警通知和次要告警通知方式的不同，基于 E-MBMS 的 ETWS 消息流程有两种实现方式，如图 5-96 和图 5-97 所示。方式 1 以 MBMS 数据的方式发送主要告警通知/次要告警通知，方式 2 在会话开始请求消息中发送主要告警通知，并以 MBMS 数据方式发送次要告警通知。相对而言，方式 2 能够更及时地向用户发送主要告警通知。

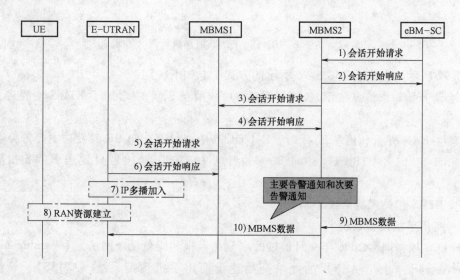

图 5-96　基于 E-MBMS 的 ETWS 消息流程图（方式 1）

1）eBM-SC 给 MBMS2 发送会话开始请求消息，并提供会话属性（包括 QoS、MBMS 业务区域、会话标识符和会话持续时间等）。

2）MBMS2 给 eBM-SC 发送会话开始响应消息，并包含 eBM-SC 发送给 MBMS2 的 MBMS 数据。

3）MBMS2 存储会话属性，并为此次会话分配 IP 组播地址；同时，发送会话开始请求消息（会话属性、IP 组播地址）给 MBMS1。

4）MBMS1 存储会话属性，并发送响应消息给 MBMS2。

5）MBMS1 发送会话开始请求消息给 E-UTRAN。

6）E-UTRAN 给 MBMS1 发送响应消息，确认收到会话开始请求消息。

7）E-UTRAN（eNodeB）向 IP 多播地址发送 IP 组播加入消息。

8）根据 MBMS 数据传送参数，E-UTRAN 建立 RAN 无线资源。

9）eBM-SC 以 MBMS 数据方式向 MBMS2 发送 ETWS 主要告警通知/次要告警通知。

10）MBMS2 可增加同步信息，并使用 IP 组播方式向所有已加入的 E-UTRAN（eNodeB）发送主要告警通知/次要告警通知。

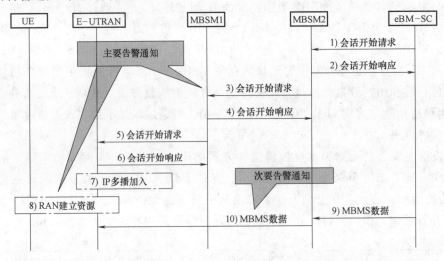

图 5-97　基于 E-MBMS 的 ETWS 消息流程图（方式 2）

图 5-97 所示的方式 2 与图 5-96 所示的方式 1 有如下区别：

1）会话开始请求消息（消息 1）、消息 3）和消息 5））中增加了 ETWS 主要告警通知指示语。

2）建立 RAN 资源（消息 8））时，E-UTRAN（eNodeB）向 UE 只发送主要告警通知。

3）eBM-SC 向 E-UTRAN（eNodeB）（消息 9）和消息 10）只发送 ETWS 次要告警通知。

3GPP ETMS 相关规范见表 5-11。

5.9.1.3　商用手机预警系统

美国 FCC 根据国会 2006 年 9 月通过的《紧急警报和应急反应网法》（Warning Alert and Response Network Act，WARN）的要求开始建设商用手机预警系统（CMAS）。该法案在 2006 年 10 月 13 日签署成为法律，是一部旨在改进国家紧急情况警报体系的联邦法令。

表 5-11　3GPP ETWS 相关规范

Rel. 8	3GPP 规范	内　容	状态
Stage 1	TS 22.168	主要研究 ETWS 的需求,包括 3GPP 研究范围的界定、对预警信息传递的需求、对传递时长的需求、对分布颗粒度的需求、对预警信息成分和大小的需求、优先级的需求、对终端的需求、安全需求、计费需求、漫游需求等	SA1 负责,已完成
Stage 2	TS 23.041	介绍基于 GSM 和 UMTS 网络架构的小区广播短消息业务(CBS)的技术实现,包括网络架构、功能实体(包括 CBE、CBC、BSC/RNC、BTS、UE/MS 等)、协议参数、消息格式、流程等,并包含针对 ETWS 的增强功能	CT1 负责,已完成
	TR 23.828	该技术报告列举了 3GPP 网络(如 GSM、UMTS、LTE)针对 ETWS 需求的 5 种候选解决方案,主要是无线接入侧(如 GERAN、UTRAN、E-UTRAN 等)方案	SA2 负责,已完成
Stage 3	TS 25.419	UTRAN Iu-BC 接口:服务区域广播协议(SABP)增加 Paging-ETWS-Indicator 扩展字段支持 ETWS	正在进行

2007 年至 2008 年期间,FCC 的相关标准组织(包括 ATIS、TIA 等)针对 CMAS 做了大量的工作,讨论通过了 CMAS 的网络架构、技术需求、操作过程等。根据 WARN 的不同要求,2008 年 FCC 颁布了如下 3 个报告,指导并推进 CMAS 的建设:

1) FCC 08-99:FCC First Report and Order In the Matter of The CMAS,针对 WARN 的 602(a),包括 CMAS 的需求、架构、协议等。

2) FCC 08-164:FCC Second Report and Order and Further Notice of Proposed Rulemaking In the Matter of The CMAS,针对 WARN 的 602(c) 和 602(f),包括 CMAS 的补充传送系统(如电视台、广播台等)要求、运营商的测试要求(如每月接口测试等)。

3) FCC 08-184:FCC Third Report and Order and Further Notice of Proposed Rulemaking In the Matter of The CMAS,针对 WARN 的 602(b),包括告运营商参与 CMAS 程序、用户接受告警能力、运营商运维 CMAS 成本、CMAS 部署进度等相关规定。

美国 ATIS 联合 TIA 颁布了 Joint ATIS/TIA CMAS Mobile Device Behavior Specification,主要内容内容包括 "C" 接口、CMAS 的具体需求、CMAS 终端功能等。

ATIS 的无线技术系统委员会(Wireless Technologies and Systems Committee, WTSC)制定了基于 GSM/UMTS 小区广播服务的 CMAS 标准,主要规范 E 接口;而 TIA 即将颁布的 TIA-1149 标准是基于 CDMA 系统的 CMAS,主要对 CDMA2000 空中接口进行扩展以支持 CMAS。

1. CMAS 需求

CMAS 系统实现示意图如图 5-98 所示。

如图 5-98 所示,美国联邦应急事务管理总署(Federal Emergency Management Agency, FE-MA)接受和汇集联邦机构、本地或州应急中心(Emergency Operations Center, EOC)等发送的预警信息,并通过安全接口向运营商发送,运营商收到预警信息后向各自的用户发送。

CMAS 是 FCC 拟部署的全国灾害短信预警系统,在全国范围内建立一个手机短信发送预警体系。一旦发生自然灾害或紧急事件,灾后电视、广播信号和电力等中断,该预警系统能够以短信(将来会有音频、视频等)的方式及时向有手机和其他移动设备的用户发送预警信息,并能在第一时间向公众通报事件情况,以便人员疏导和组织救灾。

美国各大移动通信运营商可自愿加入该预警系统,向用户发送告警通知。如果用户的手机支持 CMAS,并与运营商签署手机漫游协议,不论用户身处何地都可通过 CMAS 收到预警信息。

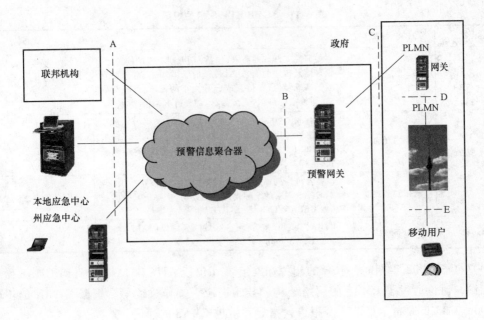

图 5-98　CMAS 系统实现示意图

商用手机预警系统有如下需求：

1）美国移动运营商可通过 CMAS 向各自用户发送以下 3 类公共预警信息：

① 美国总统启用 CMAS 发送的消息：危及美国公众安全和健康的重大事故信息，如恐怖主义袭击等。

② 灾难预警信息：告知市民有可能会发生影响他们生活或危及生命的事件，如地震、龙卷风等在内的重大自然灾害信息。

③ 儿童绑架事件预警信息：儿童教育和"安贝尔预警系统"（Amber Alert，由美国政府设立、专门用于协助寻访失踪和被绑架儿童的预警网络）信息。

2）CMAS 用户可通过终端界面拒绝接收灾难和儿童绑架预警信息，而任何开通小区广播服务的 CMAS 终端都必须无条件接收并呈现总统启用 CMAS 发送的信息。

3）提供特定的声音、振动或视频告警提示，确保用户可以听到或看到告警提示。

4）紧急告警不能中断正在进行的呼叫。

5）可发送包含 90 个英文字符的消息（基于 GSM 的 7bit 编码）。

2. CMAS 架构

基于 GSM/UMTS 小区广播功能架构，并结合图 5-98 所示的实现示意，CMAS 架构有图 5-99 基于 GSM 的 CMAS 架构和图 5-100 基于 UMTS 的 CMAS 架构。

3. CMAS 现状

目前，FCC 已选定预警通知发送的技术标准，并帮助运营商部署相应的网络，确保发送预警通知的网络通畅。CMAS 只支持英文告警，并正在商定是否也可以提供其他语言告警。

FCC 同时也要求电视台作为 CMAS 的附属告警通知分发系统。在商务部 18 个月的资助下，所有电视台必须为数字电视传送器配备相应的装置与技术，进而可接收来自 FEMA 的 CMAS 告警通知，并传送给已加入 CMAS 的运营商。表 5-12 为 CMAS 自 2006 年 10 月以来的发展时间表。

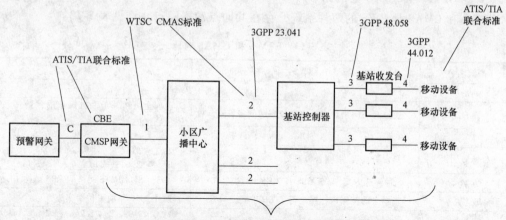

图 5-99　基于 GSM 的 CMAS 架构

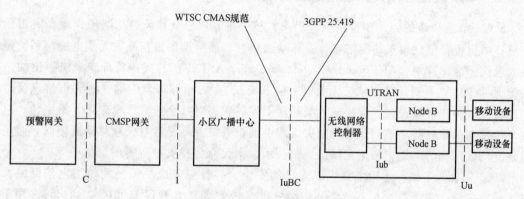

图 5-100　基于 UMTS 的 CMAS 架构

表 5-12　CMAS 时间表

时间	事件
2006 年 10 月	国会制定 WARN 法律,要求 FCC 让运营商自愿向用户传送预警信息,开始部署 CMAS
2006 年 12 月	商业移动业务告警咨询委员会(Commercial Mobile Service Alert Advisory Committee ,CMSAAC)组织了第一次会议,依照 WARN 讨论发展 CMAS 的主要建议
2007 年 10 月	CMSAAC 向 FCC 颁布 CMAS 技术建议
2007 年 11 月	ATIS/WTSC(CMSAAC 的成员)通过两个新提案,包括两个新的联合提案和一个 WTSC 单独提案,以支持 CMSAAC 的 CMAS 建议;ATIS/WTSC 和 TIA 开了第一次预备会议,修订了联合标准、进度安排等
2008 年 1 月	ATIS/TIA 第一次联合会,开始启动联合制定 CMAS 标准
2008 年 4 月	FCC 基于 CMSAAC 建议颁布了 CMAS 的 FCC 08-99 报告,包括 CMAS 功能架构,告警范围、告警提示、告警内容、告警语言、漫游用户、接口协议、安全等需求
2008 年 5 月	ATIS/WTSC 向 FCC(PSHSB)汇报 CMAS 标准制定进度和对 FCC 报告提出建议
2008 年 9 月	ATIS/TIA 联合标准和 ATIS/WTSC 提案有了稳定的草案
2008 年 11 月前	ATIS/TIA 联合标准和 ATIS/WTSC 规范颁布
2009 年 1 月 15 日前	已有超过 140 家美国移动运营商加入 CMAS 建设(来自 2009 年 PSHSB 报告)
2008 年 10 月 ~2010 年	CMAS 开发、调试,达到接收 FEMA 的告警并向用户发送预警通知的各项要求
2010 年	CMAS 预计可付诸实施

5.9.1.4　EWTS 与 CMAS 的对比

ETWS 和 CMAS 是 PWS 的两种系统，存在共同点和不同点，详见表 5-13。

表 5-13　ETWS 和 CMAS 对比

子系统名称	ETWS	CMAS
关系	都属于 PWS	
简介	通过网络向用户广播地震和海啸的告警通知	美国全国性基于手机短信的预警体系（类似小区广播功能）
主导国家	日本	美国
告警通知	只发送地震、海啸告警通知	发送自然灾害（地震、海啸等）、社会灾害（如恐怖主义、寻找儿童等）的预警信息
方案	5 种候选方案，基于 CBS 和 MBMS 两类	基于 GSM/UMTS 网络的 CBS 架构
现状	日本全国范围内已经运行了 EEW 系统	预计 2010 年前可付诸实施
需求参考规范	TS 22.168 和 TS 22.268	FCC 08-99、TS 22.268 和 Joint ATIS/TIA CMAS Mobile Device Behavior Specification

5.9.2　早期预警与减灾无线电通信系统

5.9.1 节所介绍的公共预警系统（PWS）核心是利用公众移动通信网用户颁布灾难预警信息，承担告警信息颁布的网络主体是移动通信网。而早期预警与减灾无线电通信系统是由亚太电信标准化计划（APT Standardization Program，ASTAP）的灾难管理专家组提出的，目的是通过建立"早期预警与减灾无线电通信系统"，在灾难即将发生前，将灾难信息及时传递给居民，防止自然灾害、事故或人类活动引发的灾害对社会造成严重破坏，给生命、财产或环境带来严重威胁。早期预警与减灾无线电通信系统并不是针对公众移动通信网，而是通过建立两级结构的网络，利用无线电通信技术，向民众传播灾难告警信息。

2003 年，为了确保人道主义组织人员的安全，并督促各成员国便利使用电信网络，世界无线电通信会议颁布 646 决议"公共保护和减灾"。ITU-R 建议 F.1105-2 列出许多用于减灾的无线电通信类型，包括地区同步通信系统。为了防止自然现象、事故或人类活动引发的灾害对社会造成严重破坏，给生命、财产或环境带来严重威胁，APT 建议建立早期预警与减灾无线电通信系统。

APT 所建议的"早期预警与减灾无线电通信系统"为国家级灾难管理中心和地方政府两级结构，灾难管理中心通过陆地或卫星系统将灾难信息及时传送给地方政府，地方政府通过地区同步通信系统及时将消息传给当地居民，如图 5-101 所示。

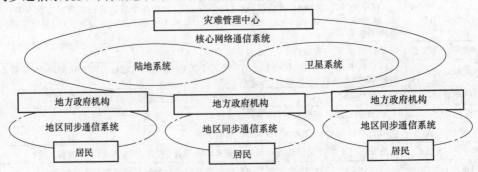

图 5-101　早期预警与减灾无线电通信系统

一个完整的早期预警和减灾无线电通信系统是由固定无线电通信系统（Fixed Radio Communication System，FRCS）和移动无线电通信系统构成的，下面分别予以详细介绍。

5.9.2.1　固定无线电通信系统

固定无线电通信系统包括核心网络通信系统和地区同步通信系统。核心网络通信系统通过陆地系统和卫星系统，实现灾难管理中心（国家级或州政府级）和地方政府机构（如州、城市、城镇，村庄）的通信；地区同步通信系统连接地方政府机构和居民。其架构如图5-101所示。

1. 核心网络通信系统

核心网络通信系统为灾难管理中心和地方政府机构间提供稳定、安全、高速的通信链路，并能快速充分收集和发送灾难信息（如语音、传真、图像和数据等）。该系统包括陆地系统和卫星系统，陆地系统和卫星系统应互为补充支持预警减灾无线电通信网络，提供通信冗余性，从而提高通信网络的可靠性。

（1）陆地系统

陆地系统是一个宽带无线通信网络，实现灾难管理中心和地方政府机构之间灾难信息（如语音、图像和数据）的交互。为了减少灾难（如地震、暴风雨或洪水等）造成的损失，陆地系统能启动合理的应对策略，并向灾难管理中心的请求作出快速反应。

如图5-102所示，陆地系统架构包括无线站和无线链路。无线站有控制站、中继站、分支站和终端站。无线链路有骨干链路、分支链路。

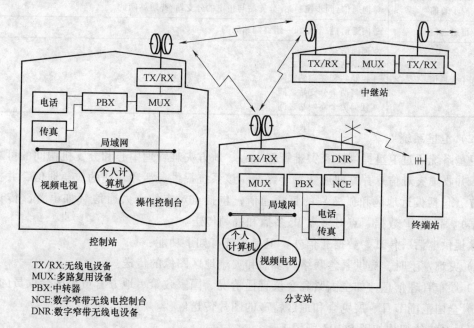

TX/RX:无线电设备
MUX:多路复用设备
PBX:中转器
NCE:数字窄带无线电控制台
DNR:数字窄带无线电设备

图 5-102　陆地系统功能架构示意图

控制站是陆地系统的核心无线站，位于政府部门。援助灾难现场的灾难管理中心通常设立在控制站，收集信息、提供灾难预警或向其他站点颁布减灾指令。控制站通过远距离监督控制主要中继转播设备。

中继站一般位于山地，用于控制站和其他站之间无线电通信信号的传送。中继站可确保通信的广域覆盖，提供稳定、高质量的无线电通信链路。中继站由数字多路无线电设备和窄带数字无线电设备组成。控制站和中继站形成无线电通信链路环路，并提供多选择的无线路由，从而提供可靠的通信。

分支站转发控制站与终端站之间的信息；分支站与控制站之间通过数字多路无线链路连接，能发送大量数据；分支站与终端站通过数字窄带无线链路连接，能发送小量数据（如语音和传真）。

终端站位于地方政府和相关机构。终端站通过窄带数字无线电链路连接到分支站，可提供电话和传真通信。

骨干链路（微波多路无线链路）：中继站通过骨干链路连接控制站和分支站。每个站的微波多路无线电设备提供任何两个站之间的点对点数字无线电链路。媒体（如语音、图像和数据）信号范围在任何两个站之间都是不同的。当多种设备提供多路信道并交叉连接时，骨干链路是点对点连接的，从而确保骨干网的高效使用。

分支链路（窄带无线电链路）：分支链路连接终端站和更高级别站。链路通过分别位于控制站和分支站的数字交叉设备提供电话和传真信道。

陆地系统的通信模式包括同步通信、群组通信和个人通信模式，见表 5-14。

表 5-14　通信模式

通信模式	定　义
同步通信	单向通信：同步控制站/分支站与指定的分支站/终端站间的
群组通信	单向通信：控制站和一组终端站间的
个人通信	双向通信： ● 控制站和分支站之间 ● 控制站和终端站之间 ● 任何两个分支站之间 ● 任何两个终端站之间

（2）卫星系统

卫星系统通过卫星提供国家灾难管理中心、地方灾难管理中心和分支机构间的可靠通信链路，并收集灾难信息并立即通知每个终端。该系统提供灵活和快速的应急通信，并提供任何地方（包括偏远地区和孤岛）的日常通信，包括点对点的个人通信（如语音、传真和低速数据）、高速 IP 数据、点对多点 IP 多播和视频传送。

除提供电话、传真、数据通信外，卫星系统有如下功能：

1）灾难发生时，提供紧急联络、多播和灾难地区图像的传送。

2）颁布管理信息，如全国紧急会议直播情况、国家政策、地方官员或国会议员的公告。

3）全国范围节日、展览会和地区特产的图片传送。

卫星系统的架构如图 5-103 所示。

如图 5-103 所示，卫星系统基本包括卫星、网络协调站（Network Coordination Station, NCS）、子网络协调站（Sub-NCS）、地方政府固定地球站（控制站）和 VSAT（Very Small Aperture Terminal）。

NCS /Sub-NCS：NCS 应具备按需分配（Demand Assignment, DA）功能，根据控制站的要求，通过动态分配频率资源，有效使用卫星转发器的带宽，适用于全网状和星形的卫星系

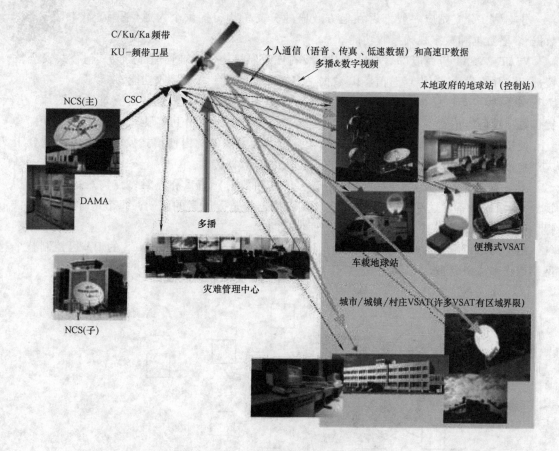

图 5-103 卫星系统架构功能示意图

统。另外，NCS 还能包括类似多播、数字视频传送/接收和 IP/视频传送预留子系统等功能。

NCS 控制和管理整个卫星网络。NCS 的 DA 能力应提供如下卫星资源管理功能：

1）信道流量需按要求或预留要求进行分配。

2）通信控制：优先分配特殊灾难地区的信道；建立热线。

3）灾难发生时，强迫断开已使用的非紧急卫星信道，确保更重要的应急通信。

4）视频传输预留管理。

5）流量监测。

同时，NCS 提供遥控和监控所有控制站状态、IP 多点传送、数字视频传送管理和计费管理等。

基于控制站或分支站的请求，NCS 应能将部分通信控制功能转移到这些站点上，同时也可操作控制站具备 NCS 所有功能，从而减少系统运行成本并可动态改变控制站的功能。

Sub-NCS 应提供 NCS 的备用功能，以防 NCS 的定期维护、设备失败、地区有大雨等异常情况。NCS 和 Sub-NCS 应在地理上分设，以提供预防自然灾害（如地震和台风）的功能。

控制站：控制站（包括 VSAT）应包括天线、发送/接收设备和终端。控制站应位于地方政府，并提供个人通信（语音或传真）、地方范围多播通信和全国范围的数字视频传送。控制站处在地区边界地方时应具备 VSAT 状态检测功能，灾难发生时控制站应具备强迫断开非紧急卫星链路的通信控制功能，从而确保更重要的紧急通信。

分支站：分支站应一般部署在地方政府的分支机构，提供个人通信（语音/传真）、IP数据/多播数据和数字视频接收功能。

VSAT：VSAT应一般部署在城市/城镇/村庄政府机构、灾难管理部门或其他公共安全救援部门，并提供语音/传真通信、IP数据、多播数据和数字视频接收功能。

车载站：车载站（如SNG）适于灾难地区支持个人通信、紧急传送灾难地区图片，并提供数字视频、语音、传真通信和IP数据传输，可扩展到利用卫星跟踪天线的移动应用。

便携式VSAT：便携式VSAT重量轻、有按键，主要电源由便携式发电机供电，适合于灾难地区的应急通信，应提供语音、传真通信或IP数据传输。

卫星系统管理个人点对点通信（语音、传真和数据）流量和点对多点灾难信息（包括视频）。根据设备发送/接收能力和可用调制解调器数量等因素的限制，每个地球站或VSAT提供网状（如语音）或星形（如多播）通信网络。

卫星网络可配置为全网状和星形的混合网络，如图5-104所示。NCS的DA可控制整个网络操作和流量管理。

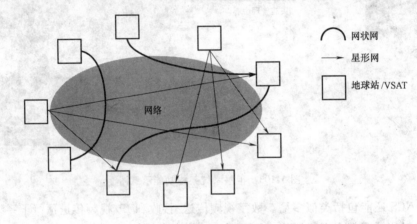

图5-104　卫星系统网状和星形混合网络

卫星系统应提供如下应用，见表5-15

表5-15　卫星应用和网络配置

应用	通信链路	网络	速率/(Mbit/s)	信道（频率）分配
个人通信（语音、传真、低速数据）	任何两个地球站之间	N:N 网状	0.032	DA（按需分配）
多播（语音、传真、低速数据、IP数据）	中心灾难管理代理到地方政府（如直辖区）、地方灾难管理部门 地方政府到边界的城市/城镇/村庄	1:N 星形	0.032	预先分配（Pre Assigned, PA）
IP数据通信	任何两个地球站之间	N:N 网状，1:N 星形	0.032k～8	DA（按需或预留）
数据视频（MPEG-2）	地球站发给配有 IRD 的地球站	1:N 星形	7.3	DA（预留）

2. 地区同步通信系统

灾害发生时，地区同步通信系统（Regional Simultaneous Communication System，RSCS）部署在地方政府灾难信息中心或灾难管理中心，并迅速向居民发送灾难通知信息，从而保护公众安全。

RSCS 包括地方政府建立的主站、中继站和子站。RSCS 的基本系统架构如图 5-105 所示。

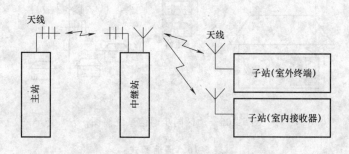

图 5-105　RSCS 基本系统架构

（1）主站

主站部署在地方政府部门处，发送语音和消息给子站，并从子站接收语言、图像和数据。

（2）中继站

根据主站和子站需求，中继站可部署在山脉处，传递主站与子站间交互的消息。

（3）子站

子站可直接从主站或通过中继站接收语音和消息。子站包括室外终端和室内接收器，由主站控制。室外终端能传送和接收通信和指挥频道；然而，室内接收器只能接收通信频道（语音和消息）。

灾害包括自然灾害（如台风、海啸、地震等）、人为事故（如飞机坠毁、核电站爆炸等）、蓄意的灾害（如恐怖袭击、爆炸事件等）。当灾害发生时，需要向居民通知各种信息。通信消息包括，如天气预报、台风风速、地震后的海啸信息。除此之外，通过传播速度不同的波来预报地震将至的消息，灾难信息也可能包括避难所的通知信息。当这些灾难发生时，有必要快速地将不同预警信息发送给居民。

地区同步通信系统允许双向数据通信，且配置应用软件，允许从灾难现场收集地理图像信息，并在避难区域和地方政府部门之间交互信息，同时通过语音和消息发出疏散指令和灾难消息。

考虑到弱势群体（如残疾人、老人），系统也配备了提供字符显示和传真等应用，图5-106表示同步传送灾难信息给子站的模式，如室外终端和室内接收者，从地方政府建立的主站接收信息的情景。中继站一般部署在主站和子站之间无法直接通信的地方，以传递主站与子站间的交互信息。

地区同步通信系统一般有同步通信、应急同步通信、群组通信、个人通信 4 个通信模式，见表5-16所示。

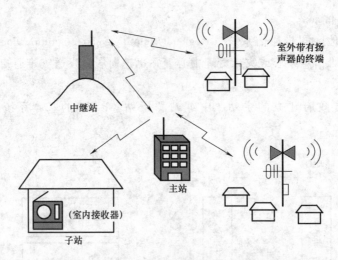

图 5-106　地区同步通信系统简图

表 5-16　通信模式

通信模式	通信类型
同步通信	从主站到所有备份站的单向同步通信
应急同步通信	主站到所有子站、子站群的单向应急通信；为了给居民立即发送应急消息，主站能断开已使用的通信信道，占用通信信道并激活子站的扬声器
群组通信	主站和子站群单向通信
个人通信	主站和特定子站的双向通信

　　某些用户可能需要同时使用多种 RSCS 应用，如网络语音、低/适中速度数据、高速数据等业务；RSCS 应可以通过在其设备中配置相应的设备，以支持多种不同应用的同时使用，如主站提供传真、数据通信、图片传送和语音通信设备；室外终端提供传真、数据通信、图片传送和语音通信设备；室内接收器提供语音重放、角色特性、传真设备。RSCS 应用示例见表 5-17。

表 5-17　RSCS 应用示例

应用	示例	发送器	接收器
语音	地震、海啸、天气等信息的自动传输	主站	室外终端 室内接收器
	通知、警报和告警	主站	室外终端 室内接收器
	撤退方向	主站	室外终端 室内接收器
	寻找相关人员	主站	室外终端 室内接收器
	报告破坏信息或收集灾害信息	室外终端	主站
	与撤退中心通信或安全确认	室外终端	主站
警报	地震、海啸、天气等信息的自动传输	主站	室外终端 室内接收器
	警报和告警	主站	室外终端 室内接收器

（续）

应用	示　例	发 送 器	接 收 器
传真	地震、海啸、天气等信息的自动传输	主站	室外终端 室内接收器
	通知、警报和告警	主站	室外终端 室内接收器
	撤退方向	主站	室外终端 室内接收器
	寻找相关人员	主站	室内接收器
	报告破坏信息或收集灾害信息	室外终端	主站
	与撤退中心通信或安全确认	室外终端	主站
字符	地震、海啸、天气等信息的自动传输	主站	室外终端 室内接收器
	通知、警报和告警	主站	室外终端 室内接收器
图像和视频	报告破坏信息或收集灾害信息	室外终端	主站
	监控河流、天气、危险区域等	室外终端	主站
	与撤退中心通信或安全确认	室外终端	主站
数据	地震、海啸、天气等信息的自动传输	主站	室外终端 室内接收器
	通知、警报和告警	主站	室外终端 室内接收器
	报告破坏或报告破坏信息或收集灾害信息	室外终端	主站
	河流（水高）、天气（雨量、风力）、 危险区域（滑坡）等的监控	室外终端	主站
	与撤退中心通信或安全确认	室外终端	主站

系统可以有从简单到复杂不同的实现架构，分别如图 5-107、图 5-108 和图 5-109 所示。图 5-107 是最简单的系统架构，包括主站和子站。

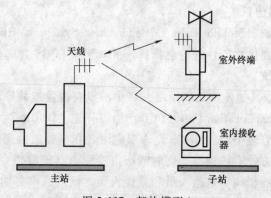

图 5-107　架构模型 1

图 5-108 所示的模型包含主站、中继站和子站。中继站部署在主站和子站之间，并且每个子站不会直接从主站接收/发送消息。

图 5-109 所示的模型是最可能出现的系统模型，子站直接接收/发送信息从/到主站，或者通过中继站。

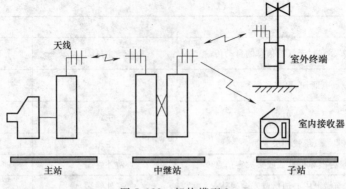

图 5-108 架构模型 2

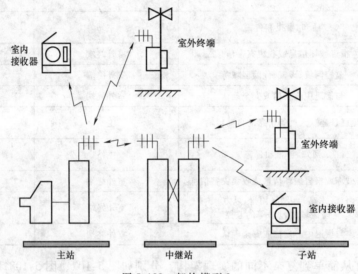

图 5-109 架构模型 3

5.9.2.2 移动无线电通信系统

移动无线电通信系统（Mobile Radio Communication System，MRCS）是对固定无线电通信系统的补充，目的是提供移动性的应急指挥。MRCS 和 FRCS 共同构成一个完整的早期预警和减灾无线电通信系统。

MRCS 可使用集群或其他传统无线网络，在集群没有覆盖或故障时，可使用可部署的通信单元（Deployable Communication Unit，DCU）加以补充。DCU 可通过卫星、微波方式连接到地方政府机构或灾难管理中心。MRCS 允许双向语音和窄带数据通信，可收集灾难现场信息并交换避难场所和地方政府的信息，同时颁布语音和消息疏散指令、灾难消息。MRCS 使灾难管理中心、地方政府机构、求救人员和救援人员之间的通信更加便利。

MRCS 的特点是灵活和点对多点通信，并满足移动性需求，MRCS 具有如下功能：

1）灾难管理中心和地方政府机构之间的移动通信；

2）地方政府机构和居民区之间的移动通信。

MRCS 系统架构如图 5-110 所示。

如图 5-110 所示，MRCS 包括如下子系统：

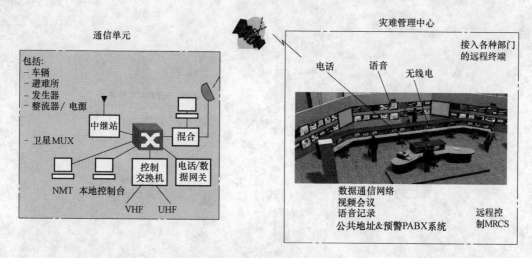

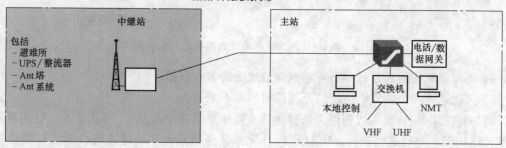

图 5-110　MRCS 系统架构

1）集群/传统无线网络；

2）可部署的通信单元（DCU）；

3）移动站。

MRCS 中的集群或传统无线网络能用于陆地移动通信，使第一个回应者、救援人员、灾难管理指挥和控制中心之间的通信更加便利。如图 5-111 所示。

在图 5-111 中，主站控制中继站和移动站的语音、无线信号、消息和数据业务，可由集群通信系统的无线交换系统构成，主站应连接到指挥和控制系统，以便控制整个 MCRS 的运行。主站可位于灾难管理中心、地方政府机构或其他任何适于集中操作的地方。中继站位于室外（更适宜高地，如多山地方或高塔），转发主站和移动站之间的无线通信信号。中继站使用有线链路（如 E1/T1）或专用无线链路（如微波）连接主站。主站故障或主站的链路路障，中继站应能继续运转。

MRCS 中的第二个子系统是可部署的通信单元，它的使用是基于一定背景的。通过很多关于国家灾难（如海啸、地震和恐怖主义袭击）的灾后分析报告可以看到，通信系统（尤其无线网络）面临的关键问题是：

1）公共通信网络的拥塞，包括无线系统（如蜂窝网络）；

2）无线网络基础设施的破坏（如天线或中继站）；

3）电源中断、电力线破坏引起的持续长久断电；

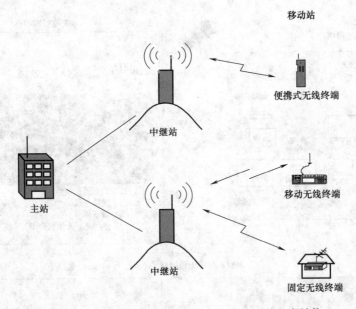

图 5-111　集群/传统无线网络（含移动站）的基本结构

4）倒塌建筑物的碎片和碎石等堵塞物造成无线覆盖很差；

5）无线系统和公共安全组织的无线信道频率不兼容。

如果处在集群/传统无线网络无法覆盖的废墟中，第一个求救者/团队可通过可部署的通信单元（DCU）进行通信求救。DCU 可以补充地区通信系统和陆地系统，实现与其他系统的互操作。DCU 的所有通信可通过卫星、微波方式连接到地方政府机构或灾难管理中心。

DCU 可通过如下方式作为集群/传统无线网络的补充系统：

1）允许覆盖集群/传统无线网络未覆盖的区域，扩大覆盖范围；

2）部署 DCU 以增加信道容量，减轻拥塞；

3）主要系统破坏时，DCU 可作为备用单元进行通信，以保持重要通信不间断。

DCU 也可安装移动控制中心（Mobile Control Center，MCC），从而实现陆地移动通信的跨越海洋的减灾活动，MCC 能连接到地方、区域或国家灾难管理中心。DCU 的系统构成如图 5-112 所示。

MRCS 中另一个子系统是移动站，移动站是 MRCS 的用户接口。移动站直接从其他移动

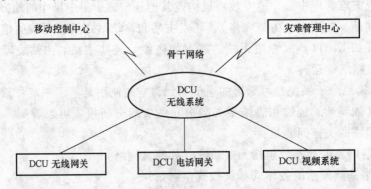

图 5-112　DCU（含 MCC）系统组成

站、中继站或直接接受控制和命令发送/接收语音、数据和消息。移动站包括各种不同类型的无线终端，如便携式无线终端、移动无线终端、固定无线终端。另外，当网络基础设施（如主站或中继站）出现故障时，所有移动站应能实现短距离间的直接通信。

MRCS 应支持各种用户终端，并有如下目标和需求：

1）漫游、移动性、通信单元的可携带；

2）高效使用无线射频频谱；

3）成组通话功能，包括设定通话组；

4）实现端到端的加密通信；

5）开放标准。

MRCS 应有同步通信、紧急通信、群组通信和个人通信 4 种通信模式，见表 5-18。

表 5-18　通信模式

通信模式	通 信 类 型
同步通信	同步通信（通知呼叫）涉及所有为群组分配的移动站点，指挥中心的接线员或者电报员选择群组发起该呼叫，任何在群组中分配的对话群的移动站点，可接收该呼叫
紧急通信	紧急通信（紧急呼叫）是一个特殊、高优先级版的群组呼叫或通知呼叫，紧急呼叫在系统中享有最高优先级，当发起紧急呼叫请求时，其他任何类型的呼叫请求的优先级都将低于该紧急呼叫
群组通信	群组通信（群呼）是 MRCS 中主要的通信方式，MRCS 用户参与的多数对话是群组对话呼叫，为用户与减灾指挥中心之间提供有效地双向群组对话通信，群组呼叫应该是半双工的
个人通信	MRCS 用户间提供有效，双向的私密呼叫，个人呼叫可以是半双工的或者是全双工的

MRCS 可指定优先通信，如灾难发生的优先应急通信优先应急通信需要一定的专用通信资源。

5.9.3　公共预警系统案例

日本已于 2007 年 10 月开始运行地震早期预警（Earthquake Early Warning，EEW）系统，如由日本气象厅（Japan Meteorological Agency，简称 JMA，为日本的官方气象机构，也是世界气象组织的成员，http：//www.jma.go.jp/jma/indexe.html）运作的地震紧急速报系统，还包括海上警报、台风警报、洪水预报等。

该系统为政府预警系统，通过 TV 和广播的方式预报地震通知，如图 5-113 所示。

EEW 系统主要通过日本境内密集分布的地震测站（大约每 20km 一座）以及计算机，迅速计算出地震发生地点与震波传播方向，随后发出地震预警。通过 EEW 系统，日本境内的民众可以利用简单的电子设备或手机，接收到实时的地震预警。

5.9.4　小结

APT 提出的早期预警与减灾无线电通信系统通过核心网络系统（包括陆地系统、卫星系统、移动系统）和地区同步通信系统，实现政府部门、地方政府机构、居民之间的日常通信和应急通信。

该系统与 3GPP 提出的公共预警系统（PWS）实现的功能相同，都是通过通信系统实现用户与灾难管理中心（政府部门）之间的应急通信，但具体系统架构、通信方式、系统需求和提供的业务不同，具体见表 5-19。

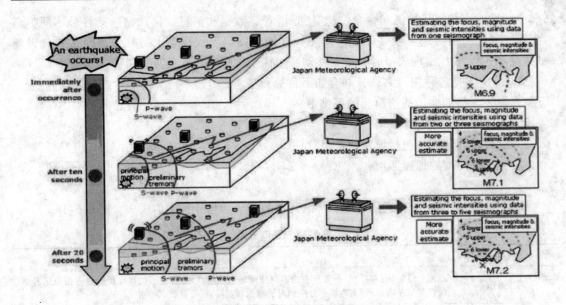

图 5-113　日本 EEW 系统示意图

表 5-19　早期预警与减灾无线电通信系统与 PWS 关系

系统名称	早期预警与减灾无线电通信系统	PWS	
		ETWS	CMAS
	相同		
系统功能	实现应急通信,发送灾难管理中心/告警通知提供者提供的灾难信息/告警通知/预警信息给受灾用户		
	不同		
系统简介	通过核心网络系统(包括陆地系统、卫星系统、移动系统)和地区同步通信系统,实现政府部门、地方政府机构、居民之间的日常通信和应急通信,包括 APT 成员国(亚太地区)的早期预警与减灾系统的需求	PWS 是通过网络(如 PLMN)向处于危险的公众提供可信、灵活、安全可控告警通知的系统,涵盖所有地区(如日本、美国等)紧急情况的预警需求,在全球范围提供公共预警业务	
		通过网络向用户广播地震和海啸的告警通知	美国全国性基于手机短信的预警体系(类似小区广播功能)
标准组织	APT	3GPP	
地区	亚太(APT 成员国)	日本	美国
研究背景	基于世界无线电通信会议 646 决议、ITU-R 建议和 APT/AWF-1 建议	基于日本已运行的地震早期预警系统(EEW)	美国联邦通信委员会(FCC)根据国会《紧急警报和应急反应网法》(WARN)部署 CMAS
信息交互	政府部门、地方政府机构和居民之间的信息交换(语音、传真、视频、图像和数据等)	向灾民只发送地震、海啸告警通知	向灾民发送自然灾害(地震、海啸等)、社会灾害(如恐怖主义、寻找儿童等)的短信预警信息
	双向	单向	单向
系统架构	固定无线通信系统(陆地系统和卫星系统)和移动无线通信系统(含卫星,备份),各系统包括两部分网络(核心网络和地方网络),分 3 层(政府部门、地方政府机构、居民)结构	5 种候选方案,基于 CBS 和 MBMS 两类	基于 GSM/UMTS 网络的 CBS 架构

（续）

系统名称	早期预警与减灾无线电通信系统	PWS	
		ETWS	CMAS
现状	系统草案征求 APT 成员国建议	日本全国范围内已经运行了 EEW 系统	预计 2010 年前系统可付诸实施
相关文档	侧重系统技术特性和对政府的指导；包括系统架构、需求、应用、规范、实现方案，技术规范（频率、多址方式、传输容量/速率、QoS）、系统运营（冗余、计费、管理）等；为亚太地区成员国实现预警减灾提供技术和管理基础	侧重系统需求研究，基于现有的 GSM/UMTS 架构；主要从公众用户和业务提供者角度，对 PWS 提出需求，包括一般 PWS 提供业务的基本需求，ETWS 和 CMAS 的补充需求，为 PWS 部署提供基础	
	ASTAP09-FR15-EG. DMCS-04-R1、世界无线电通信会 646 决议、ITU-R 建议和 APT/AWF-1 建议	TS 22.168 和 TS 22.268	FCC 08-99、TS 22.268 和 Joint ATIS/TIA CMAS Mobile Device Behavior Specification

公共预警对于减少灾害损失起着至关重要的作用，我国在经济条件允许的情况下，建立这样的公共预警与减灾无线电通信系统，有助于提高我国应急通信的响应能力和整体水平。

5.10　分析与总结

除了上述 5.1～5.9 节所描述的公网支持应急通信、卫星应急通信、无线传感器网络及自组织网络、宽带无线接入、数字集群通信、定位、号码携带、P2P SIP、公共预警等热点和关键技术之外，应急通信还会使用到紧急呼叫路由、安全加密、数据互通与共享、视频监控、视频会议、过载控制等技术。如在发生个人紧急情况，用户拨打紧急呼叫时，公用电信网需要将紧急呼叫就近路由到用户所在地的应急联动平台；当政府进行应急指挥时，各部门之间需要召开视频会议，使并行数据互通与共享，某些情况下需要使用一定的安全加密手段。对于自然灾害、公共卫生事件等突发公共事件，需要使用视频监控技术，以便及时掌握现场情况。而各类突发公共事件以及节假日等会导致突发话务高峰的情况，则需要公用电信网使用过载控制技术对话务行控制，避免突发话务导致网络瘫痪，保证网络的正常使用。

由于紧急呼叫路由、安全加密、数据互通与共享、视频监控、视频会议、过载控制等技术相对比较成熟，应用较广，本章不再一一赘述。

应急通信系统是个多维度的综合体系，涉及多种网络类型、多个环节的通信需求以及多种关键技术的使用，如图 5-114 所示。

如图 5-114 所示，在各类突发紧急境况下，应急通信涉及公众到政府的报警、政府到政府的应急处置、政府到公众的安抚/预警、公众到公众的慰问/交流 4 个环节的通信，通信媒体类型包括语音、数据、消息、视频等多种媒体，会使用公用电信网、专网、公众媒体网等各种网络，使用优先权处理、应急短消息、资源共享、卫星通信、宽带无线接入、定位、公共预警等各类关键技术。应急通信各环节所使用的网络、媒体类型和关键技术见表 5-20。

从表 5-20 可以看到，不同环节所使用网络类型、媒体类型和技术手段都不相同。

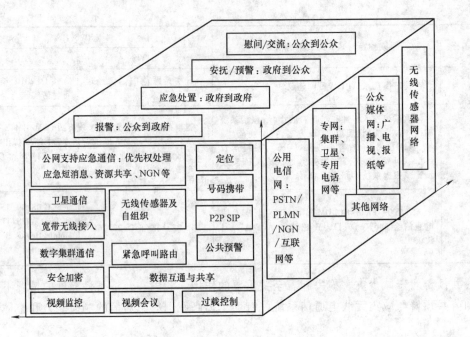

图 5-114 应急通信所涉及的通信环节、网络类型及关键技术

表 5-20 应急通信各环节所使用的网络、媒体类型和关键技术

应急通信环节	网络类型	媒体类型	常用关键技术
报警： 公众到政府	公用电信网：PSTN/ PLMN/NGN/互联网等	语音 短消息	定位(详见 5.6.1 节) NGN 支持紧急呼叫(详见 5.1.4 节) 互联网支持紧急呼叫(详见 5.1.3 节) 紧急呼叫路由
应急处置： 政府到政府	专网:集群、卫星、专用电 话网等	语音 视频 数据 短消息	卫星通信(详见 5.2 节) 数字集群通信(详见 5.5 节) 定位(详见 5.6 节) 安全加密 数据互通与共享
	公用电信网：PSTN/ PLMN/NGN/互联网等	语音 视频 数据 短消息	优先权处理技术(详见 5.1.2 节) 定位(详见 5.6 节) 视频会议 视频监控 安全加密 数据互通与共享
	无线传感器及自组织 网络	语音 视频 数据	无线传感器及自组织(详见 5.3 节)
	其他网络	语音 数据 视频	宽带无线接入(详见 5.4 节) P2P SIP(详见 5.8 节) 视频会议 视频监控 安全加密 数据互通与共享

（续）

应急通信环节	网络类型	媒体类型	常用关键技术
安抚/预警： 政府到公众	公用电信网：PSTN/PLMN/NGN/互联网等	语音通知 消息	短消息过负荷和优先控制（详见 5.1.2 节） 公共预警技术（详见 5.9 节）
	公用媒体网：广播、电视、报纸等	语音通知 文字、视频、消息等	公共预警技术（详见 5.9 节）
慰问/交流： 公众到公众	公用电信网：PSTN/PLMN/NGN/互联网等	语音 短消息	过载控制
辅助手段,尽快恢复通信			号码携带（详见 5.7 节） 通信资源共享（详见 5.1.2 节）

1）对于公众到政府的报警环节，目前主要是用户使用固定电话或手机等拨打电话，涉及固定电话网和移动通信网等公用电信网，随着网络的演进和技术的发展，用户也应该可以通过 NGN 或互联网拨打报警电话，并且可以通过发送短消息来报警。因此，所涉及的关键技术包括对当前报警用户的准确定位、将用户的紧急呼叫就近路由到用户所在地的应急联动平台，进行处置，另外还有 NGN 和互联网支持紧急呼叫。

2）对于政府到政府的应急处置环节，可使用公网、专网等各种网络、各种技术，其核心目的就是保证政府的指挥通信，如我们所熟悉的集群通信、卫星通信，近年来利用公用电信网支持指挥通信成为一个新的热点，这就需要公用电信网具备优先权处理技术，以保证应急指挥重要用户的优先呼叫。另外无线传感器网络及自组织网络、宽带无线接入、视频监控、视频会议、P2P SIP 等也逐渐应用于应急指挥通信，除了传统的语音，还包括数据、视频、消息等媒体类型，其目的就是全方位、多维度支持应急处置，实现无缝的指挥通信。

3）对于政府到公众的安抚/预警环节，目前使用最多的还是利用广播、电视、报纸等公众媒体网及时向公众通报信息，通常不涉及通信新技术的使用，但如果使用专用的广播系统，则会涉及公共预警技术的使用。另外可以利用公用电信网向用户发送应急公益短消息，这个时候需要使用短消息过载和优先控制技术，保证应急公益短消息及时发送到公众。在这个环节，目前新型的技术热点是利用移动通信网或无线电手段，建立公共预警系统，通过语音或短消息的形式，向公众用户发送预警信息，如灾害信息、撤退信息等。

4）对于公众到公众的慰问/交流环节，主要是公众用户个人之间的交流，不涉及政府的有组织行为，公众之间的慰问会导致灾害地区的来去话话务量激增，包括语音和短消息，这个环节主要是公众所使用的公用电信网要采取一定的过载控制措施，避免网络拥塞，保证网络正常使用。

从表 5-19 中可以看出，政府到政府的应急处置是最重要、使用技术最多的环节，其次是政府到公众的安抚/预警环节，这两个环节的重要性不言而喻，都是涉及政府和公众群体的关键环节，只有应急处置及时得当，安抚和预警措施得力，才能减少人民生命和财产损失，维持社会稳定。

另外，表 5-19 所示的为各类常用关键技术，有些技术可用于多种场合，如卫星通信，除了政府部门应急指挥之外，某些用户也会使用卫星电话报警，如行驶在海洋上的货轮碰到紧急情况，可以拨打卫星电话告警。而网络资源共享、号码携带等技术的根本目的是尽快恢复公众用户的通信，是上述通信环节的辅助手段。

　　应急通信并不是一种单一的新技术，而是应对紧急情况下各种技术的综合应用，是一个立体多维度技术体系。其关键不是自身的技术创新，而是如何科学有效地利用上述各种技术手段，构建综合的应急通信体系，快速准确地实现应急响应。

第6章　应急通信应用案例

本章要点:

- 美国"9·11"恐怖袭击应急通信案例分析
- 卡特里娜飓风应急通信案例分析
- 伦敦爆炸事件应急通信案例分析
- 汶川地震应急通信案例分析
- 2008年雨雪冰冻灾害应急通信案例分析

本章导读:

　　本章对近年来国际上发生的几个重大自然灾害和公共突发事件进行介绍和分析,包括美国"9·11"恐怖袭击、卡特里娜飓风、伦敦爆炸事件、汶川地震和2008年雨雪冰冻灾害。对每个灾害或事件的概况、通信网络面临的困难和挑战、通信保障措施以及经验和教训进行总结和分析,并介绍灾害或突发事件后针对通信设施所采取的改进和完善措施,帮助读者通过案例了解应急通信相关技术的应用、应急通信的重要作用及其面临的问题和挑战。

6.1　恐怖袭击事件

6.1.1　事件概述

　　2001年9月11日上午,美国4架民航客机遭到恐怖分子劫持,恐怖分子利用被劫持飞机撞击目标建筑物发动自杀式袭击,其中两架被劫持飞机撞击了位于纽约曼哈顿区的世界贸易中心,第3架飞机袭击了位于首都华盛顿的美国国防部五角大楼,第4架被劫持飞机在宾西法尼亚州坠毁,据事后调查证明,第4架被劫持飞机的袭击目标为美国国会大厦。这次恐怖主义袭击中,纽约世界贸易中心的两幢110层摩天大楼和其附近的5幢建筑物倒塌,五角大楼部分结构受损坍塌,世贸中心附近的23座高层建筑遭到不同程度破坏,事件中共有2998人罹难(不包括19名劫机者),其中2974人被官方证实死亡,另外还有24人下落不明,罹难者中包括411名救援人员。

　　"9·11"事件发生在美国的政治中心华盛顿和经济中心纽约,造成重大人员伤亡和财产损失,是人类历史上规模最大、伤亡最惨重的一次恐怖活动,可以说,这次恐怖主义袭击是仅次于第二次世界大战珍珠港事件的又一次针对美国本土的重大袭击事件,对美国及全球产生重大的影响。美国在这次事件中得到全世界的普遍同情与支持,世界各地在事件后纷纷举行各种悼念活动。"9·11"事件导致了国际范围内的多国合作反恐怖主义行动,该事件也是阿富汗战争和伊拉克战争的导火索之一。

6.1.2　通信网络面临的挑战

"9·11"事件发生后，现场指挥调度、救援、安抚公众、发布消息以及公众用户与亲友联系等活动对通信网络提出了很高的要求。公用电信网是受众最大的通信网络，但由于公用电信网属于日常通信设施，在突发事件情况下面临的挑战也更加明显。公用电信网主要包括固定通信网和移动通信网，其在建设过程中是根据用户的使用习惯和统计概率进行网络容量设计的，并不是有多少用户数量就建设多少容量的网络设施，这样会带来极大的网络资源浪费。因为通常来讲，不可能所有用户在同一时间同时使用通信资源，电信运营商只要按照用户数量的一定比例建设网络就可以保证通信业务的有效运转。举例来讲，如果一个公用电信网运营商拥有1000万用户，但它并不需要建设能够同时支持1000万用户通信的网络，可能只需具有满足100万用户或者更少数量用户同时通信的能力即可，这个比例可根据本地区用户特点和统计概率计算，比如固定通信网采取1:4比例建设网络资源，移动通信网采取1:20比例建设网络资源。公用电信网在日常通信提供上可以做到游刃有余，但在灾害或突发事情情况下，话务量呈几何数量级激增，公用电信网虽然会有一定的网络冗余配置，但仍难以满足大量用户同时通话的需求，网络容易造成阻塞。

"9·11"事件中，纽约地区移动电话拨打数量平均增加了400%，个别运营商甚至增加了1000%，华盛顿也增加了125%，高峰时期电话阻塞严重，而这一时间段恰恰是公众用户和救援部门最需要通信保障的时期。同时，由于纽约是美国东部的通信中心之一，世贸中心大厦倒塌后放置在其内的部分电信网络设备被损毁，周边很多地区供电中断，大量网络设备停止运行，这些都对通信保障能力带来极大破坏。例如，纽约地区主要无线电信运营商为AT&T、Nextel、Sprint、Verizon等，运营商在"9·11"事件中有5个无线基站被损毁，但由于供电或线路问题造成9月11日当天160个基站停止工作，而有线网络设施破坏更加严重，仅Verizo位于西街的信息交换中心就有超过30万条电话线和400万数据电路受到破坏，位于下曼哈顿地区的政府机构、紧急事务管理局、法院、FBI总部和一个警察局停车场通信中断，公用电信网面临巨大的困难和挑战。

另外，通过紧急预案和紧急技术解决工具，纽约市政府保住了其门户网站NYC.GOV的正常运行，为纽约市政府发布灾情信息、安抚公众提供了一个重要平台。但由于网络业务量激增，部分设备受到影响，纽约市政府门户网站也不断受到冲击和考验。美国互联网在"9·11"期间延时和流量要远大于平时水平，袭击发生时，美国互联网上电子商务网站的平均响应时间从平时的2.5s延至7s，美国在线公司的即时报文积压了12亿份，是正常时的100倍，五角大楼遭攻击后其指挥控制也处于半瘫痪状态。

6.1.3　应急通信保障措施

"9·11"事件中，由于事件发生在纽约曼哈顿地区且突发性强，通信手段主要依靠公用电信网和救援队伍的专用无线通信系统。纽约市警察、消防、港务局等专业机构各自配备了专用无线通信系统，这些无线通信系统在救援过程中发挥了重要作用，但由于各部门无线通信系统使用频段和技术不一样，而且一些设备在楼宇内信号衰减比较严重，也为救援工作带来严重影响并导致大量救援人员伤亡。

美国的运营商在应急通信和网络恢复工作上做出了较快反应，在无线通信网络方面，运营商 24h 内在纽约搭建了 17 个临时性的基站和中继系统处理突发通信业务量；在 72h 内，纽约地区停止工作的 160 个基站中的 47% 重新工作；2 周后，无线接入能力不但恢复到"9·11"事件之前的水平，而且还增加了 23% 的基站以支持居民恢复生活和企业的恢复工作。在华盛顿，虽然没有基站受损，但还是增加了 10 个基站为五角大楼地区提供额外的容量，宾夕法尼亚州坠机地点也增加了两个临时基站。在有线电话和通信设施方面，AT&T 公司启用了应付突发事件的"实时网络选路（Real Time Network Routing，RTNR）系统，以确保其网络的可靠性，同时 AT&T 公司采用预测算法，估算出网络最忙期间的网络参数，从而进行合理调配网络资源以适应突发话务量。另外，AT&T 公司还采用"呼叫中断（Call gapping）"技术，把那些打往受损端的呼叫在起始时刻就中断掉，以节省容量接入其他有效呼叫。AT&T 公司的网络灾难恢复（Network Disaster Recovery，NDR）在"9·11"事件后进行了全方位的网络恢复；TeraBeam 公司在 4 天内就为一家位于世贸中心大厦附件的公司通过资源空间光子技术恢复了它与 1.5km 之外的办公楼的通信；Verizon 公司是东部地区最大的固网运营商，并担负着华尔街地区的纽约股票交易所和奈奎斯特所有的通信任务，"9·11"事件发生后，Verizon 公司为曼哈顿地区提供了 4000 部免费本地投币电话，快速启动备用设备，优先保证医院、救助中心等机构的通信恢复工作。同时，Verizon 公司全力恢复华尔街网络，增加了 24 条高速数据链路（10Gbit/s）和数千条电话线，对网络容量进行了重新调度，9 月 17 日华尔街如期开盘，避免了美国经济更大的损失。灾后两周时间内，Verizon 公司即完成了受损的 30 万线中的 20 万线路恢复工作。另外，运营商支持的政府优先服务项目如电信业务优先项目和政府应急通信业务（Goverment Emergency Telecom unications Service，GETS）也发挥重要作用，"9·11"事件中，共处理了 18000 个 GETS 呼叫，在政府重要人员在抢险救灾、指挥调度中的通信联络发挥了关键作用。

除公用电信网外，互联网也在"9·11"事件中大放异彩，基于互联网的 IP 电话有效地利用互联网带宽资源实现电话通信，这证明了互联网在紧急突发事件中不可低估的力量，其比传统电话线路更具抗毁性的特点也得到充分体现。另外，美国业余无线电爱好者在"9·11"事件中也发挥了重要作用，这也为今后突发事件应对提供了一个很好的思路。

6.1.4　经验教训

"9·11"事件突发性强、破坏力大，造成了严重的人员伤亡和经济损失，带来深远的政治影响，"9·11"事件委员会的调查报告尖锐地抨击了政府在应急通信建设方面的失误，对现场指挥调度、信息沟通的混乱状况给予了严重批评，并在调查报告中充分强调了应急通信在指挥、救援和信息发布等方面的重要作用。"9·11"事件关于应急通信的反省也为各国应急通信管理和建设提出了警示，这些经验和教训值得深思。

1. 通信设施无法互连互通，资源和信息不能共享

恐怖袭击后，纽约警察局、消防局、港务局以及医疗机构立即投入到营救工作中，但是各部门和各专业的指挥调度系统无法互通，资源和信息不能共享。消防局、警察局、医疗以及其他相关部门之间不能协调指挥和调度，救援人员难以获得救援现场整体情况相关信息，有些电视上都可以获得的信息救援人员都不知道，极大的影响到救援效率并带来严重后果和损失。例如，在事件现场，当警察直升机用警用信道发出坍塌警告，要求救援人员全部撤离时，由于消防部门不能与警察部门互通，所以未能获得大厦将要倒塌的消息，导致了 343 名消防队员因公殉职。在"9·11"事件总结中,现场应急通信互联互通和信息共享成为政府重点关注的问题,"9·11"事件独立调查官 Lee Hamilton 在调查结果中强调,"由于各部门间通信设施不能互通互联,是造成该事件救援人员伤亡惨重的重要原因"。

2. 缺少综合协调的应急联动指挥系统

在"9·11"事件中,纽约市的固定通信网和移动通信网遭到破坏、关闭或阻塞,固定通信系统几乎陷入瘫痪,部分手机通信也受到影响,通过"9·11"事件可以看到,公用电信网虽然能够提供一部分应急通信能力,但仅仅依靠固定通信网难以满足应急救援、指挥调度以及公众用户的紧急通信需求。同时,警察局、消防局、港务局人员之间无法沟通,一些楼层出现反复搜索的情况,大量的救护车辆也因通信混乱被反复派往世贸中心,加重了通信和交通压力,各部门之间缺少统一的指挥、协调和调度,没有形成应急联合行动。因此,建立一个集合多种技术手段,具有抗毁性的综合应急联动指挥系统对于灾害或突发事件处置将具有重要作用。

3. 缺少准确高效的信息发布平台和帮助系统

"9·11"事件中,飞机撞击世贸中心大厦至大厦坍塌这段时间内,很多人并没有得到任何关于当前危险情况的通知,也没有得到快速逃离事件发生现场的指令,更缺少逃离灾难现场的指导和帮助信息,大楼中的消防官员曾经用手提扩音器来疏散人员。另外,警察局911话务员和消防局值班人员没有获得现场最新信息,现场指挥人员发出的撤离现场等重要指令也没有及时传达给911话务员和消防局值班人员,当受困群众寻求帮助时这些最新指令没有通过911话务员和消防局值班人员有效传达给求助者,据报道称,911话务员和消防局值班人员曾发出让求救者不要自行撤离的错误建议。这些现象都说明,"9·11"事件中缺少一个准确高效的信息发布平台和帮助系统,这也是造成数千人死亡的原因之一。"9·11"事件后,ITU 提出了如何解决公共防护和救灾(Public Protection and Disaster Relief, PPDR)通信的问题,这对完善应急通信体系具有一定的指导意义。

6.1.5 完善和改进工作

美国在灾害和突发事件应急响应工作方面具有很好的技术基础、雄厚的经济实力和专业化的救援队伍,但在"9·11"事件处理中却暴露出现场通信的很多问题,事后调查结果也说明应急通信还存在很多薄弱环节,引起了美国政府相关部门的重视和关注。在"9·11"事件后,美国政府在积极建立反恐应急体系中,应急通信成为反恐战争的排头兵,在应急通信管理、技术等各个方面开展了大量工作。

1. 加强通信兼容和互通

2004年,美国国土安全部牵头成立了通信兼容和互通办公室,负责管理通信网络设施互联互通和综合应用,该办公室在美国10个风险最高的城市开展了应急通信互联互通项目,目标是通过无线通信系统帮助公共安全机构和"首批响应部门"实现跨部门、跨行政区域的语音互通与数据信息交互,该项目如果取得成功将向全美范围推广。同时,制定了应急通信设备相关国家标准,开展应急通信设备测试以及对地方应急人员进行通信使用培训,并要求新购买的通信系统应具有跨部门通信的能力,从而加强灾难或重大突发事件中各部门通信沟通能力。

2. 强化应急指挥调度系统能力

"9·11"事件后，美国针对应急救援部门的现场指挥调度通信系统进行了调整和完善，建立了模块化智能通信无线网关系统，增强了应急通信指挥调度能力，并对有关通信技术和管理程序进行了修订。同时，美国政府加大 911 应急指挥调度中心的投资力度，采用 GPS、GIS 等新技术实现定位和重点区域监视能力，一旦重大危机事件发生，各部门长官可通过联合指挥调度平台指导本区域的工作人员、技术设备及其他资源开展救灾工作，并强化联合行动能力，为城市的公共安全提供强有力的保障。

3. 完善应急通信管理机制

美国兰德公司在分析"9·11"事件对信息基础设施的影响基础上，向美国政府和军方提出了"最低限度信息基础设施"的概念及实施建议，以保证美国在遭到信息战攻击情况下，能继续运转所需要的最低限度的各种通信系统。在"9·11"事件后，美国联邦应急事务管理总署 FEMA 进一步明确了灾害或突发事件情况下的信息基础设施管理职责，并配合美国"关键基础设施保护委员会"加强应急通信设施的管理和运行。"9·11"委员会提出增加用于公共安全目的的无线频率分配议案，并为公共安全清理和分配更多的频谱资源。2001 年底，美国国家安全委员会提出了与固定网政府应急电信业务（GETS）计划相对应的无线优先服务计划，该计划目的是在无线网络拥塞时，为应急人员提供无线优先接入服务。另外，2004 年颁布了"情报机构改革与预防恐怖主义法（Intelligence Reform and Terrorism Prevention Act）"，要求国土安全部、会同联邦通信委员会和国家通信与信息管理部门研究与评估满足公共安全通信所需的政策和规章制度。

4. 建立或完善应急通信相关系统

美国政府加大了应急通信专网投资，拟建立与互联网物理隔离的政府专用 IP 网（GOVNET），预计投资数十亿美元，并在该网络上采用先进的安全措施如防止 Ddos 攻击等技术措施，确保网络设施的可用性、安全性和保密性，从而加强美国政府信息网络应对恐怖主义袭击的能力，该提议也得到了美国军方的大力支持。同时，建议在华盛顿、纽约等城市建立由陆军通信兵单位负责管理维护的应急通信支撑系统，以保证民政机关、本地应急响应部门以及国民警卫队之间的通信畅通。另外，美国政府还开展了一系列信息系统的建设或完善工作，如：更新紧急行动中心指挥和控制系统、发展公共卫生监视网，并建设用于美国移民和访问者归档和机场乘客检查的新型数据库、联邦调查局恐怖威胁综合中心、边境安全警戒系统、国家安全局"先驱者"系统、"美国访问国土安全信息网"、"国土安全行动中心"等。

5. 纽约市政府的应急通信工作

纽约市政府在总结"9·11"事件经验教训后，对纽约市电信基础设施进行了全面梳理和完善，并鼓励对电信技术和电信设施的投资。信息技术与电信部针对纽约电信网络环境提出了一项"电信网络多元化综合减灾解决方案"的提案，在灾难或突发事件时，通过该提案确保纽约重要场所和机构的通信能力，减少纽约市政府、救援、医疗、金融等重要机构的安全风险，提案强调要重点发展地理信息系统、纽约市数据库综合系统、全球定位等系统。同时，加强纽约市门户网站的保护，并在纽约市门户网站上开发了应急管理定位系统，通过该系统可以在海洋风暴和热浪来临时向公众提供定位帮助，帮助公众判断他们是否处于风暴区并提供寻找风暴避难所的路径。

6.2 卡特里娜飓风

6.2.1 灾情概述

2005 年 8 月，飓风卡特里娜（Hurricane Katrina）在巴哈马东南方海域上形成，并于 8 月 25 日在美国佛罗里达州登陆，随后穿越佛罗里达南部进入墨西哥湾，在墨西哥湾的气候环境下卡特里娜迅速增强为一个 5 级飓风，并在墨西哥湾沿岸新奥尔良再次登陆，飓风肆虐超过 12h 后，才逐渐减弱为强烈热带风暴。飓风卡特里娜造成数十万人被困灾区，仅路易斯安那州新奥尔良市就有 6 万至 8 万人被困在洪水淹没了 80% 的城市中，沿海遭飓风袭击最严重地区 90% 的建筑消失。据国际风险评估机构估计，卡特里娜飓风至少毁坏了 15 万处产业，造成大约 500 万户居民停电，要排干淹没新奥尔良城区洪水需要 36 ~ 80 天，受灾群众 3 ~ 4 个月才能重返家园，整个受灾范围几乎与英国国土面积相当。造成经济损失 812 亿美元，死亡人数超过 1800 人，影响到巴哈马、佛罗里达、古巴、路易斯安那、密西西比、阿拉巴马等多个国家和地区，为有史以来大西洋飓风造成损失最严重的一次，也是美国历史上损失最大的自然灾害之一。

6.2.2 通信网络受损情况

在卡特里娜飓风后，墨西哥湾美国沿岸大量电信设施受损，上千个无线基站被刮倒，1.1 万个电线杆和 2.6 万段电缆遭到破坏，数百万条电话线路瘫痪，广播通信也大面积瘫痪，飓风过后，新奥尔良市只有 2 个 AM 和 2 个 FM 广播站继续工作，同时，通信设施使用的备用发电机燃料消耗严重且部分发电设备被洪水毁坏，部分通信设施由于供电中断而停止工作，仅存的部分通信设施也随时面临停机的危险，新奥尔良市的警察和消防部门的无线通信系统由于无线基站缺少备用发电机无法使用，为灾区的救援和安全保证带来巨大的困难。

在受灾最严重的新奥尔良市，电信设施大部分被摧毁或停止工作，本地电信运营商如 BellSouth、Verizon、AT&T、Qwest 和 Sprint Nextel 等面临严峻挑战。BellSouth 公司在飓风中损失了 34 所中心局，其中有 9 所被彻底摧毁，大量安装在建筑物低层或地下室的光纤复用器受到了破坏，很多应急发电机或电池组被洪水浸泡，例如，Mid-City 中心局存放电池组的地下室被洪水完全浸泡，水位距天花板仅几英尺；Verizon 公司损失了新奥尔良市区中的 20 个蜂窝站点，不过所幸在飓风到来前将新奥尔良市北部的交换设施转移到路易斯安那州 Covington 市，对网络交换设施影响不大。Verizon Business 公司骨干线路因供电原因，先后发生 4 次光纤线路断线，多处信号再生设施也被水淹；AT&T 公司在卡特里娜飓风袭击时基本没有受到什么损失，洪水只造成一个信号再生站点被毁；Qwest 公司的部分地区中心局被摧毁，飓风将该公司的光纤线路刮到了 3 个街区之外，沿海岸铁轨铺设的光纤供电中断；Sprint Nextel 公司的一个长途交换局被洪水损坏，同时该公司在新奥尔良地区的 208 个移动基站在飓风后大部分被迫关闭，直到 9 月 5 日即飓风登陆一周后才接通其中的 35 个。

在公用电信网大部中断的情况下，数十万受灾民众被困水中，无法与外界取得联系，为救援、安抚公众、维护秩序带来极大困难，运营商面临来自政府、公众、救援机构等各行各业的迫切通信需求压力。在此情况下，灾区的主要电信运营企业都投入了大量人力和物力恢复或重建当地的通信网络，但由于飓风对通信网络设施以及与其相关的配套设施毁坏非常严重，通信恢复工作遇到重重困难，例如，飓风和洪水折断了大量户外电线杆，供电大面积中断，给通信设备的供电、线路铺设带来很大困难。而且，很多通信设备完全被摧毁，需要重新调集设备进行建设，这也延缓了通信恢复的步伐，因此，直到 9 月 5 日即飓风袭击一周后，新奥尔良市的通信系统大部分仍处于瘫痪状态。据美国本地电话运营商南方贝尔公司称，截止至 9 月 5 日，受到飓风影响而中断的通信线路仍有 81 万条没有恢复，在路易斯安那、密西西比、亚拉巴马 3 个州的 131 个中心局中，仍有 19 个处于中断状态，这些中心局共计有 18.7 万条线路中断，其中 16.6 万条通达新奥尔良地区。

6.2.3 应急通信保障措施

在飓风肆虐之前，FCC 就成立了由数百名员工组成的特别工作组负责通信保障工作，并协调各电信运营商积极应对灾害可能带来的破坏。飓风后，面对飓风造成的超出预计的破坏，该小组 24h 不间断工作，加强运营商的恢复和重建组织工作，并为保障警察、消防、医疗等重要部门通信采取了积极有效的措施。为充分利用各方通信资源，FCC 加速特殊临时授权的处理流程，共批准了 90 项特殊临时授权申请，以及 100 项临时性频谱授权；启动对灾区所需的卫星地面与空间站、海缆和国际路由等实施临时性授权程序；协调动用电信行业的各方资源（如应急发电机和燃料），以满足救灾需求；临时放宽 3 个州的号码政策，要求运营商和号码管理者方便用户号码携带；允许灾区用户延长电话号码的保留时间。另外，FCC 还建立公共网站，公布灾害相关信息以及受灾用户信息，并包括一些与业余无线电爱好者组织的链接；分配临时性的红十字会 800 长途免费号码 1-800-RED-CROSS（1-800-733-2767）等。另外，国家通信系统在卡特里娜飓风后也采取了一系列措施以保障通信。例如，发放了 1000 张新的政府应急电信业务（GETS）卡，在飓风期间共完成 4 万个 GETS 呼叫；向 4000 个联邦应急官员和 NS/EP 用户提供无线优先业务；向 3000 个用户配置电信业务优先权；启动共享资源高频无线电计划。通过这一系列工作，为灾区应急通信和指挥调度提供了基本的通信保障条件，加快了通信网络设施的恢复和重建过程。

电信运营商在飓风发生后投入了大量人力、物力，加紧恢复通信网络设施，在较快的时间内就取得了一定进展，考虑到卡特里娜飓风的破坏严重程度及其影响范围，电信运营企业的网络恢复工作进展进度难能可贵，各运营商的主要措施如下：

1）南方贝尔公司在飓风后紧急更换了被毁坏的发电机和光纤复用器，将网络设备和供电设施转移到建筑物的高层，野外的数字环路载波器也被调整并安装在相对安全的高度上。同时，在重建损坏的网络设施时，南方贝尔公司用小体积交换机和光纤线路代替了体积庞大的老式交换机和布局复杂的铜缆，并在设备安装和光纤布线方面加强了预防灾害的考虑。

2）Verizon 公司在飓风来临之前就采取了一定预防措施，转移了部分交换中心，并在部分蜂窝站点安装了以天然气作为燃料的永久备用发电机，从而减少了灾难发生时补充柴油燃料困难情况的发生。飓风过后，Verizon 公司配备了 20 个移动发射站，并且给没有永久发电设备的基站运送了发电机。同时，Verizon 公司还建立了两条微波线路为其蜂窝站点骨干线路提供应急备份，其中一条将 Covington 市和路易斯安那州 Baton Rouge 连接起来，另一条连接密西西比。另外，Verizon 公司将新建设施设置在远离海岸的地区，并提前实施超长距离（Ultra Long Hual，ULH）计划，该计划的实施将再生信号间隔距离由 25 英里提升至 1200 英里，减少了再生站点的数量和维护成本。

3）AT&T公司在飓风来临前为其海湾地区162个站点配备了充足的备份电源，并提前储备了充足的发电机燃料，因此飓风给AT&T带来的损失很小；

4）Cingular公司在飓风过后将其便携发电机的数量由1200台扩展到4500台，还将修改其灾难恢复和连续性计划，安装更多的扩频、卫星和回传线路设备。同时，飓风也加快了Cingular网络与公司收购的AT&T无线网络的集成速度，并对网络弹性改进给予了更多的投入。

5）Qwest公司在Claremont和距海岸更远的北边重建了被摧毁的地区中心局，并快速修复了被飓风破坏的设施。

6）Sprint Nextel公司在灾后部署了移动发射站，支持其固定和移动两大网络快速恢复，并将损毁的长途交换机话务绕行至其他州或城市，最大程度的减少长途局损毁带来的影响。

另外，卡特里娜飓风中，卫星通信发挥了重要作用，例如，全球星、铱星、国际移动卫星等公司紧急提供了2万多部移动卫星终端设备，供美国联邦应急事务管理总署、国家警卫队、救援机构、公共安全、红十字会等部门开展指挥调度和救援工作；休斯网络系统公司重组沃尔玛卫星通信网络，为灾后重建提供信息通信保障；泛美卫星公司向40个灾区红十字会固定站和部分移动站提供免费卫星通信服务；SES Americom为美国硫磺岛号两栖攻击舰提供高速船对岸通信服务，帮助该军舰向新奥尔良灾区运送救灾人员和物资。另外，卫星广播也在救灾行动中也发挥了重要作用。例如，XM卫星无线电公司利用卫星广播提供全天24h的飓风灾情信息广播，发布飓风行踪、变化以及灾区地面情况等信息。

6.2.4　经验教训

卡特里娜飓风是美国历史上损失最大的自然灾害之一，其覆盖范围和破坏能力远远超出人们的预料，在这次自然灾害中，通信保障发挥了重要作用，并为今后应对自然灾害积累了丰富经验。

1. 预防准备工作至关重要

卡特里娜为5级飓风，其风速高，破坏力强，对重灾区尤其是新奥尔良市造成的破坏几乎是毁灭性的，但由于灾害来临前电信运营商收到了预警信息，运营商和政府相关部门做了相应的准备工作，在飓风过后应急通信保障工作得以有条不紊地迅速开展，在飓风来临前形成了政府、运营商之间充分的沟通和合作。政府机构如FCC成立了应急通信特别工作组，负责在飓风灾害中通信保障相关事宜的处理与协调。NSC启动的GETS计划、WPS计划、TSP计划也获得了显著成效，为灾害中的指挥调度和重要部门信息沟通提供了巨大帮助。运营商在灾害前的充分准备，加强了设备冗余备份，转移了部分关键设备并配备了大量移动基站和油机供电设施，在灾害来临时这些准备工作帮助通信设施避免了更大范围受损。同时，由于这些预防准备工作，在遭遇远超预料的破坏力面前，政府和运营商能够做到心中有数，从而快速、有序地开展恢复和重建工作。在这个过程中，很多预防措施起到了关键性作用，相关预案也很好地指导了飓风后的通信恢复工作。从这些准备措施的效果可以看到，虽然灾害严重程度超出预料，造成的损失和破坏难以完全规避，但完善的准备措施和预案在灾害来临时还是能够发挥其巨大作用，预防和准备工作在应对自然灾害中至关重要。

2. 卫星系统发挥重要作用

卡特里娜飓风破坏了大量地面通信设施，尤其是公用电信网损毁非常严重，在新奥尔良地区很多机房建筑和基站被完全摧毁。在此情况下，显然已经不可能完全依靠公用电信网实现应急通信。在地面电话和广播网遭到严重破坏的情况下，卫星显示出它的优势并在灾后救援和处置中发挥了重要作用，尤其是在重灾区，卫星通信成为灾害初期指挥救援工作的主要通信手段。卫星通信具有覆盖面积广、传输距离远、组网灵活以及受地面环境变化影响小等特点，因此在遭受洪水、飓风、地震这类对地面设施破坏严重的自然灾害时，卫星通信是最适合作为地面通信网的备用通信手段。

另外，除通信卫星外，还有导航定位卫星、遥感成像卫星、电视或广播卫星等也可以在灾害或突发事件情况下提供应急通信能力。例如，在卡特里娜飓风灾害中，美国利用遥感成像卫星拍摄了大量灾区图片，为政府和救援机构了解灾害范围和破坏情况提供了直观、全面的图像信息；另外广播卫星在发布灾害信息、安抚和指导受困群众中也发挥了巨大作用。

3. 供电设施不容忽视

当前，运营商和用户对供电系统的依赖性越来越强，通信设备、用户手机等都需要有电才能工作。飓风带来的洪水淹没了新奥尔良 80% 的城区，大面积电力中断，严重影响了通信设施的使用、恢复和重建。另外，由于部分运营商准备的紧急供电油机和电池组很多都存放在建筑物的地下室或较低层，飓风过后被洪水浸泡，破坏比较严重。很多通信设施由于供电停止不能正常运行，即使通过油机恢复供电，由于油机燃料消耗巨大，在灾后的燃料供应和补充上也成为工作人员面临的很大困难。例如，南方贝尔公司 Mid-City 中心局存放电池组的地下室被洪水完全浸泡，电池完全被毁；Verizon 公司骨干网线路由于供电原因先后 4 次停止工作。因此，为保证紧急情况下的通信能力，应结合地区特点和可能发生的灾害，建设合理、科学、多手段的供电保障体系，供电设施不容忽视。

4. 新技术应用成为应急通信保障的重要手段

在卡特里娜飓风灾难中，一批新技术涌现出来并发挥重要作用，如 Wi-Fi、WiMAX、无线 VoIP 等，这些技术被用来帮助援救人员和灾民进行通信。新奥尔良市市长在灾后与布什总统的第一次通话就是通过市政府的局域网利用 VoIP 技术实现的。Intel 公司为灾区的一个空军基地安装了 WiMAX 设备，并顺利开通业务。FCC 主席马丁认为新技术的应用在救灾过程发挥重要作用，也为应急通信发展提供了一个新的思路，他呼吁美国政府把互联网纳入紧急情况警报系统，并建议基于互联网和其他先进技术建设一个功能强大的警报系统，并利用IP 技术实现紧急情况下对电信网络的备份功能。

6.2.5　灾后改进工作

FCC 成立专家小组，对卡特里娜飓风造成的通信设施影响进行评估，并对加强自然灾害及突发事件情况下的应急通信保障能力提出建议。同时，为更好地加强紧急情况下的通信管理，FCC 计划整合资源成立新的公共安全局，负责紧急优先通信、政府部门通信保障、灾害管理协调、紧急信息发布以及网络的可靠性和安全性等工作，并加强救援应急部门之间的通信能力，从而提高美国应急通信保障能力。同时，FCC 成立专项基金，用于资助灾后通信系统恢复和公众应急通信设施重建。

飓风灾害后，各运营商在灾后不断完善自身网络设施，时刻准备应对新的自然灾害侵袭，尤其是在每年飓风季来临前，各运营商更是将防灾作为专项任务来抓。例如，Verizon公司在卡特里娜飓风后，每年都对应对飓风和其他紧急事件进行专项投入，具 Verizon 公司称，在该公司在飓风高发区配备了大量网络电源备用设备，包括电池和可携带发电机等，一旦紧急事件导致本地的供电出现问题，该公司旗下的所有交换局和基站都可凭借备用电源保持网络通畅。同时，在 Verizon 公司新建的蜂窝基站上，大部分都配有发电装置。此外，Verizon 公司建设了大量车载式蜂窝基站，一旦险情发生，可将这些应急通信车第一时间开赴网络设施受损地区。

6.3 伦敦爆炸事件

6.3.1 事件概述

2005 年 7 月 7 日上午人流高峰时间，英国伦敦市地下铁路车站和巴士连续发生多起爆炸事件，死亡人数共 52 人，数百人受伤。该爆炸案发生在伦敦获得 2012 年夏季奥林匹克运动会主办权不足一日后，同时八国集团首脑会议正在苏格兰举行。英国首相布莱尔当天匆忙离开八国峰会赶回伦敦，确认该连环爆炸事件为恐怖主义袭击。事发后，伦敦地铁全部关闭，市中心公共汽车也基本停止运营，但各个机场仍正常运转。伦敦本地的通信网络虽然还开通服务，但由于信号拥挤，部分通信受到限制。

6.3.2 通信网络面临的挑战

伦敦爆炸事件虽然没有直接造成公用电信网的毁坏，但爆炸发生后，公用电信网话务需求急剧增加，公众纷纷拿起电话询问亲朋好友的情况，随着连环爆炸消息的不断发布，通信用户数量很快超出各运营商公用电信网的话务容量，其中，固定网运营商英国电信 BT 的话务量达到平时的两倍；而移动运营商 Vodafone 公司的话务量爆增 250%；大东电报局 Cable&Wireless 公司话务量接近平时的 10 倍，超过每 15min 30 万次通话；移动运营商 O2 公司的当日话务量从通常的 700 万次通话跃升到 1100 万次，并且新增的话务量主要集中在 7 月 7 日上午这一时间段。运营商网络设施承受巨大压力，其中又以城市中心区最为严重，过高的话务量很快就造成大面积通信网络阻塞。另外，发生爆炸的地铁列车面临的局面更加严重，炸弹爆炸毁坏了地铁列车内部供司机使用的车载通信设施和地铁通道内的泄漏电缆，司机既不能与乘客进行通信也无法与地铁控制中心联系，司机和乘客被困在地铁当中，报警和救助遇到困难。

6.3.3 应急通信保障措施

伦敦爆炸案中，由于爆炸发生在多个地点和不同的时间，在这个过程中，由于现场情况的变化，伦敦当局不断调整救援队伍的工作部署和安全保障部门的安全防卫工作，这就需要大量的组织救援、资源调配等协调沟通工作。但当时，伦敦城区公共通信网拥塞严重，话务量激增，那些需要借助公用电信网开展救援、指挥调度的应急部门无法实现正常通信，严重影响了工作效率，在此情况下，伦敦当局和电信运营商采取了一系列措施加强政府、紧急救援部门的通信保障工作。

由于地铁内所有通信设施都已无法使用，为保障地铁列车、地铁站台以及指挥中心之间的信息沟通，救援部门不得不使用人力传递消息，地铁列车距最近可达的 Russell Square 车站约需 15min，人员跑动来回传递消息，虽然这种信息传递方式的效率远远比不上电子通信设备，但在通信设施无法使用的情况下，该措施保证了指挥部门和事件现场的有效信息交互，为救援和指挥调度提供了重要帮助。

除地铁列车与站台之间的信息沟通外，由于很多现场救援部门需要依靠公用电信网实现指挥调度和协调，因此针对公用电信网的应急措施也必不可少，主要措施包括：

1）电信运营商向公众发表声明，建议公众用户尽可能减少手机使用频率，缩短通话时长，在必须进行通信的情况下以短消息代替语音通话，从而减少通信带宽的占用，例如，英国电信通过发言人发布公告向公众提出建议，沃达丰公司曾在其网站上发布了类似的提示信息。

2）电信运营商通过采用技术手段，降低网络拥塞地区的通话质量，从而利用有限的带宽容纳更多的用户通话，这一措施实施后取得明显效果，网络拥塞状况得到一定程度缓解，但这种措施也存在弊端，即在降低公众用户通话质量的同时也影响到指挥救援队伍的通话质量，它无法对用户对象进行识别和区分对待。

3）面对拥塞越来越严重的通信网络，指挥调度受到严重干扰，伦敦当局下令于 7 月 7 日中午 12：00 启动"访问过载控制"措施，该措施是通过限制公众手机用户通话能力来保障关键部门通信畅通的应急措施。伦敦政府启动访问过载控制措施并关闭了爆炸地点 1km 范围内的普通公众用户通信，保证了警务人员的优先通信，但由于爆炸事件发生的非常突然，现场管理混乱，启动访问过载控制措施后一部分救援机构的通话也被关闭，伦敦当局启动的这项措施虽然取得一定效果但也带来很多负面影响。

4）地铁和警察部门通过互联网和热线电话方式向公众发布最新消息，帮助公众查询人员信息。例如，伦敦市运输局通过其官方网站 www.fl.gov.uk 发布灾情消息，报告地铁内救援情况，当天访问量达到 60 万人次，是平时的 6 倍；大都会警察局的官方网站当天连续更新了 27 次，点击量超过 150 万次。伦敦大都会警察局开通用于事件调查与失踪人员身份识别的 Casualty Bureau 热线，第一个小时内就有 4.2 万次呼叫请求涌入。这些措施为安抚公众、发布信息提供了重要帮助。

6.3.4　经验教训

1. 日常的宣传教育工作仍需加强

在伦敦市公用电信网严重阻塞的情况下，伦敦政府和电信运营商采取一系列措施缓解网络阻塞状况，包括通过发言人或公司网站公布信息，建议公众减少使用手机或减少通话时长，必要的情况下使用短信进行沟通，但取得的效果并不明显。在网络拥塞迟迟无法解决的情况下，伦敦政府采取了访问过载控制措施，关闭了部分地区面向公众的通信能力。由此可见，伦敦政府在日常的宣传和教育工作中，没有很好的指导公众用户紧急情况下该如何使用通信设施，事件发生后再进行宣传很难达到预期效果。另外，在爆炸事件过后，媒体和公众纷纷谴责伦敦政府启动访问过载控制措施，影响到公众通信，这也从另一个角度说明政府在紧急情况下的应急措施并没有得到广大公众的理解和支持，在这方面的日常宣传和教育工作还有不足。

2. 专业通信设施配置不足

在伦敦爆炸事件中，由于公用电信网络发生拥塞，不仅影响到普通用户，也同样影响到了警察、消防、急救等救援机构的指挥和调度，严重影响到救援和安全保卫工作的效率，而伦敦市各救援机构和部门自身的通信设施没有能够在缺少公用电信网的情况下有效支持救援和安全防卫工作。从这次事件中可以看到，伦敦市应急指挥调度部门以及警察、消防、急救机构的专业化通信设施配置不足，救援人员无法及时上报现场最新信息，指挥中心也无法依据现场实际情况科学指挥调度，救援工作效率较低，医疗机构也不能获取有效信息并将伤者送往最合适的医院，专业通信设施的不足直接影响到救援工作中的组织、协调和指挥调度。

3. 通信保障缺少全局控制

爆炸事件发生后，为缓解公用电信网阻塞对应急救援部门造成的通信影响，伦敦市警察局要求电信运营商启动了访问过载控制措施，关闭了爆炸地点1km范围内的普通公众用户通信，保证了警务人员的优先通信。但同时也直接影响到主要依靠公用电信网开展救援工作的医疗等部门，影响到医疗救援工作的开展。可以说，这项措施反映出在紧急情况下伦敦各应急响应部门还缺少沟通协调，现有的负责统一指挥各相关部门的最高协调指挥机构 Gold Coordinating Group 对应急通信全局控制和保障认识还不够，应急通信管理还比较混乱。

6.3.5 完善和改进工作

伦敦的地铁是世界上最古老的地铁系统，在100多年的发展过程中，历经了多次事故、灾难事件，它很早就设立了紧急情况处理小组负责突发事件的应急响应。在伦敦爆炸事件过后，伦敦市地铁紧急情况处理小组积极开展了与其他机构的合作，加强协调和联合行动能力。例如，伦敦地铁紧急情况处理小组为伦敦市消防队提供地铁安全和救援技术训练，同时，紧急情况处理小组也加强了与各应急救援部门的通信和协调机制。

爆炸事件发生后，伦敦市加快了基于 TETRA 集群标准的 Airwave 专用系统建设，该系统建设和维护由 O2 运营商承担，Airwave 除一般的通信功能外，还可以对手机发出的信息进行加密，实现保密通话。同时，该系统具有群组设置功能，方便各部门和使用者根据需要定制群组成员。另外，该系统还可实现"一键求助"功能，在紧急情况下减少操作的复杂性。

另外，总结伦敦地铁爆炸事件经验可以看到，伦敦地铁系统中缺少数字无线网络，救援人员难以在地铁通道内与地面人员和控制室人员之间进行正常通信，阻碍了救援工作。爆炸案发生后，伦敦市交通局实施了"连接（Connect）"计划，这项计划的实施，将实现地铁无线通信系统与地面的警察、消防等无线应急通信网的互通，警察、消防、交通等紧急救援人员都能够在地下使用数字无线电手持设备，实现与地面的通信联系。

6.4 汶川地震

6.4.1 灾情概述

2008 年 5 月 12 日 14 时 28 分，我国西部地区发生 8 级强烈地震，震中为四川省汶川县映秀镇。汶川大地震是浅源地震，震源深度为 10~20km，因此破坏性巨大，是新中国成立以来破坏性最强、影响最大、波及范围最广的一次地震，也是救灾难度最大的一次地震。震级是自 1950 年 8 月 15 日西藏墨脱地震（8.5 级）和 2001 年昆仑山大地震（8.1 级）后的第三大地震。地震影响约 50 万平方公里的中国大地，直接严重受灾地区达 10 万平方公里，其中以四川、甘肃、陕西 3 省震情最为严重。截至 2009 年 4 月 25 日 10 时，遇难人数 69227 人，受伤 374643 人，失踪 17923 人。其中四川省 68712 名同胞遇难，17921 名同胞失踪，共有 5335 名学生遇难或失踪。直接经济损失达 8451 亿元，四川省最严重，占到总损失的 91.3%，甘肃占总损失的 5.8%，陕西占总损失的 2.9%。在财产损失中，房屋占总损失接近 50%，另外还有基础设施，道路、桥梁和其他城市基础设施的损失占到总损失的 21.9%，这两部分占总损失的 70% 左右。

6.4.2　通信网络受损情况

在整个汶川地震救援过程中，通信畅通成为灾区最迫切的需求之一。无论是抗震救灾指挥系统，还是来自军队、武警、公安、医疗等行业的救援队伍，以及一些志愿者，在整个抗震救灾过程中都急需通信手段进行沟通，各方对应急通信的需求给电信运营商和相关通信管理部门带来了极大的压力和挑战。汶川地震对电信运营商的公用电信网络设施造成严重破坏，波及范围广、被损设备多，为恢复通信、抢险救灾带来巨大困难。地震发生后，大量基站、电杆、电缆和网络设备被毁，同时，由于不断有余震发生，通信设施一再受到冲击和破坏，经过电信运营商工作人员艰苦奋战抢修成功的通信设施很容易就再次受到余震破坏，通信网络遭受的破坏呈阶段性不断变化，可以说，汶川大地震是我国建国以来历次重大自然灾害中，通信设施受损最为严重的一次。

5 月 13 日，即地震发生的第二天，电信运营企业初步统计了部分受灾最严重地区通信设施的受损情况和面临的挑战，仅仅从截至 5 月 13 日的不完全统计数据就可以看到，通信设施损坏和遇到的困难是前所未有的：

1）中国电信四川阿坝地区的多个县市通信全部中断，甘肃的陇南、甘南两地区 5 个县受地震影响本地通信全阻，数千个局所受到不同程度损毁，大面积电杆、电缆和光缆受到破坏，小灵通基站损毁程度更是难以估量。

2）中国移动 4457 个基站退服，数百处移动通信机房在地震中不同程度受损，部分机房完全垮塌，汶川、理县、茂县、青川、北川、平武 6 个县通信全部中断。另外，四川当地长途话务量也急剧飙升，据事后统计，地震发生后北京打往四川的话务量是平时的 80 倍，全国打进成都的话务量是平时的 20 倍，成都本地的平均话务量是平时的 10 倍，爆炸式增长的话务量导致多处核心交换机发生拥塞。

3）中国联通汶川地区的 GSM、CDMA 两网全部中断，阿坝联通公司的 GSM、CDMA 两网约 200 个基站瘫痪，甘肃甘南地区 4 个县通信中断，陕西靠近四川地区约 500 个联通公司基站中断，西安至成都的 2 条长途光缆中断 1 条，成都市联通公司网络话务量大幅增加，话务量是平时的 7 倍，短信是平时的 2 倍，未受损的 GSM、CDMA 网络也发生拥塞现象。

4）中国网通多处网络设施和线路被毁，四川绵阳至梓潼和汶川至都江堰的二级干线传输系统中断，造成 2 条 2.5G、1 条 155M 互联网电路中断，各省到四川长途话务拥塞。

上述情况也仅仅是灾后第一天的初步统计，随着余震不断发生，新的破坏和统计数据也不断上升，通信行业遭到的破坏程度也越来越令人触目惊心。据 2009 年发布的《汶川地震灾后通信基础设施重建规划》中给出的统计结果可以看到，汶川地震给四川、甘肃和陕西3省公用电信网络基础设施造成了严重破坏，四川全省近35%的移动通信基站受损，受灾严重地区通信设施几乎遭到毁灭性破坏并与外部的通信全部中断，电信行业在汶川地震中直接经济损失约67.94亿元。总体受损情况见表6-1。

表6-1 汶川地震通信基础设施受损情况

受 损 项	四 川	甘 肃	陕 西	合 计
移动通信基站受损/个	10010	1078	3456	14544
固定无线接入基站受损/个	11729	3318	518	15565
通信线路受损/皮长公里	26550	6965	2396	35911
通信倒断杆数量/根	153249	35089	6983	195321
通信局所受损/个	3092	462	426	3981
直接经济损失/亿元	60.23	3.85	3.86	67.94

注：信息来源于《汶川地震灾后通信基础设施重建规划》。

6.4.3 应急通信保障措施

1. 公用电信网应急保障措施

汶川地震发生后，各运营企业在国家和主管部门领导下，紧急动员、密切协同，全面投入到通信恢复与保障工作中。各电信运营企业分别成立了集团公司、省公司以及地市分公司的多级抢险救灾通信保障队伍，分层次地进行人员和资源调配，为迅速抢通抗震信息"生命线"，有效保证指挥调度通信畅通做出了突出贡献，网络恢复和通信保障工作取得突出成绩。

为有效开展抢险救灾、恢复通信工作，工业和信息化部于地震当天就成立了抗震救灾应急指挥领导小组，紧急启动应急预案，连夜下发了关于《应对汶川地震灾害、全力抢通灾区通信》的紧急通知。各电信运营企业集团公司、受灾省份通信管理局和当地运营商在工业和信息化部的领导下，及时启动了各级通信保障应急预案，全力投入通信设施恢复和抢修工作中来，工业和信息化部负责总的指挥协调，运营商负责具体实施。同时，受灾严重省份四川、陕西和贵州通信管理局也成立了抗震救灾指挥部或抗震救灾领导小组，组织协调与当地政府、部队以及相关救援部门的协同合作，加快通信网络的恢复工作。各电信运营企业在通信设施抢险和恢复工作中投入了大量人力物力，综合利用多种技术手段，陆续抢通了灾区各县乡的对外通信，5月16日即灾后第四天，四川省8个重灾县城基本恢复对外通信，截至5月22日17时，中断通信的109个乡镇基本恢复对外通信。电信运营商的主要应急通信保障和抢修措施如下：

中国电信在地震当天启动应急预案，连夜成立了以王晓初总经理为组长的抗震救灾领导小组，紧急赶赴四川指导救灾抢修工作。调集陕西、湖北等省的应急通信队伍支援四川通信抢通工作，并抽调各地油机、卫星电话等物质紧急运往灾区。5月13日，四川机动通信局派出12人的队伍、2辆卫星车（为中央电视台做灾区现场报道）、2辆指挥车及3套海事卫星电话赶赴汶川灾区；四川省长途传输局派出4个抢险队，阿坝州分公司组织10个抢险队进行紧急抢险工作；陕西机动通信局调度2辆卫星车、1辆1000线交换车、1辆60kW发电车以及6部海事卫星电话赶赴四川灾区。同时，中国电信四川公司为解决114平台寻亲或报平安电话阻塞情况，在系统内部进行紧急调度，将阿坝、眉山、内江等十几个受灾区域的114话务查询服务转接到上海、广东、浙江、江苏4地的服务平台上，有效解决了当地通信资源不足的瓶颈。另外，在汶川地震中，中国电信小灵通发挥了积极作用，中国电信紧急调拨了大量小灵通设备供政府部门应急指挥使用。

中国移动紧急启动最高等级应急通信预案，王建宙总裁担任中国移动抗震救灾通信保障领导小组组长，并于13日上午带领相关部门领导赶赴四川现场指挥。中国移动对全国各地进入四川省的长途路由进行了调整，尽全力确保救灾通信的需求，同时成都本地网络启动话务疏导应急预案，避免话务高峰可能造成的网络拥塞问题。5月12日晚，中国移动总部紧急调度了广东、贵州、重庆、河南、云南等5个省公司的11辆应急车和160台油机赶赴四川支援，5月13日，15台卫星电话和10套基站从北京起程紧急送往四川。多名技术人员携带卫星电话等应急设备，随军用飞机飞往汶川、广元市青川县和绵阳市平武县等地，为重灾区对外联系提供服务。另外，中国移动通过短信、彩信、小区广播、手机报等方式，协助政府为公众提供及时的灾情预报信息、救灾工作信息和灾区生活信息等服务。在每个受损基站恢复服务后的第一时间内，向其所覆盖的客户发送信息，安慰受灾用户、通知灾情和求助电话或短信信息等。在重灾区为受灾群众提供延时停机服务，原则上在5月底前不做停机处理，确保用户通信畅通，为因灾紧急撤离居所没有来及携带手机或手机损毁的群众提供电话"报平安"服务，对重点客户提供备用手机或SIM卡。在人员集中的避难场所提供流动服务，包括免费手机充电、手机维修、充值卡供应、业务开通等。将"10086"、"12580"开放为面向社会的抗震救灾服务热线，收集灾情及求助信息，并及时上报政府相关部门，为抗震救灾工作人员免费提供所需的手机终端、充电器和充值卡等通信物资，全力保障救灾人员的通信和信息畅通。具事后统计，中国移动从5月12日至31日的20天时间里，共减免332.9万灾区用户2.62亿元手机通信费。

中国联通启动全国应急通信预案，配合各级政府开展抢险救灾工作，组织技术人员赶赴受灾现场抢修受损网络设施。13日下午，常小兵董事长、尚冰总裁先后飞往成都赶赴灾区现场，指挥抗震救灾保通信和灾后重建工作。5月12日中国联通紧急从重庆、陕西抽调2台卫星车和1台移动基站车送往成都，调集100部VISA卫星电话、200台油机和其他救灾物资紧急运往灾区。5月15日18时，中国联通在四川省汶川县映秀镇开通VSAT地面卫星通信站，中国联通成为第一家在映秀镇抢通移动通信业务的电信运营商，成功打出映秀镇的第一个电话。另外，中国联通还采取措施确保用户欠费不停机，并调配终端、号卡、充值卡等物资供救灾抢险人员备用，协助政府和救援机构发布公益短消息等。据事后统计，中国联通从5月12日至31日的20天时间里共免收手机通信费2898.9万元，涉及62.7万人次联通用户。

中国网通是北方地区的主要固定网运营商，但其在受灾地区也有一定数量的网络设施和业务。地震发生后，中国网通紧急部署抗震救灾工作任务，在全国范围内调度大批应急通信设备及专业人员赶赴灾区进行支援，张春江总经理奔赴四川灾区一线，现场指挥抗震救灾和慰问员工，划拨2500万元救灾资金，支援灾区通信保障。5月12日地震当天即组织河北机动通信局携4部VSAT、4部海事卫星、4台短波电台、1辆60kW车载发电机组、1辆1000线车载程控交换车紧急开赴灾区，河南分公司准备15台小型发电机和1台应急车随河北机动局赶赴灾区。5月13日，北京分公司机动通信局的10辆设备车及7套相关设备到达都江堰，并携带 4 部卫星电话，其他省份如沈阳、内蒙古、黑龙江机动通信局也接到命令随时准备出发赶赴灾区。

2. 卫星通信发挥重要作用

汶川地震严重破坏了地面公用电信网，造成大面积通信中断，灾区指挥调度和救援工作受到很大影响，在这种情况下，卫星通信在汶川地震救援工作中立下了汗马功劳，发挥了不可替代的作用。各种移动卫星通信车辆、VAST 终端站、卫星手机等源源不断地进入灾区，为前线救灾构建起了卫星通信网络。据统计，截至 2008 年 5 月底，地震灾区共投入卫星移动电话 1879 部、应急通信车及其他卫星应急通信装备 1093 台/套，中数据速率卫星基站 80 套、卫星通信小站 100 套。指挥、救援部门利用这些通信设备迅速建立起灾区移动卫星通信网络，为抗震救灾应急通信提供了可靠的保障。例如，5 月 12 日下午，中国电信汶川县分公司员工刘道彬利用海事卫星电话向外界传出了第一个求援信息，随后，汶川县委书记王斌利用这部海事卫星电话与阿坝州政府抗震救灾指挥部取得了联系，及时报告了汶川县的灾情。5 月 12 日晚，中国卫通下属的中国直播卫星有限公司紧急开通 4 个临时电视传输通道，为通过电视广播发布灾区信息提供了平台，鑫诺广播卫星在抗震救灾中发挥了重要的作用。5 月 13 日，通过卫星电话第一次传出映秀镇消息，同时将映秀镇现场灾情以视频方式发送给指挥中心，帮助外界了解映秀镇受灾情况，为救援和指挥调度提供直观的帮助。5 月 17 日，中国卫通集团公司员工携带 1 套固定站、1 套"静中通"便携站和 2 套编解码器赶到都江堰救援现场，快速搭建了卫星宽带视频传输系统，成功为成都电视台 1 ~ 6 套频道第一次对现场救灾进行了直播。另外，从 5 月 18 日起，中国灾害防御协会救援医学会和"24 小时医学频道"组织上海、北京、江苏等地的著名医专家，通过卫星传输平台对前方救援的医护人员远程指导。新华社在地震初期从重灾区发出的信息主要是依靠海事卫星设备实现的。

在汶川地震中，海事卫星和北斗一号卫星通信系统得到了比较多的应用。截至 5 月 20 日中午 12 时，中国交通通信中心为国家抗震救灾总指挥部、各级政府、军队、武警和相关救援部门提供了各类海事卫星终端近 438 台，同时，相关应急通信队伍手中也掌握着大量海事卫星终端。初步估计，在汶川地震现场大约有 2000 部左右海事卫星设备为抗震救灾服务。海事卫星通信系统具有全球覆盖、全天候、可移动、带宽大等特点，主要业务种类有语音通话、传真、视频、数据传输等。地震发生后，中国交通通信中心与国际海事卫星组织紧急沟通，为中国震区争取到了两倍于之前的信道资源，保证了灾区海事卫星设备的通信能力，在汶川地震中发挥了重要作用。另外，中国卫星导航定位应用管理中心紧急调拨上千台我国自有的"北斗"用户终端发送灾区，通过北斗用户终端，可以实现用户定位并可使用短消息业务。5 月 12 日晚首批武警官兵携带"北斗"用户终端到达灾区，并通过北斗用户终端发送最新灾难信息，保证了指挥部门在第一时间了解灾情；卧龙大熊猫自然保护区在震后也是通过"北斗一号"系统与外界取得的联系，为指挥救援部门了解当地受灾情况提供第一手数据。

除海事卫星和北斗一号卫星通信系统外，全球星、铱星、鑫诺、中星等卫星通信系统也在汶川地震中发挥了重要作用，例如，中国网通公司在灾害初期就提供了 17 部"全球星"手机、8 套"甚小孔径天线终端"小站用于应急指挥；中国卫通集团紧急调拨"铱"星手机、"全球星"手机等终端设备供救援人员使用，并调配鑫诺卫星通信资源保障电视直播信道。其他由相关部门提供的各类卫星通信系统还有很多，可以说，汶川地震期间我国绝大多数可以调用的卫星通信设备都集中在地震灾区，在抢险救灾中发挥了巨大作用。

3. 其他应急通信手段

在汶川地震中，除公用电信网、卫星通信系统外，还采用了多种通信技术手段保障应急通信。例如，微波通信、集群通信、应急通信车、MiWAVE 无线系统等。

1）微波通信是用微波作为载体传送信息的一种通信手段，虽然与光纤相比，微波通信在通信容量、质量方面并不具有优势，但由于微波线路能够容易地跨越高山、水域，可迅速组建电路，在架设线路困难地区以及临时性、应急通信方面具有很好的应用价值。其维修时间短、搭建灵活快捷等优势使其在汶川地震中得到了较好的应用，为加快抢通效率和线路抗毁性，很多运营商利用地面微波线路替代被毁的支线光缆和电缆传输电路，快速搭建临时性通信线路。同时，地面微波也在修复公众网基站、架设应急无线集群基站、联通交换机之间 E1 电路等方面发挥了重要的作用，例如，5 月 12 日下午 4 点，四川移动在爱立信工程维护人员配合下，在成都市公安局和都江堰市应急救灾指挥部采用微波设备快速开通移动应急通信车，保证了救灾指挥系统的通信急需。

2）应急通信车一般根据其所配置的通信设备与应用进行分类，包括卫星通信车、微波通信车、车载移动应急通信车、车载有线电话应急通信车、调度指挥应急通信车、电视转播车等。在这次抗震救灾中，各电信运营商、广电、军队、公安等部门组织了数百辆应急通信车开往灾区，组成了临时的有线电话网、移动电话网、调度指挥网，为抗震救灾的调度指挥工作提供了通信保障，应急通信车在汶川地震指挥调度、抢险救灾、通信恢复工作中发挥重要作用。

3）在汶川地震的救援过程中，数字集群通信系统为救援人员相互沟通、组织协调提供了重要手段，数字集群具有群组呼叫、可设置优先级、接续快，组网方便等特点。受灾地区利用已有的集群网络或快速搭建集群通信系统，为公安、医疗、通信等人员配备了无线集群通信手机，很大程度上满足了现场救援和指挥调度的通信需求，其中，我国自主知识产权的 GoTa、GT800 集群系统也发挥了重要作用。

4）由中科院微系统所、上海翰讯公司、上海无线通信研究中心等单位经 6 年时间自主创新研发而成的 MiWAVE 系统是国家"863"计划成果，在汶川地震中发挥了重要作用。该系统能在自然灾害、军事行动、人为事故、群体活动等场景下快速组网，支持语音、数据、图像、视频等业务应用，且能通过固定、无线、卫星等多种方式快速接入互联网。汶川地震中，该系统被部署在北川、平武、青川、安县、汶川等地，在救灾指挥、医疗救助指挥、媒体信息发送等方面发挥了作用。

6.4.4　经验教训

1. 应急预案发挥重要作用

汶川地震中，电信主管部门、电信运营企业、相关救援机构纷纷启动应急预案，按照应急预案有序开展抢险救援、通信恢复和通信保障等工作，通过这些预案的有效实施，通信网络的抢修、通信恢复工作取得了良好的成绩，很好地支持了紧急情况下的应急通信保障工作，这也反映了我国从 2006 年加强应急预案体系建设获得了积极的成果。同时，应急预案的成功实施再次提醒我们，完善的应急预案是帮助政府、企业和救援机构有效开展应急工作的重要基础，通过汶川地震对各项应急预案的检验，不断发现现有预案的问题并对应急预案进行完善就显得尤其重要。总结汶川地震经验，在完善应急预案基础上，还应进一步加强预案之间的协调一致，尤其是不同关联部门之间的应急预案更应该充分沟通，加强协作，从而形成各部门之间的信息有效沟通和联合行动机制。另外，应急预案应该随着环境的变化和发展而不断调整，丰富预案内容，预案要体现全面性、科学性、时效性和可操作性，确保其真正能够在应对突发事件中发挥作用。

2. 卫星通信作用不可替代

卫星通信具有覆盖广、受地面环境变化影响小等特点，在汶川地震中发挥了重要作用。在受灾最严重的地区，卫星通信对地震初期的信息沟通、指挥调度和抢险救灾具有不可替代的作用。我国的自然环境和地理环境复杂，自然灾害和突发事件时有发生，而卫星通信由于其固有特点和优势，将是今后应急通信手段的一个重要选择，在总结汶川地震经验的基础上，进一步加强我国卫星通信应用能力十分必要。目前，我国拥有的卫星系统还有很多没有充分开发其能力，有些卫星系统还只是局限于较小的应用领域，浪费了大量卫星通信资源，因此，进一步开发我国自有的卫星通信系统并充分利用国际卫星资源，发挥卫星通信系统的特点和优势，逐步建设完善的应急通信体系，将是提高我国紧急情况下通信保障能力的发展方向。

3. 应急通信系统能力有待加强

汶川大地震灾害中，应急通信保障发挥了重要作用，但也暴露出我国现有应急通信体系在面临特大自然灾害挑战的情况下能力仍有欠缺，应急通信体系能力还不够完善。由于应急通信的重要作用，国外发达国家对应急通信系统建设都非常重视，目前，美国、日本等国家基本都建立了较为完善的应急通信系统。例如，美国在"9·11"事件和卡特里娜飓风后，整合现有多种应急通信手段，逐步形成了"天"、"地"一体的应急通信网络，在"天"上通过通信卫星、广播卫星、导航卫星和遥感成像卫星等保障紧急情况下的通信能力，通信卫星为用户提供语音、数据、视频等多媒体服务；广播卫星可帮助政府发布预警信息和灾情信息、安抚受灾群众；导航卫星可帮助地面救援队伍和受灾用户进行准确定位，加快救援效率；遥感成像卫星可对受灾地区实时监控，获取受灾地区的图像。比较知名的卫星系统如：铱星系统、全球星系统、GPS、快鸟遥感卫星系统等。针对"地"上的公用电信网，通过制定或完善政府应急电信服务（GETS）计划、商用网络抗毁性（CNS）计划、无线优先服务（WPS）计划和通信优先服务（TSP）计划，从而加强公用电信网支撑应急通信的能力。而日本则建立了"中央防灾无线网"、"消防防灾无线网"、"防灾行政无线网"、"防灾相互通信网"等应急通信网络，同时，针对不同专业或部门的需求，建设了水防通信网、警用通信网、防卫通信网、海上保安通信网以及气象通信网等专业通信网。

我国近年来在应急通信系统建设方面虽然开展了一定的工作，但投入的力量还有所不足，与我国目前的经济发展和社会需求水平还有一定差距。通过汶川地震的检验看到，在地震初期，由于公用电信网大面积瘫痪、卫星通信设施数量有限，其他应急通信系统由于交通受阻难以快速渗入到重灾区，很长一段时间重灾区处于"信息孤岛"，与外界联系完全中断。专业通信系统的数量和能力不足一定程度影响到我们的救援效率，因此，应考虑在灾害情况下具备多种应急通信技术系统，形成空中与地面相结合、有线和无线相结合、固定与机动相结合的立体防灾应急通信体系架构，从而满足不同应急场景下的通信保障能力。总体来说，应急通信系统能力还有待进一步加强。

4. 规范化、制度化管理机制缺乏

汉川地震发生后，我国各行各业纷纷调集应急通信队伍赶赴灾区，在前线救灾工作中作出了重要贡献，但这个过程中也暴露出我国应急通信队伍的管理机制还有不足之处。在我国，各行各业、各部门、各级政府纷纷建立应急通信系统和运维队伍，不仅在建设阶段需要投入大量资金，在系统维护和管理阶段也给相关单位带来巨大压力，重复建设现象比较严重，分散了国家有限的资金投入，导致我国虽然建立了数量较多的应急通信队伍和配套系统，但真正具有高科技含量并能够适应多种灾害或突发事件的应急通信队伍还太少。而且，目前应急通信队伍和设施是"谁建设，谁管理"，彼此之间缺少协同合作，在应急事件处置中很难有效配合，缺少国家层面对应急通信队伍的整体组织和协调。另外，我国目前应急通信系统建设和维护资金主要由相关企业承担，政府对应急通信投入力度越来越小，相关的扶持政策也不多，而企业为追求企业效益，缺少投资动力，应急通信队伍的设备老化、人员流失现象比较严重。这些现象表明，我国在应急通信队伍建设的整体规划、政府和企业对应急通信队伍的管理职责，以及相应的权利和义务方面还缺乏规范化和制度化管理机制，可能会影响到应急通信的长期、规范发展。

5. 应急通信法律基础不够完善

从发达国家经验看，完善的法律基础是应急通信长远发展必不可少的条件，例如，美国通过发布《美国国家安全与紧急待命实施规定》、《12472 号行政命令：国家安全和应急准备指定的电信功能》、《第 63 号总统令，简称 PDD-63》、《信息系统保障国家计划 v1.0》等一系列法律法规，明确规定了电信行业在紧急情况下的通信保障责任。由于我国《电信法》历经 29 年的艰难讨论仍没有出台，没有电信行业的基础法律，更缺少应急通信相关的法律约束和法律支撑，造成我国政府、企业对应急通信长远发展的定位面临困难。企业在没有法律约束的情况下很难投入全力进行应急通信系统建设和管理，同样，由于缺少法律的明确规定，企业投入资源进行应急通信保障工作所应享受的权利也得不到保证。应该说，明确的应急通信法律定位和完善的配套法律法规是应急通信体系能否长期、科学有效发展的基础，通过法律的明确要求和准确定位，将有助于我国应急通信的健康、可持续发展。

6.4.5　灾后恢复和重建

通信基础设施的重建是灾后重建工作的重要组成部分，对提高灾区重建的速度和效率、改善灾区人民生产和生活将发挥积极作用。在抢险救灾基本完成之后，工业和信息化部联合四川省人民政府、甘肃省人民政府和陕西省人民政府共同制定了《汶川地震灾后通信基础设施重建规划》，对通信基础设施的灾后重建工作进行了设计。规划中规定重建工作自 2008 年 9 月开始，2011 年 9 月全部完成，规划范围涉及四川、甘肃和陕西省极重灾区和重灾区的 51 个县（市、区），总面积 13.26 万平方公里。

重建规划中明确要求，要加快通信基础设施重建工作，加强网络安全系统设计与应急通信能力建设，全面恢复并提升信息通信服务水平，满足灾区生产生活和社会保障需要，促进灾区经济社会发展。并提出了灾区通信服务要全面超过灾前水平，形成平战结合、天地一体、高效协同的应急通信体系建设目标。由于我国电信行业重组方案于 2008 年 5 月 23 日正式公布，因此汶川地震重建方案按照重组后的 3 家运营商即中国电信、中国移动和中国联通进行规划，通信基础设施的震后重建工程总投资为 194.9 亿元，其中，公用通信网重建投资

189.9 亿元，应急通信投资 5 亿元。

通过《汶川地震灾后通信基础设施重建规划》的设计和部署，将加快灾区通信恢复保障工作，大力推进通信临时恢复向永久保障转变、基本通信能力覆盖向全面通信服务转变。结合在汶川地震中通信设施受损情况和政府、公众的需求，全力恢复重建固定通信网、移动通信网和互联网等通信设施，继续推进"村村通电话"工程，积极采用先进技术，重新建设实用、高效、覆盖完善的公用电信网。公用电信网的重建项目和规模见表 6-2。

表 6-2　公用电信网重建项目和规模

领　　域	项　　目	四　川	甘　肃	陕　西	合　计
固定通信网	交换机容量/万线	97	16	—	113
	宽带接入设备容量/万线	49.4	6.4	—	55.8
移动通信网	核心网容量/万户	912.2	80.4	43	1035.6
	移动通信基站数量/个	6287	927	595	7809
传输网	光缆/皮长公里	56527	8553	5696	70775
	电缆/皮长公里	11470	572	790	12833
	传输设备/端	15857	914	561	17332
局房土建	业务用房面积/万 m²	48.5	8.4	11.9	68.7
村村通电话	新开通电话行政村/个	1720	784	279	2783

注：来源于《汶川地震灾后通信基础设施重建规划》。

另外，《汶川地震灾后通信基础设施重建规划》中也强调要加强应急通信系统建设工作。通过总结汶川地震应急通信经验，结合我国现有应急通信系统的现状，本着"平战结合"的原则，努力构建天地一体、高效协同的应急通信体系，从而为我国政府和相关应急部门在紧急情况下的指挥调度和救援提供通信保障。应急通信系统建设或完善内容见表 6-3。

表 6-3　应急通信系统建设或完善内容

通信应急指挥调度	建设省级通信应急指挥调度平台和机动指挥调度装备，实现部省、跨部门以及政企系统的互联，形成中央、地方、现场 3 级的高效一体的应急指挥调度体系
卫星应急通信	电信运营企业加强卫星应急通信装备建设，配置卫星主站、卫星端站、便携端站、卫星通信车等，在应急状态下提供应急传输通道，解决专用通信及部分公众通信的需求，以及地、县、乡一级应急通信
短波应急通信	在四川、甘肃和陕西建设短波通信中心并配置车载、便携短波设备
应急通信装备更新完善	电信运营企业配备应急通信指挥车、应急通信车、车载交换机、通信工程车、应急基站、可携带的 CDMA、GSM 便携基站、卫星电话终端、集群终端、短波电台等应急通信装备
应急通信物资储备	在成都建设区域应急通信物资储备中心
应急通信机动电源扩容工程	电信运营企业配置部分可移动的油机设备、可携带的小容量电源设备，为重要电信局所及处置各类突发公共事件提供应急供电

注：来源于《汶川地震灾后通信基础设施重建规划》。

通过《汶川地震灾后通信基础设施重建规划》的指导和部署，重组后的中国电信、中国移动和中国联通 3 家运营商迅速开展了通信网络设施重建工作，工作进展顺利。据统计，截至 2009 年 3 月底，四川、陕西、甘肃 3 省开工 3500 多个通信项目，竣工 2709 个，累计完成投资 124 亿元，完成灾后重建规划总投资的六成多，地震灾区的通信基础设施水平已经恢复至地震之前，有些方面甚至超过灾前水平。例如，经过震后一年的奋战，中国电信四川公司共恢复重建移动通信基站 2170 个、通信光缆 12075 皮长公里、电缆 3788km、业务用房 13.1 万 m^2；中国移动在四川已累计恢复和新建基站接近 2300 个，网络覆盖率和服务质量已恢复甚至超过灾前水平；中国联通新建基站 2810 个，载频 10200 个，传输线路 21000km。另外，中国电信还承担来了四川省应急中心和保障体系建设工作，预计两年内完成，该项目主要包括应急通信指挥中心、西部应急通信保障基地、卫星应急通信系统的建设等工作，并在 CDMA 网络基础上为政府部门、行业用户提供广域的、全覆盖的无线集群调度指挥系统等。

6.5　2008 年雨雪冰冻灾害

6.5.1　灾情概述

2008 年 1 月起，中国南方大部分地区和西北地区东部出现了建国以来罕见的持续大范围低温、雨雪和冰冻的极端天气。这次雨雪冰冻灾害具有影响范围广、强度大、持续时间长、破坏严重等特点，且冰雪灾害恰逢我国传统节日"春节"，大量返乡旅客滞留在客运站、火车和机场，给社会生产和治安带来巨大影响。此次雨雪灾害规模在很多地区为 50 年一遇，部分地区为百年一遇，给湖南、湖北、安徽、江西、广西、贵州等 20 个省（自治区、直辖市）造成重大损失，特别是对交通运输、电力传输、通信设施、能源供应、农业生产、群众生活造成严重影响和破坏，受灾人口达 1 亿多人，因灾死亡 107 人，失踪 8 人，直接经济损失达一千多亿元，农作物受灾面积和直接经济损失，均已经超过去年全年低温雨雪冰冻灾害造成的总损失。

6.5.2　通信网络面临的挑战

2008 年雨雪冰冻灾害给我国南方地区的经济和社会发展、人民生活带来严重影响。持续的低温雨雪冰冻极端灾害，对通信网络安全运行造成严重影响，许多地区基站、铁塔严重覆冰，通信线路发生倒塔、倒杆及停电事故，大量天线或馈线受损，公用电信网络面临严重威胁。据国资委网站披露数据，南方主要运营商中国电信、中国移动、中国联通 3 家企业直接资产损失达 27.9 亿元，收入损失 12.3 亿元，运营成本增加 17.4 亿元。

中国电信受损线路达到 3.8 万皮长公里，受损通信杆路 22.8 万根，受灾模块局和接入网点 2.28 万个，受损基站 10 万余个，影响小灵通和固话用户 1270.57 万户；中国移动全网受雪灾影响而停电的基站达 2.8 万个，大量电力和传输系统中断，室外型基站以及基站配套设施如铁塔、天线、馈线等损毁严重；截止到 1 月 29 日晚，中国联通基站退服总数达 37144 站次，受影响用户 807 余万户。中国网通作为我国北方主要固网运营商，其在南方地区的网络设施和业务较少，但仍因雪灾造成一定损失，截止至 2 月初，机房停电 2110 机房次，断杆倒杆 1756 棵，电缆损坏约 182 公里，光缆损坏 110 公里，累计影响用户 16 万人次。

6.5.3　应急通信保障措施

雪灾后，在党中央、国务院的领导下，我国积极开展了救灾工作，国家领导人亲临灾区，安慰受灾群众，指导救灾工作，帮助滞留在火车站、客运站等地的群众返乡，救灾工作高效有序。我国通信行业在主管部门的领导下，积极采取措施，行动迅速，投入了大量人力物力开展抗冰雪、保通信行动中，在冰雪灾害中，通信行业累计出动抢修人员 113 万人次，调动应急通信车和抢修车辆 44 万台次，动用应急通信设备 41 万台，免费发送各类应急公益短信 16 亿条，通过这一系列措施，为保障冰雪灾害的救援和恢复作出了重要贡献。

1）中国电信各省公司成立了应对雨雪灾害专项通信保障工作小组，负责雨雪灾害应急通信保障工作，对通信线路、小灵通室外天线、户外大型设施加强巡查与加固工作，重点监控小灵通基站、杆路、线路等设备的运行状况，并充分利用"号码百事通"平台，配合当地政府做好公益应急短信息发送工作。另外，中国电信紧急赶制 10 万张总面值 200 万元的 IP 电话卡，捐赠给因灾滞留人员。

2）雪灾发生后，中国移动成立了通信保障工作领导小组，组织通信保障工作。在救灾过程中，中国移动实施 24h 值班制度，每天向各省通报受灾情况和预警信息。在灾害损失严重的情况下，中国移动启动了应急联动机制，实施跨省支援，例如，针对贵州省公司面临的严峻形势，集团公司紧急抽调四川、重庆和云南省公司三百余台应急油机进行支援，并组织了 40 余辆车辆和 100 多人的抢险突击队支援贵州。在 2 月初，中国移动的 2.8 万个受损基站恢复了 70%。同时，中国移动建立发布绿色通道和响应机制，发挥营销网点优势，向公众提供现场服务，并通过临时提高信用度、赠送话费和延时停机等方式，确保受困用户和抢险人员通信畅通。利用短信、农信通等手段为防灾救灾提供支持。另外，中国移动和中国妇女发展基金会还共同开通了短信捐助平台为雪灾筹集善款。

3）1 月 29 日，中国联通启动通信保障一级应急预案，各省分公司组织物资、油机、备品备件，确保县以上核心网络一、二级干线的通信畅通，例如，截至 2 月初，湖南省联通分公司累计完成应急发电次数 2699 次，发电时长 2 万多小时，出动应急通信车 98 次，出动其他抢修车辆 1575 次；贵州省联通分公司累计出动应急抢险车辆 2600 多台次，恢复基站 500 多个，恢复基站次数 3700 多次，其他省公司也根据灾区开展了相应的救灾工作。另外，中国联通也利用短信平台向公众发送交通路况、天气预报信息、公益短信等，并临时提高用户信用度、赠送话费和延时停机，确保受困用户和抢险人员通信畅通。

4）灾情恶化后，中国网通全面启动应急预案，向受灾严重省份投入专项补贴救灾资金 677 万元，并从河北、浙江、山西等省份调集数十台油机支援湖南、江西和贵州等省份。截至 2 月初，中国网通通信设施已基本恢复，累计动用抢修车辆月 1000 台次、投入抢修设备约 700 台（套），调拨抢险物资价值 200 余万元。

6.5.4　经验教训

2008 年雨雪冰冻灾害中，通信存在的主要问题是雪灾造成的大面积停电，通信电源中断，通信电杆倒杆、断杆，导致部分地区无法使用通信业务，应急响应的重点是尽快恢复通信。此次灾害中的通信保障工作量大，总计派出一百多万人次的救援人员，而且环境恶劣，很多地方交通中断，车辆无法抵达，工作人员在大型机械无法使用的情况下，依靠人拉肩扛搬运设施，夜以继日地进行抢修工作，在油机不足的情况下，将发电油机在不同基站之间不断频繁搬运进行巡回跑点供电。通过工作人员的努力奋战，按时完成了通信网络恢复和应急通信保障工作，这次救灾工作投入的力量之多、时间之长、条件之艰苦是非常罕见的。众志成城、齐心协力是通信恢复和保证成功的关键，也是我们在今后开展紧急通信工作需要继续发扬的精神。同时，在这次冰雪灾害通信网络恢复行动中，相关应急预案和恢复预案发挥了重要作用，也通过这次应急保障实践工作，再次提醒我们相关应急预案、恢复预案对通信保障的作用至关重要。冰雪灾害成为通信行业的一场大练兵，帮助运营企业和管理机构积累实战经验，总结教训，应急通信保障工作任重道远。

　　另外，冰雪灾害破坏了大量基站、铁塔和通信电杆，倒塔、倒杆现象严重，通信设施遭到如此严重的破坏，这也给我们敲响了警钟，通信基础设施建设质量应常抓不懈。虽然这次灾害的规模和破坏力为 50 年甚至 100 年一见，但如此大规模的倒塔、倒杆、断线现象也应该促使我们反思，我们的通信工程建筑规范是否合理？我们的工程施工是否真正按照建筑规范实施？如此大规模的破坏力是否仅仅由于灾害的不可抗力？这些问题是冰雪灾害带给通信行业的思考，也是通信行业不断提高自身抗灾能力、完善网络设施必须要面对的问题。

第7章　新型应急通信系统的构建

本章要点：

- 从不同需求角度构建新型应急通信系统
- 从不同空间维度构建新型应急通信系统
- 从不同时间维度构建新型应急通信系统
- 总结应急通信综合体系

本章导读：

　　本章首先从不同需求、网络、技术、媒体等多个角度对应急通信加以总结，之后从满足不同公众到政府的报警、政府到政府的应急处置、政府到公众的安抚/预警、公众到公众的慰问/交流 4 个环节需求的角度，总结构建新型应急通信系统所需要的网络和技术，最后从天、空、地 3 个空间层面和事前、事中、事后 3 个时间维度分别分析所涉及的关键技术，便于读者从不同维度了解各类关键技术在新型应急通信系统的位置和作用。

　　综合前面各章节的描述，我们可以看到，应急通信体系复杂、技术手段众多，从不同角度，可以总结为如下几个方面：

　　1）4 个环节的通信需求：公众到政府的报警、政府到政府的应急处置、政府到公众的安抚/预警、公众到公众的慰问/交流。

　　2）3 个方面：应急指挥中心/联动平台、现场和公众 3 个方面。其中应急指挥中心/联动平台是 3 个方面的核心，是现场和公众的中枢和纽带。

　　3）多种网络：PSTN/PLMN/NGN/互联网等公用电信网；集群、卫星、专用电话网等专网；无线传感器网络等末梢网络；广播、电视、报纸等公众媒体网。

　　4）多种业务类型：语音、视频、数据、短消息、广播等。

　　5）多种关键技术：公用电信网支持应急通信、卫星应急通信、无线传感器网络及自组织网络、宽带无线接入、数字集群通信、定位、号码携带、P2P SIP、公共预警等热点和关键技术，以及紧急呼叫路由、安全加密、数据互通与共享、视频监控、视频会议、过载控制等技术。

　　6）3 个空间层面：天、空、地 3 个层面。

　　7）3 个时间维度：事前、事中、事后。

　　应急通信的根本目的还是在紧急情况下，综合运用各种技术，通过各种网络，来满足政府和公众的通信需求。因此，对于新型应急通信系统的构建，将从满足不同需求的角度加以分析和总结，最后分别从天空地 3 个空间层面和事前事中事后 3 个时间维度汇总所涉及的关键技术。

7.1 从不同需求角度构建新型应急通信系统

7.1.1 政府部门之间应急处置

这是应急通信最重要、最紧急、最核心的需求，需要从天、地、空不同层面建立应急通信指挥系统，宗旨就是使用所有可能使用的通信手段，保证各类紧急情况下都有可用的应急通信指挥调度系统。

传统的应急指挥大都使用集群、卫星、固定电话、微波等专用通信网络，而公用电信网由于其覆盖广和抗毁性，逐渐成为应急指挥的重要补充，但利用公用电信网提供应急指挥通信的前提是公用电信网支持优先权处理技术，能够识别重要用户，并全程加以优先处理，如5.1.2 节所述，目前美国实现了利用公用电信网为重要用户提供应急指挥通信，如 5.1.2.2 节中所描述的美国政府应急电信服务和无线优先服务业务，我国的网络暂不具备条件，需要研究其可行性和技术方案，以及对网络的改造和影响、成本等因素。

如表 5-19 所总结，政府部门之间应急处置环节可使用的关键技术包括卫星通信、数字集群通信、公用电信网支持优先权处理、定位、无线传感器网络及自组织网络、宽带无线接入、P2P SIP、安全加密、数据互通与共享、视频会议、视频监控等。

构建政府部门之间应急处置环节的应急通信系统需要图 7-1 所示的网络和技术。

如图 7-1 所示，对于政府部门之间应急处置环节，其应急通信系统的构建应以专网为

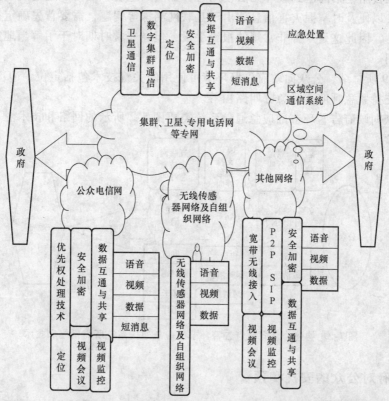

图 7-1 构建政府部门之间应急处置环节的应急通信系统所需网络和技术

主，公用电信网为辅，末端网络为补充，即发展数字集群通信系统、卫星应急通信系统，作为政府部门之间的指挥通信的主要手段；促进公用电信网支持优先权呼叫处理，利用公用电信网支持重要用户的通信，作为应急指挥的补充；利用宽带无线接入技术、自组织网络技术以及视频监控等技术，从不同的角度为应急指挥提供补充手段；另外利用无线传感器网络等末端网络实时监测，及时发现灾害信息，便于政府部门决策指挥。

另外，在政府应急处置这个环节，还可以使用区域空间通信系统。区域空间通信技术是近年来新兴的热点，其产生就是为了弥补地面和卫星通信系统的不足，用飞艇、系留气球等浮空平台作为空中载体，搭载移动通信基站及航拍设备，从空中向事件区域进行移动通信覆盖和实时监测，可用于政府部门之间的应急指挥，也可以用于地面通信系统的补充，为普通公众服务。区域空间通信的具体应用及内容将在 7.2 节中从不同空间维度构建新型应急通信系统中加以介绍。

7.1.2　公众向政府报警

公众遇到紧急情况通常都会拿起身边的电话，依托公用电话网向政府机构报警，因此公用电话网（包括固定和移动电话网）支持紧急呼叫已应用多年，并非常成熟。而随着网络的演进和技术的进步，需要进一步推动下一代网络支持紧急呼叫、互联网支持紧急呼叫，并实现除了语音之外，即时消息、短消息等多种告警等手段的应用。如公众遇到抢劫等危及生命安全的紧急事件而无法拨打电话时，可以悄悄发送短消息或即时消息进行告警，这些告警方式的缺陷就是非即时性，但对于挽救生命和财产损失，也会起到积极的救援作用。

另外，在公用电话网遭到破坏无法使用时，如汶川地震，则可以通过互联网用文字或图片进行报警，以便及时掌握灾害信息，由于互联网溯源等问题，需要首先确定报警信息的真实性和准确性，因此这是一种非常规的报警手段，但在非常时期对于了解当地灾情起到了至关重要的作用。

如表 5-19 所总结，公众向政府告警环节可使用的关键技术包括定位、NGN 支持紧急呼叫、互联网支持紧急呼叫、紧急呼叫路由等。

构建公众向政府告警环节的应急通信系统需要图 7-2 所示的网络和技术。

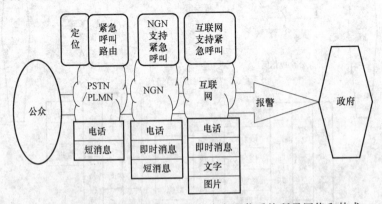

图 7-2　构建公众向政府告警环节的应急通信系统所需网络和技术

7.1.3　政府对公众的安抚和预警

这个环节涉及两种情况：一种是灾害发生前，政府通过专用的公共预警系统或移动通信网向公众发布预警通知，通知可以是语音广播或者应急公益短消息等，另外一种情况是灾害发生后，政府通过广播、电视和报纸等公众媒体网、专用的公共预警系统或公用电信网向公众发布灾情信息、安抚通告等。

使用广播、电视、报纸等公共媒体网络，是我们所熟悉的传统的安抚和预警手段，已经使用多年，在历次的抢险救灾事件中我们都得益于媒体的宣传。而近年来，利用公用电信网或建立专用的公共预警系统（如 5.9 节所述）实现政府对公众的安抚和预警，则成为新的技术热点，可以建立快速有效的安抚和预警机制。如目前我们手机收到的道路施工、重要社会事件等应急公益短信，将来可以通过早期监测及预警系统的建立，在地震、洪水等自然灾害发生前收到应急短信或紧急广播，通知大家撤离到安全地带。

如表 5-19 所总结，政府对公众安抚和预警环节可使用的关键技术包括短消息过载和优先控制、公共预警技术等。构建政府对公众的安抚和预警环节的应急通信系统需要图 7-3 所示的网络和技术。

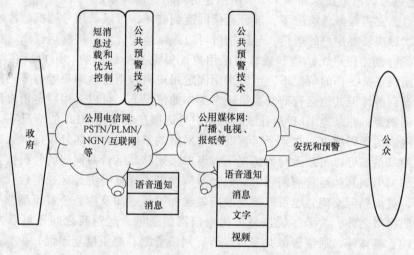

图 7-3　构建政府对公众的安抚和预警环节的应急通信系统所需网络和技术

7.1.4　公众之间的慰问交流

应急通信的最后一个环节就是公众之间的慰问交流，公众使用的都是公用电信网，如身边的手机或家里的固定电话，这个环节的核心问题是公用电信网的可用性，即如何保证在紧急情况下，用户可以正常使用公用电信网。在第 4 章应急通信需求分析中，我们可以看到，在自然灾害等紧急情况下，公用电信网遭到破坏，会影响用户的使用，或者网络正常，但通往灾区的话务量激增，产生话务拥塞，导致用户无法正常使用，此时公用电信网的运营商需要启动应急预案，尽快恢复公用电信网通信，或通过增开中继、应急通信车、启动过载控制机制等，疏通话务，保证网络的正常使用。

应急通信车、增开中继等属于原有通信技术手段在紧急情况下的运用。如表 5-19 所总结，公众之间慰问交流环节可使用的关键技术主要是过载控制。

构建公众之间慰问交流环节的应急通信系统需要图 7-4 所示的网络和技术。

7.1.5　辅助手段

除了上述 4 个环节之外，应急通信过程中还可以采用一些辅助手段，尽快恢复通信，如

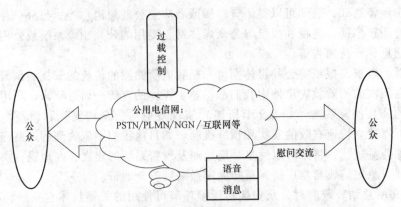

图 7-4　构建公众之间慰问交流环节的应急通信系统所需网络和技术

5.7 节所描述的号码携带技术和 5.1.2 节所描述的通信资源共享。

在突发自然灾害等紧急情况下，部分通信网遭到破坏，可以采用号码携带技术，利用完好的通信网，尽快恢复用户的通信，号码携带可以跨越地理位置、跨越运营商。在固定用户的用户侧设备（例如用户线）遭到破坏但是用户端局没有受到影响、用户所在端局遭到破坏但其他交换机正常工作的情况下，可以采用固定用户网内更改地理位置的号码携带；在用户所在端局遭到破坏但其他运营商交换机正常工作的情况下，可以采用固定用户网间更改地理位置的号码携带；在某地 HLR 遭到破坏将用户号码搬迁到其他 HLR 的情况下，可以采用移动运营商网内的号码携带；在某个运营商通信网络的基站遭到破坏且短期内无法恢复，但其他运营商的基站还可以正常运行的情况下，可以采用移动运营商网间的号码携带，将受影响的用户全部携带到其他运营商网络中。通过号码携带，恢复受灾地区通信后，用户可以正常使用电话，彼此慰问交流，也可以接受政府发送的安抚通知及应急公益短消息等。

除了号码携带之外，为了尽快恢复公用电信网的通信，运营商之间还可以共享通信资源，包括光缆、基站等。通信资源共享可以节省网络资源、避免重复建设，一直是业界提倡的做法。在发生突发公共安全事件导致通信故障时，不同运营商之间通信资源共享，可以迅速恢复广大用户的通信，提高整个通信行业的应急响应速度。在 2008 年震后恢复通信的过程中，中国网通公司已经与中国移动公司共用了光缆。

7.2　从不同空间维度构建新型应急通信系统

7.1 节从满足公众到政府的报警、政府到政府的应急处置、政府到公众的安抚/预警、公众到公众的慰问交流 4 个环节通信需求的角度，分析了构建新型应急通信系统所需要的网络和技术，本节将从不同空间维度进一步总结新型应急通信系统的构建。

目前的应急通信手段基本是以地面通信为主，卫星通信为辅。我们所熟悉的集群通信系统、公用电信网、微波通信都属于地面通信手段，而卫星通信则属于天层的通信手段。当地震、雪灾、洪水、台风等自然灾害发生时，受电力中断、传输中断等因素的影响，地面通信系统常常受到破坏，造成灾区通信不畅，一方面影响政府部门的应急处置，另一方面用户也无法使用电话，如 2008 年的雪灾和地震，都对通信系统产生了一定程度的破坏，严重情况下，甚至造成网络的短时间瘫痪。地面应急通信车，由于受地面环境约束，在交通瘫痪、地理环境复杂、气象条件恶劣的场景下，无法提供有效的应急通信保障，同时覆盖范围有限，难以满足大规模应急通信的需求。卫星通信系统的优势显而易见，但其价格昂贵、资源缺乏、通信容量和能力有限，难以提供大规模的应急通信保障，如汶川地震期间，紧急调用了全国所有可以使用的卫星通信终端，仍旧无法满足需求，不得不紧急从国外采购卫星通信设备，都说明了卫星应急通信资源的稀缺。

区域空间通信是近年来新兴的技术热点，其目的就是弥补地面和卫星通信的不足，从另外一个空间维度提供一种可用的通信技术手段。从空间维度看，区域空间通信是一种在中低空或平流层的技术，以飞艇、系留气球等浮空平台作为空中载体，搭载移动通信基站及航拍设备，从空中向事件区域进行移动通信覆盖和实时监测，多个浮空平台之间互连构成网络，采用微波链路或卫星中继进行高速数据的转发与传输。

目前美国、日本、俄罗斯、德国、英国等国家都在开展高空通信及平流层通信技术的研究，并分别启动了多项研究课题与计划，国际电信联盟 ITU 对平流层通信的频率进行了研究和规定，我国已经具备了进行中低空飞艇和系留气球的应用条件，飞行高度更高、有效载重能力更高、任务功率更高、滞空时间更长的平流层飞艇也已正式立项研发。一些研究所和大学等单位在浮空平台一体化的测控网络系统、高速宽带系统、浮空平台调度控制等方面都进行了相应的研究，并已获得了一定的试验数据，积累了一定的经验，为区域空间应急通信系统的研发奠定了良好的基础。

区域空间通信技术的出现，丰富了应急通信技术手段的空间维度。目前该技术还处于研发阶段，真正应用还需要一些时间。我国相关的产学研用团队正在研究并解决一系列关键技术问题，如系统需求、部署场景、系统架构，以及频率规划、混合组网结构、空中信道模型及链路预算、高空大容量多波束天线、基于多种优先级的接入控制、空中基站自配置与自优化策略、空中多制式移动通信系统共建共享、平台的稳定跟踪与控制、监测与控制、电磁兼容性、设备工作环境、供电等。

从空间维度看，新型应急通信系统的构建如图 7-5 所示。

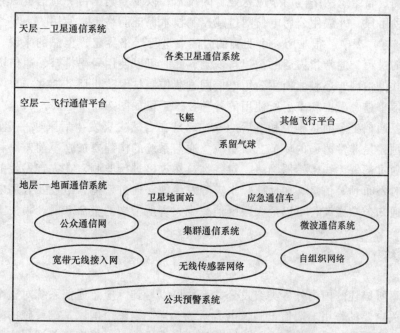

图 7-5　从不同空间维度构建新型应急通信系统

7.3 从不同时间维度构建新型应急通信系统

应急通信是为了应对各类紧急情况而产生的，在紧急情况发生前、发生过程中以及发生后，对应急通信有不同的需求，需要使用不同的应急通信技术手段。因此，新型应急通信系统的构成可以从事前、事中、事后三个时间维度来考虑。

"事前"包括两个方面：第一方面是用户利用公用电信网告警（见5.1节）；第二方面是政府部门提前预警，提前预知紧急情况的发生，尤其是地震、水旱、气象、海洋、生物、森林草原火灾等各类自然灾害，做到提前预知，提前预防，将灾害所造成的财产和生命损失降低到最小，甚至消除。

目前事前监测和预警是整个应急通信中最薄弱的环节，大多数国家都没有这方面的考虑，日本作为一个自然灾害多发国家，较早考虑了事前监测和预警，在应用和标准化方面都有了一定的积累。目前事前预警可使用的技术主要包括两个方面：第一方面是无线传感器对环境的监控，如5.3节所述；第二方面是利用公共预警技术实现早期预警和通知，如5.9节所述，即采用无线传感器网络对各类环境信息进行实时、准确的监测，将采集到的信息送到政府部门的信息处理系统，在各种环境信息达到告警阈值后，通过公共预警系统及时通知给公众。如利用无线传感器网络实时监测泥石流，发现灾情后，及时通过无线通信系统将要发生的灾害信息广播给周围群众，赶紧撤离，并通过移动通信网向当地居民发送信息，通知撤离路线和避难场所等。

"事中"是最常见的应急环节，突发各类紧急情况必须立即做出响应，是目前使用技术最多、投入最多的环节，包括数字集群、卫星通信、区域空间通信、公用电信网优先权处理、宽带无线接入、P2P SIP、视频监控、视频会议、安全加密、数据互通与共享、无线传感器网络监测、自组织网络等用于应急处置的技术，以及号码携带、通信资源共享等快速恢复通信的辅助手段，并应用公用电信网过载控制技术保证网络正常使用。

"事后"与"事中"很难用一个明确的时间点进行严格界定，但总的来说，"事后"属于一个长期的过程，通常指灾后的重建与恢复，此时可以使用号码携带、通信资源共享技术尽快恢复公共电信网，还可能使用公用电信网过载控制技术防止话务拥塞。

应急通信事前、事中和事后所使用的各种技术手段如图7-6所示。

目前应急通信更多的是事中和事后处置，都是在自然灾害发生后采取一定的救援措施，事前监测和预警是非常薄弱的环节。新型应急通信系统的构建要加强事前监测和预警技术手段的应用，通过部署无线传感器网络，对各类自然灾害进行监测，在灾害发生前，通过公共预警系统及时发布预警信息，如地震、水灾等发生前，通过广播、电视及公用电信网等预警手段，提前通知公众撤离，可以最大限度地减少灾害所带来的生命和财产损失。

7.4 总结

从第6章所描述的国内外各类突发公共事件可以看到，应急通信系统对整个事件的处理效果起着至关重要的作用。通信设施像电力系统一样，是整个国家基础设施的一部分。在自然灾害等公共事件发生后，如何有效保障政府的指挥通信、迅速恢复普通用户的日常通信显

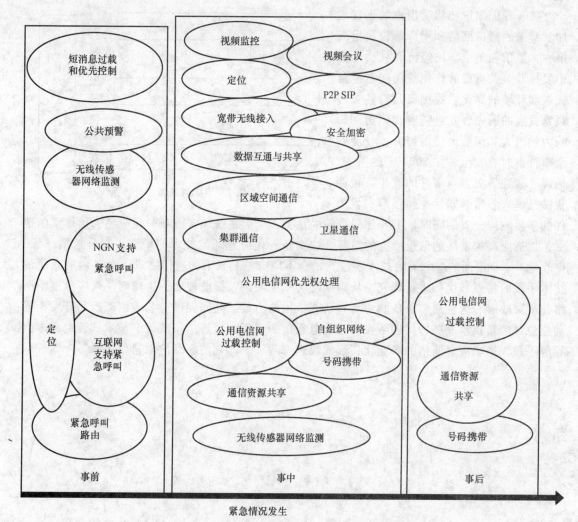

图 7-6　事前、事中和事后所使用的各种技术手段

得尤为重要。当紧急情况发生时，它是报告灾情和实施救援的重要手段。2008 年雪灾和地震等自然灾害的出现，应急通信都发挥了重要作用。

　　7.1 ~ 7.3 节分别从不同需求环节、不同空间维度和时间维度的角度，描述了构建新型应急通信系统所涉及的网络及技术手段。实际上，应急通信不单纯是个技术问题，是由管理、政策等各方面要素构成的综合体系。从第 2 章所描述的北美、欧洲、日本及我国应急通信现状就可以看到，除了技术手段之外，还需要配套管理体系的建立，出台相应的政策法规、管理条例、标准规范等，从国家层面理顺管理机制，对于处置各类突发事件将起到事半功倍的效果。

　　完善的应急通信综合体系由应急通信技术体系、应急通信网络体系、应急通信管理体系和应急通信标准体系构成，如图 7-7 所示。

　　应急通信管理体系通过制定相关的法律法规，对应急通信网络进行组织和管理。在应急通信网络体系中采用的技术，都属于应急通信技术体系的研究范畴，因此技术体系为网络体系提供技术上的支持。应急通信标准体系为应急通信的各个层面提供标准支撑。

随着我国固定和移动用户的迅猛增加，我国的通信网络和用户都位居世界第一，通信在整个国民经济和社会生活中发挥着至关重要的作用。而随着全球气候和环境的恶化，我国已是自然灾害频繁发生的国家，并且随着我国国际影响力的增大和国际地位的提升，社会安全事件也时有发生，如 2008 年的雪灾、地震、藏独等灾害与事件的发生，说明我国已进入非常时期，在加强对突发事件的事后响应处置的同时，

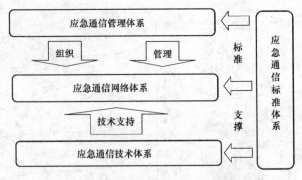

图 7-7 应急通信综合体系

更要加强事前的预警，全面系统地考虑新一代应急通信体系的建立，以适应高速发展的信息社会的需要，加快新一代应急通信技术的研究，充分挖掘"天、空、地"3 个层面的应急通信技术手段，结合不同应急场景下的通信需求，对各种应急通信技术手段的特点和优势进行研究，从国家层面系统考虑，提前规划，构建新一代应急通信网络，凝聚政府、运营商、设备制造商和研究机构的力量，共同促进应急通信新产品开发，推动应急通信新技术发展，促进新技术在应急通信的应用，通过国家政策、技术试验、标准引导等手段，推动应急通信的产业化，形成快速有效、一体化的新型应急通信体系。

缩 略 语

3GPP	3rd Generation Partnership Project	第三代伙伴计划
4PSK	4 Phase Shift Keying	四相相移键控
AAA	Authentication Authorization Accounting	认证、授权、记账
AAC	Advanced Audio Coding	高级音频编码
AC	Authentication Center	鉴权中心
ACCOLC	Access Overload Class	访问过载等级
ADC/DAC	Analog to Digital Converter/Digital to Analog Converter	模/数转换器和数/模转换器
AEHF	Advanced Extremely High Frequency	先进极高频
AGCF	Access Gateway Control Function	接入网关控制功能
AM	Amplitude Modulation	调幅
ANSI	American National Standard Institute	美国国家标准学会
AOR-E	Atlantic Ocean Region-East	大西洋东区卫星
AOR-W	Atlantic Ocean Region-west	大西洋西区卫星
APCO	Association of Public-Safety Communications Officials	公共安全通信官员协会
APT	Asia-Pacific Telecommunity	亚洲-太平洋电信
ARIB	Association of Radio Industries and Businesses	无线工业及商贸联合会
ASP	Application Service Provider	应用服务提供商
ASTAP	APT Standardization Program	亚太电信标准化计划
ATIS	Alliance for Telecommunications Industry Solutions	电信产业解决方案联盟
AUC	Authentication Center	鉴权中心
AWS	Advanced Wideband System	先进宽带系统
BBK	Bundesamt für Bevölkerungsschutz and Katastrophenhilfe	联邦民众保护与灾害救助局
BER	Bit Error Rate	比特误码率
BGAN	Broadband Global Area Network	全球宽带网
BGCF	Breakout Gateway Control Function	出口网关控制功能
BICC	Bearer Independent Call Control	承载独立呼叫控制
BOD	Bandwidth On Demand	按需分配带宽
BOSS	Business Operation Support System	运营维护支撑系统
BPSK	Binary Phase Shift Keying	双相相移键控
BS	Base Station	基站
BSA	Bandwidth Shedding. Algorithm	带宽释放算法
BSC	Base Station Controller	基站控制器
BSID	Base Station Identifier	基站识别码
BSS	Base Station System	基站系统
BSS	Broadcasting-Satellite Service	卫星广播业务
BSS	Base Station Subsystem	基站子系统
BTS	Base Transceiver Station	基站收发台
BTS	Base Transceiver System	基站收发信机系统
BWA	Broadband Wireless Access	宽带无线接入
CAC	Carrier Access Code	运营商接入码
CAP	CAMEL Application Part	CAMEL 应用部分

CBC	Cell Broadcast Center	小区广播中心
CBCH	Cell Broadcast Channel	小区广播信道
CBE	Cell Broadcast Entity	小区广播实体
CBS	Cell Broadcast System	小区广播系统
CBS	Cell Broadcast Service	小区广播短消息业务
CCC	Civil Contingencies Commitment	国民紧急事务委员会
CCIR	Consultative Committee of International Radio	国际无线电协商委员会
CCS	Civil Contingencies Secretariat	国民紧急事务秘书处
CCSA	China Communications Standards Association	中国通信标准化协会
CDM	Code Division Multiplex	码分复用
CDMA	Code Division Multiple Access	码分多址
CGI	Cell Global Identification	小区全球标识
CI	Cell Identification	小区标识
CLF	Connectivity Session Location and Repository Function	连接性会话定位和存储功能
CMAS	Commercial Mobile Alert System	商用手机预警系统
CMSAAC	Commercial Mobile Service Alert Advisory Committee	商业移动业务告警咨询委员会
CNES	Centre National d'Etudes Spatiales	法国空间研究中心
CNS	Commercial Network Survivability	商业网络抗毁性
COBR	Cabinet Office Briefing Rooms	内阁紧急应变小组
CP	Content Provider	内容提供商
CPC	Calling Party Category	主叫用户类别
CPU	Central Processing Unit	中央处理器
CS	Circuit Switching	电路交换
CS	Circuit Switched domain	电路交换域
CSC	Common Signaling Channel	公共信令信道
CSCF	Call Session Control Function	呼叫会话控制功能
CSI	Commercial SATCOM Interconnectivity	商用卫星通信互连
CS-OFDMA	Code Spread Orthogonal Frequency Division Multiple Access	码扩正交频分多址接入
DA	Demand Assignment	按需分配
DAMA	Demand Assigned Multiple Access	按需分配多址接入
DB	Data Base	数据库
DC	Digital Center	数字中心
DCC	Dispatch Control Center	调度控制中心
DCU	Deployable Communication Unit	部署的通信单元
DFH	Differential Frequency Hopping	差分跳频
DFT-S-GMC	DFT-Spread-General Multi-Carrier	基于离散傅里叶变换的广义多载波
DHR	Dispatch Home Register	调度归属寄存器
DHT	Distributed Hash Table	分布式哈希表
Diffserv	Differentiated Service	区分服务
DIMRS	Digital Integrated Mobile Radio System	数字综合移动无线电系统
DL	Digital Local	数字端局
DMCS	Disaster Management Communication System	灾害管理通信系统
DQPSK	Differential Quadrature Phase Shift Keying	差分四相相移键控

DS	Direct Sequence Spread Spectrum	直接序列扩频
DSCS	Defense Satellite Communications System	国防卫星通信系统
DSP	Digital Signal Processing	数字信号处理
DSS	Dispatch Service Subsystem	调度服务子系统
DTE	Data Terminal Equipment	数据终端设备
DTm	Digital Tandem	数字汇接局
eBM-SC	Evolved Broadcast-Multicast Service Centre	演进广播组播业务中心
ecrit	Emergency Context Resolution with Internet Technologies	基于互联网技术的应急议案工作组
ECS	Emergency Call Server	紧急呼叫服务器
E-CSCF	Emergency CSCF	紧急呼叫会话控制功能
EDACS	Enhanced Digital Access Communications System	增强型数字接入通信系统
EDGE	Enhanced Data Rates for GSM Evolution	GSM 演进的增强数据速率
EEW	Earthquake Early Warning	地震早期预警
EHF	Extremely High Frequency	极高频
EIR	Equipment Identification Register	设备识别寄存器
EIRP	Effective Isotropic Radiated Power	有效全向辐射功率
E-MBMS	Enhance-Multimedia Broadcast/Multicast Service	增强多媒体广播/组播业务
eMLPP	enhanced Multi Level Precedence and Preemption	增强的多优先级和抢占
Emtel	Emergency Telecommunications	紧急电信
EOC	Emergency Operations Center	应急运营中心
ESIF	Emergency Services Interconnection Forum	紧急业务互联论坛
ESQK	Emergency Service Query Key	紧急业务查询关键词
ESRN	Emergency Service Routing Number	紧急业务路由号码
ESRP	Emergency Service Routing Proxy	紧急业务路由代理
ETS	Emergency Telecommunications Service	紧急电信业务
ETSI	European Telecommunications Standards Institute	欧洲电信标准协会
ETWS	Earthquake and Tsunami Warning System	地震和海啸预警系统
E-UTRAN	Evolved Universal Terrestrial Radio Access Network	演进的通用陆地无线接入网络
FA	Foreign Agent	外地代理
FCC	Federal Communications Commission	联邦通信委员会
FDD	Frequency Division Duplex	频分双工
FDM	Frequency-Division Multiplexing	频分复用
FDMA	Frequency-Division Multiple Access	频分多址
FEMA	Federal Emergency Management Agency	联邦应急事务管理总署
FFT	Fast Fourier Transform	快速傅里叶变换
FHMA	Frequency Hopping Multiple Access	跳频多址
FISU	Fill-in Signal Unit	填充信号单元
FM	Frequency Modulation	调频
FOC	Final Operating Capability	最终操作能力
FRCS	Fixed Radio Communication System	固定无线通信系统
FSA	Frequency Selection Algorithm	频率选择算法
FSS	Fixed-Satellite Service	卫星固定业务
FTP	File Transfer Protocol	文件传输协议

FWA	Fixed Wireless Access	固定无线接入
GBS	Globe Broadcast System	全球广播系统
GCR	Group Control Register	组控制寄存器
GEO	Geostationary Earth Orbit	地球同步轨道
GERAN	GSM/EDGE Radio Access Network	GSM/EDGE 无线接入网络
GETS	Government Emergency Telecommunications Service	政府应急电信服务
GG	Grundgesetz für die Bundesrepublik Deutschland	德意志联邦共和国基本法
GGSN	Gateway GPRS Support Node	网关 GPRS 支持节点
GIS	Geographic Information System	地理信息系统
GLONASS	Global Navigation Satellite System	全球导航卫星系统
GMDSS	Global Maritime Distress and Safty System	全球海上遇险与安全系统
GMLC	Gateway Mobile Location Center	网关移动位置中心
GMSC	Gateway Mobile Switching Center	网关移动交换中心
GoTa	Global open Trunking Architechture	全球开放式集群结构
GPRS	General Packet Radio Service	通用分组无线服务
GPS	Global Positioning System	全球定位系统
GSM	Global System for Mobile Communication	全球移动通信系统
GSTN	General Switched Telephone Network	普通交换电话网
HARQ	Hybrid Automatic Repeat Request	混合自动重传请求
HEO	High Earth Orbit	高地球轨道
HF-ITF	High Frequency-Intra Task Force	特混舰队内部高频
HFSS	High Frequency Ship-Shore	高频舰/岸
HLR	Home Location Register	归属位置寄存器
HPA	High Power Amplifier	高频功率放大器
HPC	High Priority of Completion	高完成优先权
HSTP	High Signaling Transfer Point	高级信令转接点
HTTP	Hypertext Transfer Protocol	超文本传输协议
IAI	Initial Address Message with Additional Information	带有附加信息的初始地址消息
IAM	Initial Address Message	初始地址消息
IAP	Internet Access Provider	互联网接入服务提供商
IBCF	Interconnect Border Control Function	互连边界控制功能
ICO	Intermediate Circular Orbit	中圆轨道
I-CSCF	Interrogating Call Session Control Function	查询-呼叫会话控制功能
ID	Identifier	标识
ID	Identification	识别
iDEN	integrated Digital Enhanced Network	集成数字增强型网络
IDU	In-Door Unit	室内单元
IEEE	Institute of Electrical and Electronics Engineers	电气与电子工程师学会
IEPS	International Emergency Preference Scheme	国际应急优选方案
IETF	The Internet Engineering Task Force	互联网工程任务组
IFFT	Invert Fast Fourier Transform	快速傅里叶逆变换
IM-MGW	IP Multimedia -Media Gateway	IP 多媒体-媒体网关
IMS	IP Multimedia Subsystem	IP 多媒体子系统

IMSI	International Mobile Subscriber Identity	国际移动用户识别码
IN	Intelligent Network	智能网
INMARSAT	International Maritime Satellite Organization	国际海事卫星组织
INTS	International Transit Switch	国际转接交换局
IOC	Initial Operating Capability	初期操作能力
IOR	Indian Ocean Region	印度洋区
IP	Internet Protocol	网际协议
IP	Intelligent Peripheral	智能外设
IP-CAN	IP Connectivity Access Network	IP 连通接入网络
IRD	Integrated Receiver Decoder	集成接收解码器
ISDN	Integrated Services Digital Network	综合业务数字网
ISUP	ISDN User Part	ISDN 用户部分
ITU	International Telecommunication Union	国际电信联盟
ITU-R	International Telecommunication Union Radiocommunication	国际电信联盟-无线电通信
IWGW	Interworking Gateway	互联网关
IXC	Inter-exchange Carrier	转接运营商
JMA	Japan Meteorological Agency	日本气象厅
LAC	Location Area Code (3GPP)	位置区域码
LAI	Location Area Identification	位置区域标识
LATA	Local Access Transport Area	本地访问和传输区域
LEO	Low Earth Orbit	低地球轨道
LNA	Low Noise Amplifier	低噪声放大器
LoST	Location-to-Service Translation	定位服务翻译
LRF	Location Retrieval Function	位置获取功能
LRN	Location Routing Number	位置路由号码
LRO	Last Routing Option	最终路由选择
LS	Local Switch	本地交换机
LSA	Link Shedding Algorithm	链路释放算法
LSSU	Link Status Signal Unit	链路状态信号单元
LSTP	Low Signaling Transfer point	低级信令转接点
LTE	Long Term Evolution	长期演进
MAC	Media Access Control	媒体访问控制
MAGSS	Medium Altitude Global Satellite System	中高度全球卫星系统
MAP	Mobile Application Part	移动应用部分
MBMS	Multimedia Broadcast/Multicast Service	多媒体广播/组播业务
MBSAT	Mobile Broadcasting Satellite	移动广播卫星
MC	Management Committee	管理委员会
MCC	Mobile Country Code	移动国家码
MCC	Mobile Control Center	移动控制中心
MCPC	Multiple Channel Per Carrier	多路单载波
McWiLL	Multicarrier Wireless Information Local Loop	多载波无线信息本地环路
MEII	Minimum Essential Information Infrastructure	最低限度信息基础设施
MEO	Middle Earth Orbit	中地球轨道

MF-TDMA	Multi-Frequency Time Division Multiple Access	多频时分多址
MGCF	Media Gateway Control Function	媒体网关控制功能
MGW	Media Gateway	媒体网关
MHFCS	Modernised High Frequency Communications System	现代化高频通信系统
MILSTAR	Military Strategic, Tactical & Relay Sat	战略战术与中继卫星,简称军事星
MIMO	Multiple-Input Multiple-Output	多进多出/多入多出
MIRS	MOTOROLA Intagrated Radio System	摩托罗拉集成无线系统
MLS	Mobile Location Subsystem	移动定位子系统
MNC	Mobile Network Code	移动网络码
MPC	Mobile Position Center	移动定位中心
MPEG	Motion Picture Experts Group	运动图像专家组
MPLS	Multiprotocol Label Switch	多协议标签交换
MRCS	Mobile Radio Communication System	移动无线通信系统
MRF	Multi-media Resource Function	多媒体资源功能
MS	Mobile Station	移动台
MSC	Mobile Switching Centre	移动交换中心
MSS	Mobile-Satellite Service	卫星移动业务
MSS	Mobile Soft Switch	移动软交换
MSS	Mobile Switching Subsystem	移动交换子系统
MSU	Message Signal Unit	消息信号单元
MT	Mobile Terminal	移动终端
MTP	Message Transfer Part	消息传送部分
MUOS	Mobile User Objective System	移动用户目标系统
MWA	Mobile Wireless Access	移动无线接入
NASTD	National Association of State Telecommunications Directors	国家电信管理者协会
NAT	Network Address Translation	网络地址转换
NATO	North Atlantic Treaty Organization	北大西洋公约组织
NAVSAT	Navy Navigation Satellite System	海军导航卫星系统
NAVTEX	Navigational Telex	航警电传
NCS	National Communications System	国家通信系统
NCS	Network Coordination Station	网络协调站
NDR	Network Disaster Recovery	网络灾难恢复队
NGN	Next Generation Network	下一代网络
NID	Network Identifier	网络识别码
NIMS	National Incident Management System	国家突发事件管理系统
NP	Number Portability	号码携带
NPAC	Number Portability Administration Center	号码携带管理中心
NPDB	Number Portability Database	号码携带数据库
NS/EP	National Security and Emergency Preparedness	国家安全和紧急待命计划
NSA	Node Selection Algorithm	节点选择算法
NSS	Network SubSystem	网络子系统
NTIA	National Telecommunication Industry Administration	国家通信与信息管理部门

NWA	Nomadic Wireless Access	游牧无线接入
ODU	Out-Door Unit	室外单元
OFDM	Orthogonal Frequency Division Multiplexing	正交频分复用
OFDMA	Orthogonal Frequency Division Multiple Access	正交频分多址
OMA	Open Mobile Architecture	开放式移动体系结构
OMAP	Operations,Maintenance and Administration Part	运行、维护和管理部分
OMC	Operation Maintenance Center	操作维护中心
OSS	Operation SubSystem	操作维护子系统
OSTP	Office of Science and Technology Policy	科技政策办公室
P2P	Peer to Peer	对等网络
PAD	Priority Access for Dialing	优先拨号
PARQ	Physical-layer Automatic Repeat reQuest	物理层自动重复请求
P-CSCF	Proxy Call Session Control Function	代理呼叫会话控制功能
PDD	Presidential Directive	总统令
PDE	Position Determining Entity	定位实体
PDSN	Packet Data Serving Node	分组数据服务节点
PES	Personal Earth Station	个人地球站
PES	PSTN/ISDN Emulation Subsystem	PSTN/ISDN 仿真子系统
PIN	Personal Identification Number	个人识别码
PLMN	Public Land Mobile Network	公众陆地移动网
PMR	Private Mobile Radio	私有移动无线电
PN	Pseudorandom Noise	伪噪声
PoC	Push to talk over Cellular	基于移动蜂窝网络的即按即说
POR	Pacific Ocean Region	太平洋区
PPDB	Public Protection and Disaster Relief	公共防护和救灾
PPS	Precise Positioning Service	精确定位服务
PS	Packet Switching	分组交换
PSAP	Public Safety Answering Point	公共安全应答点(通常为应急指挥中心/联动平台)
PSEPC	Public Safety and Emergency Preparedness Canada	公共安全和应急准备部
PSHSB	Public Safety and Homeland Security Bureau	公共安全和国土安全局
PSK	Phase Shift Keying	相移键控
PS-MT-LR	Packet Switched Mobile Terminating Location Request	分组交换移动终端位置请求
PS-NI-LR	Packet Switched Network Induced Location Request	分组交换网感应位置请求
PSTN	Public Switched Telephone Network	公用交换电话网
PTSC	Packet Technologies and Systems Committee	分组技术和系统委员会
PTT	Push To Talk	即按即说
PWS	Public Warning System	公共预警系统
QAM	Quadrature Amplitude Modulation	正交幅度调制
QoS	Quality of Service	服务质量
QPSK	Quadrature Phase Shift Keying	正交相移键控
RAC	Routeing Area Code (3GPP)	路由区域码
Radius	Remote Authentication Dial In User Service	拨号用户远程认证服务

RAI	Routing Area Identification	路由区域标识
RAM	Random Access Memory	随机存储器
RAN	Radio Access Network	无线接入网络
RBOC	Regional Bell Operating Company	地方贝尔运营公司
RDF	Routing Determination Function	路由判断功能
RN	Routing Number	路由号码
RNC	Radio Network Controller	无线网络控制器
RSCS	Regional Simultaneous Communication System	地区同步通信系统
RTNR	Real Time Network Routing	实时网络选路
SABP	Service Area Broadcast Protocol	服务区域广播协议
SAG	Service Access Gateway	业务汇聚网关
SASN	SCDMA Access Service Network	SCDMA 接入业务网
SCCP	Signaling Connection Control Part	信令连接控制部分
SCDMA	Synchronous Code Division Multiple Access	同步码分多址
SCEP	Service Creation Environment Point	业务生成环境点
SCF	Service Capability Features	业务能力特征
SCN	Switched Circuit Network	电路交换网
SCP	Service Control Point	业务控制点
SCPC	Single Carrier Per Channel	单信道单载波
S-CSCF	Serving Call Session Control Function	服务呼叫会话控制功能
SDP	Service Data Point	业务数据点
SDR	Software Definition Radio	软件无线电
SG	Signaling Gateway	信令网关
SGSN	Serving GPRS Support Node	服务 GPRS 支持节点
SGW	Softswitch Gateway	软交换网关
SHF	Super High Frequency	超高频
SID	System Identifier	系统识别码
SIM	Subscriber Identity Module	用户标识模块
SIP	Session Initiated Protocol	会话初始协议
SLF	Subscription Locator Function	签约定位器功能
SMAP	Service Management Access Point	业务管理接入点
SMC	Short Message Center	短消息中心
SME	Short Message Entity	短消息实体
SMP	Service Management Point	业务管理点
SMR	Specialized Mobile Radio	专用移动无线电
SMS	Short Message Subsystem	短消息子系统
SMSC	Short Message Service Centre	短消息服务中心
SNG	Satellite News Gathering	卫星新闻采集
SNMP	Simple Network Management Protocol	简单网络管理协议
SP	Service Provider	服务提供商
SP	Signaling Point	信令点
SPOT	Systeme Probatoire d'observation dela Tarre	法文,斯波特,意即地球观测系统

SPS	Standard Positioning Service	标准定位服务
SRF	Signaling Relay Function	信令中继功能
SRNS	Satellite Radio Navigating System	卫星无线电导航系统
SS	Subscriber Station	用户站
SS	Soft Switch	软交换
SS7	Signaling System No. 7	No. 7 信令系统
SSF	Service Switch Function	业务交换功能
SSMA	Satellite Switched Multiple Access	卫星交换多址
SSP	Service Switching Point	业务交换点
SSPA	Solid State Power Amplifier	固态功率放大器
STK	SIM Tool Kit	SIM 卡工具包
STP	Signaling Transfer Point	信令转接点
Sub-NCS	Subordinate Network Coordination Station	子网络协调站
SUPL	Secure User Plane Location	安全用户平面定位
TC	Transaction Capabilities	事务处理能力
TCH	Traffic Channel	业务信道
TCM	Transmission Control Module	传输控制模块
TCP/IP	Transmission Control Protocol/Internet Protocol	传输控制协议/网际协议
TDD	Time Division Duplex	时分双工
TDM	Time Division Multiplexing	时分复用
TDMA	Time Division Multiple Access	时分多址
TDR	Telecommunication for Disaster Relief	减灾通信业务
TD-SCDMA	Time Division-Synchronize Code Division Multi-access	时分-码分多址接入
TES	Telephony Earth Station	电话地球站
TETRA	Trans European Trunked Radio (TErrestrial Trunked Radio)	全欧集群无线电(陆上集群无线电)
TG	Trunk Gateway	中继网关
TIA	Telecommunications Industry Association	电信工业协会
TISPAN	Telecommunications and Internet converged Services and Protocols for Advanced Networking	电信和互联网融合业务及高级网络协议
TM	Tandem	汇接局
TMSC	Tandem Mobile Switching Center	汇接移动交换中心
TSAT	T Small Aperture Terminal	T 型小口径终端
TSP	Telecommunications Service Priority	电信优先服务
TTA	Telecommunications Technology Association	电信技术协会
TTL	Time To Live	生存时间
TUP	Telephone User Part	电话用户部分
TV	Television	电视
UA	User Agent	用户代理
UAC	User Agent Client	用户代理客户机
UAS	User Agent Server	用户代理服务器
UDP	User Datagram Protocol	用户数据报协议
UE	User Equipment	用户设备

UFO	Ultra High Frequency Follow-On	超高频后续星
UHF	Ultra High Frequency	超高频
ULH	Ultra Long Hual	超长距离
ULP	User plane Location Protocol	用户平面定位协议
UMTS	Universal Mobile Telecommunications System	通用移动通信系统
URI	Uniform Resource Identifier	统一资源标识符
URL	Uniform Resource Locator	统一资源定位符
URN	Uniform Resource Name	统一资源名称
USAT	Ultra Small Aperture Terminal	超小口径终端
UTRAN	UMTS Terrestrial Radio Access Network	UMTS 陆地无线接入网
VHF	Very High Frequency	甚高频
VLR	Visiting Location Register	拜访位置寄存器
VMSC	Visited Mobile Switching Center	拜访移动交换中心
VoIP	Voice over IP	基于 IP 的语音传送
VPN	Virtual Private Network	虚拟专网
VSAT	Very Small Aperture Terminal	甚小口径终端
VSP	Voice Service Provider	语音业务提供商
WARN	Warning Alert and Response Network	紧急警报和应急反应网络
WGS-84	World Geodetic System-84	世界大地测量系统-84（经纬度坐标系）
Wi-Fi	Wireless Fidelity	无线保真度（无线局域网）联盟
WiMAX	Worldwide Interoperability for Microwave Access	全球微波接入互操作性
WiMAX Forum	World Interoperability for Microwave Access Forum	全球微波接入互操作性论坛
WLAN	Wireless Local Area Network	无线局域网
WPS	Wireless Priority Service	无线优先服务

其他说明

F	不需要翻译	标志符
CK		校验位
SIO		业务信息 8 位位组
SIF		信令信息字段
LI		长度指示语
SF		状态字段
FSN		前向序号
FIB		前向指示语
BSN		后向序号
BIB		后向指示语
TACAMO	不需要翻译	音译:塔卡木,美国海军从 20 世纪 60 年代中期开始建设的机载甚低频对潜通信系统
APSTAR	是卫星系列的名字,由亚太卫星控股有限公司（APT SATELLITE HOLDINGS LIMITED）运营,通常直接称呼其为亚太卫星或 APSTAR 卫星,不需要做缩略语说明	亚太卫星
ASTRA	SES ASTRA 公司运营的一个卫星系列名称,不是缩略语	

参 考 文 献

[1]　王兴亮，高利平. 通信系统概论［M］. 西安：西安电子科技大学出版社，2008.

[2]　Simon Haykin. 通信系统［M］. 宋铁，等译. 北京：电子工业出版社，2003.

[3]　王秉钧，王少勇［M］. 西安：西安电子科技大学出版社，2004.

[4]　王兴亮. 通信系统原理教程［M］. 西安：西安电子科技大学出版社，2007.

[5]　韦岗，季飞，傅娟. 通信系统建模与仿真［M］. 北京：电子工业出版社，2007.

[6]　沈振元，叶芝慧. 通信系统原理［M］. 西安：西安电子科技大学出版社，2008.

[7]　郑林华，丁宏，向良军. 现在通信系统［M］. 北京：电子工业出版社，2008.

[8]　吴诗其，冯钢. 通信系统［M］. 成都：电子科技大学出版社，1996.

[9]　郑林华，陆文远. 通信系统［M］. 长沙：国防科技大学出版社，1999.

[10]　Ray Horak. 通信系统与网络［M］. 徐勇，赵岩，林梓，等译. 北京：电子工业出版社，2001.

[11]　John G Proakis，Masoud Salehi. 通信系统工程［M］. 叶芝慧，赵新胜，等译. 北京：电子工业出版社，2002.

[12]　夏克文. 卫星通信［M］. 西安：西安电子科技大学出版社，2008.

[13]　原萍. 卫星通信引论［M］. 沈阳：东北大学出版社，2007.

[14]　吴诗其，吴廷勇，卓永宁. 卫星通信导论［M］. 2版. 北京：电子工业出版社，2006.

[15]　王丽娜. 卫星通信系统［M］. 北京：国防工业出版社，2006.

[16]　王秉钧，王少勇. 卫星通信系统［M］. 北京：机械工业出版社，2004.

[17]　陈振国，杨鸿文，郭文彬. 卫星通信系统与技术［M］. 北京：北京邮电大学出版社，2003.

[18]　马刈非. 卫星通信网络技术［M］. 北京：国防工业出版社，2003.

[19]　吴诗其，李兴. 卫星通信导论［M］. 北京：电子工业出版社，2002.

[20]　甘良才，杨桂文，茹国宝. 卫星通信系统［M］. 武汉：武汉大学出版社，2002.

[21]　胡中豫. 现代短波通信［M］. 北京：国防工业出版社，2003.

[22]　储钟圻. 数字卫星通信［M］. 北京：机械工业出版社，2006.

[23]　张乃通，张中兆，李英涛，等. 移动通信系统［M］. 2版. 北京：电子工业出版社，2000.

[24]　李文峰，韩晓冰，汪仁，等. 现代应急通信技术［M］. 西安：西安电子科技大学出版社，2007.

[25]　陈芳烈，张燕翼. 现代电信百科［M］. 2版. 北京：电子工业出版社，2007.